NATHALIE JENNER

Der Buchladen von Bloomsbury

atb aufbau taschenbuch

NATALIE JENNER wurde in England geboren und wanderte als Kind mit ihrer Familie nach Kanada aus. Sie arbeitete u.a. als Unternehmensanwältin und Karrierecoach und ist Inhaberin einer unabhängigen Buchhandlung in Oakville, Ontario, wo sie mit ihrer Familie und zwei Hunden lebt. Im Aufbau Taschenbuch ist ebenfalls ihr Roman »Teatime im Jane-Austen-Club« lieferbar.

ANNETTE HAHN studierte Englische Literaturwissenschaft und Literarische Übersetzung in München und lebt heute in Münster. Sie übertrug u.a. Graeme Simsion, Zoe Fishman, Elise Hooper und Natasha Lester ins Deutsche.

Regel Nr. 5:

Rebellisches oder aufrührerisches Verhalten der Angestellten, allein oder in Gemeinschaft, wird nicht toleriert.

Bloomsbury Books ist eine traditionsreiche Londoner Buchhandlung, deren Fortbestehen auf 51 unverrückbaren Regeln beruht. Doch als Grace, Vivien und Evie 1950 gemeinsam in dem Buchladen arbeiten, stellen die drei Frauen schon bald fest, dass sie die Regeln brechen müssen, wenn sie Veränderungen anstoßen wollen. Evie, die als eine der ersten Frauen in Cambridge studieren durfte, kämpft dafür, auch die Literatur von Autorinnen ins Sortiment aufzunehmen. Als sie in den alten Beständen der Buchhandlung eine Erstausgabe eines Buches findet, das als verschollen gilt, fügt sie mit diesem Fund nicht nur der Literaturgeschichte ein neues Kapitel hinzu – die Entdeckung bietet den drei Frauen endlich die Chance, für ihre eigenen Ideale und Wünsche einzustehen …

NATALIE JENNER

Der Buchladen von Bloomsbury

Roman

Aus dem Amerikanischen von
Annette Hahn

atb aufbau taschenbuch

Die Originalausgabe unter dem Titel
Bloomsbury Girls
erschien 2022 bei St. Martin's Press, New York.

MIX
Papier | Fördert
gute Waldnutzung
FSC® C083411

ISBN 978-3-7466-4032-7

Aufbau Taschenbuch ist eine Marke
der Aufbau Verlage GmbH & Co. KG

1. Auflage 2024

www.aufbau-verlage.de
10969 Berlin, Prinzenstraße 85

Umschlaggestaltung www.buerosued.de, München
nach einem Design von Michael Storrings
unter Verwendung von Motiven von © Laura Ranftler/Arcangel,
© Jakub Krechowicz/Shutterstock, © cktravels.com/Shutterstock,
© NSA Digital Archive/Getty (Umschlag sowie S. 5),
© Audran Gosling/Arcangel und
© THEPALMER/Getty Images
Satz Greiner & Reichel, Köln
Druck und Binden CPI books GmbH, Leck, Germany

Printed in Germany

Für meine Tochter,
die echte Evie,

und

in Erinnerung an
Malkit Leighl,
den besten aller Männer

Ein jedes Leben, das zu leben lohnt, ist schwer ... Es stellt sich ein, wenn wir im Leben mutig sind. Nie gestaltet es sich so, wie wir es erwarten, nie kommt es zur erhofften Zeit und schon gar nicht, wie wir es geplant haben.

– Katherine Anne Porter

Dieses Gefühl, dass jeder für dieselben Leute arbeitete oder mit ihnen zusammen oder um sie herum, war in London besonders stark zu spüren.

– Adam Gopnik

Das Schwierigste an einer Buchhandlung ist, dass sie alles sein muss – sonst ist sie nichts.

– Nancy Mitford

Innerhalb der Buchhandlung

Evelyn Stone
Ehemaliges Dienstmädchen und Cambridge-Absolventin

Grace Perkins
Sekretärin des Geschäftsführers

Herbert Dutton
Geschäftsführer

Vivien Lowry
Desillusionierte Mitarbeiterin

Alec McDonough
Leiter der Abteilung Romane/Erzählungen

Ashwin Ramaswamy
Leiter der Abteilung Wissenschaft/Sachbuch

Frank Allen
Leiter der Abteilung Antiquarische / Seltene Bücher

Master Mariner Simon Scott
Leiter der Abteilung Geschichte

Außerhalb der Buchhandlung

Fredrik Christenson
Vice-Master des Jesus College, Cambridge

Lord Baskin
Inhaber von Bloomsbury Books

Ellen Doubleday
Witwe des amerikanischen Verlegers Nelson Doubleday, Sr.

Lady Browning
Englische Aristokratin und Schriftstellerin

Sonia Brownell Blair
George Orwells Witwe

Mimi Harrison
Filmstar

Samuel Beckett
Irischer Dramatiker

Peggy Guggenheim
Amerikanische Erbin und Sammlerin

Stuart Wesley
Wissenschaftlicher Mitarbeiter von Vice-Master Christenson

Yardley Sinclair
Direktor der Abteilung für Museumsdienstleistungen bei Sotheby's

Elsie Maud Wakefield
Stellvertretende Leiterin des Herbariums in Kew Gardens

Dr. Septimus Feasby
Leiter der Bibliotheksabteilung des British Museum

Robert Kinross
Junior Fellow am Jesus College, Cambridge

PROLOG

Cambridge, England
19. Dezember 1949

Mit dickem Wollmantel bekleidet saß Evie Stone in ihrem winzigen Einzimmerapartment. Sie wohnte am nördlichen Ende der Castle Street, von wo aus das College gerade noch fußläufig zu erreichen war. Allerdings war Evie keine Studentin mehr – ihre Tage an der Universität waren gezählt, und in den nächsten vierzig Minuten würde sich entscheiden, wie viele ihr noch blieben.

Durch das einzige Fenster des Apartments drang kalte Dezemberluft, die gleich vibrieren würde, wenn in drei Meilen Entfernung die Kirchturmuhr von Great St. Mary's zwei Uhr schlug. Evies Vorstellungsgespräch mit Senior Fellow Christenson war für zwanzig nach drei angesetzt – exakt diese zwanzig Minuten würde sie brauchen, um zu Fuß zum Jesus College zu gelangen.

Auch ohne die Glocken von St. Mary's als Anhaltspunkt konnte Evie die Zeitdauer einer Handlung in der Regel auf die Sekunde genau bestimmen – eine Fähigkeit, die sie als Dienstmädchen im Chawton Great House ausgebildet hatte. Zwei Jahre lang hatte sie dort heimlich die Familienbibliothek katalogisiert. Ohne irgendwo eine Uhrzeit ablesen zu können, hatte sie jede Nacht mehrere Stunden damit verbracht, die insgesamt 2375 Bücher akribisch durchzusehen. Sie konnte sofort abschätzen, wie lange sie brauchen würde, um eine Seite zu überfliegen oder ein ganzes Werk zusammenzufassen, egal ob es sich dabei um einen Wälzer aus der Gutenberg-Ära oder ein getipptes Manuskript handelte. Dass sie diese Fähigkeit besaß, behielt sie jedoch für sich – sie hatte schon vor geraumer Zeit erkannt, dass unterschätzt zu werden von Vorteil war.

Die männlichen Angehörigen der Fakultät kannten Evelyn Stone als ruhige, bescheidene, wenngleich überraschend forsche Studentin. Sie gehörte zum ersten Jahrgang jener Frauen, denen die Möglichkeit eines akademischen Abschlusses in Cambridge gewährt wurde. Nach drei anstrengenden Jahren im speziell für Frauen eingerichteten Girton College und mit einer umfangreichen Hausarbeit über Jane Austens Zeitgenossin Madame de Staël hatte Evie ihr Studium mit Auszeichnung beendet. Damit war sie eine der ersten weiblichen Absolventinnen in der achthundertjährigen Geschichte der Universität.

Christenson war nun die nächste Hürde, die sie zu nehmen hatte.

Für das anstehende Frühjahrstrimester benötigte der Vice-Master eine wissenschaftliche Hilfskraft, und Evie hatte sich noch vor allen anderen um die Stelle beworben. Sie brauchte den Job dringend. Im Anschluss an das Studium hatte sie Junior Fellow Kinross bei seiner Arbeit an einem wissenschaftlichen Kommentar zu William Makepeace Thackerays Roman *Jahrmarkt der Eitelkeiten* unterstützt. Diese Tätigkeit war jetzt abgeschlossen, und mit dem letzten Tag des Jahres 1949 lief auch ihr Stipendium aus. Als Mitarbeiterin von Christenson bliebe Evie viel Zeit für eigene Interessen. Sie könnte nach Herzenslust die über einhundert Bibliotheken der Universität durchstöbern, eine Aussicht, die ihr zum jetzigen Zeitpunkt aufregender erschien als alles andere.

Sobald das Glockenläuten einsetzte, stand Evie auf, schnappte sich ihre Aktentasche und ging zur Tür. Zwanzig schnelle Schritte hinunter auf die Straße, fünfeinhalb Minuten bis zum Castle Inn, und nach weiteren zehn erreichte sie die Biegung des Cam. Es war die Stelle, an der die Seufzerbrücke, die kaum etwas mit ihrer venezianischen Schwester gemein hatte, über den Fluss führte – imposant und zugleich neogotisch verspielt, mit steinernem Flechtwerk in den offenen Fenstern, das Studenten am Hineinklettern hindern sollte. Derartige studentische Albernheiten würde Evie niemals mitmachen – und auch nie dazu eingeladen werden.

Evies Ziel, das Jesus College, war ein geschichtsträchtiges Bauwerk, das 1496 aus einem ehemaligen Nonnenkloster hervorgegangen war. Der Rasen unter Evies Schuhen war also schon jahrhundertelang gepflegt worden, und das Gras hatte verschiedensten Tieren als Nahrung gedient – ebenso lang, wie die Universität ihren Studierenden geistige Nahrung geboten hatte. Im Zweiten Weltkrieg waren unter den Gärten zum Schutz vor deutschen Luftangriffen Betonbunker errichtet worden. Die mittelalterliche Universität trug somit Narben der modernen Zeit, aber auch deren Früchte: Wenige Jahre nach Kriegsende wurden die Frauen in Cambridge endlich als vollwertige Universitätsmitglieder zugelassen. Sie durften akademische Grade erlangen, Universitätsposten bekleiden und über die Organisation des College mitbestimmen.

Über all das dachte Evie nicht nach, während sie forschen Schrittes das Gelände überquerte. Sie nahm das rhythmische Knirschen ihrer Stiefelsohlen auf dem frostbedeckten Rasen wahr. Bei jedem Tritt schwang die abgetragene Aktentasche gegen ihre Hüfte, in der sich die rund einhundert Seiten ihrer Arbeit über Individualität und Widerstand in den Werken der Madame de Staël befanden. Der Hausarbeit lag ein Empfehlungsschreiben von Junior Fellow Kinross bei.

Ihre weitsichtige Freundin Mimi Harrison hatte sie schon vor einiger Zeit genötigt, ein Empfehlungsschreiben ihres Mannes anzunehmen. Der hatte zu diesem Zeitpunkt eine dreijährige Professur am Jesus College beendet und stand kurz davor, zusammen mit seiner Frau nach Harvard zurückzukehren.

»Aber ich habe ihn doch nur ein Mal getroffen«, protestierte Evie.

»Ach, Unsinn«, erwiderte Mimi ungeduldig. »Als ich vor zwanzig Jahren in Hollywood ankam, hatte ich den Brief des früheren Anwaltskollegen meines Vaters in der Tasche, und den hatte ich höchstens zweimal getroffen. Außerdem will Geoffrey dir unbedingt helfen.«

»Aber warum? Er tut … ich meine, er kennt mich doch überhaupt nicht.« Wenn sie mit Mimi sprach, verfiel Evie gelegentlich in den Dialekt ihres Heimatortes Chawton zurück, weil sie sich dort kennengelernt hatten.

Mimi lachte, denn sie war immer darauf bedacht, etwas mehr Leichtigkeit in das Leben der ernsten jungen Frau zu bringen. »Aber er kennt mich und weiß, dass ich gute und fähige Menschen auf Anhieb erkenne.«

Trotzdem hatte Evie abgelehnt – und trotzdem hatte Mimi ihr das Schreiben geschickt. Genauso wie sie ihr im Lauf der Jahre Theaterkarten, Zugtickets und vieles mehr hatte zukommen lassen. Die Großzügigkeit der berühmten Film- und Theaterschauspielerin Mimi Harrison kannte keine Grenzen.

Evies Stolz ebenso wenig. Deshalb hatte sie heute nur

das Empfehlungsschreiben von Professor Kinross dabei, worin er ihr Leistungsfähigkeit und Effizienz bescheinigte. Sie war überglücklich gewesen, als er ihr dieses Zeugnis angeboten hatte. Was sie nicht wusste, war, dass er solche Schreiben nach jedem Trimester zuhauf an seine Studenten verteilte und sie alle den gleichen Inhalt hatten.

Als Evie um 14:22 Uhr im breiten Drehstuhl vor Christensons Schreibtisch saß und ihrer Zukunft entgegenblickte, kam sie sich erschreckend klein und unbedeutend vor. Der Professor legte Kinross' Empfehlung beiseite, tippte auf das Deckblatt ihrer einhundert Seiten über Staël und seufzte.

»Ihre Forschung hier ... zu all diesen obskuren schriftstellernden Frauen ... eine Madame de Staël ist keine George Eliot.«

Da Christenson ein anerkannter Experte für Eliot war, fand Evie seinen Kommentar merkwürdig.

»Schließlich ist es am Ende immer die Sahne, die nach oben steigt, oder? Die Crème de la crème ...« Er lehnte sich zurück. »Und diese Gemeinschaftsarbeit über ... Mr Thackeray ...«

Evie nahm eine aufrechte Sitzposition ein. Auf ihre Recherchearbeit für Junior Fellow Kinross, die sie gemeinsam mit ihrem Studien- und Examenskollegen Stuart Wesley geleistet hatte, war sie besonders stolz. Kinross hatte Evie für die umfangreichen Notizen und beeindruckenden Indexe gelobt, die sie für ihn zusammengetragen hatte. Er hatte sie ermuntert, sich so ausgiebig wie möglich mit den Originalquellen zu befassen, und betont, wie wichtig gründliche Forschungsarbeit für sein Projekt sei.

»Ihr Kollege Mr Wesley hat ja auch einen großen Teil beigetragen, sehe ich das richtig?«

Evie richtete sich noch weiter auf. »Wir haben beide dazu beigetragen.«

Christenson schwieg und kniff skeptisch die Augen zusammen – zum einen wegen ihres offensichtlichen Mangels an Unterwürfigkeit, zum anderen wegen des ihm allzu geläufigen und damit nichtssagenden Empfehlungsschreibens vor ihm auf dem Tisch. Mit diesen lapidaren Beurteilungen tat Kinross seinen Studenten keinen Gefallen.

»Nun, ich habe wohl verstanden, dass Sie die Recherchearbeit geleistet haben, aber die schriftliche Ausarbeitung …« Christenson lächelte, was er normalerweise nicht tat und Evie deshalb zutiefst beunruhigte. »Wie Sie wissen, brauche ich eine gewisse Fertigkeit im Umgang mit Text, mit … Spraaache.« Er zog das Wort fast parodistisch in die Länge, und Evie wurde ihr ländlicher Akzent bewusst, der die Wörter eher verkürzte.

»Vielleicht wissen Sie noch nicht, dass ich im neuen Jahr Professor Bolts Position als Vice-Master übernehmen werde. Damit bleibt mir bedauerlicherweise weniger Zeit für eigene Schreibarbeit.« Christenson nahm den Papierstapel mit Evies Hausarbeit in die Hände, stieß die Unterkante ein paarmal entschlossen auf seinem überfüllten Schreibtisch auf und hielt ihr die Frucht ihres gesamten letzten Studienjahres entgegen.

»Danke für Ihre Zeit, Miss Stone.« Er nickte kurz in Richtung der geschlossenen Bürotür, was Evie wohl als Zeichen deuten sollte, dass sie entlassen war. Nach einem kurzen Nicken ihrerseits zog sie sich hastig zurück.

Auf ihrem Nachhauseweg begann es zu schneien. Die Fenster der Pubs und Geschäfte leuchteten golden gegen die früh einsetzende winterliche Dämmerung an. Evie hatte das Gefühl, es sei bereits dunkelste, bitterste Nacht.

Weder spürte sie die feinen Schneeflocken, die ihr auf den unbedeckten Kopf und die Schultern fielen, noch nahm sie die Menschen um sich herum wahr, die mit Körben voll rationierter Waren nach Hause eilten. Manche trugen braun eingeschlagene Päckchen unter dem Arm, die auf das nahende Weihnachtsfest hindeuteten. Evie zog den Mantel fester und fragte sich, was gerade passiert war. Immer wieder ging sie die Szene im Kopf durch – sie wusste, irgendetwas war ihr entgangen, nicht nur bei Christenson, sondern auch schon bei Kinross und Wesley. Die ganze Zeit. Ein Gefühl des Misstrauens machte sich in ihr breit, und dass es so überraschend – und mit solcher Verzögerung – auftrat, beunruhigte sie.

Evie hatte in den letzten drei Jahren härter gearbeitet als alle anderen Studenten, ihre Noten zeigten das deutlich. Eine bessere wissenschaftliche Hilfskraft würde Christenson nicht finden. Und trotzdem hatte er sie abgelehnt.

Vor dem Fenster des Castle Inn blieb sie stehen. Drinnen saßen an mehreren Tischen Studenten, lachten und tranken, feierten den letzten Tag des Trimesters und genossen die vorweihnachtliche Stimmung. Evie beobachtete das muntere Treiben eine ganze Weile, überzeugt, dass vor dem Hintergrund der schneeglitzernden Nacht niemand ihre kleine schattenhafte Gestalt erkennen würde.

Als sie ihr Apartment betrat, lag unweit der Tür auf dem abgetretenen Teppich der wöchentliche Brief ihrer Mutter. Evie hängte ihre Ledertasche an den Garderobenständer, wo ansonsten nur ihr großer schwarzer Regenschirm baumelte. Dann blieb sie reglos in der Zimmermitte stehen und sah sich um. Bald würde sie packen müssen – ohne eine Ahnung, wohin sie gehen sollte.

Ihre Brüder wohnten weit entfernt von zu Hause, bis

auf Jimmy, den jüngsten, der erst zehn war. Ihr Vater war nun schon zwei Jahre tot, er hatte dem Arzt die Infektion in seinem verkrüppelten rechten Bein zu spät gezeigt. Danach war der Hof verkauft worden, und ihre Mutter war mit Jimmy in ein kleines Reihenhaus an der Hauptstraße ihres Dorfes gezogen. Evie hatte nicht dafür so hart gearbeitet, dass sie dorthin zurückkehrte.

Sie ging zur Kommode, die sie größtenteils in eine provisorische Aktenablage umfunktioniert hatte. Kleidungsstücke besaß sie ohnehin nur wenige. Sie zog die oberste Schublade auf, begann bei A und blätterte zügig durch all die Briefe, Durchschläge, Notizblätter, Visitenkarten und Handzettel, die sie bislang gesammelt hatte. Evie warf niemals etwas weg.

Unter AL stieß sie auf die Geschäftskarte eines »Mr Frank Allen, Antiquarische Abteilung, Bloomsbury Books & Maps, 40 Lamb's Conduit, Bloomsbury, London«. Sie hatte Mr Allen über Yardley Sinclair kennengelernt, der im Herbst 1946 für das Auktionshaus Sotheby's den Verkauf der Bibliothek des Chawton Great House beaufsichtigt hatte. Zusammen mit Mimi Harrison hatten Yardley Sinclair und Evie die Jane Austen Society gegründet, die im Zuge ihrer Bemühungen, Chawton House als einstiges Heim der berühmten Schriftstellerin zu retten, die Bibliothek erstanden hatte. Bei der Auktion hatte Mr Allen für eine Handvoll Bücher aus dem 19. Jahrhundert geboten, um sie für die Londoner Buchhandlung zu erwerben, für die er arbeitete. Mr Sinclair, der damals stellvertretender Leiter für Haushaltsauflösungen bei Sotheby's war, hatte Evie nicht ohne einen gewissem Stolz den verschiedenen Händlern und Agenten vorgestellt, die an der Bibliotheksversteigerung teilgenommen hatten. Sie erinnerte sich noch, wie Mr Allen sie für ihren gewissenhaft mit der Hand geschriebenen Katalog gelobt und dass Mr Sinclair ihn ständig allen möglichen Interessenten präsentiert hatte.

Evie starrte auf die Visitenkarte – weiß mit silberfarbenem Prägedruck – und fuhr mit ihren tintenbefleckten Fingern über den erhabenen Schriftzug. Die Turmuhr von Great St. Mary's schlug halb vier. Obwohl sie noch ihren Wollmantel trug, spürte sie die Kälte durch das nach wie vor offene Fenster hereinziehen. Ihre Aktentasche am Garderobenständer schwang einsam hin und her; der Brief ihrer Mutter lag ungeöffnet auf dem Boden; das Wort »Spraaache« hallte ihr noch immer im Kopf. Sie besann sich auf ihr Selbstvertrauen und atmete tief durch.

Nein, sie würde niemals zurückgehen – sie würde sich noch nicht einmal umblicken.

KAPITEL 1

Regel Nr. 17

Viermal am Tag wird
pünktlich Tee serviert.

»Der Despot hat seinen Durst kundgetan.«

Grace blickte auf. Von ihrem kleinen Schreibtisch im hinteren Teil der Buchhandlung aus organisierte sie alles, was bei den Angestellten unter die Rubrik »Gefälligkeiten« fiel: Stapel von Briefe, Anfragen, Reklame, Einladungen, Zeitschriften, Zeitungen und jedweder andere Papierkram, durch den Bloomsbury Books in Verbindung mit der Außenwelt trat.

Ihre Kollegin Vivien stand in der Tür und schlenkerte den Wasserkessel hin und her. Es war Montagmorgen, und wie immer am Wochenbeginn war Vivien für die zweite Teezeremonie des Tages zuständig.

»Die Sicherung ist schon wieder rausgeflogen.« Sie schnitt eine Grimasse. »Und wie du weißt, funktionieren die Herren nicht ohne ihren Tee. Der Despot hat heute wieder mal ganz besondere Laune.«

Der Despot hatte natürlich einen Namen, aber Vivien weigerte sich, ihn auszusprechen, wenn sie unter sich waren. Grace nahm wahr, dass sie es ihr oft gleichtat – was wohl darauf hindeutete, dass Viviens Arbeitshaltung auf sie abfärbte. Grace stand auf. »Wenn er dich je dabei erwischt, dass du ihn so nennst …«

»Das wird er nicht. Er hört doch sowieso nichts anderes als seine eigene Stimme.«

Grace schüttelte über ihre junge Kollegin den Kopf und musste ein Schmunzeln unterdrücken. Seit Kriegsende arbeiteten sie zusammen in dieser Buchhandlung, und die Freundschaft mit Vivien war für sie ein guter Grund, zu bleiben. Nun ja, das und natürlich die Bezahlung. Und dass ihr arbeitsloser Ehemann ihr schlecht verbieten konnte, Geld zu verdienen. Und dass sie Zeit ohne ihre anstrengenden Jungs verbrachte. Und dass sie Angst vor einschneidenden Veränderungen hatte. Am Ende waren es wohl eine Menge Gründe, aus denen sie blieb, dachte Grace. Was Viviens Gründe anbelangte, war sie sich nicht sicher.

»Ist Dutton schon da?«, fragte Vivien und blickte an Grace vorbei in das Büro hinter ihr.

Herbert Dutton, seit Langem Geschäftsführer der Buchhandlung, hatte nie einen Spitznamen von Vivien erhalten, geschweige denn einen Kosenamen. Er gehörte nicht zu den Männern, die man kategorisieren konnte, weil er eine ganz eigene Kategorie darstellte.

»Der ist beim Arzt.«

»Schon wieder?«

Vivien zog die Augenbrauen hoch, und Grace zuckte nur die Achseln. Als einzige Frauen bei Bloomsbury Books beherrschten die beiden die Kunst der stummen Kommunikation, in Form einer Bewegung der Augenbrauen, eines Zwickens am Ohrläppchen oder anderer kleiner Gesten.

Vivien stellte den Kessel ab und machte sich mit Grace zusammen auf den Weg in den Keller. Wenn sie gemeinsam durch die Buchhandlung liefen, strahlten sie etwas Unbezwingbares aus, vor dem die männlichen Mitarbeiter instinktiv zurückschreckten. Beide Frauen waren ungewöhnlich groß, wenn auch von unterschiedlichem Körperbau. Grace hatte breite Schultern, für die sie keine der gerade so modernen Polster brauchte, ein freundliches, ungeschminktes Gesicht mit pfirsichfarbenem frischem Teint – das einzige Erbe ihrer Familie, die seit Generationen in den Hügeln von Yorkshire Landwirtschaft betrieb. Sie kleidete sich eher schlicht, was ihrer Größe schmeichelte: gerade geschnittene Jacken im Militärstil, schmale Röcke und Schuhe mit niedrigen Absätzen, auf denen sie gut laufen konnte. Was an ihr besonders auffiel, waren die grauen Augen, ihr ruhiger Blick und das hellbraune Haar mit einem Stich ins Rote, das sie stets zu einem straffen Knoten frisierte.

Im Gegensatz dazu war Vivien schmal und kantig wie eine Gazelle und ebenso schnell darin, aufzuspringen, wenn sie ungeduldig oder ungehalten war. Sie kleidete sich am liebsten schwarz und figurbetont; oft trug sie eng anliegende Wollröcke und Pullover, die sie mit einer auffallenden viktorianischen Amethystbrosche schmückte – das einzige Erbe ihrer geliebten Großmutter. Viviens Gesicht war stets auf dramatische, ja, fast bedrohliche Weise geschminkt, was durchaus beabsichtigt war: damit hielt sie sich andere Menschen erfolgreich vom Leib.

Auf ihrem Weg in den Keller kamen die zwei Frauen zunächst am Büro von Mr Dutton vorbei, das durch eine Glasscheibe hindurch einsehbar war. Er war der Geschäftsführer der Buchhandlung und auch deren langjährigster Mitarbeiter. Um zum hinteren Treppenhaus zu gelangen, das Vivien »Via Inferno« – den Weg zur Hölle – getauft hatte, mussten sie sich an den aufgestapelten Paketen mit Büchern vorbeidrängen, die täglich von verschiedenen Verlagen und Auktionshäusern sowie aus Geschäfts- und Haushaltsauflösungen angeliefert wurden. Im Durchschnitt verkauften sie pro Woche über fünfhundert Bücher, so dass die Lagerbestände regelmäßig aufgefüllt werden mussten.

Die aufmüpfige Sicherung befand sich im Technikraum neben der selten besuchten Abteilung für Wissenschaft und Technik. Das gesamte Untergeschoss war unverhältnismäßig warm und feucht, da der vorkriegszeitliche Boiler nicht ordentlich funktionierte. Vom Technikraum aus konnten Grace und Vivien durch die offene Tür einen Blick auf den Leiter und einzigen Mitarbeiter der Abteilung werfen, Mr Ashwin Ramaswamy. Er saß ruhig und entspannt an seinem Schreibtisch, hinter Stapeln von Büchern, die er durch seine kleine Nickelbrille begutachtete.

»Hat der heute schon einen Piep gesagt?« Vivien flüsterte fast, und Grace schüttelte den Kopf. Mr Ramaswamy war berüchtigt dafür, dass er gern für sich blieb, was aufgrund der seltenen Nachfrage nach Büchern aus seiner Abteilung auch nicht schwer war. Die Sammlung an Fach- und Sachbüchern der Biologie, Chemie und anderer Wissenschaften hier im Keller bestand bestimmt schon seit Darwins Zeiten, bildete jedoch den am wenigsten frequentierten und damit auch am wenigsten profitablen Teil der Buchhandlung.

Als gelernter Natur- und Insektenforscher verbrachte Ash Ramaswamy seine Tage entweder mit dem Sortieren seiner Bücher – und das auf eine Weise, die jedem anderen Abteilungsleiter die Schamesröte ins Gesicht treiben musste – oder damit, unter einem Mikroskop Insektenpräparate zu studieren, die er in einem flachen Holzkästchen auf seinem Schreibtisch aufbewahrte. Es handelte sich dabei um Tiere aus seiner Heimat, dem Staat Madras im Südosten Indiens. Ashs verstorbener Vater, ein tamilischer Brahmane, war ein hochrangiger Beamter der britischen Kolonialregierung gewesen, der seinen Sohn stets ermutigt hatte, die Chance auf ein Leben in Großbritannien mit seinen vielfältigen Möglichkeiten zu ergreifen. Nach dem Krieg war Ash also nach England ausgewandert in der Hoffnung, eine Anstellung im Londoner Naturkundemuseum zu ergattern. Als Angehöriger der privilegiertesten Kaste seines Heimatlandes hatte er nicht mit den offenkundigen Vorurteilen seiner Person gegenüber gerechnet. In keinem einzigen der Londoner Museen hatte man ihm ein Vorstellungsgespräch angeboten, und so war er stattdessen bei Bloomsbury Books gelandet.

»Du hast von Stimmung gesprochen«, sagte Grace, die ihren Kopf zur Begutachtung der Lage in den Sicherungskasten gesteckt hatte.

»Hm?«

»Stimmung ... Der Despot ... Was ist denn los?«

»Margaret Runnymede, die ist los.«

Grace' Kopf kam abrupt wieder zum Vorschein. »Ist ihr neues Buch schon erschienen?«

»So wichtigtuerisch, wie sie hier reinstolziert, müsste jeden Tag ein neues Buch von ihr erscheinen. Nur damit er ihr diesen lächerlichen Strauß Veilchen zu ihrer lächerlichen Blümchenprosa überreicht und bauchpinselnd um sie herumscharwenzelt! Da kann einem doch wirklich schlecht werden! Er will, dass heute alles im Laden perfekt für sie ist.«

Grace hob die Augenbrauen. »Und mehr will er nicht?«

Vivien gab ein kurzes Würgegeräusch von sich. »Er hält

sich ja für unwiderstehlich. Aber ich kann mir nicht vorstellen, dass sie sich jemals auf ihn einlässt …«

»Nun, es scheint genug Frauen zu geben, die das tun. Also, die Interesse an ihm haben, meine ich.« Grace klappte den Sicherungskasten zu und rieb sich die Hände. »Alles erledigt.«

»Und das weiß er auch.«

»Nun, daraus kann man ihm nicht unbedingt einen Vorwurf machen.« Zwar mochte Grace den Leiter der Romanabteilung nicht besonders, aber in ihrer aller Interesse zog sie es vor, ihr Missfallen nicht so zur Schau zu stellen wie Vivien.

Hintereinander erklommen sie die Stufen zurück ins Erdgeschoss, wo Vivien noch rasch mit in Grace' Büro ging, um den Wasserkessel zu holten. Durch die gläserne Abtrennung erblickten sie nun Mr Dutton, der reglos hinter seinem Schreibtisch saß, als wartete er darauf, dass man ihm eine Aufgabe erteilte. Hinter ihm an der Wand hingen etwas schief die eingerahmten einundfünfzig Regeln der Buchhandlung, die er gleich nach seiner Beförderung zum Geschäftsführer vor fast zwanzig Jahren aufgestellt hatte.

»Einen Keks oder zwei?«, fragte Vivien laut und geschäftsmäßig, während Grace sich wieder auf ihren Bürostuhl setzte und den Stoff ihres Rocks unter sich glatt zog.

Grace zögerte. Sie wurde bald vierzig und hatte vor Kurzem festgestellt, dass ihre Hüften ein wenig runder geworden waren. Auch ihrem Mann Gordon war es aufgefallen. Und er war nicht der Typ, der kommentarlos über so etwas hinwegsah.

Seufzend hob sie also nur einen Finger. Vivien schnaubte leise und kehrte in die Küche zurück, wobei sie den Kessel so ausladend hin und her schwang, also wollte sie bewusst irgendwo anecken.

Grace betrachtete die Papierberge um sich herum, die noch zu bearbeiten waren. Es wäre sinnlos, so kurz vor der vollen Stunde noch etwas anzufangen. Also wartete sie.

Nach wenigen Minuten, pünktlich um elf Uhr, hörte sie Mr Dutton nach ihr rufen.

»Miss Perkins.« Wie immer setzte er die Anrede »Miss«, für unverheiratete Frauen, vor ihren Ehenamen. Damit unterstrich er, wie ungewöhnlich es war, dass sie als Ehefrau und Mutter arbeiten ging. Viel lieber würde Grace sich wie ein Filmstar fühlen – Miss Crawford, Miss Hepburn –, doch sie wusste, so war es nicht gemeint.

Sie nahm Stift und Schreibblock, stand auf und betrat das Büro ihres Chefs durch die geöffnete Verbindungstür.

»Guten Morgen, Mr Dutton. Ich hoffe, alles ist gut verlaufen.« Sie sagte es freundlich, aber nicht als Frage formuliert, weil sie wusste, dass er ohnehin nicht darauf antworten würde.

»Ein wunderbarer Morgen«, erwiderte er mit einem so schmalen Lächeln, dass es in seinem runden, fleischigen Gesicht kaum zu erkennen war. »Sie sind hoffentlich gut ins neue Jahr gekommen.«

»Danke, ja. Sie auch?«

Er nickte. »Dürfte ich wohl eine Sekunde Ihrer Zeit beanspruchen?«

Sie nickte ebenfalls und hob demonstrativ Stift und Block an. Tausendmal schon hatten sie diese Routine absolviert. Er ging mit ihr den Terminplan durch – seinen Terminplan, denn alle anderen im Laden kümmerten sich einzig und allein um die Kundschaft –, und als sie bei 14:30 Uhr angelangten, sah er Grace irritiert an.

»Eine Miss Evelyn Stone?«, fragte er nach.

»Ja, wissen Sie noch? Dieser seltsame Anruf vor Weihnachten. Mr Allen hat bestätigt, dass er sie vor ein paar Jahren über Yardley Sinclair kennenlernte, und Sie haben einem Vorstellungsgespräch zugestimmt.«

Mr Dutton starrte Grace nur an. Sie wusste, dass sein Gedächtnis in letzter Zeit etwas nachgelassen hatte, also half sie ihm erneut auf die Sprünge.

»Sie haben der Form halber zugestimmt – aus Respekt gegenüber Mr Sinclair ... als einem hochgeschätzten Freund unserer Buchhandlung.«

Mr Dutton schrieb den Namen in sein Terminbuch und nickte. Das war für Grace das Zeichen, dass sie sich setzen und sein Diktat für die Geschäftskorrespondenz aufnehmen konnte.

Den siebten Brief beendete er mit den Worten: »Auch wenn wir es sehr schätzen, dass die Broadstreet Signs Company unseren letzten Verkaufserfolg so nachdrücklich beworben hat, müssen wir Ihr freundliches Angebot für die vergleichsweise kostenintensive Plakatierung diesmal leider ablehnen. Mit freundlichen Grüßen ...«

Er hielt inne und strich sich mit der rechten Hand über den deutlich kahler werdenden Schädel. Wahrscheinlich hatte Grace »einen ihrer Blicke aufgesetzt«, wie Gordon es gern ausdrückte.

»Ja, Miss Perkins?«

»Es ist nur so, dass ... nun ja, ich glaube, unser Schaufenster sieht in letzter Zeit recht unspektakulär aus, und Viv und ich waren letzte Woche einmal bei Foyles, um deren Auslage anzusehen, und ich muss sagen, dass sie das recht gut gemacht haben.«

Mr Dutton bedachte sie mit einem seiner speziellen Blicke, einer kuriosen Mischung aus Entsetzen und Nachsicht. Den setzte er immer auf, wenn sie etwas Neues vorschlug. Mehr noch, als hinter ihrem größten Konkurrenten Foyles zurückzubleiben, fürchtete Mr Dutton vermutlich, von seiner Sekretärin auf eine Nachlässigkeit hingewiesen zu werden, dachte Grace.

»Und … also … ich dachte, mit richtig schönen Plakaten, so wie denen von der Broadstreet Company, die wir dann im Schaufenster von oben herunterhängen lassen, damit sie nicht die Sicht versperren … und mit anderen Regalen, ohne Rückwände, damit mehr Licht durchkommt … Also, ich dachte, damit könnten wir gut die nächste Sonderangebotsaktion zum neuen Jahr bewerben.«

Mr Dutton starrte sie nur an. Seit fast fünf Jahren arbeitete Grace nun schon für Bloomsbury Books, und soweit sie wusste, war noch nie ein Sonderangebotsplakat ins Schaufenster gehängt worden – oder sonst irgendwo in den Verkaufsraum. Stattdessen wurden die Verkäufer angehalten, diskret und elegant auf ihre Angebote hinzuweisen, als wäre allein schon der Gedanke verwerflich, Bücher könnten etwas mit Geld zu tun haben.

»Außerdem steht bald das hundertjährige Jubiläum der Buchhandlung an«, fuhr Grace fort, nachdem Mr Dutton immer noch schwieg. »Das können wir gar nicht früh genug bekannt geben, um Aufmerksamkeit auf uns zu ziehen. Vivien und ich dachten an ein weiteres Plakat: Hundert Jahre Bücher von Bloomsbury – mit einer Auswahl der beliebtesten Titel aus jedem Jahrzehnt.«

Mr Dutton war ein Gewohnheitstier, dem es angesichts einer beunruhigend ungewissen Zukunft widerstrebte, zu früh Zeit oder Geld in etwas zu investieren. Dies war einer der vielen Unterschiede zwischen ihm und seiner hochgeschätzten Sekretärin, wenn es ums Geschäftliche ging.

»Danke, Miss Perkins«, sagte er schließlich. Sein Gesichtsausdruck wirkte leicht gequält. »Das wäre dann alles für heute.«

Ja, es war tatsächlich alles für heute. Es wäre auch alles für morgen und für übermorgen. Jeden einzelnen Tag würde sie seine unnötig langen Briefe tippen, seine Unmengen an Unterlagen in alphabetische Ordnung bringen und ihm den Tee anreichen. Dann würde sie nach Hause gehen und Variationen desselben für ihre Familie erledigen.

Grace sah den Korridor hinunter zu Vivien, die sich an der Kassentheke abstützte. Mit sanft hin und her schwingenden Hüften schrieb sie immer wieder etwas in ein grünes Spiralnotizbuch und kaute zwischendurch an ihrem Stift. Vivien war hinter dieser Theke mehr oder weniger eingesperrt, da sie nur gelegentlich zur Kundenberatung in den Verkaufsraum gehen durfte. Wie Grace war auch sie in der Zeit zu Bloomsbury Books gekommen, als die Welt aus den Trümmern des Krieges wiederauferstand. Damals hatte das Leben nach neuen Möglichkeiten und Freiheiten geschmeckt, vor allem für Frauen, die im Krieg mit allen Alltagsdingen betraut gewesen waren, während die Männer an der Front gekämpft hatten. Es hatte sich wie ein Gesellschaftsvertrag angefühlt, der in einer Zeit großer Not und großer Opfer Kraft spenden sollte: dass denjenigen, denen viel abverlangt wurde, später viel gegeben würde.

Doch irgendwie war die Vergangenheit selbst durch die feinsten Risse der zerbrochenen Welt versickert. Frauen wie Vivien und Grace hatten auf einen Neustart für alle gehofft; fünf Jahre später aber waren die Möglichkeiten für Frauen immer noch genauso rationiert wie das Essen. Die Mächtigen blieben weiterhin darauf bedacht, an ihrer Macht festzuhalten, selbst bis zum bitteren Ende.

KAPITEL 2

Regel Nr. 12

Im Notfall ist unbedingt
Erste Hilfe zu leisten.

Der »Despot« war Alec McDonough, ein Junggeselle Anfang dreißig, der im Erdgeschoss von Bloomsbury Books die Abteilung für Romane, Neuerscheinungen und Kunst leitete. Er hatte in Bristol Literatur und Kunstwissenschaft studiert und sich, bevor der Krieg dazwischenkam, eine große Karriere ausgerechnet – Vivien frotzelte oft, er wolle am liebsten eine eigene kleine Kolonie regieren. Nach seiner ehrenhaften Entlassung aus der Armee im Jahr 1945 hatte Alec seine Arbeit in der Buchhandlung am selben Tag aufgenommen wie Vivien. »Aber eine Stunde früher. Wie ein älterer Zwilling«, kommentierte sie trocken, wenn Alec irgendetwas als Erster bekam.

Von Anfang an waren die beiden Rivalen gewesen, wobei es nicht nur um die Leitung der Romanabteilung ging. Jeder Verleger, der den Laden betrat, jeder Gastredner mit Kontakten zur Literaturszene bot die Chance auf Macht und Einfluss in der Buchbranche. Sowohl Alec als auch Vivien waren nach London gekommen, um ihr Glück als Schriftsteller zu versuchen, und aus ebendiesem Grund hatten beide ihre Stellung bei Bloomsbury Books angetreten. Beide waren aber auch klug genug, zu wissen, dass es die Männer waren, die hier die Zügel in der Hand hielten – vom etwas steifen Mr Dutton über den damaligen Leiter der Romanabteilung Graham Kingsley und den emsigen Frank Allen bis hin zum knurrigen Master Mariner Scott. Denen mussten sie zunächst einmal gefallen. Und diesbezüglich war Alec klar im Vorteil. Mit jeder Erzählung über seine Kriegserlebnisse, jeder Erinnerung an gemeinsame Zeiten in zufällig denselben Schulen und jedem Bericht über damals gewonnene Cricketspiele wurde Vivien missmutiger, was ihre eigenen Möglichkeiten der Beförderung betraf.

So war es kein Wunder gewesen, dass Alec schon nach wenigen Wochen sowohl mit dem langjährigen Geschäftsführer Herbert Dutton als auch mit dessen rechter Hand Frank Allen gut befreundet war. Als Graham Kingsley sich 1948 zur Ruhe setzte, wurde sein Posten als Leiter der Romanabteilung Alec übertragen, und noch im selben Jahr erhielt er auch die Leitung über Neuerscheinungen und Kunst – was Vivien immer noch als widerrechtliche Aneignung bezeichnete.

Irgendwann hatte sie angefangen, ihn »Despot« zu nennen; er nannte sie überhaupt nichts. Viviens Probleme mit Alec reichten von den Büchern, mit denen sie die Regale bestückten, bis hin zu seiner Vorliebe, Veranstaltungen nur mit männlichen Autoren durchzuführen, und zwar solchen, die auch im Krieg gewesen waren. Nach ihrem Studium der Literaturwissenschaft in Durham (ihre Wunschuniversität Cambridge hatte es 1941 noch abgelehnt, Frauen einen ordentlichen Abschluss zu gewähren) hatte Vivien feste und gut begründete Vorstellungen davon, welche Titel in einer Literaturabteilung zu stehen hatten. Natürlich teilte Alec diese Vorstellungen in keiner Weise.

»Bücher, die von Frauen geschrieben wurden, liest er noch nicht einmal«, beklagte sich Vivien bei Grace auf ihrer gemeinsamen Busfahrt nach Hause, und Grace nickte mitfühlend, wobei sie sich an ihren Einkaufszettel zu erinnern versuchte. »Weißt du, wie die Regale bei uns aussehen? Da steht kein einziger Roman von Jane Austen, kein einziger von Katherine Mansfield, keiner von Porter. Ich habe diese Geschichte von Salinger im *New Yorker* gelesen, die unser Despot so toll findet: Da geht es von vorn bis hinten nur um traumatisierte Soldaten und Kinder ... Ich habe keine Ahnung, was daran so überaus männlich sein soll.«

Im Gegensatz zu Vivien hatte Grace nicht viel Zeit zum Lesen – womit ihr Mann sie nicht selten aufzog. Aber sie arbeitete auch nicht wegen der Bücher in der Buchhandlung. Sie arbeitete dort, weil die Busfahrt in den Stadtteil Bloomsbury nur zwanzig Minuten dauerte, weil sie die Kinder auf dem Weg dorthin zur Schule bringen konnte und weil sie bei Feierabend die unverkauften Zeitungen mit nach Hause nehmen durfte. Von Grace war der Vorschlag gekommen, sie könnten doch auch importierte Zeitschriften anbieten, insbesondere *The New Yorker*. Da die Buchhandlung ganz in der Nähe des British Museum und des Theaterviertels lag, kamen recht oft reiche amerikanische Touristen bei ihnen vorbei. Grace war überzeugt, dass solche kleinen Erinnerungen an ihre Heimat die Amerikaner länger im Geschäft halten würden – dazu gern auch Jazzmusik aus dem Radio an der Hauptkasse, doch das gehörte zu den Ideen, gegen die Mr Dutton sich immer noch sträubte.

Vivien und Alec betreuten nun schon mehr als vier Jahre lang das Erdgeschoss zu zweit und umkreisten einander innerhalb des Kassenareals so misstrauisch wie Löwen in einer Kampfarena. Der quadratische, abgeschlossene Kassenbereich befand sich mitten in der Romanabteilung, um eine alte Steckdosenvorrichtung zu verbergen, die genau dort aus dem Boden ragte. Mr Dutton hatte diese unglückliche Vorrichtung nie ohne die schreckliche Vorstellung betrachten können, von einem Kunden verklagt zu werden, der darüber stolperte und sich verletzte. Als er in den 1930ern zum Geschäftsführer avanciert war, hatte er sofort das Kassenareal um diese Steckdose herum errichten lassen.

Eine Maßnahme, die sich für die Angestellten als vorteilhaft erweisen sollte. Nun konnte man von der Kasse aus einen Kunden schon frühzeitig aus jedweder Richtung herankommen sehen und sich seinem Gesichtsausdruck entsprechend – von fragend bis entrüstet – auf eine Reaktion vorbereiten. Es entging einem auch nicht, wenn sich jemand heimlich ein unbezahltes Buch in die Tasche steckte. Andere Buchhandlungen hatten sich dieses Konzept bereits abgeschaut und die eigenen Kassenbereiche entsprechend umgestaltet. Im Grunde genommen war die ganze Nachbarschaft voller Spione, denn Vivien und Grace waren nicht die Einzigen, die die Schaufenster und Ladeneinrichtungen der Konkurrenz beäugten. Nach fünf langen Jahren kriegsbedingter Rationierung und schrittweisem Aufbau war in London allmählich ein Aufschwung zu spüren, und überall entstanden neue Buchhandlungen. Der Stadtteil Bloomsbury war Heimat des British Museum, der Universität und vieler berühmter Schriftstellerinnen und Schriftsteller aus Vergangenheit und Gegenwart, einschließlich des Literaturkreises rund um Virginia Woolf, Lytton Strachey und E. M. Forster.

Damit war das Viertel ein idealer Ort für Buchliebhaber und Literaturschaffende aller Art.

Und nun, am leicht verschneiten 2. Januar 1950, fand auch die junge Evie Stone mit Mr Allens Visitenkarte in der Tasche ihren Weg hierher.

Vivien entdeckte sie als Erste.

Die Glocke an der Eingangstür gab ihr übliches kurzes Pling von sich, als ein Paar abgetretener Mädchenstiefel über die Schwelle der Buchhandlung trat. Ebenso kurz blickte Alec McDonough auf, der ganz in der Nähe zum Sortieren seiner Bücher auf einer Trittleiter stand.

Die schmale, hutlose Gestalt nahm ihn nicht wahr. Bedächtig schritt sie an den vorderen Verkaufstischen mit exponiert ausgestellten Romanen vorbei. Bei jedem Buch, das sie berührte, wiederholte sie dreierlei: Zunächst strich sie mit geradezu verzücktem Blick über den Buchdeckel, dann tippte sie versonnen auf den Titel und nahm abschließend das Buch mit beiden Händen auf, um sowohl das Inhaltsverzeichnis als auch die Rückseite eingehend zu studieren.

Vivien hatte aufgehört, in ihr Notizbuch zu schreiben, und kaute gedankenverloren auf dem Stiftende herum, während sie das junge Mädchen beobachtete. Es trug eine schlecht geschnittene, einfache Topffrisur und fixierte alles, was es betrachtete, mit durchdringendem Blick aus dunklen Augen. Es sah nicht aus wie jemand, der aus der Stadt kam, wirkte aber auch nicht völlig deplatziert.

Methodisch arbeitete die Besucherin sich bis zur Kasse vor, wo Vivien sich nun auf genau die nachlässige Art und Weise gegen die Theke lehnte, die Mr Dutton am meisten gegen den Strich ging. Als das Mädchen den Tresen erreichte, legte Vivien den Stift beiseite.

»Hallo.«

Vivien zog die rechte Augenbraue hoch. »Hallo«, erwiderte sie gedehnt und wartete.

Die Besucherin legte eine ihrer behandschuhten Hände an den Thekenrand und schob Vivien auf fast konspirative Weise eine kleine weiße Karte entgegen.

Vivien legte den Kopf zur Seite und nahm die Karte auf. Überrascht las sie, dass sie Frank Allen aus der Antiquariatsabteilung gehörte.

»Ich bin Evie Stone«, sagte das junge Mädchen, als erkläre das alles.

Fasziniert registrierte Vivien den Kontrast zwischen ihrem schlichten Äußeren und diesem tiefen, intensiven Blick.

»Leider ist Mr Allen heute nicht vor Ort und morgen bei einer Haushaltsauflösung. Ich hoffe, Sie hatten keine allzu lange Anreise.«

Das Mädchen schüttelte vehement den Kopf. »Mein Name ist Evelyn Stone. Und ich möchte Mr Dutton sprechen.«

»Ah«, rief Vivien nun weitaus freundlicher, so dass Alec überrascht den Kopf hob. »Ich verstehe. Sie haben also einen Termin?«

Nun neigte Evie fragend den Kopf, offenbar besorgt, dass ihr Besuch nicht angekündigt worden war.

»Wenn Sie bitte kurz hier warten würden … Ich sage ihm Bescheid.«

Vivien bewegte ihren schlanken Körper durch die schmale Schwingtür an der Rückseite des Kassenbereichs und betrat den Korridor, an dessen Ende sie in einem verglasten Büroabteil verschwand. Wenige Sekunden später spazierte Vivien gemächlich zu Evie zurück, als hätte sie alle Zeit der Welt.

»Bitte entschuldigen Sie, tatsächlich hat Mr Dutton Sie erwartet. Folgen Sie mir.« Vivien machte eine Handbewegung. »Kann ich Ihnen den Mantel abnehmen?«

Ihre Besucherin verneinte und zog den Mantel sogar fester um sich. Sie schien nervös zu sein, was Vivien ein wenig anrührte.

Nachdem sie das Mädchen bei Grace abgeliefert hatte, kehrte Vivien auf ihren Posten an der Kasse zurück, neben der nun auch Alec stand. Er lehnte sich auf die gleiche lässige Weise gegen die Theke, für die sie so häufig gescholten wurde. Wenn ein Mann sich so nonchalant gebärdete, schien Mr Dutton nichts dagegen zu haben. Von Frauen wurde offenbar erwartet, dass sie elegant auftraten, und von Männern, dass sie freundlich und zugänglich wirkten.

»Was?«, fragte sie scharf.

»Was war das denn für ein kurioses kleines Ding?«

Seufzend nahm Vivien ihren Stift wieder auf. Zu Alec musste sie immer aufsehen, was ihr widerstrebte. Niemand sollte derart groß sein.

»Wenn Sie es unbedingt wissen müssen: Das war Miss Evie Stone, mit einem Termin bei Mr Dutton.«

»Und wieso?«

Vivien legte den Stift wieder ab und stöhnte genervt. »Wegen einer Anstellung natürlich. Grace meinte, Yardley Sinclair habe sie empfohlen. Der Leiter der Abteilung für Museumsdienstleistungen drüben bei Sotheby's. Ist das genug Information für Sie?«

Alec machte ein ähnlich schnippisches Gesicht wie sie.

»Für die Kasse wird sie sich ja wohl nicht bewerben. Sie sieht kaum älter aus als sechzehn – wenn überhaupt …«

»Keine Sorge, Alec. Ich bin sicher, für Ihr Revier interessiert sie sich nicht im Mindesten.«

Alec sah aus, als wollte er gerade etwas erwidern, als ein seltsamer Schrei ertönte. Alle Anwesenden hoben den Blick aus irgendwelchen Büchern, und Alec griff instinktiv nach Viviens Arm.

»Du meine Güte!«, rief er. »War das Grace?«

Er lief um das Kassenareal, um Vivien die Schwingtür aufzuhalten, bevor sie gemeinsam den Korridor hinuntereilten. Grace stand wie angewurzelt vor dem Büro des Geschäftsführers, eine Hand vor dem Mund.

Im Büro selbst lag Mr Dutton reglos auf dem Boden. Evie kniete neben ihm.

»Was um alles in der …« Alec ging einen Schritt vorwärts, doch Evie hob die Hand, um ihn aufzuhalten.

In diesem Moment begann Mr Dutton, krampfartig mit Armen und Beinen zu zucken.

»Rufen Sie einen Krankenwagen«, sagte Evie ruhig zu Grace, während sie Mr Duttons Krawatte löste. »Und bleiben Sie zurück.«

Grace blieb stocksteif mit Alec und Vivien im Türrahmen stehen. Alle drei starrten entgeistert auf den sich windenden Mann zu ihren Füßen.

»Jetzt! Sofort!«, rief Evie.

Grace zuckte zusammen und hastete panisch zum Telefonapparat auf Mr Duttons Schreibtisch. Alec rief von der Tür aus: »Wir sollten ihm etwas … etwas in den Mund schieben … ein Buch oder …«

Das Mädchen schüttelte den Kopf. »Nein«, sagte sie mit fester Stimme. »Bleiben Sie einfach zurück.« Dann musterte sie den riesigen antiken Schreibtisch. »Räumen Sie den Tisch aus dem Weg. Schnell! Bevor er sich daran stößt.«

Nun trat Alec vor und schob den Tisch mit einem kräftigen Ruck aus dem Weg, gerade als Grace den Hörer auflegte.

»Der arme Mann … Sie sind unterwegs. Wie haben Sie …?«

Das junge Mädchen hob wiederum die Hand, um Grace zum Schweigen zu bringen. Die drei Angestellten konnten nur hilflos mitansehen, wie Evie ihre rechte Hand auf Mr Duttons Brustkorb legte. »Sein Herz schlägt ziemlich langsam.«

»Grace?«, begann Alec. »Hat er vorhin irgendwas gesagt? Irgendetwas, das … Wussten Sie davon?«

Grace schüttelte den Kopf und hob sich erneut eine zitternde Hand vor den Mund. »Ich weiß nur, dass er beim Arzt war. Warten Sie …« Sie zog die oberste Schreibtischschublade auf, kramte darin herum, lief dann zum Garderobenständer in der Ecke und schob die Hände in seine Manteltaschen. »Ja, hier ist etwas …«

Sie hielt den anderen eine kleine Tablettendose entgegen. »Phenytoin«, las sie laut vor.

»Holt Ash!«, rief Vivien. »Und das medizinische Wörterbuch …«

Alec zögerte nur kurz, dann rannte er zur Treppe.

»Er hat aufgehört zu krampfen«, verkündete Evie im selben Moment.

Mr Duttons Lider begannen zu flattern, dann öffnete er die kleinen runden Augen. Seine Gesichtszüge entspannten zusehends.

Alec kam mit Ash Ramaswamy im Schlepptau, der

ein dickes medizinisches Wörterbuch in den Händen hielt.

»Um Phenytoin geht es … bei Epilepsie? Ja, Miss?«, fragte er, zu Evie gewandt. »Niedriger Puls?«

Evie starrte Ash so unverhohlen an, dass es den anderen nach kurzer Zeit unangenehm wurde. Vivien fragte sich, ob Evie überhaupt schon einmal einen Menschen aus Indien gesehen hatte, und schämte sich gleich darauf für diesen Gedanken.

»Ja, ziemlich niedrig«, antwortete Evie schließlich, und Ash schien weder ihr Zögern noch ihre geröteten Wangen bemerkt zu haben. Er wirkte ähnlich irritiert über ihre Anwesenheit.

»Dann legen Sie bitte etwas unter seinen Kopf, Miss … um Wirbelsäule und Kiefer in eine gerade Linie zu bringen.«

Schnell zog Evie ihre blaue Strickjacke aus und schob sie Mr Dutton, der immer mehr zu sich kam, vorsichtig unter den Nacken.

»Alles in Ordnung, Sir. Sie hatten nur einen kleinen Anfall.« Evie nahm seine Hand und streichelte sie kurz, als wollte sie ein kleines Tier oder ein Kind trösten, worauf Mr Dutton noch peinlicher berührt wirkte als zuvor.

Mit einer gewissen Erleichterung beobachteten die Angestellten daraufhin, wie Evie dem Geschäftsführer half, sich auf dem Ellbogen abzustützen.

»Ihr Puls geht langsam, Sir. Bitte bleiben Sie noch so liegen«, sagte Evie.

Mr Dutton wandte den Kopf in Richtung der fremden Stimme und musterte die hinter ihm kniende junge Frau. »Es tut mir furchtbar leid, Miss. Das muss ein schrecklicher Anblick für Sie sein. Für Sie alle.«

Nun lächelte Evie zum ersten Mal, seit sie die Buchhandlung betreten hatte. »Machen Sie sich um mich keine Sorgen, Sir.«

»Ja«, sagte Vivien. Sie stand im Türrahmen und beobachtete die Eingangstür des Ladens, durch die gerade die Sanitäter traten. »Miss Stone hat souveräner agiert als wir alle zusammen.«

Sie machte den Sanitätern Platz, die mit einer Trage durch den Korridor eilten. Im Büro angekommen, kümmerten sie sich augenblicklich um Mr Dutton. Alec kehrte zu den Kunden in den Verkaufsraum zurück, Ash machte sich auf den Weg in den Keller, und Vivien, Grace und Evie blieben im Korridor stehen.

Grace konnte sich gut vorstellen, dass die Situation für das junge Mädchen recht unangenehm war, und wollte gerade fragen, ob sie Evie eine Tasse Tee anbieten könne. Im selben Moment ertönte eine dröhnende Stimme von oben, dann waren Schritte zu hören auf der Treppe, die Vivien höhnisch »Via Dolorosa« nannte – den Leidensweg.

»Was zum Teufel ist das für ein Getöse?«

KAPITEL 3

Regel Nr. 44

Allein der Geschäftsführer hat über die Einstellung, Beförderung und Entlassung von Angestellten zu bestimmen.

Am Fuß der Treppe stand ein Mann, der die sechzig deutlich überschritten hatte. Er trug ein Jackett, dessen Revers mit einer Reihe Seefahrtsabzeichen bestückt war.

»Mr Dutton hatte einen Anfall«, erklärte Grace und nickte in Richtung seines Büros. Durch den Türrahmen sah man die beiden Sanitäter auf dem Boden knien und dem Geschäftsführer helfen, sich aufzusetzen und gegen eines der Tischbeine zu lehnen.

»Einen Anfall?«, gab der alte Mann fast verächtlich von sich. »Was für einen Anfall?«

»Vermutlich epileptisch«, gab Evie Auskunft.

Mit skeptischem Blick über seine Lesebrille hinweg musterte der Mann nun die Fremde, die zwischen Grace und Vivien stand. Neben den überdurchschnittlich großen Frauen wirkte Evie noch zierlicher, als sie ohnehin schon war.

»Und wer sind Sie?«, dröhnte er erneut.

Grace wagte sich einen Schritt vor. »Das ist Evelyn Stone. Sie ist Mr Dutton zur Anstellung empfohlen worden. Von Mr Sinclair. Yardley Sinclair … von Sotheby's? Der Direktor der Abteilung für Museumsdienstleistungen?«

Der Mann schnaubte verächtlich. »Nicht für meine Abteilung … auf keinen Fall. Frauen haben im Obergeschoss nichts zu suchen.«

Vivien seufzte vernehmlich. Dieses Platzhirschgehabe der Männer war sie bereits gewohnt. Alec würde die junge Frau nicht im Erdgeschoss haben wollen und Master Mariner Scott nicht im ersten Stock.

»Vielleicht interessiert sie sich ja auch gar nicht für Ihre Sammlung alter staubiger Landkarten«, erwiderte sie provokativ. »Ist sie denn überhaupt schon gefragt worden?«

Vivien war die einzige Angestellte, die trotz seiner häufigen Wutausbrüche keine Angst vor Master Mariner Scott hatte. Sie war ziemlich sicher, dass dieser Mann unter seiner mürrischen Oberfläche die Frauen doch liebte, vor allem hübsche Frauen, und er einfach einen Schutzwall errichtet hatte, um sein Ego zu schützen. Genau so ein Mann kam auch in ihrem Roman vor – dem Roman, von dem niemand etwas wusste und den sie heimlich in ihr grünes Notizbuch mit Spiralbindung schrieb.

Master Mariner Scott sah aus, als wollte er gleichermaßen aggressiv antworten, doch dann schien er es sich anders zu überlegen.

»So jung, wie sie aussieht, kann ich mir ohnehin nicht vorstellen, wo wir sie einsetzen sollen.« Er wandte sich an Grace. »Anfall oder nicht, es ist Zeit für Tee«, fügte er brummig hinzu.

»Ein Keks oder zwei?«, fragte Grace in ihrer ausgesprochen freundlichen Art, an deren Aufrichtigkeit die männlichen Angestellten in letzter Zeit ernsthafte Zweifel hegten.

»Zwei«, bellte er, dann stieg er wieder die Treppe hoch.

»Sie fragen sich wahrscheinlich, wer das war«, sagte Grace entschuldigend zu Evie.

Vivien lachte. »Oh, ich glaube, sein Auftreten war Erklärung genug.«

Grace spähte in Mr Duttons Büro. Erleichtert stellte sie fest, dass die beiden Sanitäter ihre Sachen zusammenpackten und der Geschäftsführer wieder mit Stift in der Hand am Schreibtisch saß und so zu tun versuchte, als seien die letzten Minuten nicht geschehen.

»Das war Master Mariner Scott«, fuhr Grace fort. »Er hat im Großen Krieg bei den Seegefechten im Kanal gekämpft und musste – zu seinem großen Unmut – im letzten Krieg zu Hause bleiben. Jetzt befehligt er das Obergeschoss: Geschichte, Reisen, Landeskunde, Abstammungslehre – hauptsächlich aber maritime und Militärgeschichte.«

»Ich mache mir nicht viel aus Kartografie«, sagte Evie.

Vivien klopfte ihr auf die Schulter. »Was für ein Glück! Wofür interessieren Sie sich denn dann? Also, für welche Bücher, meine ich.«

Evie blickte zur Treppe. »Ältere.«

Die Sanitäter schoben sich nun mit der leeren Trage an den drei Frauen vorbei, die immer noch im Korridor standen. Ein leises Hüsteln ertönte, und Grace erkannte es als das Zeichen, dass sie und Evie zu Mr Dutton zurückkehren sollten.

»Sein Puls ist wieder stabil.« Einer der beiden Männer war stehen geblieben, um Grace zu informieren. Er war jung und groß und lächelte freundlich. »Vermutlich durch das neue Medikament.«

»Dann war es kein epileptischer Anfall?«, erkundigte sich Vivien.

Der junge Mann musterte sie von oben bis unten und nickte anerkennend. »Nein, Miss, es war ... das eine hat das andere bedingt. Wussten Sie denn, dass er Epileptiker ist?« Er sah von ihr wieder zu Grace.

Die zwei Angestellten schüttelten den Kopf, und Evie reagierte nicht, weil sie sich nicht in das Gespräch mit einbezogen fühlte.

»Nun, wer auch immer sich um ihn gekümmert hat, hat genau das Richtige getan.«

Grace trat zur Seite und wies mit der Hand auf Evie. Jetzt schien der Mann sie zum ersten Mal wahrzunehmen und beugte sich vor, um auch sie genau zu mustern. »Wenn ich das richtig verstanden habe, hatten Sie sich gerade um eine Anstellung beworben, als es passierte.«

Evie nickte.

»Tja ...« Er richtete sich wieder auf und zwinkerte Vivien und Grace zu. »Nach all der Aufregung sollte man Sie hier unbedingt einstellen.«

Evie saß erneut auf dem Besucherstuhl vor Mr Duttons Schreibtisch. Er notierte etwas für Grace, die nach wie vor im Türrahmen stand.

Da Mr Dutton sich mit dem Schreiben Zeit ließ, inspizierte Evie das Büro. Sie registrierte den verglasten Bücherschrank mit vielen alten Büchern neben einer Reihe von Aktenschränken – ein Ordnungssystem, von dem sie nur träumen konnte. An den Wänden hingen mehrere Urkunden zu erfolgreichen Buchverkäufen, eine Siegerurkunde für ein Cricketturnier aus der Oberschulzeit, ein Foto, auf dem die Belegschaft der Buchhandlung an einem Strand Picknick hielt, und eines mit einer ernst aussehenden älteren Frau mit ähnlich rundem Gesicht wie Mr Dutton. Am auffälligsten war ein großer Rahmen mit einer langen Liste an Geschäftsregeln, der hinter ihm an der Wand hing.

Evie hatte den Eindruck, als befinde sich Mr Duttons gesamtes Leben innerhalb dieser Wände. Bevor er zusammengebrochen war, hatte er ihr erzählt, er habe als Laufbursche hier angefangen. Sein ganzes Studium über hatte er an den Wochenenden bei Bloomsbury Books gearbeitet, und als er bei der Prüfung zum Beamten durchfiel, bewarb er sich sofort auf eine feste Stelle. Das war kurz nach dem Großen Krieg gewesen, für den er zum Kämpfen noch zu jung gewesen war. Bis irgendwann in den Dreißigern hatte er sich zum Geschäftsführer hochgearbeitet und zunächst Frank Allen eingestellt, der jetzt Abteilungsleiter für antiquarische und seltene Bücher war, damals aber als Einkaufsassistent angefangen hatte. Sie beide waren am längsten von allen für die Buchhandlung tätig.

Danach hatte er ihr die restliche Geschichte des Geschäfts erzählt. Evie wusste nicht genau, warum er das getan hatte. Am meisten interessierte sie das Antiquariat im zweiten Stock – zum Glück in sicherer Entfernung von Master Mariner Scott, wie sie nun wusste.

Mr Dutton faltete seine handgeschriebene Notiz zusammen und hielt sie Grace hin.

»Bitte lassen Sie das Mr Allen zukommen. Er ist heute und morgen Vormittag bei Toppings, aber er sollte Bescheid wissen, falls …« Er brach ab, und Grace nahm das Papier an sich.

»Mr Dutton, bitte … bemühen Sie sich nicht weiter.

Ich werde mich um alles kümmern. Und ich bin sicher, Miss Stone hier könnte auch eine kleine Pause vertragen.«

Evie schüttelte den Kopf. »Ist schon gut, Ma'am.«

»Es tut mir wirklich furchtbar leid«, ging Mr Dutton dazwischen. »Ich habe mich noch gar nicht richtig bei Ihnen bedankt. Die Sanitäter haben mir erzählt, was Sie alles getan haben. Woher wussten Sie …?«

Evie zuckte die Schultern und dachte an die vielen Anfälle, die ihr Vater nach seinem ersten Herzinfarkt erlitten hatte. Von den Verletzungen des Traktorunfalls auf ihrem Hof hatte Mr Stone sich nie wieder richtig erholt. Ein Körperteil nach dem anderen hatte ihm danach den Dienst versagt, und für die Familie war es eine harte Lektion gewesen, zu erleben, wie auf einen Schicksalsschlag noch viele weitere folgten.

»Man lernt das, was man lernen muss.«

»Und Sie mussten viel über alte Bücher lernen?«, fragte Mr Dutton.

»In gewisser Weise … ja.«

»Und nachdem sie nun alles darüber gelernt haben, möchten Sie sie jetzt verkaufen?«

»Nein, ganz und gar nicht.«

Irritiert sahen Mr Dutton und Grace einander an.

»Ich möchte sie katalogisieren.«

Mr Dutton lehnte sich zurück, und im bereits fahler werdenden Licht des Winternachmittags konnten die Frauen die feinen Schweißperlen erkennen, die ihm von seinem Anfall noch immer auf der Stirn standen.

»Grace … der Brief.« Er sah sie eindringlich an. Als Grace sich wieder gefasst hatte, verließ sie nach kurzem Nicken das Büro.

»Woher wissen Sie, dass sie katalogisiert werden müssen?«, wandte Mr Dutton sich an Evie.

»Nun, das müssen sie doch eigentlich immer wieder. Weil die Dinge sich mit der Zeit ändern. Herkunft, Seltenheit, Wert. Immer passiert irgendetwas und verändert für ein altes Buch die Zukunft.«

Mr Dutton starrte sie an. Evie wusste, dass sie über Bücher sprach, als wären sie lebendig. So lebendig und wandlungsfähig wie Menschen.

»Ihre akademischen Zeugnisse sind tadellos. Ich wundere mich, dass Sie sich mit der Arbeit in einer Buchhandlung bescheiden wollen.« Mr Dutton lächelte schwach. »Aber darüber könnte ich mich bei mir selbst auch wundern.«

Das ehemalige Dienstmädchen und den beleibten Geschäftsführer verband über eine gewisse Zwanghaftigkeit und ein starkes Pflichtgefühl hinaus also eine weitere seltsame Gemeinsamkeit.

Schon jetzt konnte Evie spüren, wie sich ihr Herz für diesen kränklichen älteren Herrn erwärmte, der blass und müde hinter seinem Schreibtisch saß und tapfer versuchte, seine Arbeit fortzusetzen – genau so, wie sie es täte.

»Sir, vielleicht sollte ich später noch einmal wiederkommen …«

»Ich fürchte, ein Später wird es nicht mehr geben.« Als sie ihn erschrocken ansah, hob er beschwichtigend die Hand. »Entschuldigen Sie bitte, Miss Stone. Ich meinte nur, dass mir geraten wurde, mich für eine Weile auszuruhen. Am besten für einige Wochen. Ich werde der Belegschaft morgen früh Bescheid geben – sie müssen ein paar Veränderungen hinnehmen, und ich fürchte, die werden nicht allen gleichermaßen gefallen.«

Irgendwie spürte Evie, dass er Vivien und Grace meinte.

»Unser Leiter der Antiquariatsabteilung, Mr Allen, ist seit fast zwanzig Jahren meine rechte Hand, und wir entscheiden alles gemeinsam. Aber wie Sie wissen, ist er gerade unterwegs, ziemlich weit im Norden sogar, und ich werde ihn leider frühestens morgen erreichen. Für Mr Allen werden die … äh … Veränderungen am deutlichsten zu spüren sein, und er wird …«, hier machte Mr Dutton eine so lange Pause, dass Evie irgendwann fürchtete, er würde einen neuerlichen Anfall erleiden, »… er wird in seiner Abteilung Unterstützung benötigen. Alle werden eine gewisse Unterstützung benötigen.«

Evie saß schweigend da und erinnerte sich an ihr Gespräch mit Senior Fellow Christenson, bei dem sie nicht rechtzeitig geschaltet und eingegriffen hatte. Nicht gegen die Bevorzugung ihres Kollegen Stuart Wesley protestiert hatte. Nicht das Nötige getan hatte, um die Stelle zu bekommen.

»Ich kann in vielerlei Hinsicht unterstützen«, bot sie nun also an. »Nicht nur bei alten Büchern, sondern … bei allem, was nötig ist.«

Das waren genau die Worte, die Mr Dutton am liebsten hörte. Er wünschte sich von seinen Angestellten vollen Einsatz und vollkommene Hingabe. Die einundfünfzig Regeln, die so sichtbar hinter ihm an der Wand hingen, hatte er aufgestellt, um seiner Stimme – väterlich, autoritär, notfalls auch göttlich – noch mehr Gewicht zu verleihen. Wenn alle sich einfach nur an diese Regeln hielten, konnte in seinen Augen rein gar nichts schiefgehen.

KAPITEL 4

Regel Nr. 14

Der Dienstschluss für die Angestellten
ist abhängig von den geschäftlichen
Erfordernissen des Tages.

Nach diesem ereignisreichen Tag verließen Grace Perkins und Vivien Lowry um exakt 17:30 Uhr die Buchhandlung – so wie sie es an jedem anderen Arbeitstag der letzten vier Jahre getan hatten. Egal, was im Geschäft passierte, ob der Geschäftsführer zusammenbrach oder nicht – die Belegschaft hielt sich stets an die gewohnte Routine.

Die Gentlemen im Geschäft konnten die Uhr danach stellen, wann Grace an den Kassenbereich im Verkaufsraum trat, die schlichte schwarze Handtasche über dem Arm und die Hände elegant übereinandergelegt. Vivien ließ dann augenblicklich alles stehen und liegen und schnappte sich ihre eigene schwarze Handtasche. Seite an Seite marschierten die Frauen aus dem Laden und steuerten die Bushaltestelle am Russell Square an. Froh darüber, nicht länger in Hörweite der Männer zu sein, die über sie bestimmten, verbrachten sie den ersten Teil ihrer Heimfahrt damit, über die Ereignisse des Tages zu sprechen und sich gegen die des kommenden zu wappnen. In Camden Town stieg Vivien in den Zug Richtung Hackney um. Sie hätte von Bloomsbury aus auch direkt nach Hause fahren können, aber die gesparte Zeit war weniger wertvoll als die gemeinsame Zeit mit Grace, in der sie einander ihr Leid klagen konnten.

Heute blieben die beiden im Bus jedoch auffallend schweigsam. Grace starrte aus dem Fenster in die Dunkelheit, die durch vorbeiflirrende Lichter von Straßenlaternen und beleuchteten Fenstern erhellt wurde. Die Nacht verbarg viel von dem Dreck und Nebel, den die Luftverschmutzung über London verursachte. Eine beständige düstere Wolke, die die Stimmung des ganzen Landes widerzuspiegeln schien.

Der Bus nach Camden Town schob sich langsam nach Norden, zunächst am Russell, dann am Tavistock Square vorbei. Die beiden geometrisch gestalteten Parks waren umgeben von hohen Gebäuden, die dem Allgemeinwohl dienten: Krankenhäuser, Universitäten, das British Museum, auch das ehemalige und durch George Orwell zu zweifelhafter Berühmtheit gelangte Informationsministerium, in dem Grace' Mann während des Kriegs gearbeitet hatte.

Sie merkte, dass Vivien sie am Arm zupfte, und wandte sich zu ihr.

»Es heißt, dass Orwell im Sterben liegt, genau da, in der Uniklinik. Ich habe zufällig gehört, wie das einer der Verleger von Secker and Warburg im Laden gesagt hat.«

Grace seufzte und dachte an ihren kranken Mann zu Hause. »Der arme Mr Dutton. Es muss ihm unsäglich peinlich gewesen sein, dass alle ihn so gesehen haben. Ich frage mich, was sein Arzt dazu sagt.«

»Was auch immer es ist, Mr Dutton wird bestimmt nicht darauf hören.«

»Vielleicht überrascht er uns ja auch.«

Vivien lachte nur.

»Er sollte sich trotzdem eine Pause gönnen. Im Januar ist doch sowieso nicht viel los.«

»Er könnte diese Kleine einstellen, Evie. Ich werde gern eines Besseren belehrt, was Menschen betrifft.«

Jetzt war es an Grace zu lachen. »Wirst du nicht.«

»Nein, wahrscheinlich nicht.«

»Aber es wäre tatsächlich schön, wenn noch eine Frau bei uns arbeiten würde.«

»Ja, du hast eine Menge Männer um dich herum.« Vivien zögerte. »Wie war Weihnachten? Alles in Ordnung?«

Grace lächelte kurz. »Meine Mutter hat die beiden Jungs verwöhnt.«

»Und Gordon? Aber ich vermute, den verwöhnst du schon genug.«

Grace spürte, dass Vivien sie eindringlich musterte. »Was die Männer im Geschäft betrifft ...«, erwiderte sie ausweichend, »die täten gut daran, diese Evie für den zweiten Stock einzustellen und Frank die Geschäftsleitung zu überlassen, bis Mr Dutton wieder zurückkommt.«

»Du hast wohl schon alles geplant. Wie immer.« Vivien zwinkerte ihr zu und stand auf, weil sie gleich aussteigen musste. »Uns beiden werden sie bestimmt keine Geschäftsleitung übertragen.«

Nachdem Vivien ausgestiegen war, stellte Grace ihre Handtasche auf den freien Sitz neben sich in der Hoffnung, vor ihrer Rückkehr nach Hause noch etwas Zeit für sich zu haben.

Wollte sie überhaupt nach Hause? Allein dass sie sich diese Frage stellte, machte ihr schon seit einigen Jahren zu schaffen.

Ihr Mann Gordon war ein schwieriger Mensch. Sein

freudloser Alltag musste in überschaubare Abschnitte gegliedert werden, um seine unvorhersehbaren Launen einigermaßen in Schach zu halten. Nach dem Kriegsdienst war es nur schlimmer geworden, denn als Mitarbeiter einer staatlichen Propagandaabteilung mit Hunderten hochqualifizierter Mitarbeiter hatte er noch mehr Menschen um sich, über die er sich beklagen konnte. Grace hatte ihn 1937 kennengelernt, als sie noch Sekretärin bei der Rückversicherung gewesen war, bei der er als leitender Angestellter gearbeitet hatte. Mit siebenundzwanzig war sie bestrebt gewesen, bald Kinder zu bekommen, um nicht als alte Jungfer zu enden – eine Angst, die sie angesichts jüngerer, moderner Frauen wie Vivien, die unverheiratet und dennoch zufrieden mit ihrem Leben war, mittlerweile infrage stellte. Sie hatte Gordons Antrag nach nur wenigen Monaten gern angenommen, angenehm überrascht, wie schnell er – als Enddreißiger – Nägel mit Köpfen machen wollte. Erst später wurde ihr klar, dass dieser Umstand weniger mit seiner Begeisterung für sie als mit dem Druck seitens seiner Mutter zu tun hatte, die ihn damals ständig drängte, endlich eine Familie zu gründen. Ihr erster Sohn kam nach einem Jahr zur Welt, der zweite weniger als ein Jahr später. Dann begann der Krieg, und das Familienleben fand ein abruptes Ende.

Während Gordon viel Zeit mit Kriegsdingen verbrachte, über die er nicht reden durfte, war Grace mit dem Großziehen der Jungen weitgehend allein. Und auch mit ihrer Angst angesichts der Bomben, die immer irgendwo in der Nachbarschaft einschlagen konnten, des Schützengrabens, der bei Kent angelegt wurde, um die Invasion zurückzudrängen, und der Männer, die nach Europa zogen und nie zurückkamen. Sie war dankbar, dass ihre beiden Jungen, so Gott wollte, nie in einem Krieg wie diesem würden kämpfen müssen, auch wenn die zwei in ihrer kindlichen Naivität genau das beklagten.

Nach Kriegsende hielt Gordons Gefühl an, ein Opfer zu sein. Seine Stimmung trübte sich in gleichem Maße, wie der Himmel über England sich endlich wieder lichtete, und Grace verwandte den Großteil ihrer Energie darauf, seine Wutanfälle ihr oder den Jungen gegenüber zu verhindern. Oder seine Wut über das undichte Regenfass. Oder den Milchmann, der zu nahe an Gordons Rosenbeet vorbeigegangen war. Oder die tausend anderen Dinge, die sich Gordons Meinung nach gegen ihn verschworen hatten. Würden sich alle doch nur vernünftig benehmen, dann könnte er endlich glücklich sein. War das etwa zu viel verlangt?

Natürlich war es das, aber Grace sprach diesen Gedanken niemals laut aus, weil das unverschämt und gefühllos gewesen wäre – zwei ihrer angeblichen Eigenschaften, über die Gordon am meisten wetterte. Grace sah die Welt nicht annähernd so wie ihr Mann. Wenn sie Vivien je einen Rat in Liebesdingen geben sollte, dann den, jemanden zu finden, der die Welt mit ähnlichem Schrecken erlebte wie man selbst – oder mit ähnlicher Neugier und Freude.

Mit der Zeit hatte sie gelernt, jegliche Unverschämtheit Gordon gegenüber zu unterdrücken, aber als gefühllos empfand sie sich deshalb nicht. Sie war nun mal nicht der Meinung, dass die Welt einem irgendetwas schuldete. Das Leben war für jeden auf eigene Art schwierig – sie selbst könnte dafür beneidet werden, eine Familie und ein Dach über dem Kopf zu haben, aber niemand käme auf die Idee, dass es Momente gab, in denen sie einfach nur im Bus sitzen bleiben und weiterfahren wollte.

Diese gemischten Gefühle ihrem Leben gegenüber machten ihr zu schaffen, denn sie liebte ihre Söhne, die jetzt zehn und elf waren, mehr als alles auf der Welt. Sie liebte ihre im Sommer gebräunten, drahtigen Körper und wie sie mit flinken Beinen ständig irgendwo hinaufkletterten und hinuntersprangen, seien es umgedrehte Sofas, das Blechdach von Gordons Schuppen hinten im Garten oder der alte knorrige Walnussbaum vor dem Haus. Sie liebte es, wie ihre Gesichter aufleuchteten, wenn sie ihnen im Winter vor dem Schlafengehen eine warme Ovomaltine machte, und sie liebte es, ihnen einen Gutenachtkuss auf die warme Stirn zu geben. Trotzdem hatte sie das Gefühl, nur zu Beginn und am Ende des Tages eine Rolle in ihrem Leben zu spielen. Und noch schlimmer war, dass sie für Gordon anscheinend nichts weiter war als die große Leere dazwischen: die Quelle seiner Enttäuschung und Verzweiflung, die Person, von der er glaubte, sie könnte sein Leben besser machen, wenn sie nur freundlicher und liebevoller wäre, anstatt ihn immer wieder unglücklich zu machen.

Zum Beispiel indem sie diese Stelle in der Buchhandlung angenommen hatte. Gegen Kriegsende hatte man Gordon eine Erholungszeit verschrieben. »Nervöse Erschöpfung« hieß es auf dem Papier, doch er bestand darauf, dass man ihm einfach zu viel zugemutet und ihn überfordert hatte. Er bekam eine wöchentliche Unterstützungsleistung, die kaum ihre Lebensmitteleinkäufe deckte, und als 1946 die Preise in die Höhe schnellten, konnte Grace nur noch verzweifeln.

Eines Tages war Grace für ihren Wocheneinkauf schon früh am Morgen nach Camden Town gefahren. Gerade als ihr Bus die Gemüsehändler, Fischstände und Metzgereien erreichte, entschied sie spontan, einfach sitzen zu bleiben. Der Doppeldecker fuhr an King's Cross und St. Pancras vorbei und schlängelte sich immer weiter Richtung Süden, weiter, als Grace bisher je Grund hatte zu fahren. Sie saß im Oberdeck ganz vorn am Fenster und starrte durch die riesige Scheibe auf das London, das an ihr vorbeirauschte. Sie dachte an das Buch, das sie den Jungen gerade zum Zubettgehen vorlas, Jules Vernes *Zwanzigtausend Meilen unter dem Meer*, und für einen kurzen Moment konnte sie sich gut vorstellen, in einem futuristischen Unterwasserboot zu sitzen und allein das Meer zu durchkreuzen, außer Reichweite all der Menschen, für die man ihr die Verantwortung übertragen hatte.

Als der Bus Bloomsbury erreichte, erkannte Grace den Straßennamen Great Ormond Street wieder, weil dort das Kinderkrankenhaus lag, dem J.M. Barrie das Urheberrecht für *Peter Pan* vermacht hatte – noch ein Buch, das ihre Jungen liebten. Der Bus fuhr weiter, und in einer der immer enger werdenden Straßen beschloss Grace auszusteigen und ein wenig umherzulaufen. Auf diese Weise gelangte sie zum ersten Mal in die ruhige, kopfsteingepflasterte Straße Lamb's Conduit, die sich zwischen der belebteren Guilford Street im Norden und der Theobalds Road im Süden erstreckte. Schon seit der georgischen Ära im 18. Jahrhundert – der Zeit der vier Könige mit Namen George – hatte es in dieser Straße eine Vielzahl an Geschäften und Waren gegeben, von Süßigkeiten, Käse und Wein über Schmuck bis hin zu Büchern und sogar zwei rivalisierenden Spielzeugläden.

Bei einem der Straßenverkäufer gönnte Grace sich ein Frühstücksbrötchen und einen heißen schwarzen Kaffee. Sie wanderte ziellos umher und nippte an ihrem Becher, obwohl sie sich gleich am Anfang schon die Zunge verbrannt hatte. Als sie schließlich auf einer schmiedeeisernen Bank Platz nahm, entdeckte sie im Schaufenster der Buchhandlung gegenüber direkt in Augenhöhe eine handgeschriebene Stellenanzeige.

Hilfe gesucht
Reife, verantwortungsbewusste und gewissenhafte
Sekretärin für Büroarbeit zur Unterstützung
der Geschäftsführung gesucht.
Unbedingte Voraussetzungen:
Pitman-Kurzschrift & Schreibgeschwindigkeit von 100 WPM.
Weitere Informationen bitte im Geschäft erfragen.

Die Buchhandlung entsprach genau den Vorstellungen, die Touristen hatten. Die Holzverkleidung der Fassade war in glänzendem Dunkelblau gestrichen und das viktorianische Oberlicht über der Eingangstür wie ein Sonnenaufgang gefärbt. Das bodennahe Schaufenster war ein Bogenfenster mit weißem Rahmen, darüber befanden sich zwei weitere Stockwerke mit typisch georgischen Sprossenfenstern. Über die gesamte Breite des Ladens, von links oberhalb der Tür bis an den äußersten rechten Rand des Schaufensters, stand in breiten goldenen Lettern der Schriftzug BLOOMSBURY BOOKS & MAPS.

Für die Bücher im Schaufenster, die die Blicke der Passanten auf sich ziehen sollten, hegte Grace kein besonderes Interesse. Sie mochte Bücher, aber noch mehr mochte sie Geld – oder vielmehr, wie man aus weniger mehr machte. Als vernünftige und ideenreiche Frau war Grace für die Rolle als Haushälterin ihrer Familie bestens geeignet. Es war ihr schon immer leichtgefallen, zu sparen und alles, soweit irgend möglich, wiederzuverwenden: Essensreste wurden für den nächsten Tag aufbewahrt, einzelne Knöpfe in die Knopfbüchse gelegt, lose Schnüre auf ein Knäuel gewickelt. Grace glaubte fest daran, dass man aus dem, was man hatte, das Beste machen musste. Das Einzige, was ihren Unternehmungsgeist bremste, war die Einkaufsliste der Familie: Da Lebensmittel noch immer rationiert waren, wechselten sich auf ihrem Speisenplan lediglich wenig Fleisch mit wenig Gemüse und einem Ei pro Monat ab.

In diesem Moment blieb ein ziemlich attraktiver Mann ungefähr in ihrem Alter vor ihr stehen und durchsuchte leise fluchend seine Aktentasche. Als er merkte, dass er ihr die Sicht auf das Schaufenster versperrte, trat er einen Schritt zurück.

»Oh, tut mir leid. Stehe ich im Weg?«

Grace sah zu ihm hoch, lächelte höflich und schüttelte den Kopf, wobei ihr etwas von ihrem Kaffee auf den Tweedrock spritzte.

»Ach, herrje«, sagte der Mann und fischte ein perfekt gebügeltes Taschentuch aus der Jacketttasche. Dabei ließ er versehentlich den Schlüsselbund fallen, den er endlich in der Aktenmappe gefunden hatte und der nun unter der Bank verschwand.

Automatisch hielt Grace den Kaffeebecher waagrecht auf Abstand und beugte sich vor, um mit der anderen Hand nach dem Schlüssel zu greifen. Dabei stießen sie und der Mann fast mit den Köpfen zusammen, und sie mussten beide schmunzeln.

»Wir stellen uns ganz schön unbeholfen an«, sagte der Mann galant, und Grace gefiel augenblicklich, wie bemüht er war, dass sie sich nicht verlegen fühlte. Je mehr er sich über sich selbst ärgerte, so schien es, desto beflissener zeigte er sich ihr gegenüber. Das genaue Gegenteil von Gordon also, den sie auch einmal für galant gehalten hatte, so wie Charles Boyer oder Basil Rathbone, bis sie feststellen musste, dass er einfach nur überheblich war.

Nun erschien ein gut gekleideter blonder junger Mann an der Ladentür, groß und schlank, mit engelsgleichem Gesicht, und hielt die Tür weit auf.

»Entschuldigung, Eure Durchlaucht, ist womöglich Hilfe vonnöten?«, rief er lachend, während der andere Mann den Schlüsselbund triumphierend in die Höhe reckte.

Grace beobachtete die beiden Männer, wie humorvoll und vertraut sie miteinander umgingen, bevor sie zusammen in der Buchhandlung verschwanden. Sie blieb auf der Bank sitzen und studierte noch einmal die Stellenanzeige im Schaufenster. Alle geforderten Eigenschaften konnte sie erfüllen. Sie war einmal eine kompetente Sekretärin gewesen. Ihre Stenographiekenntnisse waren einwandfrei, und sie galt zweifellos als »reif«, was ihrer Meinung nach nur bedeuten konnte, dass sie »zu verheiratet« oder »zu alt« sein sollte, um die männlichen Angestellten nervös zu machen.

Grace trank einen letzten Schluck Kaffee, brachte den Becher an den Stand zurück und machte sich widerstrebend auf den Heimweg. Sie kam jedoch nicht weiter als bis zur Bushaltestelle, wo sie irgendetwas innehalten und umkehren ließ. Bis zum heutigen Tag konnte sie sich nicht erklären, was es gewesen war. Sie hatte diesen außergewöhnlichen Morgen genossen: ein gekauftes Frühstücksbrötchen, einen Kaffee, den sie ausnahmsweise einmal nicht selbst zubereitet hatte, und dieses Kapitän-

Nemo-Gefühl auf der Busfahrt. Dazu die Eleganz des unbeholfenen Mannes und den Humor des anderen.

Damit haben sie dich reingelegt, würde Vivien später naserümpfend lästern.

KAPITEL 5

Regel Nr. 6

Den guten Ruf der Buchhandlung als Lieferant erstklassiger Bücher gilt es zu bewahren.

Inhaber von Bloomsbury Books war Jeremy Baskin, der 11. Earl Baskin, dessen Urgroßvater das Geschäft vor genau einhundert Jahren beim Kartenspiel in einem Privatclub im Londoner Westend gewonnen hatte. Für die Baskins war Bloomsbury Books lediglich ein weiterer Posten auf der seit Jahrhunderten geführten Liste von Vermögenswerten. Dazu zählten unter anderem mehrere Generationen von Rennpferden, ein original Hogarth und etliche Arbeiterhäuser in dem Dorf, das dem Familiensitz in Yorkshire am nächsten lag.

Da die Buchhandlung quasi aus einer Laune heraus erworben wurde, hielt man in ebensolcher Manier an ihr fest. Bis zum derzeitigen Earl Baskin hatte die Familie kein gesteigertes Interesse an Bloomsbury Books gezeigt, weder am Geschäft selbst noch am Grundstück an der Lamb's Conduit, auf dem das Gebäude stand. Man hatte ohnehin nicht viel Zeit in der Stadt verbracht. Jeremy Baskin jedoch schätzte London. Er liebte die verwinkelten, geschäftigen Straßen, und er liebte es, Dinge zu entdecken, die ihm zuvor nie aufgefallen waren. Die Stadt steckte eben voller Überraschungen.

Lord Baskin hegte fast so etwas wie väterliche Gefühle für die Buchhandlung und ihre Belegschaft, die ihm manchmal wie eine Horde quirliger Kinder erschien. Er selbst war kinderlos, geschieden und alleinstehend. Er hatte im Krieg in Nordafrika gekämpft und war mit versehrtem Bein nach Hause zurückgekehrt, um festzustellen, dass seine Frau in der Zwischenzeit mit einem amerikanischen Soldaten durchgebrannt war. Der Skandal hatte es bis in das Buch *Eine Handvoll Staub* seines Freundes Evelyn Waugh geschafft. Doch anstatt wie dessen Protagonist vor all dem Klatsch und Tratsch in die Tiefen der Amazonasregion zu flüchten, suchte der Earl Zuflucht in der Buchhandlung; die übrige High Society floh vor den Angriffen der Deutschen auf ihre Landgüter. Als schließlich mehrere der männlichen Angestellten zum Militär beordert wurden und man notgedrungen Frauen einstellen musste, arbeitete Lord Baskin bis zum Kriegsende höchstpersönlich mit im Geschäft.

Im Gegensatz zum Rest seiner Familie suchte der Earl den Kontakt mit Menschen aus anderen Gesellschaftsschichten. Er interessierte sich für ihre kleinen und großen Geschichten, und in seinen Augen gab es dafür keinen besseren Ort als eine Buchhandlung.

Am Kassentresen, hinter dem Vivien gerade widerwillig ihren Posten bezog, hatte Lord Baskin mögliche Gründe für ihren ständigen Unmut erfahren. Kunde zu sein, schien in manchen Leuten die schlechtesten Eigenschaften hervorzukehren. Es lag etwas wunderbar und gleichzeitig beklagenswert Demokratisches darin. Im einen Moment verlangte eine gehetzte Hausfrau und Mutter, der noch ein Lolli am Ärmel klebte, das Geld für ein offenkundig gelesenes Buch zurück; im nächsten bemäkelte ein

Professor einer der nahen Universitäten die Unordnung in der Antiquariatsabteilung im zweiten Stock. Nie konnte der Earl abschätzen, wann sich ein unangenehmer oder angriffslustiger Moment anbahnte, aber wenn es so weit war, konnte er auf seine jahrelange Erfahrung als Erbe eines Earldoms zurückgreifen. Er betrachtete die Buchhandlung – im Grunde die ganze Welt – als ein Zusammenspiel verbundener Teile, und er hatte dafür zu sorgen, dass das Miteinander geschmeidig ablief. Dank der ihm angeborenen Freundlichkeit konnte er auf andere eingehen, ohne dabei die eigenen Werte aufzugeben. Denn was das Aufgeben von Werten betraf, hatte die Familie schon einiges mitmachen müssen.

Zum einen hatte das neue Finanzgesetz von 1949 eine Erbschaftssteuer von 80 Prozent festgesetzt für Vermögen, die eine Million Pfund überstiegen – als Jeremy Baskins Großvater starb, hatte sein Sohn und Erbe nur einen Bruchteil davon zahlen müssen. Angesichts der neuen Situation sah man sich gezwungen, alle entbehrlichen Familienwerte zu verkaufen, um die laufenden Kosten möglichst gering zu halten. Die Buchhandlung hätte als Erstes veräußert werden müssen, denn sie hatte seit der Großen Depression von 1930 nur wenige Tausend Pfund Profit abgeworfen. Die Gewinnspanne war derart klein, dass Mr Dutton und Mr Allen als die langjährigsten Angestellten einen Teil ihres Gehalts in Aktienanteilen ausbezahlt bekamen, damit Bloomsbury Books zahlungsfähig blieb. Schon bald könnten die beiden ihre Anteile zusammenlegen und somit die Mehrheit erlangen.

Erst vor Kurzem hatte Mr Dutton erwähnt, genau dieses vorzuhaben. Lord Baskin bezweifelte allerdings, dass Mr Dutton und Mr Allen die beste Wahl wären, um die

Buchhandlung in die zweite Hälfte des 20. Jahrhunderts zu führen. Obgleich er die beiden sehr schätzte, fragte er sich, ob es nicht Zeit für einen Wechsel wäre. Frank verbrachte immer mehr Zeit auf Reisen, und Herbert winkte die Ideen der jüngeren Angestellten ab wie lästige Fliegen: Er sagte Nein zu Sonderangeboten, Nein zu Veranstaltungen mit Eintritt, Nein und nochmals Nein zu maßgeschneiderten Abonnements und Hauslieferungen. Lord Baskins Mutter, eine allseits als großzügig bekannte Gastgeberin, hatte ihm beigebracht, wie wichtig es war, anderen Menschen ein Wohlgefühl sowie den Eindruck zu vermitteln, etwas Besonderes zu erleben. Dutton und Allen hingegen verkauften nichts als Erinnerung an die Vergangenheit. Da Lord Baskin von der finanziellen Seite des Buchgeschäfts mehr verstand als die meisten anderen, war ihm sehr wohl bewusst, dass die geschichtsträchtige Buchhandlung seiner Familie inzwischen nicht viel mehr wert war als das Grundstück, auf dem sie stand.

Zum Glück besaß Lord Baskin immerhin das noch. Der Großteil des englischen Landbesitzes lag in den Händen einiger Tausend erblicher Peers wie ihm selbst. Allerdings ging er davon aus, dass dem »Landadel«, wie sein Vater ihren Stand gern bezeichnet hatte, noch eine Abrechnung bevorstand. »Adel« kam natürlich von »edel« und mit »Land« hatte sein Vater »Glück, in dieser Position gelandet zu sein« assoziiert. Von ihm hatte Jeremy Baskin seine englische Gelassenheit und von seiner amerikanischen Mutter die freie, offene Gesinnung, so dass ihn der Gedanke an Veränderung nicht sonderlich schreckte. Abgesehen davon wusste er, dass er immer genug Geld haben würde. Für viele andere seines Standes jedoch waren die Aussichten für das neue Jahrzehnt, das gerade erst zwei Tage alt war, ziemlich beunruhigend. Die Aristokratie hatte bereits mit dem Verkauf ihrer Landgüter begonnen, und wo das nicht möglich war, zerstörte sie die Anwesen, um nicht auf den Kosten sitzenzubleiben. Man bemühte sich jetzt um Einladungen: Mit einem Wochenende auf dem Land oder in einem Londoner Stadthaus auf Kosten des Gastgebers ließ sich durchaus eine vorübergehende Geldknappheit überbrücken.

Das war am heutigen Abend die Ausgangssituation des Earls. Er stand im großen Salon eines Stadthauses am Belgrave Square in der Nähe der Bar, wo er mit anderen geladenen Gästen Vivien Leighs Rückkehr in das Stück *Endstation Sehnsucht* feierte, nachdem sie der Bühne krankheitsbedingt eine Weile ferngeblieben war. Baskin plante, früh nach Hause zu fahren; die Nachricht, die er an der Rezeption seines Hotels in Bloomsbury erhalten hatte, war einigermaßen beunruhigend gewesen: Herbert Dutton hatte ihm ausrichten lassen, er plane eine vorübergehende Umstrukturierung, um eine bedauerliche, mit Sicherheit jedoch nur kurze Abwesenheit seiner Person aufzufangen. Da Lord Baskin wusste, mit wie viel Hingabe Mr Dutton seiner Arbeit nachging und alles andere gern vernachlässigte, war er in diesem Moment viel zu besorgt, um dem belanglosen Treiben um sich herum die übliche geduldige Aufmerksamkeit zu schenken.

Da bemerkte er mit einiger Erleichterung, dass Yardley Sinclair sich einen Weg durch die Menge der bunt glitzernden Cocktailkleider und schwarzen Smokings bahnte und auf ihn zusteuerte. Eine der vielen nachkriegszeitlichen Veränderungen, an die Lord Baskin sich jetzt, in seinen frühen Vierzigern, gewöhnen musste, war die Tatsache, dass kaum noch jemand einen Frack trug. Doch ungeachtet der neuen, nachlässigeren Kleiderordnung wirkte Yardley so elegant und verschmitzt wie eh und je. Der hoch angesehene Direktor für Museumsdienstleistungen bei Sotheby's verbrachte seine Zeit abwechselnd in London und dem kleinen Ort Chawton in Hampshire, wo er vor Kurzem einige Hektar Ackerland erworben hatte. Gerüchten zufolge wohnte er dort mit einem Mann zusammen, einem ortsansässigen Bauern und Mitglied der Jane Austen Society. Lord Baskin kannte und schätzte Yardley seit vielen Jahren, seit ihrer gemeinsamen Zeit in Cambridge.

»Sinclair ... vom Bauernhof zurück?«

Yardley nickte und pflückte munter eine Champagnerflöte von dem Tablett, das ein Kellner ihm diskret entgegenhielt. Im Gegensatz zu den Gästen trug dieser einen Frack.

»Jup«, konterte Yardley. Sein schottischer Akzent trat nach Baskins Einschätzung immer deutlicher hervor. »Es geht doch nichts über eine Silvesterfeier mit reichlich Cider und angetrunkenen Dorfbewohnern.«

»War die gesamte Jane Austen Society versammelt?«

»Alle waren da, außer der Kleinen. Die ist doch immer noch in Cambridge – wo sie unsere armseligen Bemühungen von damals bestimmt bei Weitem überflügelt. Aber ich habe Mimi mitgebracht – die muss hier irgendwo sein. Und du? Warst du über die Feiertage in der Stadt?«

Baskin leerte sein Champagnerglas und lehnte ein zweites ab. »Ich muss einen klaren Kopf behalten«, erklärte er auf Yardleys fragenden Blick hin.

»Probleme mit einer Lady?«

Baskin lachte, als sei die Vorstellung absurd. »Wohl kaum. Wer will schon einen alternden Geschiedenen mit schwindendem Vermögen?«

»Ein Vermögen ist immer noch ein Vermögen, alter Freund. Und Scheidungen sind klar im Kommen.« Mit einem bedeutsamen Schmunzeln schielte Yardley zu einer Gruppe von Frauen hinüber, die ihr Gespräch heimlich zu belauschen schienen. Noch immer stach der Earl als hochgewachsener, gut aussehender Mann aus jeder Menge hervor.

Lord Baskin folgte seinem Blick und sah, dass Lady Browning in der Tat ihr Gespräch mit maliziösem Lächeln verfolgt hatte. Sie fixierte ihn einen Moment lang, bevor sie ihrer guten Freundin Ellen Doubleday, Witwe des kürzlich verstorbenen amerikanischen Verlegers, etwas ins Ohr flüsterte. Baskin fragte sich, welchen Klatsch und Tratsch die beiden Frauen wohl mit nach Hause nehmen würden. Zum Glück war er sicher, dass sein aktuelles Liebesleben, das selbst ihn überraschte, vor neugierigen Augen geschützt war.

»In der Buchhandlung gibt es ein Problem«, beantwortete er nun Yardleys Frage. »Der Geschäftsführer hat sich krankgemeldet, so dass Frank Allen jetzt rasch nach London zurückkehren muss.«

»Das wird dem guten Allen sicher nicht gefallen. Was Neuerwerbungen betrifft, hat er bei Sotheby's gerade einen guten Lauf.«

Baskin nickte. »Bei der knappen Besetzung muss Dutton die Aufgaben vermutlich neu verteilen. Und ich wette, was Beförderungen angeht, werden die Frauen wieder einmal geflissentlich übergangen – dafür ist Dutton viel zu altmodisch.«

»Vielleicht wird er ja so etwas wie altersmild?«

»Das halte ich für unwahrscheinlich.« Lord Baskin schnitt eine Grimasse. Er kannte Herbert Dutton mit seinen einundfünfzig Regeln und seiner mittlerweile zitternden, aber dennoch eisernen Hand schon seit Jahrzehnten: Zu impulsiven oder initiativen Handlungen war dieser Mann einfach nicht fähig.

»Deine Familie hat diesen Laden seit ... wie lange? Hundert Jahren? Vielleicht ist es an der Zeit, ihn loszulassen.«

Baskin schüttelte den Kopf. »Was wird dann aus den Frauen? Das Land steckt noch immer tief in der Krise. Und Mr Ramaswamy, der den ganzen Weg aus Indien hergekommen ist, um in der Forschung zu arbeiten, muss sich vorerst auch bei uns verdingen. Nein, irgendwie muss ich dafür sorgen, dass das Geschäft in den richtigen Händen bleibt.«

»Wie überaus väterlich von dir.«

Baskin lachte. »Ich klinge wahrscheinlich anmaßend. Aber jeder von ihnen braucht die Anstellung, um Essen auf den Tisch zu bringen. Alle sind am Knapsen. Du und ich, wir haben Glück. Ich meine: Sieh dich nur um.«

Das stimmte. In den Hotelbars, den Theaterfoyers und Salons von London tummelte sich jede Nacht dieselbe Mischung: Politiker und Pressebarone, Aristokraten und amerikanische Salonlöwen wie Ellen Doubleday, Schriftsteller, Maler und Schauspielerinnen wie Lady Olivier und Mimi Harrison. In den USA kontrollierte Hollywood die Filmindustrie, bildete Washington das Zentrum der Politik und New York das der schönen Künste – in London aber traf all das zusammen. In dieser Stadt, die auf immer neuen Versionen ihrer selbst gebaut war, konnte man tief im Erdboden noch immer jahrhundertealte Relikte entdecken: aus der Zeit der Römer, der Angelsachsen, der Wikinger und der Normannen, aus Elisabethanischer und Viktorianischer Ära.

Der Earl sah sich im Salon um und überlegte, ob die versammelten Lords und Ladys bald ebenfalls so etwas wie Relikte sein würden. Das London außerhalb dieser vergoldeten Räume – jenes London, das seinen Angestellten gehörte – war zerbombt und zerfallen. Doch es stand ein Wandel an, selbst er konnte das erkennen. Lord Baskin hatte keine Ahnung, was vom bevorstehenden Jahrzehnt zu erwarten war, aber er ahnte, dass es dem vorigen in nichts gleichen würde. Wohnraumverdichtung, Arbeitsangebote, Einwanderung und Exportzahlen – alles nahm beständig zu, auch die allgemeine medizinische Versorgung verbesserte sich zunehmend. Das bedeutete mehr Geld für Urlaube am Meer, für Kinobesuche und für Bücher. Mehr Geld für die neuartigen Nylonstrümpfe, die Grace und Vivien sich nun leisten konnten, ungeachtet der abgewetzten Spitzen ihrer Wildlederpumps.

Die zwei Frauen in seiner Buchhandlung waren äußerst kompetent und machten aus dem wenigen, das sie hatten, das Beste. Dafür bewunderte sie der Earl und fürchtete nun, dass Mr Dutton dem Geschäft einen Bärendienst erwiese, wenn er für die Zeit seiner Abwesenheit nur männliche Mitarbeitende mit mehr Verantwortung betraute. Doch aus den geschäftlichen Entscheidungen hielt der Earl sich für gewöhnlich heraus: Zwar hing sein Herz an der Buchhandlung, aber er wusste, wo in der Welt sein Platz war, und er respektierte die Selbstbestimmtheit der anderen.

KAPITEL 6

Regel Nr. 13

Alle Angestellten haben pünktlich zur Arbeit zu erscheinen.

Die Lamb's Conduit Street bezeichnete nicht etwa, wie manche Touristen kurioserweise dachten, eine Straßenkreuzung für Schafe. Vielmehr war sie nach einem Kleiderhändler und nach einem elisabethanischen Wehr benannt. Vor vierhundert Jahren hatte der wohlhabende William Lambe den Bau einer, mittlerweile längst zerstörten, Rohrleitung finanziert, um die Stadt mit Wasser aus Quellen und Wiesenbächen zu versorgen. Als bekennender Philanthrop hatte Lambe zudem über einhundert Wasserkübel an arme Frauen gespendet, damit sie Wasser holen und verkaufen könnten – eine eintönige Beschäftigung, die Vivien oft sarkastisch mit ihrer eigenen und Grace' Arbeit verglich.

Bloomsbury Books befand sich im unteren Teil der Straße, im Haus Nummer 40. Als Vivien am Morgen nach Mr Duttons Anfall dort eintraf, wunderte sie sich, dass sowohl die äußere als auch die innere Ladentür noch verschlossen waren. Zwar würde das Geschäft erst in einer halben Stunde für Kunden öffnen, aber Mr Dutton hatte seine Angestellten angewiesen, bereits um Punkt neun Uhr mit der Arbeit zu beginnen, auch wenn Vivien es oft erst deutlich später schaffte. Doch wie es im Moment aussah, war noch niemand anwesend, der nach Tee fragen, stumm von Leitern herunterstieren oder an maroden Sicherungen herumwerkeln konnte. Das gesamte Erdgeschoss war gespenstisch still.

Vivien stellte ihre Handtasche in einem Regal der Kassentheke ab, die mittig im Raum stand. Dann ließ sie die Schublade der Kasse voll ausfahren, anstatt sie wie sonst mit der Hüfte abzustoppen. Noch immer kam keinerlei Reaktion, nicht einmal das bestätigende Hüsteln, das Mr Dutton jeden Morgen dem ersten Klingeln der Kasse folgen ließ, ohne sein Büro zu verlassen.

Als sie die Türschlüssel an den dafür vorgesehenen kleinen Metallhaken im Tresen hängte, fiel Vivien auf, dass auch Alecs Aktentasche (echtes Kalbsleder mit goldenem Monogramm, ein Geschenk seiner stolzen Eltern) nicht in ihrer gewohnten Ecke stand.

Vivien blinzelte irritiert.

Alec kam nie zu spät, außer er hatte sich am Abend zuvor noch mit Gastautoren getroffen, was der wenig gesellige Mr Dutton ausdrücklich wünschte und bewilligte. Tatsächlich war Alec morgens stets der Erste im Geschäft und abends oft auch der Letzte, und an Montagabenden arbeitete er extra lang. Vivien war sicher, dass er sich damit für den Rest der Woche einen Vorteil gegenüber den anderen verschaffen wollte.

Sie dachte an die Aufregung des gestrigen Tages zurück. Die kleine, seltsame Evelyn Stone hatte Mr Duttons Büro ohne ein Wort des Abschieds verlassen, und Vivien und Grace waren ihr bald darauf gefolgt. Kurz nach den Frauen verließ meistens Ash Ramaswamy das Geschäft – bisher hatte sich niemand die Zeit genommen, zu fragen, wo er wohnte. Master Mariner Scott war normalerweise der Nächste und ging in eines der beiden Pubs, die sich schon seit Jahrhunderten an der Lamb's Conduit befanden: das Sun in der Nummer 63, nahe der Ecke zur Great Ormond Street, und das Lamb in Haus Nummer 94, in dem gerüchteweise Charles Dickens regelmäßig zu Gast gewesen war. Schon aus diesem Grund war es für die Männer von Bloomsbury Books ein beliebtes Ziel.

Die letzten Mitarbeiter, die abends die Buchhandlung verließen, waren – entweder gemeinsam oder nacheinander – Herbert Dutton, Frank Allen und Alec McDonough. Wenn Frank nicht zu irgendwelchen Haushaltsauflösungen unterwegs war, wartete er meist auf Herbert, damit sie zum Abschluss des Tages noch die aktuellen Geschäfte besprechen konnten. Wenn sie das taten, blieb Alec häufig ebenfalls im Geschäft – vordergründig, um sich auf eine Abendveranstaltung vorzubereiten, hauptsächlich aber, so Viviens Vermutung, um wertvolle Zeit mit Dutton und Allen allein zu verbringen.

Gestern war jedoch kein normaler Tag gewesen. Vivien war selbst überrascht, wie panisch und bestürzt sie reagiert hatte beim Anblick von Mr Dutton, der sich auf dem Boden wand. Auch die anderen hatten nicht gewusst, wie sie reagieren sollten. Niemand außer Evie Stone.

Jetzt hörte Viven ein Geräusch aus den hinteren Büroräumen. Saß Mr Dutton doch an seinem Schreibtisch, früh und munter wie immer? Schnurstracks machte sie sich auf den Weg in sein Büro und wunderte sich dabei selbst über ihr plötzliches Interesse an seiner Person. Im Türrahmen blieb sie abrupt stehen.

An Herbert Duttons breitem und über und über mit Papieren bedecktem Schreibtisch saß ... Alec McDonough.

»Du meine Güte, Alec, die Leiche ist noch nicht mal

kalt … Stehen Sie sofort auf«, schleuderte sie ihm entgegen. Dann entdeckte sie den Stapel beschriebener Blätter in seiner Hand. »Was haben Sie da?«, fragte sie argwöhnisch.

»Instruktionen. Von Mr Dutton.« Alec legte die Seiten ab und breitete sie fächerartig auf der Schreibtischunterlage aus. »Vierzehn Seiten.«

»Wofür denn bloß, um alles in der Welt?«

»Wie es aussieht … Nun, wie es aussieht, nimmt er sich für einige Zeit frei. Auf Anweisung des Arztes.«

»Das kann doch nicht sein! Es war nur ein Anfall – und vermutlich nicht der erste.«

Alec schüttelte den Kopf. »Ich glaube, es steht ernster um Mr Dutton, als er es sich hat anmerken lassen.«

Vivien starrte ihn an. »Trotzdem wird Mr Allen ihn gut vertreten können.«

Alec tippte mit beiden Händen auf die Anweisungen. »Wie es aussieht, hätte Mr Dutton gern einen Stellvertreter, der dauerhaft vor Ort ist.«

Vivien stand da und genoss in ihrer Aufgebrachtheit den Höhenunterschied zum sitzenden Alec. Bis es ihr dämmerte.

»Sie sollen doch nicht …«

Alec zuckte nur leicht die Achseln.

»Also, ich werde nicht …«

»Das bleibt Ihnen überlassen.«

Sie starrten einander an.

»Na schön. Ich kündige.«

»Sind Sie ganz sicher?«, fragte Alec nach einer Weile.

Vivien beobachtete ihn aufmerksam. Irgendetwas hielt er zurück. Vierzehn Seiten waren viel, selbst für Mr Dutton, und zeugten nicht gerade von hohem Vertrauen in die Fähigkeiten seiner Belegschaft.

»Was steht da noch drin? Zeigen Sie es mir.«

Lächelnd lehnte Alec sich zurück und tat nichts dergleichen. »Die Zeilen sind an mich gerichtet. Als den stellvertretenden Geschäftsführer.«

Vivien seufzte resigniert, dann setzte sie sich ihm gegenüber.

»Erster Punkt: Evelyn Stone ist eingestellt.«

»Na, das hoffe ich doch.«

»Und es soll eine neue Leitung der Romanabteilung geben.« Alec hielt kurz inne. »Nämlich Sie.«

Sie sah etwas wie Kalkül in seinem Blick aufblitzen, das so gar nicht zu seiner sonst eher gelassenen Art passte.

»Ich ziehe meine Kündigung zurück.«

»Ach, können Sie das?«

»Ja, ich denke, das kann ich.« Vivien stand auf und verließ das Büro, bevor Alec etwas anderes sagen konnte. Dabei stieß sie fast mit Grace zusammen, die gerade durch den Korridor gerauscht kam, verspätet und immer noch in Hut und Mantel. Vivien sah sie nur an und zog die Augenbrauen hoch, weil sie wusste, dass Alec durch die geöffnete Tür jedes Wort hören könnte. Dann marschierte sie, mit einer gewissen Vorfreude und fast ein wenig aufgeregt, in den Verkaufsraum und begutachtete die Tische und Regalschränke.

Ohne weiter nachzudenken, ging sie zum Regal, an dem der Buchstabe A stand, und holte das zweibändigen Roman *Kleine Frauen* heraus sowie eine dicke Anthologie zu Jane Austen, die unbeachtet im untersten Regal ihr Dasein fristete. Als Erstes würde sie das tun, was sie schon immer hatte tun wollen: einen Tisch mit Klassikern von Schriftstellerinnen zusammenstellen. Anne Brontë würde einen rechtmäßigen Platz neben ihren

Schwestern erhalten, Katherine Mansfield würde sich zu ihrer langjährigen Brieffreundin Virginia Woolf gesellen, und Elizabeth Gaskell würde aus dem viktorianischen Schatten von Dickens, Thackeray und Trollope heraustreten.

Ein Klopfen vorn an der Ladentür riss Vivien aus ihren Träumen. Sie sah auf ihre Armbanduhr – eine Cartier Tank, ein Geschenk ihres verstorbenen Verlobten und eine der ersten Armbanduhren des französischen Designers überhaupt. Grace hatte sie einmal gefragt, ob das 18-karätige Stück aus Gold und Diamanten nicht schmerzvolle Erinnerungen wecke, vor allem, da das Design an die Form der ersten englischen Panzer im Großen Krieg angelehnt war. Aber Vivien gefiel dieser scharfe Schmerz, wann immer sie einen Blick darauf warf und sich die Erinnerung aufdrängte. Sie fühlte sich dann auf eigenartige Weise lebendig, und es gab sonst nicht viel in ihrem Leben, das dieses Gefühl in ihr auslöste.

Die Uhr zeigte exakt 9:30 Uhr: Zeit, zu öffnen. Die Austen-Anthologie noch immer in der Hand, ging Vivien durch den kleinen Vorraum, der zwischen Verkaufsraum und Ladentür lag, und schloss auch die äußere Tür auf. Sie begrüßte kurz den Ersten in der Warteschlange, die sich bereits gebildet hatte, und ging dann zur Kassentheke, wo Grace auf sie wartete.

»Du hast nicht gekündigt?«, fragte sie mit gedämpfter Stimme.

Vivien schüttelte den Kopf und blickte in Richtung Korridor. »Der Despot hat dir alles erzählt?«

Grace nickte. »Der arme Mr Dutton muss gestern Abend noch stundenlang an seinem Schreibtisch gesessen haben, um alles aufzuschreiben.«

»Ich bin überzeugt, er hatte schon einen Entwurf in der Schublade. Für den Notfall.«

»Dann hast du hier jetzt das Sagen.« Grace sah auf das Austen-Buch, das Vivien wie ein Baby im Arm wiegte. »Lass dir die Macht nicht zu Kopf steigen.«

Sie grinsten einander an, und Grace berührte freundschaftlich Viviens Schulter, bevor sie an ihren Schreibtisch zurückkehrte.

Eine Stunde verging – eine Stunde, in der Alec McDonough ausnahmsweise kein einziges Mal zu sehen war. Vor lauter Glück über dieses Gefühl von Freiheit hätte Vivien glatt heulen können. Sie stand einfach da und vervollständigte im Kopf die Liste der Autorinnen, von denen sie nun Titel anschaffen lassen würde: Gertrude Stein und ihre postmodernen Kolleginnen, amerikanische Realistinnen wie Sarah Orne Jewett, in Vergessenheit geratene viktorianische Sensationsautorinnen wie Mary Elizabeth Braddon und Ellen Wood.

»Miss?«

Vivien blickte auf. Die Stimme mit dem amerikanischen Akzent gehörte einer jungen Frau mit dunkel gerahmter Brille und Baskenmütze.

»Wie kann ich Ihnen helfen?«

»Ich fürchte, gar nicht. Haben Sie zufällig irgendwo *Zeit der Unschuld* von Edith Wharton?«

»Nein, leider nicht.«

»Es hat den Pulitzer-Preis gewonnen.«

»Ja, ich weiß. Es tut mir furchtbar leid.«

Die junge Frau lächelte verständnisvoll und kehrte zurück in den hintersten Winkel der Romanabteilung. Vivien beobachtete, wie sie bei Buchstabe W herumstöberte, wo sie bestenfalls Virginia Woolf finden würde – die einzige Frau, der die männlichen Kollegen ein Stück wertvollen Platz im Bücherregal zugestanden.

Vivien hatte aufgehört zu zählen, wie viele junge Studentinnen oder Mitarbeiterinnen der umliegenden Universitäten und Museen bereits nach verschiedenen Autorinnen gefragt und unverrichteter Dinge wieder hatten gehen müssen. Nur Agatha Christie, Nancy Mitford und Daphne du Maurier waren dauerhaft in der Auslage vertreten. Wahrscheinlich, weil sie kontinuierlich und verlässlich Bücher schrieben, die sich verkaufen ließen. Sie waren einfach schwer zu ignorieren.

»Schwer zu ignorieren« schien der passendste Ausdruck, was das Angebot von Autorinnen in ihrer Buchhandlung betraf. Vivien hatte das immer ändern wollen. Und auf einmal konnte sie es. Wenn man sich in Bloomsbury Books auf etwas verlassen konnte, dann war das Hierarchie. Mr Dutton hatte alles genauestens notiert und im eigenen Interesse grünes Licht gegeben für Viviens Pläne. Noch dazu konnte Alec als stellvertretender Geschäftsführer nicht viel gegen ihre Entscheidungen ausrichten. Sie konnte sich stets auf sein eigenes autoritäres Gehabe als Leiter der Romanabteilung berufen.

Vivien fühlte sich nicht nur befreit, sie fühlte sich ermutigt und bestärkt. Sie konnte die geltenden Strukturen und Restriktionen, die gerahmten einundfünfzig Regeln und die vierzehn Seiten Anweisungen, die Alec bereits eifrig in die Tat umsetzte, zu ihren eigenen Gunsten auslegen. Sie fragte sich, ob die Männer überhaupt begriffen, was sie in ihrem Bemühen, Alec zu befördern, angerichtet hatten.

So wie Vivien es sah, hatten sie sich jedenfalls gründlich verrechnet.

KAPITEL 7

Regel Nr. 9

Kunden in ihren Gedanken
zu unterbrechen, gefährdet das
Zustandekommen eines Kaufs.

Es war bereits Nachmittag, als Frank Emsbury Allen aus North Yorkshire zurückkehrte, wo er mit Dutzenden anderen Buchantiquaren aus ganz England der zweitägigen Auflösung eines Herrenhauses in Toppings beigewohnt hatte. Als er bei einsetzender Dämmerung den Bahnhof St. Pancras verließ, beschloss er, sich ein Taxi zu gönnen. Normalerweise wäre er die Viertelstunde zur Buchhandlung zu Fuß gegangen, aber es war ein langer Tag gewesen, und er war erpicht darauf, schnell nach Hause zu kommen.

In Toppings hatte Frank die gesamte Familienbibliothek von eintausend Büchern schnell, aber gründlich durchgearbeitet. Es hatte keinen Katalog gegeben, denn es war kein Auktionshaus wie etwa Sotheby's am Verkauf beteiligt gewesen. Im Büchergeschäft nannte man so etwas einen »Notverkauf«. Der letzte Familienangehörige war ohne männlichen Nachkommen verstorben, und der Nachlassverwalter hatte alles schnell abwickeln wollen, um die nun fällige hohe Erbschaftssteuer begleichen zu können. Frank vermutete, dass das palastartige, aber baufällige Gebäude im palladianischen Stil noch vor Ablauf von zehn Jahren abgerissen und durch die gerade in Mode kommenden Fertighäuser ersetzt werden würde.

Frank betrat die Buchhandlung und fand alles weitgehend so vor wie gewohnt. Zwei Amerikanerinnen in rosa und gelben Dior-Kleidern mit passenden Hüten und Taschen begutachteten mit gelangweilt-pflichtschuldiger Miene den Auslagentisch mit den Kunstbüchern. Sie gehörten zu den Frauen, die nach einem Tag Bummeln, Essen und privater Museumstour durch die National Gallery noch rasch in der Buchhandlung vorbeischauten. Ausnahmsweise befand sich der Abteilungsleiter, der mit seinem halblangen blonden Haar und dem zwanglosen Jackett immer recht lässig-elegant wirkte, nicht auf einer der Rollleitern (»Wie Gott höchstpersönlich«, hatte Vivien einmal angemerkt). Lediglich Vivien stand an ihrem üblichen Platz hinter der Kassentheke und schrieb eifrig in ihr grünes Spiralnotizbuch.

Als Frank an ihr vorbeiging, nickten sie einander nur kurz zu, denn alle Angestellten wussten um die Notwendigkeit, so leise wie möglich zu sein, um stöbernde Kunden nicht zu stören. Kunden in ihren Gedanken zu unterbrechen, gefährdet das Zustandekommen eines Kaufs, lautete die neunte Geschäftsregel und damit eines der vielen Mantras, die der Geschäftsführer über die Jahre etabliert hatte.

Dank der Nachricht, die der Butler von Toppings ihm kurz nach dem Frühstück überreicht hatte, war Frank bereits darüber informiert, dass Herbert Dutton heute nicht im Haus war. Mehr wusste er nicht. Er hatte die Notiz in dem Moment von dem dargebotenen Silbertablett gefischt, als die um mindestens fünfzehn Jahre ältere Lady Bradbury ihm wieder einen ihrer vielsagenden Blicke zugeworfen hatte. Er war nicht darauf eingegangen, auch wenn es leicht gewesen wäre, sich fern von zu Hause ein vergnügliches Abenteuer zu gönnen. Frank war ein attraktiver Mann mit klaren, adlerartigen Gesichtszügen und einer charmant-verführerischen Art. Über die Jahre hatte er wiederholt die Avancen irgendwelcher Witwen abgewehrt, die ihn bestellt hatten, um die Bibliotheken ihrer verstorbenen Ehemänner nach Schätzen zu durchforsten.

Frank sprang die Stufen der zwei Treppen bis in den zweiten Stock hinauf. Mit seiner frischen, unbändigen Energie war er das genaue Gegenteil des gemächlichen Herbert Dutton, als dessen Co-Geschäftsführer er seit achtzehn Jahren für die Geschicke von Bloomsbury Books mitverantwortlich war. Im ersten Stock machte er sich nicht die Mühe, bei Master Mariner Scott vorbeizuschauen, der ihm erfahrungsgemäß höchstens ein Grunzen zukommen lassen würde. Im Obergeschoss angekommen, das einem großen offenen Loft ähnelte, stellte er seine Tasche und den kleinen Koffer am Garderobenständer ab und drehte sich vor lauter Erleichterung, wieder zurück zu sein, einmal um sich selbst. Doch bevor er die Drehung vollendet hatte, hielt er so schlagartig inne, dass er für einen Moment vergaß, den Fuß abzusetzen, der noch in der Luft verharrte.

Mitten im Raum saß auf einem dreibeinigen Schemel ein blasses, unscheinbares junges Mädchen, schätzungsweise noch im Teenageralter. Sie hatte die Glastüren des Regency-Bücherschranks weit geöffnet und streckte immer wieder suchend den Kopf hinein.

Frank öffnete den Mund, klappte ihn wieder zu, machte auf dem Absatz kehrt und lief die Treppe in den ersten Stock hinunter.

»Da ist ein Mädchen in meiner Abteilung.«

Auf Franks entrüsteten Ausruf hin blickte Master Mariner Scott nicht augenblicklich auf. Er hob nur langsam den linken Zeigefinger, machte »Schsch« und las weiter.

»Ein Mädchen. Ein kleines Ding. Nur so groß.« Frank streckte die linke Hand waagrecht nach vorn und deutete eine Höhe von einem Meter an.

Endlich legte Scott seine Lupe beiseite und starrte den Kollegen an. »Ach, kommen Sie … Ein wenig größer ist sie durchaus.«

»Was ist hier denn bloß passiert, während ich weg war?«

Scott berichtete kurz von Mr Duttons Anfall und Zusammenbruch, und Frank ließ sich betroffen auf einen der Stühle sinken.

»Ich hatte keine Ahnung … In seiner Nachricht stand nur, er werde heute nicht hier sein.«

»Es gab keinen Grund, Sie zu alarmieren.« Scott hustete kurz. »Alles ist hinreichend organisiert.«

Ein Gespräch mit dem ehemaligen Marineoffizier fühlte sich manchmal an, als kratze man mit einem Eispickel an einem Eisberg herum, aber jetzt gerade vermeinte Frank ein leichtes Auftauen in der Haltung des Alten zu spüren.

»Dann hat er sie einfach so eingestellt, ohne mich zu fragen?«

»Ohne überhaupt jemanden zu fragen. Sie kam heute Morgen an, marschierte nach oben und ward seitdem nicht mehr gesehen. Eine Miss Evelyn Stone.«

»Evelyn Stone«, wiederholte Frank fast abwesend. »Oh, natürlich, ich erinnere mich … der Anruf kurz vor Weihnachten. Sie ist nun allerdings ganz anders als das, was ich erwartet hatte.«

»Sie kannten das Mädchen schon?«

»Vage. Ich habe sie damals bei der Bibliotheksauflösung des Chawton Great House kennengelernt. Das war im Herbst ... 1946, meine ich. Yardley Sinclair von Sotheby's hat sie mir vorgestellt. Ich weiß gar nicht mehr genau, warum.« Frank stieß einen tiefen Seufzer aus. Er reiste auch deshalb so gern herum, weil er sich nicht gern beobachtet fühlte. Wenn er unterwegs war, konnte er tun, was immer er wollte und wann er es wollte. Was er mit Sicherheit nicht wollte, war ein Mädchen, das seine wertvollen Bücher durchforstete, Cambridge-Abschluss hin oder her.

»Ich nehme mal an, die Frauen haben Herbert dazu überredet.« Er legte Zeige- und Mittelfinger der rechten Hand zwischen seine Brauen und strich die senkrechte Falte aus, die sich dort unter Anspannung gern einmal bildete.

Scott zuckte die Achseln. »Herbert war tatsächlich recht angeschlagen.«

Frank seufzte erneut.

Für Miss Evelyn Stone war das alles nicht gerade ein verheißungsvoller Start.

Am dritten Januar 1950 hatte Evie Stone um 10:29 Uhr vor der Ladentür von Bloomsbury Books gestanden, exakt eine Minute früher, als Mr Dutton sie angewiesen hatte. Verlassen hatte sie die Buchhandlung am Abend zuvor als Angestellte, die nach präzise kalkuliertem Zeitplan den Heimweg in das kleine Apartment ihrer Freundin Charlotte Dewar antrat. Als Evie sie zu Weihnachten angerufen und gesagt hatte, sie wolle in London eine Stelle annehmen, hatte Charlotte ihr umgehend angeboten, ein Feldbett in ihrer Richmonder Wohnung aufzustellen, bis Evie eine eigene Unterkunft gefunden hätte.

Evie und Charlotte hatten sich als Dienstmädchen der Familie Knight in Chawton angefreundet. Nachdem das Anwesen an einen Bauherrn verkauft worden war, hatte Charlotte eine neue Stelle als Zimmermädchen in einem Londoner Hotel gefunden. Der Umzug nach London war ihr aufgrund einer kurz zuvor begonnenen Romanze verlockend erschienen. Nachdem diese schon bald beendet war, hatte Charlotte einige andere Männer kennengelernt, doch mit dem Heiraten und Kinderkriegen schien sie keine Eile zu haben, was Evie irritierte. Sie konnte sich keinen anderen Grund vorstellen, aus dem man sich überhaupt mit Männern abgeben wollte.

Als sie am Abend nach ihrer Einstellung die Lamb's Conduit Street entlanggegangen war, waren die Ladenbesitzer gerade dabei, die Rollläden herunterzulassen. Evie war unbeirrt weitermarschiert, ohne nach rechts oder links zu sehen. Sie war für ihre Recherchen oft genug in Bloomsbury gewesen und nahm die Gebäude in der Gegend gar nicht mehr wahr. Selbst in unbekannter Umgebung neigte Evie dazu, beim Gehen nur geradeaus zu sehen. Sie fokussierte sich auf ihr Ziel und war fest entschlossen, nicht zu spät zu kommen. In ihrem ganzen Leben war sie noch nie zu spät gekommen. Sie plante alles so, dass sie stets eine Minute früher eintraf. Die Vorstellung, jemanden warten zu lassen, und sei es nur für wenige Sekunden, war ihr so fremd, wie es Mr Dutton fremd war, zu spät zur Arbeit zu erscheinen – oder wie es der gern etwas bockigen Vivien fremd war, pünktlich zu sein.

Vivien war es dann allerdings, die Evie am nächsten Morgen zu ihrem ersten Arbeitstag bei Bloomsbury Books begrüßte.

»Oh, hallo! Mr Dutton hat geschrieben, dass Sie kommen.«

Vivien wirkte deutlich freundlicher als bei ihrer ersten Begegnung. Sie stand mit einem Stapel Bücher im Arm vor einem leeren Verkaufstisch und verteilte munter die Titel, wie es ihr gerade in den Sinn kam.

Da Evie nicht wusste, was sie sagen sollte, erkundigte sie sich nach dem Mann, den sie bei dem Notfall gestern bereits kennengelernt hatte – den Mann, der im Verkaufsraum auf der Leiter gestanden hatte.

»Ach, Sie meinen unseren derzeitigen Geschäftsführer – jetzt, wo der arme Mr Dutton nicht da ist.« Vivien drehte einen Stift in den Händen. »Typ Opportunist. Kennen Sie bestimmt.«

Sofort hatte Evie Stuart Wesley vor Augen, wie er Arm in Arm mit Senior Fellow Christensons Tochter über die kopfsteingepflasterten Gassen von Cambridge torkelte, er im Smoking, sie im seidenen Abendkleid, beide angeheitert und mit übertrieben großen Schritten über das Konfetti und die Champagnerkorken staksend.

»Ah«, meinte Vivien mit verschwörerischem Lächeln. »Wie ich sehe, kennen Sie den Typ. Egal. Den brauchen Sie nicht weiter zu beachten.«

Evie starrte Vivien an. Sie staunte über den schnellen Wechsel zwischen Feindseligkeit und Humor und über die kurzen Haare, die sogar noch kürzer waren als ihre eigenen, dabei aber viel schmeichelhafter aussahen. Evie hielt ihren schlichten Bob mit einer Stoffschere in Form, Viviens Ponyfrisur hingegen war kunstvoll gestaltet. Sie schmeichelte ihrem ovalen Gesicht und den weit auseinanderstehenden Augen besonders. Während sie sich unterhielten, merkte Evie, dass sie auf Viviens Augen starrte, die stärker geschminkt waren, als Evie es bisher bei einer Frau gesehen hatte, nicht einmal bei ihrer Schauspielerfreundin Mimi Harrison. Vivien hatte die Mascara dick aufgetragen, mit einem dunklen Stift das Rund ihrer Brauen nachgezogen und auch die äußeren Augenwinkel deutlich nach außen verlängert, so dass ihr Blick das Eindringlichste und Auffälligste an ihrem Gesicht war. Evie hatte das Gefühl, Vivien könne alles an und in ihr erkennen, so wie damals die Beagles, die sie zu Hause auf dem Hof gehabt hatten. Sie fragte sich, ob das vielleicht der eigentliche Grund für all die Schminke war.

»Mr Dutton hat eine lange Liste mit Instruktionen hinterlassen – und Gott sei Dank kann McDonough nicht alles allein machen. Ich bin jetzt die neue Leiterin der Romanabteilung, und so, wie wir es verstanden haben, sollen Sie Mr Allen unterstützen.«

»Ja, Miss.«

Vivien sah aus, als wartete sie darauf, dass Evie noch etwas sagte. Als nichts kam, hakte sie freundlich nach: »Und so, wie wir es verstanden haben, kennen Sie Mr Allen.«

»Ja, Miss. Ich habe ihn auf einer Auktion kennengelernt. Bei Sotheby's.«

»Dann haben Sie bei Sotheby's gearbeitet?« Den überraschten Tonfall in Viviens Stimme nahm Evie nicht wahr.

»Nein, Miss, ich war bei dieser Auktion nur zu Gast. Mr Yardley Sinclair hatte mich eingeladen.«

»Oh, ja … das hat Grace mir erzählt. Wie schön. Und … woher kennen Sie Mr Sinclair?«

Evie war nicht sicher, ob sie schon mal einen Menschen getroffen hatte, der so neugierig war wie Vivien. »Wir sind beide Mitglieder eines Clubs.«

Vivien starrte sie an. »Was für ein Club?«

»Die Jane Austen Society.«

Vivian riss die Augen auf. »Nein!«

»Doch.«

»Sie gehören zu den berühmten acht Leuten, die das Haus gerettet haben? Sie und Yardley Sinclair und die Schauspielerin Mimi Harrison?«

Evie nickte.

»Das hätte ich nie ged… Also, ich bin zahlendes Mitglied der Brontë Society. Die Rage jener Schwestern scheint besser zu mir zu passen.« Vivien sah auf ihre Armbanduhr. Mr Dutton erlaubte im Verkaufsraum keine Wanduhr, damit die Kunden nicht an andere Termine erinnert würden. »Es ist gleich Zeit für den Elf-Uhr-Tee. Möchten Sie mich in die Küche begleiten? Abteilungsleiterin oder nicht – wir Frauen werden trotzdem immer für den Tee verantwortlich bleiben. Obwohl das hier eine hohe Kunst ist, wie ich Ihnen versichern kann.«

Bei ihrem Gang in Richtung der kleinen Kochnische, die gegenüber den beiden Büros eingerichtet war, sah Evie den großen blonden Mann von gestern lässig auf Mr Duttons Schreibtischsessel sitzen.

Vivien folgte ihrem Blick. »Wie ich schon sagte: Den brauchen Sie nicht weiter zu beachten«, wiederholte sie und seufzte.

Sie nahm eine Dose mit schwarzem Tee vom Regal und steckte den elektrischen Wasserkessel ein. Evie beobachtete sie genau.

»Wir lassen den Kessel immer voll mit Wasser stehen, damit es abgestandener schmeckt. Als kleiner Akt der Rebellion.«

Dann holte Vivien eine Zuckerdose und eine Reihe

nicht zusammenpassender Tassen und Untertassen aus dem offenen Regal über ihren Köpfen.

»Und jetzt bleiben wir stehen und warten, denn der Kessel kocht gern so lange, bis das ganze Wasser verdampft ist. Auf diese Weise habe ich die Küchentheke schon mal in Brand gesetzt.«

Sie stieß ein seltsames Lachen aus, und diese erneut offen zur Schau getragene Feindseligkeit verschlug Evie ein weiteres Mal die Sprache.

»Da die Rationierung immer noch bei zwei Unzen pro Woche liegt, also fünfundzwanzig Tassen, zählt Mr Dutton bei uns sieben Angestellten – beziehungsweise jetzt acht – immer ganz genau nach. Aber wenn Sie sich vier Teezeiten pro Tag merken, sind Sie auf der sicheren Seite.«

Evie stand da und sah zu, als sie auf einmal ganz fremde Düfte wahrnahm.

Vivien, die unaufhörlich Aufmerksame, sah, wie Evies Nasenflügel leise bebten.

»Gewürze«, sagte sie und nickte in Richtung eines Stapels kleiner würfelförmiger Holzkästchen auf dem obersten Regal. »Die sind von Mr Ramaswamy. Dem Inder. Sie haben ihn gestern kennengelernt. Nun ja, ›kennengelernt‹ ist übertrieben – in Anbetracht des plötzlichen Verlusts unserer guten Manieren.«

Evie atmete tief ein und roch Zimt und Gewürznelken. Der würzige Duft erinnerte sie an den berüchtigten Weihnachtskuchen ihrer Mutter, und sie spürte einen plötzlichen Anfall von Heimweh.

»Damit macht er seinen Tee«, erklärte Vivien. »Seine Masala, wie er es nennt. Ein reizendes Wort. Tatsächlich ein reizender Mann.«

Evie beobachtete weiter, wie Vivien mit einem Maßlöffel Tee aus der Dose in eine braune bauchige Teekanne füllte. Als das Wasser kochte, zog sie den Stecker und befüllte die Kanne bis zum Rand.

»Wir haben ein kleines Problem mit der Sicherung«, erklärte sie Evie. »Wenn der Kessel dabei hopsgeht, bricht hier die Hölle los, deshalb ziehen Grace und ich lieber gleich den Stecker.«

Vivien nahm ein Milchkännchen aus dem kleinen weißen Kühlschrank unter der Theke, ein paar Teelöffel aus einer Schublade und arrangierte alles neben den Tassen und Untertassen. »Und jetzt lassen wir das so stehen, damit die Männer sich bedienen können. Sie sind allesamt ziemlich wählerisch, die Herren.«

Evie stieg mit einer eigenen Tasse und zwei Keksen die Treppe zur Antiquariatsabteilung hinauf und blieb eine Weile nachdenklich im Raum stehen. Obwohl ihr Routine sehr zusagte, schien Bloomsbury Books einen Haufen unnötiger Regeln – und deren Übertretungen – parat zu halten. Nach der relativen Freiheit in Cambridge, so nachteilig manches auch gewesen sein mochte, fragte sie sich, worauf sie sich hier wohl eingelassen hatte.

Hinter dem breiten Schreibtisch auf der Ostseite des Raumes entdeckte Evie die Tür zu einer kleinen Kammer. Sie fand darin einen kleinen Holzschemel, perfekt für ihre Arbeit. Mit diesem kleinen Schemel begab sie sich also in ihre neue Routine und war froh, zumindest in diesem Moment die Freiheit zu genießen, sich ihrer selbst gestellten Aufgabe zu widmen.

Tatsächlich hatte sie sich diese Aufgabe schon vor einigen Monaten vorgenommen, lange bevor Christenson, Kinross und Wesley ihr den bevorzugten Weg ins Hochschulwesen boykottiert hatten. Es war kein Zufall gewesen, dass Evie die oberste Schublade ihres provisorischen Aktenschranks geöffnet und Mr Allens Karte hervorgezogen hatte.

Sie hatte diese Karte aus einem bestimmten Grund aufbewahrt.

KAPITEL 8

Regel Nr. 20

Neue Angestellte haben sich vollständig der Einarbeitung in ihre Aufgaben und Verantwortungsbereiche zu widmen.

Evie Stone verbrachte ihren ersten Tag bei Bloomsbury Books damit, alle Bücherregale der Abteilung für seltene und antiquarische Bücher zu sichten. Vor Beginn seiner verlängerten Rekonvaleszenz hatte Mr Dutton Evie darüber informiert, dass, so ungern er es auch zugebe, im obersten Stockwerk der Buchhandlung fast zehntausend Titel dringend darauf warteten, sortiert zu werden.

»Frank – also Mr Allen – kann hervorragend Bücher beschaffen, seine Expertise ist exzellent. Allerdings mangelt es ihm an … äh … einiger Sorgfalt, was die Katalogisierung betrifft.«

Während Evie sich also mit dem Durcheinander in der zweiten Etage befasste, dachte sie an das letzte Mal, dass sie mit so vielen seltenen und vernachlässigten Büchern allein gewesen war. Als Dienstmädchen des Chawton Great House auf dem Anwesen der Familie Knight war sie verzweifelt auf der Suche gewesen nach irgendeiner Möglichkeit, sich zu bilden, denn aufgrund eines Unfalls ihres Vaters hatte sie schon früh die Schule verlassen müssen. Als frühreife Leserin der Bücher von Jane Austen und anderen klassischen Autoren war Evie die Erste im Dorf gewesen, die den Wert und die mögliche Bedeutung der Knight'schen Familienbibliothek erkannt hatte. Jane Austen selbst hatte diese Bibliothek regelmäßig genutzt, und nun stand sie vernachlässigt und unbeachtet auf einem verfallenden Anwesen.

Binnen zweier Jahre hatte Evie, während alle anderen im Haus schliefen, jedes einzelne der 2375 Bücher der Bibliothek durchgearbeitet und nach Randnotizen oder anderen Markierungen gesucht – vielleicht sogar Spuren von Jane Austen höchstpersönlich. Im Zuge dessen entstand ein handgeschriebener Katalog, der der neu gegründeten Jane Austen Society als Grundlage diente für die spätere Evaluierung durch Yardley Sinclair. Auf Evies und Yardleys eindringliche Empfehlung hin hatte die Society die gesamte Bibliothek der Familie Knight erstanden, und niemanden aus der Society hatte es erstaunt, als bei der Versteigerung durch Sotheby's im Herbst 1946 zweitausend Bücher zu einem Rekordpreis von vierhunderttausend Pfund verkauft wurden. Mit dem Erlös konnte die Society das benachbarte Chawton Cottage, in dem Jane Austen einmal gewohnt hatte, zu einem Museum ausbauen lassen.

Auch Frank Allen hatte an der Auktion im Great House teilgenommen, bei der er – mit wenig Gegengeboten – fünf Bände aus der Familienbibliothek der Knights für Bloomsbury Books erstehen konnte. Evie hatte jedes einzelne der zweitausend Schlussgebote der lang andauernden Auktion in ihrem Notizbuch festgehalten. Sie war erleichtert gewesen, als Dr. Feasby nach einem extrem hitzigen Bieterduell mit einem Telefonkontakt der Universität von Bonn den Zuschlag für die Third Folio Edition der Gesammelten Werke von Shakespeare für das British Museum erstanden hatte – und enttäuscht, als William Blakes *The First*

Book of Urizen an einen reichen privaten Käufer aus Kalifornien ging. Und völlig entsetzt, dass eine Handvoll von Frauen geschriebener Bücher nicht einmal das Mindestgebot erreichten.

Während dieser aufregenden Zeit hatte Evie sich unter den scharfen und strengen Augen der Lehrerin und Society-Kollegin Adeline Gray auf die Aufnahmeprüfung zur Universität vorbereitet. Yardley Sinclair war einige Jahrzehnte zuvor in Cambridge gewesen, und Mimi Harrisons Verlobter unterrichtete dort zu der Zeit als Gastprofessor aus Harvard. Ohne Evies Wissen hatten alle drei Mitglieder der Jane Austen Society dafür gesorgt, dass ihre Bewerbung die Aufmerksamkeit erhielt, die sie verdiente. Die zuständigen Professoren kamen nicht umhin, die herausragende Leistung der damals Sechzehnjährigen, nämlich die Anlage eines umfassenden und historisch äußerst wertvollen Katalogs der Bibliothek des Chawton Great House, anzuerkennen. Die Mitglieder der Society hatten die nicht unbegründete Hoffnung, dass Evies erstaunlicher Ehrgeiz, ihre Zielstrebigkeit und ihre hohen moralischen Ansprüche in eine lange und erfolgreiche akademische Karriere münden würden.

Stattdessen war Evie nun wieder dabei, Bücher zu katalogisieren. Aber so eifrig und selbstvergessen, wie sie bereits wenige Stunden nach Beginn ihres ersten Arbeitstags im obersten Stockwerk von Bloomsbury Books saß, wirkte sie darüber kein bisschen traurig. Trotz ihrer hehren Ziele fühlte Evie sich am wohlsten, wenn sie allein und von Büchern umgeben war. Diese an sich schlichten, tastbaren Objekte boten viel mehr Erkenntnis und Erklärung zu der Welt da draußen als jeder Mensch, den sie bislang kennengelernt hatte.

Evie widmete sich dem nächsten Bücherschrank. Sie wusste genau, wonach sie suchte, und konnte nur hoffen, fündig zu werden.

Fast schien es wie eine Ironie des Schicksals, dass sie diese Stelle und ihre geheime Mission ausgerechnet Professor Kinross zu verdanken hatte. Im Rahmen ihrer privaten Nachforschungen in Cambridge hatte sie herausgefunden, dass der historische und finanzielle Wert eines der Bücher aus der Bibliothek des Great House erheblich höher war, als sie und Yardley damals hatten ahnen können. Dank ihrer minutiösen Aufzeichnungen bei der Sotheby's-Auktion konnte sie feststellen, dass ebendieses Buch über Mr Frank Allen bei Bloomsbury Books gelandet war.

Evie war froh, dass sie nicht Yardley Sinclair nach dem Verbleib des Buches gefragt hatte. Sosehr sie ihrem Freund und Society-Kollegen auch vertraute, wusste sie doch, dass er als Angestellter von Sotheby's moralisch verpflichtet war, alle Informationen über einen Auktionsverkauf offenzulegen, auch wenn dieser Verkauf in der Vergangenheit lag. Und deshalb zögerte Evie, ihn oder jemand anderen in ihre Suche einzubeziehen.

Was auch immer sie in Erfahrung brachte, würde sie diesmal ganz für sich behalten.

Das Obergeschoss von Bloomsbury Books war zum Schutz der alten Bücher nur spärlich beleuchtet, und Evie verbrachte den Großteil ihres ersten Arbeitstags im gemütlichen Halbdunkel. Als der Himmel sich irgendwann durch das Einsetzen von Schnee und Dämmerung weiter trübte, knipste sie die kupferne Notarlampe auf Mr Allens Schreibtisch an. Nichts geschah. Sie tastete sich am Lampenkabel entlang, das sich zwischen Stapeln von Büchern über den Holzboden schlängelte und an einer Steckdose endete, die mittig im Raum gefährlich aus dem Boden ragte. Nachdem sie einige Male den Stecker herausgezogen und wieder eingesteckt hatte, begab sie sich widerstrebend nach unten, um Grace um Rat zu fragen.

»Ach, keine Sorge ... das ist bestimmt wieder diese blöde Sicherung.« Grace verließ ihren kleinen Schreibtisch und bedeutete Evie, ihr in den Keller zu folgen.

»Miss Lowry hat diese Treppe ›Via Inferno‹ getauft – wegen all der Brände, die wir hier über die Jahre beinahe ausgelöst hätten. Dantes neun Kreise der Hölle ...«

»Vom Brand in der Küche hat sie mir schon erzählt«, sagte Evie, die hinter Grace die knarzigen Holzstufen hinunterstieg.

»Viv gibt fast allem, was sie irgendwie nervös macht oder ärgert, einen Spitznamen – sogar Personen. Und das sind recht viele, fürchte ich.«

Im Technikraum steckte Grace ihren Kopf in den Sicherungskasten. Evie wartete geduldig und sah sich dabei um. Durch die geöffnete Tür konnte sie Mr Ramaswamy erkennen, der mit dem Rücken zu ihr vor seinem Schreibtisch stand. Sie erinnerte sich an ihre erste Begegnung.

»Hat Mr Dutton sich noch einmal gemeldet?«, erkundigte sie sich daher.

»Nein, gar nicht. So, bitte sehr – die Sicherung ist wieder drin. Evie?«

Als sie ihren Namen hörte, drehte Evie sich um. Sie war ganz in Gedanken gewesen und sah nun, dass Grace sie belustigt beobachtete.

»Gehen wir?«

»Eigentlich würde ich mich hier unten gern ein wenig

umsehen, wo ich schon mal hier bin. Falls das in Ordnung ist?«

»Natürlich. Allerdings besagt Regel zweiundzwanzig, dass Sie Ihren Arbeitsplatz nur in der Pause unbeaufsichtigt lassen dürfen.« Grace zwinkerte ihr zu. »Aber das können Sie natürlich noch nicht wissen.«

Ähnlich vorsichtig, wie Grace die Treppe wieder hochstieg, betrat Evie die Abteilung Wissenschaft und Forschung. Ash Ramaswamy wirkte tief in Gedanken versunken, worauf Evie selbstverständlich Rücksicht nahm. Sie selbst verabscheute es zutiefst, wenn sie bei der Arbeit unterbrochen wurde.

Ash hörte sie dennoch und drehte sich zu ihr um.

»Ich hoffe, ich störe Sie nicht.«

Er antwortete nicht sofort, und Evie spähte auf seinen Schreibtisch. Erstaunt stellte sie fest, dass er nicht gelesen, sondern durch ein Mikroskop geblickt hatte.

»Sie sind also wieder hier«, sagte er schließlich und setzte sich seine Nickelbrille auf. »Anscheinend sind Sie nicht so leicht einzuschüchtern.«

Evie stand nur da und sah ihn an.

»Miss Stone? Kann ich Ihnen irgendwie helfen?«

Auf seinem Schreibtisch befanden sich mehrere Objektträger und eine breite Holzkiste mit beschrifteten schmalen Schubladen. Obenauf lagen eine Lupe, eine Pinzette und einige ihr unbekannte metallene Instrumente.

»Was sehen Sie sich dort an?«

Er trat beiseite und deutete auf das Mikroskop. »Möchten Sie selbst schauen?«

Über Dinge, die sie nicht mit bloßem Auge sehen konnte, hatte Evie noch nie nachgedacht. Ihr Blick war stets auf fassbare Gegenstände gerichtet. Das Leben auf dem Bauernhof hatte sie gelehrt, auf das zu achten, was man konkret vor Augen hatte: Regenwolken am Horizont, Kletten im Fell eines Tieres, wann genau Weizen reif für die Ernte war, bevor die Ähre aufbrach. Danach hatten Bücher sie gelehrt, auf Worte und deren Sinn und Bedeutung zu achten. Dies war einer der Gründe, weshalb sie keinerlei Interesse am Studium eher esoterischer Themen wie Philosophie und Religion verspürte. Sie musste Dinge mit den Händen be-greifen können.

Und sie hatte noch nie Gelegenheit gehabt, durch ein Mikroskop zu blicken, denn ehe sie zu eingehenderen Themen der Naturwissenschaften gekommen war, hatte sie die Schule verlassen müssen. Ash half ihr nun, den Abstand der Linsen und die Schärfe einzustellen, und plötzlich konnte sie das Objekt auf dem Träger erkennen. Beim Anblick der schillernden Transparenz eines exakt symmetrischen Flügelpaares stockte ihr der Atem.

»Oh. Das ist aber hübsch! Ist das eine Libelle?«

»Nein, Miss, das ist eine Schlankjungfer. Viel, viel kleiner als eine Libelle.« Er zog den Objektträger heraus. »Sehen Sie? Diese ist kaum zwei Zentimeter groß.«

»Sind das alles Insekten auf diesen Glasplatten?«

Er nickte. »Es gibt über eine Million verschiedene Insekten auf der Welt. Damit habe ich gut zu tun.«

Neugierig sah sie ihn an. Er klang, als mache er sich über sich selbst lustig.

»Ich hätte nie gedacht, dass eine so kleine Libelle aus nächster Nähe so schön sein kann.«

»Ja, vielleicht ist das der Grund.« Ash schob den Träger in seine Schublade zurück.

»Dann waren Sie in Ihrer Heimat ein Naturforscher? In Indien, meine ich?«

»Ich weiß, wo meine Heimat ist.« Er schickte den leicht barschen Worten ein versöhnliches Lächeln hinterher. »Und ja, das war ich. An der Universität von Madras.«

»Und wie lange sind Sie schon in London?«

Er rückte seine kleine Brille zurecht. »Diesen Monat ist es exakt ein Jahr. Dank Ihrer Regierung darf ich nun, endlich, ohne Einschränkungen leben und arbeiten ... oder zumindest Bücher verkaufen.«

»Oh«, erwiderte Evie zögerlich, da sie nicht wusste, was sie dazu sagen sollte.

»Und Sie als Frau dürfen jetzt Ihre britische Staatsbürgerschaft behalten, egal, wen Sie heiraten.«

»Ich wusste nicht, dass ich sie überhaupt verlieren kann«, entgegnete Evie überrascht.

Er machte ein seltsames Gesicht. »Dann haben Sie Glück.«

»Wieso?«

Er wollte etwas erwidern, hielt jedoch inne. »Vielleicht bin ich nur neidisch.«

»Wie auch immer: Ich habe nicht die Absicht, überhaupt jemals zu heiraten. Oder London zu verlassen.«

»Dann können Sie sich ja wirklich glücklich schätzen.«

Evie entfernte sich vom Schreibtisch und tat, als studiere sie die vielen Bücherregale der Abteilung, aber sie war viel zu durcheinander, um etwas in sich aufzunehmen. Mr Ramaswamy gab ihr das Gefühl, in einer ganz anderen Welt zu leben, noch dazu in einer, die einfacher zu bewältigen schien. Er konnte nicht wissen, wie sehr ihre Familie gelitten und wie hart sie für das wenige, das sie besaß, gearbeitet hatte. Zum einen verabscheute sie ihn für seine stereotypen Vorstellungen von ihr, zumal er solch eine Haltung ihm gegenüber ebenfalls zu verabscheuen schien. Zum anderen wollte sie ihn gern besser verstehen und wünschte sich, dass auch er sie wahrheitsgemäßer einschätzte.

Beide hatten sie es nicht geschafft, einen akademischen Beruf zu ergreifen, und Evie fragte sich nun, ob sie nicht vielleicht dasselbe Ziel verfolgten, nur aus verschiedenen Richtungen. Es war nicht unbedingt die beste Grundlage für eine Freundschaft. Ihre Jahre in der Jane Austen Society hatten ihr gezeigt, dass ähnliche Interessen oder Ansichten gute Voraussetzungen waren, um sich mit jemandem anzufreunden, allerdings hegte sie keinerlei Interesse an krabbeligen Insekten, so hübsch sie unter dem Mikroskop auch aussehen mochten. Sie bezweifelte also, dass sie und Mr Ramaswamy je ein gemeinsames Gesprächsthema finden würden, und fühlte sich einigermaßen erleichtert, als sie wieder in ihrer eigenen Abteilung angekommen und allein war.

KAPITEL 9

Regel Nr. 2

Der Kunde hat ausnahmslos
immer recht.

Vivien beobachtete die elegante Frau um die vierzig nun schon eine ganze Weile. Dass sie Amerikanerin war, erkannte Vivien daran, dass ein kleiner Stadtplan »London A–Z« aus ihrer teuren Handtasche ragte und sie über dem maßgeschneiderten schwarzen Kostüm keinen Trenchcoat trug, sich dafür aber einen gefährlich langen Regenschirm unter den Arm geklemmt hatte.

Die Frau schlenderte gerade an den Bücherregalen entlang, nachdem sie zuerst alle Neuerscheinungen auf den Tischen am Eingang begutachtet hatte. Dort war sie mit den Fingerspitzen über alle für sie erreichbaren Exemplare gefahren, hatte das eine oder andere in die Hand genommen und darin geblättert, jedoch ohne sichtliches Interesse, etwas zu kaufen. Auch an den Regalen ging sie gleichermaßen unentschlossen vorbei, nur hin und wieder tippte einer ihrer rot lackierten Fingernägel auf einen Buchrücken. Als sie die neue Sektion mit klassischen Autorinnen nur flüchtig streifte, fühlte Vivien sich persönlich beleidigt.

Sie ging auf die Frau zu.

»Kann ich Ihnen helfen?«

Die Frau hielt gerade eine Ausgabe von Elizabeth Bowens *In der Hitze des Tages* in Händen. »Das hier ist letztes Jahr in den Staaten erschienen – taugt es etwas?«

Erneut hatte Vivien den Eindruck, dass die Frau weniger etwas kaufen, sondern eher etwas überprüfen wollte. »Es ist eines meiner Lieblingsbücher.«

»Aber ist es auch gut?«, hakte die Frau halb belustigt nach.

Vivien konterte mit einem eigens für solche Gelegenheiten einstudiertem Lächeln, das Geduld und Nachsicht ausdrückte. »Nun, ich schätze, das hängt davon ab, wonach Sie suchen.«

»Das, meine Liebe, finde ich in keinem Buch.«

Viviens Blick blieb an der linken Hand der Frau hängen, an der drei auffällige Ringe steckten: ein Verlobungsring, ein Ehering und ein mit beachtlichen Diamanten besetzter Jubiläumsring. Sie bildeten einen auffälligen Kontrast zu dem schwarzen Kostüm und den verhärmten Gesichtszügen, die wiederum die scheinbare Unbeschwertheit ihrer Ansprache relativierten.

»Nächsten Mittwoch ist es ein Jahr her, dass mein Mann gestorben ist«, erklärte die Frau prompt.

Die geradezu beiläufige Auskunft über eine so persönliche und höchst private Information empfand Vivien als ungebührlich forsch – und damit fraglos amerikanisch.

»Das tut mir leid«, entgegnete sie irritiert.

»Deswegen bin ich auch hier in London. Um ein paar Dinge zu klären. Er war ebenfalls in der Buchbranche tätig, so wie Sie.«

»Oh, bestimmt nicht wie ich. Ich bin nur eine Verkäuferin.«

»Habe ich nicht gerade gehört, wie Sie sich am Telefon als Abteilungsleiterin bezeichneten?«

Vivien fragte sich, wie lange die Frau sie schon belauscht hatte. »Ach, das ist nur vorübergehend.«

Die Frau lächelte resigniert. »Ist denn nicht alles nur vorübergehend?«

»Hier nicht. Hier haben sich die Dinge seit hundert Jahren nicht geändert.«

»Ah, dann ist es ein wahrhaft britischer Buchladen. Mein Mann hat sehr dafür geschwärmt. Er hat mich immer kreuz und quer durch London geschleift, um nach den aktuellen Neuerscheinungen zu stöbern.«

»Ein Spion der Konkurrenz also? Die gibt es in dieser Straße zuhauf.«

Die Frau lachte. »Er war keinesfalls im Einzelhandel tätig. Aber seine Familie hat dennoch ein … sagen wir mal berufliches Interesse.«

»Dann war er Schriftsteller?«

»Nein. Aber Sie schreiben, nicht wahr?«

»Wie kommen Sie darauf?«, gab Vivien erstaunt zurück.

»Sie schreiben ständig etwas in dieses kleine hübsche Notizbuch. Und derart aufreibend geht es hier ja nicht zu, als dass es etwas Geschäftliches sein könnte.«

»In letzter Zeit gab es durchaus einige Aufregung. Nur deshalb bin ich gerade Abteilungsleiterin.«

»Verkaufen Sie sich nicht unter Wert, meine Liebe.«

»Oh, so war das nicht gemeint. Denn es liegt keinesfalls an mir. Nur an denen.« Vivien merkte selbst, wie verbittert sie klang. »An den Männern, die das Sagen haben, meine ich.«

Jetzt lächelte die Frau so freundlich und verständnisvoll, dass sich deutliche Falten in ihren vormals fahlen Wangen bildeten. »Ich schätze, dass die Ihnen aber nicht das Wasser reichen können.«

Hinter ihnen ertönte ein Hüsteln, und Vivien sah, dass zwei weitere amerikanische Touristinnen ungeduldig an der Kasse warteten. Sie erkannte die beiden sofort wieder, denn sie hatten, beide mit demselben Modell eines Dior-Kostüms bekleidet, bereits am Vortag in den Kunstbüchern gestöbert. Heute trugen sie Chanel-Kostüme aus Brokatstoff mit Hahnentrittmuster, dazu Handtaschen und Pumps aus braunem Krokodilleder.

Nachdem Vivien so schwungvoll in ihr Kassenareal zurückgekehrt war, dass die hüfthohe Schwingtür mit lautem Knall hinter ihr zuklappte, lehnte sich die größere der zwei Frauen über die Theke.

»Meine Schwester«, erklärte sie laut und nickte in Richtung ihrer Begleiterin, »hat hier gestern ihre Uhr verloren.«

»Oh, das tut mir furchtbar leid«, entgegnete Vivien ruhig und stützte sich mit beiden Händen auf dem Tresen ab. »Aber wir haben bisher leider keine gefunden. Wenn Sie mir die Adresse Ihres Hotels …«

»Agnes!«, rief die Frau nun und stupste ihre Schwester an. »Sieh nur!«

Die beiden starrten auf Viviens schmales Handgelenk.

»Du meine Güte! Sie Diebin!«

Vivien richtete sich zu voller Größe auf und biss sich in die Wange, um ruhig zu bleiben. »Ich habe keine Ahnung, wovon Sie …«

»Wo ist der Abteilungsleiter?« Die Frau sprach nun so laut, dass auch die anderen frühmorgendlichen Kunden aufmerksam wurden und von den Tischen, Zeitungen und Regalen herüberblickten, um nach der Ursache des Aufruhrs zu sehen. Aus dem Augenwinkel registrierte Vivien, wie die einzelne Amerikanerin sich langsam näherte und das Geschehen aufmerksam verfolgte.

»Ich bin die Abteilungsleiterin.«

»Unsinn.«

»Wie bitte?«

»Wo ist der hier zuständige Mann?«

»Entschuldigen Sie bitte, aber ich bin es, die hier zuständig ist.«

»Das ist doch lächerlich … Hallo … hallo?«, rief die Frau laut in Richtung der Büros. Ihre Schwester stand betreten daneben. Die Situation war ihr sichtbar peinlich.

Vivien spürte, dass sie von allen Seiten angestarrt wurde. Sie machte sich selten etwas daraus, was andere über sie dachten, aber hin und wieder konnte sie sich nicht dagegen wehren, dass es ihr doch etwas bedeutete. Nur weil diese dreisten Frauen als Kundinnen eine gewisse Macht besaßen, war Vivien gezwungen, sich mit ihrer Unverschämtheit und den nachfolgenden Konsequenzen zu befassen. In ihrem Magen machte sich eine leichte Übelkeit breit.

Auf das Geschrei hin kam zunächst Grace aus ihrem Büro. In den Händen hielt sie einen Stapel Papiere – sie versuchte immer, den Eindruck von Geschäftigkeit zu vermitteln. Schon bald nach ihrer Einstellung hatte sie gelernt, dass man, wenn man sich den Männern gegenüber behaupten wollte, am besten immer vollauf beschäftigt wirkte.

»Ist alles in Ordnung, Vivien?«, fragte sie und sah Vivien fest in die Augen, was ihr Code für uneingeschränkte Unterstützung war.

»Die Schwester dieser Frau hat bedauerlicherweise ihre Armbanduhr verloren.«

»Hat sie nicht!«, gab die Amerikanerin aufgebracht zurück. »Sie hängt an Ihrem Handgelenk, das wissen Sie ganz genau. Eine kleine Verkäuferin mit einer Uhr von Cartier! Wo, um alles in der Welt, gibt es denn so was?«

Vivien stand einfach nur da und starrte die Frau unverwandt an.

»Die Uhr war ein Geschenk …«, begann Grace, worauf Vivien zu Boden blickte und den Kopf schüttelte.

»Doch, Vivien! Das ist doch lächerlich«, beharrte Grace und wandte sich wieder an die unverschämte Kundin. »Die Uhr war ein Geschenk. Von ihrem verstorbenen Verlobten. Einem Lord. Lord St. Vincent. Erbe der Grafenwürde von St. Vincent. Sohn des 7. Earl St. Vincent. Von Skillerton Hall.«

Grace sah, dass Vivien ein Grinsen unterdrückte, als sie den beiden Frauen diese Adelstitel entgegengeschleuderte. Die anderen Kunden einschließlich der amerikanischen Witwe verfolgten das Geschehen mit unverhohlenem Interesse.

»Wir wollen den Geschäftsführer sprechen«, beharrte die Frau wütend.

»Leider ist Mr McDonough gerade am Telefon …«

Unbeirrt winkte die Frau ihrer Schwester, und beide steuerten die Büroräume an. Durch die breite Glasscheibe war zu sehen, wie Alec sich lässig in Mr Duttons Drehsessel fläzte. Die Unterschenkel hatte er übereinandergeschlagen in schrägem Winkel auf die Tischplatte gelegt, so dass seine Füße über die Tischkante ragten. Grace eilte den zwei Frauen hinterher, Vivien folgte nur widerwillig.

»Ihre Verkäuferin hat die Uhr meiner Schwester gestohlen«, rief die Amerikanerin erneut, als sie Mr Duttons Büro erreichte.

Alec legte eine Hand über die Sprechmuschel des Telefonhörers. »Wie bitte?«

Ausnahmsweise einmal waren Grace und Vivien froh darüber, dass Alec so gar kein Gespür für die gefährlichen Launen von Frauen hatte.

»Die Armbanduhr meiner Schwester ... von Cartier ... die sie gestern hier verloren hat. Diese Frau da trägt ganz offensichtlich die Uhr meiner Schwester, womit ja wohl klar ist, was sie getan hat. Wenn Sie nichts unternehmen, sind wir gezwungen, die Polizei zu rufen.«

Alec sah zu Vivien, die ein, zwei Meter hinter Grace im Korridor stand.

»Vivien?«

»Nein.«

»Vivien, bitte. Es ist doch zu unser aller Bestem.«

Irritiert verfolgte Grace, wie Vivien die Arme verschränkte und ihren Kollegen wortlos anstarrte. Ausnahmsweise einmal verstand sie die stummen Signale nicht.

»Vivien.« Irgendetwas in Alecs Stimme ließ Grace aufhorchen. Etwas, das sie vorher nie hatte einordnen können.

Vivien seufzte frustriert, ging zum Schreibtisch, nahm die Uhr ab und hielt sie Alec mit ausgestrecktem Arm entgegen.

»Siehst du, Agnes«, rief die Amerikanerin triumphierend. Sie wollte Vivien die Uhr wegschnappen, aber Alec hielt sie davon ab.

»Lassen Sie mich sehen«, sagte er überraschend sanft. Er betrachtete kurz das Ziffernblatt, dann drehte er sie um und hielt den Frauen die Rückseite entgegen.

Die kleinere namens Agnes las die Gravur, wandte sich errötend ab und zog ihre Schwester am Arm.

»Damit ist die Sache ja wohl erledigt, meine Damen«, erklärte Alec bestimmt und deutlich ungehalten.

Während die zwei Frauen aus der Buchhandlung flohen, blieb Grace an der Bürotür stehen und beobachtete, wie Alec Vivien die Uhr zurückgab. Die griff wütend danach, drehte sich um und stürmte davon.

»Das wäre alles, Grace«, sagte Alec auf seine übliche kurz angebundene Art.

Grace kehrte in ihr kleines Büro zurück und verfolgte durch die Glasscheibe, wie die übrigen Kunden ihr Herumstöbern und Lesen wiederaufnahmen. Für heute war das nicht alles, dachte sie bei sich. Und es war auch noch nicht zu Ende.

Aber was, um alles in der Welt, war der Anfang gewesen?

KAPITEL 10

Regel Nr. 28

Die Beziehungen der Arbeitnehmer untereinander dürfen ausschließlich beruflicher Natur sein.

Der Anfang war ein Fehler gewesen.

Wenige Monate nach Viviens Einstellung hatte der damalige Leiter der Romanabteilung, Graham Kingsley, zur Veröffentlichung des neuen Romans *Wiedersehen mit Brideshead* von Evelyn Waugh im ersten Stock eine Lesung mit anschließendem Empfang arrangiert. Für Bloomsbury Books war es eine kleine Sensation gewesen und nur dank des Einflusses und der Beziehungen seines Besitzers Lord Baskin möglich gewesen.

Evelyn Waugh war im Herbst 1945 aus seinem Kriegsdienst in Jugoslawien nach London zurückgekehrt, und sobald er die Buchhandlung betreten hatte, war Vivien ganz und gar hingerissen gewesen. Um ihre Nervosität zu dämpfen, hatte sie vor der Lesung zu einem Glas Champagner gegriffen, doch anstatt gelassener zu werden, wie sie es gehofft hatte, verstärkte der Alkohol ihre Aufregung nur noch. Sie traute sich nicht, Mr Waugh anzusprechen und ihm die Fragen zu stellen, die ihr zu seinem neuesten Roman auf der Seele brannten. Das Buch hatte sie im Sommer bei einem Besuch ihrer Großmutter in Hastings an nur einem Tag am Strand durchgelesen. Danach las sie es noch einmal, um es Kapitel für Kapitel zu analysieren – wie eine dieser diffizilen Spielzeugkonstruktionen aus dem Metallbaukasten. Sie wollte Fragen zur Symmetrie der Handlung stellen, zu dem ihrer Meinung nach perfekten Titel des ersten Teils – »Et in Arcadia Ego« – und dazu, ob die Figuren von Sebastian und Julia nur in der Geschwisterbeziehung funktionierten. Stattdessen hatte sie sich nach der Lesung ganz zerknirscht auf der Treppe zur Abteilung Geschichte und Reisen niedergelassen. In der Zwischenzeit gingen Waugh und die übrigen Angestellten der Buchhandlung zum gemütlichen Teil über. Sie sah offenbar so gequält aus, dass Alec kurz darauf zu ihr kam. Um auf Augenhöhe zu sein, ging er vor ihr in die Hocke.

»Alles in Ordnung?«

Es war das erste Mal, dass Alec bewusst das Wort an sie richtete, obwohl sie im Sommer gleichzeitig bei Bloomsbury Books angefangen hatten. Damals, in Mr Duttons aquariumsgleichen Büro, hatte er auf Vivien wie einer dieser überehrgeizigen privilegierten Schuljungen gewirkt, die sich schon für erwachsen hielten. Inzwischen wusste jeder in der Buchhandlung, dass Alec auch Schriftsteller war – oder werden wollte –, was bei Beschäftigten in dieser Branche durchaus nicht ungewöhnlich war. Erst vor Kurzem hatte Nancy Mitford bei der Buchhandlung Heywood Hill in Mayfair Urlaub genommen, um ihren nächsten Roman zu schreiben.

Allerdings dienten Alecs literarische Ambitionen vorrangig der Förderung seiner Karriere. Er nutzte seine Stellung, um Kontakt zu namhaften Lektoren, Verlegern und Autoren zu knüpfen, die bei Veranstaltungen wie der heutigen zugegen waren. Als Graham Kingsley angedeutet hatte, sich bald zur Ruhe setzen zu wollen, war es Alec gewesen, den man als Nachfolger in Betracht zog, obwohl er nicht länger bei Bloomsbury Books arbeitete als Vivien. Die Regeln der Buchhandlung besagten, dass der Leiter einer Abteilung das letzte Wort hinsichtlich Veranstaltungen, Vortragenden und Gästen hatte, was Alec dann nutzen könnte, um seine Kontakte weiter auszubauen, während Vivien dazu verdammt wäre, mit ihrem hübschen Gesicht hinter der Kasse zu stehen und zuzuschauen.

Dass Alec an jenem Abend eine so illustre Gesellschaft verließ, um nach ihr zu sehen, hatte auf Vivien unerwartete Auswirkungen. Vielleicht lag es am Champagner, vielleicht an der – wenn auch nur flüchtigen – Begegnung mit einer literarischen Berühmtheit oder auch an ihrem eigenen schriftstellerischen Streben … Jedenfalls sah sie Alec in dem Moment, als seine blauen Augen tief in ihre schauten, plötzlich anders. Positiv. Und ohne jeden Vorbehalt, wie sie später reuig feststellen musste. Sie fragte sich, ob er sich vielleicht von Anfang an für sie interessiert hatte. Und als schöne Frau, die einmal tief und aufrichtig geliebt worden war, wurde Vivien tatsächlich schwach, wenn sie spürte, dass sie Begehren auslöste – eine Schwäche, die durch die Enttäuschung über ihr Versagen an diesem Abend noch weiter genährt worden war.

Alec bot an, ihr ein Taxi zu rufen. Als er ihr am Straßenrand beim Einsteigen half, trafen sich ihre Blicke erneut. Er zögerte kurz und schaute zu den erleuchteten Fenstern im ersten Stock hinauf. Dann sah er wieder zu ihr und schob sich wortlos neben sie auf die Rückbank. Er nahm ihre Hand, was sie so sehr rührte, dass sie jegliche Vorsicht gegenüber Beziehungen über Bord warf.

Ihr Verlobter, der damalige Erbe der Grafenwürde von

St. Vincent, war 1942 im Bodengefecht der 50. Northumbrischen Infanteriedivision bei Gazala gefallen. Seine Leiche war nie gefunden worden, was dem Verlust eine zusätzliche emotionale Dimension verlieh, die Vivien mehr zu schaffen machte, als sie begreifen konnte. Sie war damals erst einundzwanzig gewesen, und sie und David hatten ihre kurze Verlobungszeit vor allem damit verbracht, mit dem Entsetzen seiner Familie über ebenjene Verlobung umzugehen. Nach seinem viel zu frühen Tod hatte Vivien beschlossen, so wenig Trauer und so viel Wut wie möglich zu empfinden. Ihr Hass auf Hitler und den Krieg wurde irgendwann so groß, dass alle um sie herum fürchteten, sie würde sich nie mehr davon erholen.

Alles, was Vivien als Andenken an David blieb, waren ein sicher verwahrter Diamantring, die Cartier-Uhr und die Erinnerung an eine einzige Nacht Fronturlaub, die sie in einem eher zwielichtigen Hotel an der Küste verbracht hatten. Diese Nacht im Januar 1942 war in gewisser Hinsicht recht unspektakulär gewesen, denn es war für sie beide das erste Mal gewesen. Aber sie hatte Vivien eine Ahnung von Intimität vermittelt und davon, wie es einen auf köstliche und sehr private Weise an jemanden binden konnte, wenn man sich körperlich verletzbar machte. Sie hatte vorher nie verstanden, wie jemand fremdgehen oder sich einer Affäre hingeben konnte. Aber diese eine Nacht hatte der angehenden Schriftstellerin gezeigt, dass es dabei nicht unbedingt um Liebe ging. Vielmehr bestand die eigentliche Verlockung für gewisse Menschen in der Heimlichkeit des Akts und der gesteigerten Erregung angesichts des verbotenen Genusses.

Wenige Stunden nach Evelyn Waughs Lesung sollten Vivien und Alec erkennen, dass sie beide zu dieser Art

Menschen gehörten. Statt dass es sie einander näherbrachte, führte die Einsicht, wie ähnlich sie einander waren, zu weiterem Abstand. Sobald Vivien sich später an irgendein Detail ihres Liebesspiels erinnerte, wurde sie augenblicklich rot. Also ließ sie es lieber bleiben. Stattdessen rief sie sich vor Augen, wie Alec sich gleich nach dem Aufwachen gebärdet hatte: als hätte sie etwas Falsches getan oder ihn dazu verleitet. Auch ihre Arbeitsbeziehung hatte sich nie davon erholt. Vivien hatte sich die Haare abgeschnitten, bezeichnete Alec fortan als »Despoten«, und Grace – die einzige verheiratete Angestellte bei Bloomsbury Books – fungierte seither als Vermittlerin, auch wenn aus Viviens Sicht im Grunde ein Strafgericht abgehalten werden müsste.

Es war, als hätte diese eine Nacht nie stattgefunden. Niemand in der Buchhandlung ahnte etwas, eher im Gegenteil. Und Vivien und Alec waren sich stillschweigend – und geradezu verbissen – einig, es dabei zu belassen.

Alec war zuerst aufgewacht und ganz in den Anblick der neben ihm liegenden Vivien versunken – wie ihr die langen naturgelockten Haare in Wellen über die Schultern fielen. Haare, die während ihres Liebesspiels seinen Oberkörper gestreift und gestreichelt hatten, in die er mit beiden Händen hineingegriffen und hungrig hineingeatmet hatte, als würde er nach Luft, nach ihrem Duft schnappen. Er konnte nicht wissen, dass sie diese Haare binnen der nächsten Stunde absäbeln würde, weil sie – anders konnte er es nicht deuten – sein Begehren auf das Entschiedenste zurückwies.

Nachdem sie sich in der Nacht irgendwann schwer atmend in die Arme gefallen waren, hatte Alec überraschend unruhig geschlafen. Jetzt war er froh, dass Vivien noch döste, weil es ihm Zeit zum Nachdenken verschaffte. Allerdings konnte er an kaum etwas anderes denken als sie. Er bewunderte ihre Schönheit, ihre entspannte Pose und wie zufrieden sie im Schlaf aussah. Im wachen Zustand wirkte sie eher, als empfinde sie für alles um sich herum nur Verachtung.

Alec ließ den Blick über ihren Nacken und oberen Rücken wandern, dessen glatte Haut im sanften Morgenlicht einen herrlich cremefarbenen Glanz bekam. Als ihm auffiel, wie verzaubert er sie anstarrte, zwang er sich, zu blinzeln, und sah sich stattdessen im Zimmer um. Die ausgeblichene blau-weiße Damasttapete an der Wand gegenüber löste sich stellenweise ab, davor stand eine breite, klobige Kommode mit großem, schräg gestelltem Schminkspiegel. Um den Spiegel herum standen und lagen Parfümfläschchen, Döschen, Tiegel sowie Bürsten in unterschiedlichen Größen – Werkzeuge, mithilfe derer Vivien ihre dunklen, mandelförmigen Augen schminkte. Sie hatte erschreckend ausdrucksstarke Augen, die einen auf fast schmerzhafte Weise taxierten, so dass Alec bis gestern Abend weitgehend vermieden hatte, sie direkt anzusehen. Ganz leise begann sich eine innere Stimme zu melden, ob das nicht vielleicht das weisere Verhalten gewesen war.

Irritiert und beunruhigt drückte Alec das Gesicht wieder ins Kissen und musterte mit einem Auge den Bücherstapel auf Viviens Nachttisch. Einige der Titel waren Alec aus den Diskussionen um die Buchbestellungen bekannt: eine importierte Ausgabe von Radclyffe Halls *Quell der Einsamkeit*, dessen Verkauf in England lange Zeit verboten gewesen war, *Kalte Herzen* von Elizabeth Bowen sowie *Ein Zeitreisender* von Alison Uttley, was Alec überraschte und in gewisser Weise auch anrührte, weil es ein Kinderbuch war. Nicht bekannt war ihm Anna Kavans Kurzgeschichtensammlung *Asylstück*, aber in seinem Lieblingsliteraturmagazin *Horizon* hatte er jüngst ihre Kurzgeschichte »Ich bin Lazarus« gelesen. Die Autorin verarbeitete in ihren Werken oft ihre Begegnungen mit Soldaten, die unter Kriegsneurosen litten, und das auf eine derart absurde Weise und anscheinend ohne jedes Bedürfnis, dem Leser gefallen zu wollen, wie Alec es sonst nur bei männlichen Autoren erwarten würde. Neugierig geworden, versuchte er das Buch aus dem Stapel zu ziehen.

Dabei geriet die obenauf liegende Cartier-Uhr ins Rutschen, so dass er blitzschnell danach greifen musste, um sie aufzufangen. Dass eine Frau wie Vivien eine so kostbare Uhr besaß, hatte Alec schon immer gewundert. Er wusste so gut wie nichts über sie, nur dass ihr Vater irgendeine Art Händler gewesen war. Untere Mittelschicht. Alecs Vater war Radiologe gewesen und hätte seinem Sohn nach dem Schulabschluss im Internat und dem Auslandsjahr zum einundzwanzigsten Geburtstag ohne Weiteres eine Cartier-Uhr schenken können. Allerdings war in seiner Familie die bevorzugte Marke Patek Philippe.

Viviens goldene Uhr besaß ein rechteckiges Zifferblatt, das rundherum mit Diamanten besetzt war. Es war ein recht neues Modell des französischen Luxusdesigners und damit sehr wahrscheinlich kein Erbstück. Alec war das Modell bekannt, weil er großen Wert auf Stil legte und wusste, wie wichtig das äußere Erscheinungsbild war: wie man sich kleidete, wie man sich gab, wie man Erfolg ausstrahlte. Aus diesem Grund trug er stets frische, maßgeschneiderte weiße Hemden und Jacketts von Gieves & Hawkes aus der Savile Row und dazu glänzend polierte

Budapester von Barker Shoes aus der Jermyn Street. Es waren Geschäfte, in denen schon sein Vater, sein Großvater und Urgroßvater gekauft hatten.

Immer noch nackt, setzte Alec sich auf und drehte die Uhr herum. Auf der Rückseite stand lediglich ein Datum: 22. Januar 1942. Er fragte sich, was es zu bedeuten hatte.

»Was machst du da?«

Alec zuckte zusammen. Schnell legte er Buch und Uhr wieder an ihren Platz zurück. Dann drehte er sich zu Vivien um, die sich auf einen Ellbogen stützte und ihn fragend ansah.

»Guten Morgen.«

»Ich habe gefragt, was du da machst?«

»Das ist eine schöne Uhr. Und das Buch kenne ich gar nicht. Ist es gut?«

Vivien musterte ihn mit ihrem üblichen misstrauisch-scharfen Blick. In diesem Moment fürchtete Alec, dass die vorangegangenen zehn Stunden ebenso abrutschen könnten wie gerade eben die Uhr.

»Ich glaube nicht, dass du dich für das Buch interessiert hast.«

Nun setzte auch sie sich auf. Sie war mit nichts als einem dünnen minzgrünen Unterrock bekleidet.

»Wie ich schon sagte: eine schöne Uhr. War sie ein Geschenk?« Er kannte Vivien mittlerweile gut genug, um zu wissen, dass er sich nicht eingeschüchtert zeigen durfte – das hätte sie nur noch mehr gegen ihn aufgebracht.

»Ja.« Sie schlug die Decke beiseite und schwang sich aus dem Bett, weg vom ihm. Dann ging sie zum Waschbecken in der Ecke. Alec beobachtete, wie sie ihr langes Haar hastig zu einem Knoten zusammensteckte, sich kaltes Wasser ins Gesicht warf und es mit dem blau-weiß gestreiften Handtuch abtrocknete, das neben dem Becken hing. Sie zog einen gestrickten orangefarbenen Hausmantel über und spazierte gefährlich ruhig in das angrenzende kleine Wohnzimmer mit Kochnische.

Durch die halb offene Tür sah Alec, wie sie den Gasherd anzündete und einen Kessel Wasser aufsetzte. Er beobachtete, wie sie ihnen eine Kanne Tee zubereitete – genau wie im Laden und mit genau demselben mürrischen Gesichtsausdruck. Auf der einen Seite gefiel ihm dieses häusliche Ambiente: dass sie ihn umsorgte, als wäre er mehr für sie als nur ein Kollege oder eine flüchtige Begegnung. Gleichzeitig fürchtete er, dass die Normalität dieser Geste trog, denn er kannte mittlerweile auch Viviens schnelle Stimmungswechsel.

Sie kam zurück, stellte das Tablett zwischen ihnen auf das zerknüllte Laken und goss wortlos Tee ein. Dann begann sie an ihrer Tasse zu nippen. Er saß stumm da und spürte Panik in sich aufsteigen.

»Das Geschenk eines Verwandten?«, fragte er schließlich verzweifelt und hilflos gegenüber ihrer nicht zu deutenden Stimmung.

»In gewisser Weise.«

»Von einem Mann?«

»M-hm. Von meinem Verlobten, wenn du's genau wissen willst.«

Alec sprang auf. »Deinem was?«

»Entspann dich. Er ist tot.«

Doch ihre Worte bewirkten alles andere als Entspannung.

»Und warum erfahre ich das erst jetzt?«

»Es geht im Grunde doch niemanden was an, oder? All die Dinge im Leben, die nicht passieren.«

Auf einmal hatte er keine Lust mehr, sich zusammenzureißen. Er sagte etwas, von dem er im selben Moment wusste, dass er es nicht sagen sollte – eine Äußerung, mit der er sie für immer von sich wegschieben würde. Selbst Jahre später wusste er immer noch nicht, warum er es gesagt hatte.

»Tja, ich schätze, das erklärt so manches.«

Sie starrte ihn an. »Ich weiß nicht, was …«

»Na ja, du bist … du weißt schon … recht freizügig im Bett.«

Vivien erhob sich schweigend, als würde sie von einem unsichtbaren langen Band weggezogen. Sie verließ ihr kleines Apartment und betrat das Gemeinschaftsbad im Flur. Alec konnte hören, wie nacheinander ihre Schlafzimmertür, dann ihre Wohnungstür und dann die Badezimmertür mit lautem Knall zugeschlagen wurden.

Alec drückte sich mit der Hand fest gegen die Stirn.

Als Vivien zurückkam, hatte sie den Großteil ihrer langen Haare abgeschnitten – wobei sie nicht wissen konnte, dass sie das für Alec nur noch attraktiver machte.

Die gravierte Rückseite der Uhr blieb ohne weitere Erklärung, und Alec zermarterte sich noch lange Zeit das Gehirn, was es damit auf sich haben könnte.

Und nun, vier Jahre später, erfuhren alle Angestellten der Buchhandlung und mindestens drei Amerikanerinnen, dass ihm die Gravur auf Viviens Uhr vertraut war – und das nur, weil er sie vor dem Gefängnis bewahren wollte.

KAPITEL 11

Regel Nr. 15

Nach dem Feiertagsgesetz
von 1871 haben alle Angestellten
am Tag des Herrn sowie an den
gesetzlichen Feiertagen frei.

Seit Evie Stone in London wohnte, ging sie jeden Sonntag ins British Museum.

Ihre Mitbewohnerin Charlotte arbeitete jedes Wochenende als Zimmermädchen, so dass Evie ihren einzigen freien Tag allein verbringen musste. Schnell entwickelte sie eine Routine: eine Schüssel Porridge mit Milch, eine lange Busfahrt zum Museum und viele Stunden Recherche in dessen Bibliothek.

An diesem Sonntag suchte Evie allerdings das Naturkundemuseum auf. Im British Museum kam sie seit einiger Zeit nicht weiter und fragte sich nun, ob sie in den Archiven des berühmten Botanikers und Landschaftsarchitekten John Claudius Loudon möglicherweise weitere Puzzleteile auf der langwierigen Suche nach dem kostbaren Buch aus Chawton Great House finden würde.

Die botanische Abteilung besaß eine eigene Bibliothek mit Fachliteratur und Aufzeichnungen, die neben den Laborräumen der Wissenschaftler lag. Evie ging zur Eingangstheke, trug sich ins Besucherbuch ein und bat die

Bibliothekarin, die Akten zu John Loudon aus den Jahren 1825 bis 1830 einsehen zu dürfen. Daraufhin notierte die Frau Evies Namen in der Liste für Depoteinsicht – ein Moment, der Evie jedes Mal erstarren ließ. Am liebsten hätte sie jeden Hinweis, jedes schriftliche Testat zu ihrer Suche vermieden. Das lag nicht nur an ihrem angeborenen Misstrauen und ihrer Verbissenheit, sondern auch daran, dass Stuart Wesley die Anstellung ergattert hatte, die eigentlich ihr zugestanden hätte. Dadurch hatte er Zugriff auf ihre gesamte minutiöse Vorarbeit. Diesen Fehler wollte sie nicht noch einmal begehen.

Evie bekam zwei lange Holzkisten ausgehändigt, genug Material, um es in den nächsten Stunden gründlich zu durchforsten. Um sämtliche Archive des berühmten Botanikers durchzusehen, würde sie mehrere Tage benötigen, weil es einfach viel zu viel Material gab: Zeichnungen von Blättern, Zweigen und Früchten, Korrespondenz mit den Garten- und Naturkundezeitschriften, die er gegründet hatte, und stapelweise andere Unterlagen.

Was John Loudon geschrieben hatte, interessierte Evie allerdings wenig. Sie suchte nach Informationen zu seiner Frau, einer Schriftstellerin, und war, wie so oft, frustriert angesichts der Quellenlage. Werke von Männern und solche von Frauen wurden bei der Archivierung auffallend unterschiedlich behandelt. Jede noch so flüchtige Skizze eines Zweigleins von John Loudon wurde in mehreren Museen sorgfältig archiviert, während der Roman seiner Frau in den vielen Abhandlungen über seine Arbeit nur in einer Fußnote Erwähnung fand.

Schon beim Katalogisieren der Bibliothek des Chawton Great House hatte Evie festgestellt, dass das, was über die aktuelle Zeit hinaus gerettet, und das, was vergessen wurde, den Launen der jeweiligen Ära unterworfen war. In Cambridge hatte sie im Rahmen ihrer Recherchen seitenweise Auflistungen von Romanen durchforstet, die in bestimmten Epochen veröffentlicht worden waren, und gemerkt, dass der Anteil an Autorinnen in den letzten hundert Jahren kontinuierlich zurückgegangen war. Der Höhepunkt für Schriftstellerinnen schien noch weiter zurückzuliegen, nämlich um die vorletzte Jahrhundertwende herum, als Frauen wie Jane Austen und Maria Edgeworth die Entwicklung des Romans als Literaturgattung vorangetrieben hatten.

Je intensiver Evie forschte, desto mehr vergessene Autorinnen aus jener Zeit kamen zum Vorschein: Charlotte Lennox, Eliza Haywood, Rachel Hunter und Elizabeth Inchbald – Frauen, deren Bücher Jane Austen gelesen und geschätzt hatte. Heutigen Lesern sagten diese Namen wenig bis gar nichts, aber wahrer Wert offenbarte sich ja oftmals erst später; als ehemaliges Dienstmädchen und nun frische Collegeabsolventin war Evie selbst der beste Beweis dafür. Das Buch, nach dem sie heimlich suchte, war kein Klassiker im herkömmlichen Sinn, sein literarischer Wert war nirgendwo dokumentiert. Genau das wollte Evie ändern. Ihr Ziel war es, diesem Buch – allein dadurch, dass sie es fand – zu der Bedeutung zu verhelfen, die es für die Literaturgeschichte zweifellos besaß.

Nachdem sie bereits einige Stunden damit verbracht hatte, Loudons umfangreiche Korrespondenz zu durchforsten, fiel ihr plötzlich ein handgeschriebenes Tagebuch in die Hände. Darin las sie Folgendes:

Januar 1830
Ich lese gerade einen seltsamen und unbändigen Roman, in dem der Autor, ein Mann von enormer Vorstellungskraft, ein Leben in ferner Zukunft entwirft und die Verbesserungen vorherzusagen versucht, die unser Land herbeiführen könnte. Ich beabsichtige, darüber in unserem Magazin zu schreiben, weshalb ich Henry Colburn, den Verleger, bereits informiert habe, dass ich den unbekannten Autor treffen möchte. Mich fasziniert vor allem die Beschreibung verschiedener Geräte zur Arbeitserleichterung, etwa eine dampfgetriebene Maschine zum Aus- und Umgraben von Erde.

Februar 1830
Während ich dies schreibe, bin ich immer noch dabei, mich von meinem Schock zu erholen – der Autor des Buches erwies sich als eine Frau, eine Miss Jane Wells Webb! Wie typisch von Mr Colburn, diese Information für sich zu behalten und meine vorgefasste Meinung nicht im Mindesten zu korrigieren. Anscheinend geht es ihm immerzu darum, Neugier zu wecken und so die Verkaufszahlen zu steigern.
Nach meiner anfänglichen Verblüffung führte ich mit Miss Webb ein höchst angenehmes und lehrreiches Gespräch. Sie ist seit Kurzem Vollwaise und schrieb dieses Buch im Alter von nur siebzehn Jahren, um sowohl ihr Einkommen als auch ihre Stimmung zu verbessern. Ich muss zugeben, dass mir die Vorstellungskraft fehlt, dass ein derart junger Mensch eine solche Phantasie und Weisheit besitzt. Das Mädchen ist jedoch ganz bezaubernd und willigte freundlich in ein weiteres Treffen ein, da ich gern noch mehr erfahren und entdecken möchte.

14. Oktober 1830
Meine liebe Frau und ich sind heute einen Monat verheiratet, und ich bin der glücklichste Mann der Welt. Genau wie ich hegt auch Jane viel Interesse und Begeisterung für alles Mögliche, was meinem Charakter und meiner eigenen Vorstellungskraft sehr entspricht. Ich vergesse oft, wie jung sie ist, ihre Gedanken springen schnell von einem Thema oder Gedanken zum anderen!
Zu meiner großen Erleichterung und Freude hat Jane angeboten, mich bei der Fertigstellung meines Arboretums zu unterstützen. Ich will in dieser Enzyklopädie jeden einzelnen Strauch und Baum unseres Königreichs erfassen und Auskunft zu ihrer Gestalt und Geschichte geben, und das anhand Untersuchungen und Zeichnungen vor Ort, was viel Aufwand und Reiserei bedeutet. Angesichts meines erbärmlichen und angeschlagenen Zustands wird meine liebe Frau mir dabei als Sekretärin dienen und ihr eigenes Schreiben und Wirken vernachlässigen müssen. Nach Aussage von Mr Colburn sind die Verkaufszahlen von Janes letztem Buch Geschichten einer Braut *ohnehin nicht sehr hoch, und ihr erstes Buch ist trotz des vielversprechenden Starts so gut wie vergessen …*

Evie war ganz und gar in ihre Entdeckung vertieft und bekam erst nach einer Weile mit, dass irgendwo hinter ihr jemand leise, aber eindringlich immer wieder ihren Namen flüsterte.

Als sie sich umdrehte, sah sie Ashwin Ramaswamy und musste überrascht feststellen, dass sie dieselbe seltsame Wärme in sich aufsteigen spürte wie an dem Tag, als sie sich neben Mr Duttons zuckendem Körper das erste Mal begegnet waren.

Seit dem Besuch im Untergeschoss an ihrem ersten Arbeitstag hatte sie Mr Ramaswamy nicht mehr gesehen. Er hielt sich die ganze Zeit in seiner Abteilung auf, während sie im obersten Stockwerk arbeitete.

»Hallo, Miss Stone«, wiederholte er ein wenig lauter, nachdem Evie nichts erwidert hatte.

Hastig blickte sie nach rechts und links und klappte dabei das Tagebuch zu, das sie anschließend wieder in der Kiste verstaute. Dann hob sie den Zeigefinger an die Lippen. Es war strikt verboten, im Lesesaal zu sprechen, auch wenn so spät am Nachmittag nur wenige Personen anwesend waren, die es hätte stören können.

Ash wirkte peinlich berührt und errötete leicht. Nach einem kurzem Nicken wandte er sich um und ging.

»Warten Sie«, rief Evie laut, worauf ein oder zwei der Anwesenden den Kopf aus ihrer Lektüre hoben.

Evie schalt sich innerlich für ihre Angewohnheit, sich so streng an alle Regeln zu halten, dass sie hin und wieder unabsichtlich selbst dagegen verstieß. In der Buchhandlung hatte sie Vivien dabei beobachtet, wie sie Regeln bewusst umdeutete oder ganz ignorierte, und das mit einer solchen munteren Gelassenheit, dass die Männer vor lauter Verblüffung nichts dagegen sagten. Evie wünschte, sie könnte das auch.

Ash marschierte jetzt zielstrebig auf den marmornen Mittelgang zu. Evie fühlte sich schlecht – eine Kombination aus ihrer permanenten Angst, entdeckt zu werden, und der Vorstellung, diesen Mann enttäuscht zu haben, auch wenn sie ihn kaum kannte. Normalerweise sollte sie sich nur für die zwei Archivkästen und ihre aufregende

Entdeckung interessieren. Ash hatte sie aus ihrer Arbeit herausgerissen, aber trotzdem ärgerte sie sich nicht darüber. Irgendetwas an diesem Mann weckte in ihr den Wunsch, ihm zu gefallen. Es war höchst verwirrend.

Als sie die Archivkästen zur Theke zurückbrachte, vergaß sie diesmal, ihren Namen aus dem Register auszustreichen. Klein und unauffällig, wie sie war, versuchte sie meist, eine Weile an der Theke herumzulungern, bis die Bibliothekarin abgelenkt war. Heute klemmte sie sich nur ihre Tasche und ihr Notizbuch unter den Arm und lief Ash hinterher. In der großen Vorhalle holte sie ihn ein. Er stand mit dem Rücken zu ihr vor einer Glasvitrine mit leuchtend bunten Korallenstücken. Evie fiel auf, dass er nicht so sehr viel größer war als sie selbst mit ihren ein Meter zweiundfünfzig – höchstens einen halben Kopf. Er trug abgewetzte Stiefel, genau wie sie, und mehrere Pullover übereinander. Über einem Arm hing ein dünner Trenchcoat.

»Bitte entschuldigen Sie«, rief sie laut. Ash drehte sich zu ihr um und musterte sie aufmerksam. Sie spürte eine gewisse Anerkennung in seinem Blick und wurde rot, begleitet von einem neuen Gefühl, das so intensiv war, dass es sich nur um Ärger handeln konnte – ob über sich selbst oder über ihn, konnte sie nicht ergründen.

»Was?«, fragte er.

»Sie wollten nur freundlich sein.«

»Ich weiß nicht. Vielleicht war ich nur überrascht.«

»Ich war auch überrascht. Dass ausgerechnet Sie hier sind.«

Er wirkte amüsiert. »Ich bin nicht sicher, dass Sie die Situation gerade besser machen.«

»Warum sind Sie hier?«

Ihre Beharrlichkeit schien ihn noch mehr zu amüsieren.

»Dasselbe könnte ich Sie fragen.« Er reckte sein Kinn in Richtung der Aktentasche über ihrer Schulter.

»Recherchen.«

Nun zog er die Augenbrauen hoch. »Studieren Sie denn immer noch?«

»Nein, offiziell nicht. Ich ... Da ist nur etwas, das mich interessiert.«

»Ah, ja. Nun, das kenne ich zur Genüge.«

Evie wusste immer noch nicht viel über Ash, nur dass er an der Universität von Madras als Natur- und Insektenforscher gearbeitet hatte.

Ash bedeutete ihr, vorzugehen. Als sie die große Hintze Hall mit der hohen kathedralenartigen Decke und den ausgestopften Elefanten erreichten, sah er auf seine Armbanduhr und wirkte plötzlich verunsichert.

»Tja, ich sollte dann mal ...«

»Würden Sie einen Tee mit mir trinken?«, hörte Evie sich sagen. So spontan zu reagieren, war ganz untypisch für sie. Als er nicht sofort antwortete, fügte sie hastig hinzu: »Aber Sie haben bestimmt schon etwas anderes vor ...«

»Nein«, sagte er schlicht. »Ich habe nichts vor.«

»Aha.«

Er zögerte und sah sich erneut um.

»Haben Sie denn keinen Hunger?«

»Nein, das ist nicht das Problem.« Nachdenklich tippte er sich ans Kinn. »Schräg gegenüber gibt es eine Teestube, in der ich mir manchmal ein Sandwich hole, wenn ich hier bin. Sollen wir dorthin gehen?«

Er bedeutete ihr wieder, vorzugehen, und zusammen verließen sie das Museum. Evie hatte allerdings den Eindruck, dass Ash immer ein Stück hinter ihr zurückblieb.

Da es schon spät war, stand in der Teestube niemand am Empfang, um sie zu begrüßen, und sie mussten sich selbst einen Platz suchen. Evie steuerte einen Tisch am Fenster an, mit Blick auf die Straße.

»Hallo, entschuldigen Sie bitte?«, hörte Evie eine Stimme mit starkem schottischem Akzent. Sie drehte sich um und sah hinter sich eine etwas ältere Bedienung stehen.

»Ja, guten Abend. Eine Kanne Tee für zwei bitte und …«

Fragend sah sie zu Ash. »Sandwiches?«, meinte der leise.

»Genau, ein paar Sandwiches, bitte. Und Salat? Mit Salatsoße?« Letzteres fragte sie wieder zu Ash gewandt, der darauf nickte. Es war, als hätten sie schon viele Male zusammen etwas bestellt, was die Stimmung zwischen ihnen deutlich lockerte. Die Kellnerin hingegen schien sich immer mehr zu ärgern.

Sie starrte Ash an. »Sie waren schon mal hier.«

Evie sah, wie Ash sich auf seinem Stuhl ein wenig gerader setzte. »Ja.«

»Aber nicht mit ihr.«

Evie fiel auf, dass alles, was die Frau zu Ash sagte, wie ein Vorwurf klang. Sie wunderte sich darüber und schlussfolgerte, dass die beiden keine Konversation betrieben.

»Nein, nicht mit der jungen Dame.«

Die Frau schnaubte und verließ ihren Tisch.

»Ist die immer so unhöflich?«, wollte Evie wissen.

»Sie ist … beständig in ihrem Auftreten.« Ash zuckte die Schultern. »Aber nun zu Ihnen. Sie recherchieren. Worüber denn? Ich dachte, Sie hätten dubiose Schriftstellerinnen des 18. Jahrhunderts studiert.«

Evie starrte ihn an. »Sie sind nicht dubios. Sie sind vor allem schändlich vernachlässigt.«

»Entschuldigung.« Er lächelte. »Dubios klingt anscheinend negativ. Das werde ich mir merken.«

»Ansonsten haben Sie recht – ich interessiere mich nicht sonderlich für Gestein und Krabbeltierchen und solche Sachen. Ich versuche, archiviertes Material zu finden, das aus dem British Museum hierher ausgelagert wurde. Und warum sind Sie hier?«

»Nun, für Gestein und Krabbeltierchen …«

»Oh, nun wollte ich nicht abwertend klingen.«

Die Bedienung kam zurück und knallte wortlos die Teekanne zwischen ihnen auf den Tisch. Evie schenkte zwei Tassen ein und beobachtete, wie Ash seinen Tee mit Milch auffüllte.

»Die Gewürze in der Küche unserer Buchhandlung duften übrigens wunderbar. Ihre Masala.«

Er hielt beim Einschenken inne, als könnte er ihr nicht ganz folgen. »*Meine* Masala?«

»Ich meinte nur …«

Nach einem weiteren Schuss Milch stellte er das Kännchen beiseite und winkte ab. Evie wusste nicht, ob es beleidigt oder resigniert gemeint war, aber vielleicht war das genau der Punkt. Vielleicht hielt jemand wie Ash Ramaswamy es für das Beste, sich gegen Menschen wie diese Bedienung – und vielleicht sogar wie sie selbst, fürchtete Evie – zu wappnen, indem er undurchschaubar blieb.

»Meine Familie schickt sie mir per Post. Mit der Rationierung und alledem ist es unmöglich, so etwas hier zu bekommen.«

»Ihre Familie?«

»Meine Mutter und meine Großmutter. Und meine Schwestern. Mein Vater ist tot.«

»Oh. Mein Vater ist auch tot.«

Beide schwiegen. Die Kellnerin kehrte an den Tisch zurück und stellte klirrend die Teller mit Sandwiches und Salat auf den Tisch, bevor sie wortlos wieder abzog.

»Gehen Sie oft in das Museum?«, erkundigte sich Evie.

»Ziemlich oft. Fast jeden Sonntag. Oder ich gehe spazieren.«

»Wo gehen Sie denn spazieren?«

»Überall.«

»Überall ...?«

»Ja, überall. Wie ich Lust habe. Wohin mich der Tag gerade treibt.«

»Aber verlaufen Sie sich denn nicht?« Evie dachte an ihre eigenen, stets sorgfältig geplanten Routen.

»Ich habe immer genug Zeit ... um wieder auf den richtigen Weg zurückzufinden.«

»Ich bin noch dabei, mich zu orientieren.« Evie knabberte an einem der Sandwiches, um zu testen, ob es ihr schmeckte. »London fühlt sich so endlos an. Als könnte man tagelang geradeaus laufen und käme dann irgendwann ans Meer.«

Ash lächelte. »Es wird tatsächlich überlegt, ob man so etwas einrichten soll: einen Weg entlang der Themse, von ihrem Anfang bis zu ihrem Ende.«

»Darauf will ich gern warten.«

»Dann haben Sie es lieber, wenn Sie sich genau orientieren können?«

Sie nickte. »Ich bin in einem Dorf mit wenigen Hundert Einwohnern aufgewachsen, dessen einzige Hauptstraße keine zwei Meilen lang war. Ganz anders als hier.«

»Hier ist es in der Tat ganz anders.« Er zuckte wieder die Schultern. »Aber ist das nicht der Grund, weshalb wir überhaupt herkommen? Um Dinge zu finden, die es woanders nicht gibt?«

»Sie meinen Gestein und Getier?«

Er lachte. »Nein, nicht nur das.«

Evie wartete darauf, dass er noch etwas sagte. Sie fühlte sich wohl dabei, mit ihm hier zu sitzen. Es war fast so, als wären sie allein, aber gemeinsam. Beim Reden unterbrach er sie nicht in ihren Gedanken. Stattdessen hörte er aufmerksam zu und wiederholte hin und wieder einen ihrer Sätze und führte ihn fort. Sonst hatte sie oft das Gefühl, dass zu ihr gesprochen wurde, nicht mit ihr.

»Was auch immer es ist«, ergänzte er schließlich, »wir wollen hoffen, dass wir es erkennen, sobald es uns begegnet.«

KAPITEL 12

Regel Nr. 35

Welche Bücher in einer Abteilung
angeboten werden, entscheidet der
jeweilige Abteilungsleiter.

Als Grace am nächsten Morgen die Buchhandlung betrat, saß Alec bereits im Büro und unterhielt sich angeregt mit Lord Baskin, dessen Anwesenheit Grace nicht weiter verwunderte. Der Earl kam jeden Januar aus Yorkshire angefahren, um die Bücher des letzten Geschäftsjahres durchzugehen.

»Guten Morgen, Grace, wie geht es Ihnen?«, erkundigte er sich. Jeremy Baskin saß entspannt auf der Tischkante, und Alec lehnte gemütlich im Sessel. Schon jetzt vermisste Grace Mr Duttons Art, immer aufrecht, ernst und einsatzbereit an seinem Schreibtisch zu sitzen. Die Brille trug er nur, weil das aufrechte Sitzen großen Abstand zu seinen Papieren schaffte, aber zusammengekrümmt über der Tischplatte zu kauern, tolerierte Mr Dutton bei sich selbst ebenso wenig wie bei anderen.

»Danke, Lord Baskin, mir geht es gut. Und wie geht es Ihnen und Lady Baskin?«

»Meine Mutter ist munter wie immer.« Er lächelte, dann richtete er sich auf und sah Alec an. »Würde es Ihnen etwas ausmachen, wenn ich mit Mrs Perkins eben die letzten Bankauszüge durchgehe, bevor wir hier fortfahren? Und Grace, haben Sie Lust, erst einmal einen Kaffee von Jonnys Karren draußen zu trinken? Ich muss mich ein wenig aufwärmen.«

Grace behielt also Hut und Mantel an und folgte dem großen, stattlichen Earl durch den Verkaufsraum zur Eingangstür, die er für sie aufhielt.

»Alec scheint ja schon ganz in seiner neuen Rolle aufzugehen«, kommentierte er mit wissendem Lächeln, als sie ihn an der Tür einholte. Man war stets gefordert, den Earl einzuholen, denn er ging immer schnell, auch wenn er ganz offenkundig nie zu einer bestimmten Zeit irgendwo ankommen musste. Es gehörte zu den Dingen, die Grace an ihm schätzte: Im Gegensatz zu anderen wohlhabenden Besuchern der Buchhandlung legte er nicht diese Miene unbeteiligter Abgestumpftheit an den Tag, als müsse man sich um nichts auf der Welt Sorgen machen und als sei, wer es dennoch tat, schlichtweg dumm. Lord Baskin schien gut zu verstehen, warum die Belegschaft permanent geschäftig herumwirbelte. Bestimmt kam es daher, dass er zur Zeit des Krieges selbst in der Buchhandlung gearbeitet hatte, dachte Grace. Er kam nach wie vor gelegentlich zum Arbeiten vorbei, meist in der Weihnachtszeit, und stellte sich dann am liebsten neben Vivien an die Kasse. Wenn es so richtig turbulent zuging, erklärte er oft, es gebe keine schönere Zeit, in einer Buchhandlung zu arbeiten, als zu Weihnachten.

Während sie nun darauf warteten, dass die frühen Schaufensterbummler den Gehweg freigaben, studierte Lord Baskin die preisreduzierten Bücher in der großen Kiste. Grace und Vivien hatten sie vor Kurzem nach draußen gestellt, um Laufkundschaft anzulocken.

Er nahm zwei Bücher von Henry Miller heraus, dann

Hemingways *Wem die Stunde schlägt* und schüttelte amüsiert den Kopf.

»Vivien räumt auf, wie ich sehe.«

»Sie nennt sie die Frauenhasser und meint, diese Ausschusskiste sei genau der richtige Ort für sie.«

»Denken Sie das auch?« Er beobachtete sie neugierig.

Grace zuckte die Achseln. »Ich kenne mich mit Büchern nicht so aus. Mir bleibt kaum Zeit zum Lesen, außer abends mal eine Gutenachtgeschichte für meine Jungen. Eigentlich ist das schlimm, ich weiß …«

»Ach, das finde ich überhaupt nicht. Soweit ich weiß, ist es bei Herbert genauso. Tatsächlich glaube ich, dass genau das einen guten Buchverkäufer ausmacht: die Fähigkeit, so zu wirken, als habe man alle Bücher gelesen.«

Lord Baskin überquerte die Straße, um zu dem Kaffeekarren zu gelangen. Währenddessen wartete Grace auf dem Bürgersteig und sah sich in ihrer kleinen Straße um. Es war neun Uhr morgens und damit kurz vor der geschäftigsten Zeit des Tages. Nur wenige Läden hatten jetzt schon geöffnet, und die meisten Menschen, die vorübereilten, waren auf dem Weg zur Arbeit in einer der größeren umliegenden Einrichtungen: dem Great Ormond Street Hospital, dem British Museum oder einem der vielen Colleges der Londoner Universität. Ein paar Straßenblöcke weiter nördlich bezogen gerade eine Gruppe Kleinkinder und ihre Kindermädchen den großen Spielplatz, der sich auf dem Grundstück des ehemaligen Foundling Hospital befand, einer von Kapitän Thomas Coram 1739 begründeten wohltätigen Einrichtung, in der die Kinder unverheirateter Mütter wohnen und zur Schule gehen konnten. Angesichts der Kinderwagen und Spielzeuge und mit dem Geruch von Brei und Babypuder in der Nase, dachte

Grace an ihre eigenen Jungen und war dankbar, dass sie in deren ersten Lebensjahren hatte zu Hause bleiben können. Gordon wäre damit sicher überfordert gewesen.

Lord Baskin kehrte wieder zu ihr zurück. Er trug zwei randvoll mit dampfendem Kaffee gefüllte Becher, die er konzentriert balancierte, damit sie nicht überliefen, und schaffte es dennoch, elegant auszusehen. Sie setzten sich auf die Bank vor der Buchhandlung. Jedes Mal sagte Lord Baskin, er müsse sich vor dem Durchgehen der Kassenbücher – die jedes Mal ähnlich bedenkliche Zahlen zeigten – aufwärmen, und sie setzten sich zusammen auf diese Bank und beobachteten, wie die Welt des Lamb's Conduit an ihnen vorbeizog.

»Gibt es schon Neues von unserem armen Herbert?«, wollte er wissen.

»Leider nein. Ich mache mir allerdings Sorgen, weil er so allein ist. Alec wollte ihn besuchen, aber aus irgendeinem Grund versetzt Mr Dutton ihn immer wieder.«

Grace lehnte sich zurück, um einen breiten Kinderwagen vorbeizulassen, und verschüttete dabei ein wenig Kaffee. Daraufhin tat Lord Baskin etwas höchst Ungewöhnliches: Er strich mit dem linken Zeigefinger über ihre Tasse, um die Tropfen wieder nach oben zu schieben, und leckte sich dann das bisschen Kaffee vom Finger.

Auf Grace' verwunderte Blick hin sagte er: »Oh, Entschuldigung, wie unhöflich von mir! Dafür sind schließlich diese Dinger da.« Er zog ein Taschentuch mit Monogramm aus der Brusttasche, tupfte damit erneut ihren Becher ab und danach seine Hand. Grace fiel auf, dass sowohl Herbert Dutton als auch Frank Allen und sogar Alec McDonough sich weitaus förmlicher benahmen als der Earl.

»Nun zu Alec und Vivien. Was gibt es bei den beiden Neues?«

Grace seufzte und plauderte ausnahmsweise einmal ein wenig aus dem Nähkästchen. »Die Animositäten sind unvermindert. Ich habe Viviens Ärger immer verstanden. Sie waren ja selbst einer der besten Verkäufer hier und wissen, dass diese Leistung Anerkennung verdienen sollte. Aber ich bin mir nicht einmal sicher, dass es darum geht.« Grace erinnerte sich an den Zwischenfall mit der Uhr, schwieg darüber jedoch aus Sorge, ohnehin schon zu viel verraten zu haben. Außerdem fragte sie sich, wie viel der stets aufmerksame Lord Baskin selbst ahnen mochte.

»Mir scheint, sie hat binnen nur einer Woche die ganze Abteilung umgekrempelt.«

»Auch in wenig Zeit kann man viel verändern – wenn man nur will.«

Nun seufzte Lord Baskin. Unter seiner faltenlosen Stirn lagen hübsche dunkelbraune Augen, die je nach Stimmung die Farbe wechseln konnten; und wenn er einmal guter oder sorgloser Stimmung war, erhellte sein Lächeln den ganzen Raum. Seine freimütige und ungehemmte Art erinnerte Grace an die Amerikaner, die die Buchhandlung besuchten. Ihr fiel ein, dass seine Mutter, Lady Baskin, in New York eine bekannte Dame der Gesellschaft gewesen war, bevor sie in den britischen Adel eingeheiratet hatte. Mit dieser romantischen Geste und der großzügigen Mitgift ihres Vaters, eines Fabrikanten, hatte sie den zehnten Earl Baskin und sein schwindendes Vermögen gerettet. Nach dem Titel eines unvollendeten Romans von Edith Wharton nannte Vivien diese Frauen Buccaneers. Sie fragte sich, ob auch Lord Baskins gewinnendes Wesen auf die amerikanische Seite seiner Familie zurückzuführen war.

»Und man hat mich informiert, dass wir neues Personal haben. Ich hoffe, wir können uns das leisten. Für dieses Jahr mache ich mir Sorgen um unseren Gewinn – bei all dem Wertverlust und der andauernden Rationierung.«

»Ja. Evelyn Stone ist neu bei uns. Hat in Cambridge studiert, genau wie Sie. Wobei sie die Bestnote erhalten hat, wie ich gehört habe.«

Lord Baskin reckte den Kopf und tat beleidigt. Grace wusste, dass er ihre Direktheit schätzte und auch ihre Bereitschaft, ihn hin und wieder aufzuziehen. Er schäkerte selbst gern einmal herum und mokierte sich aus Spaß über andere.

»Evie geht ganz in ihrer Arbeit auf«, fuhr Grace fort. »Mr Dutton will, dass sie das gesamte obere Stockwerk katalogisiert und die Tausenden von Büchern dann irgendwie auch noch sortiert. Die Ordnung dort oben ist in letzter Zeit ein wenig vernachlässigt worden.«

»Wie ich gehört habe, ist Frank jetzt häufiger unterwegs als früher. Das ist in dem Fall natürlich wenig hilfreich.« Er zögerte. »Ist bei ihm denn alles in Ordnung?«

Grace nippte an ihrem Kaffee und schwieg. Zu den langen Abwesenheiten ihres Vorgesetzten wollte sie sich lieber nicht äußern.

»Wissen Sie was?«, meinte Lord Baskin nun in neckendem Tonfall. »Als Sie bei uns anfingen, dachte ich lange Zeit, Frank habe ein Auge auf Sie geworfen.«

Sie lachte. »Ich bin verheiratet, Lord Baskin.«

»Natürlich. Wie geht es Gordon?«, fragte er darauf mit ernster Stimme. »Und Ihren zwei Jungs?«

»Gut, danke. Die Ferien sind vorbei, und alle gehen

wieder zur Schule oder zur Arbeit.« Noch hatte sie niemandem von Gordons Zusammenbruch und der nachfolgenden Kündigung erzählt, nicht einmal Vivien. Er würde rasend werden, wenn sie je so etwas täte.

Allein der Gedanke an Gordon und sein irrationales Verhalten belastete sie. Es war schlimm, als Ehefrau so zu empfinden, und noch schlimmer, nach so langer Zeit die Hoffnung auf eine Besserung aufgeben zu müssen. Welche mysteriösen Dämonen er auch bekämpfen mochte – er hatte es sich längst im Sumpf seiner Klagen bequem gemacht. Sie waren seine treuesten Begleiter geworden, und zu versuchen, ihm die Sorgen auszureden, ließe ihn haltlos und seines Lebensinhalts beraubt zurück. Seine Mutter war genauso, und das war nur ein Aspekt des Familienerbes aus der Linie ihres Mannes.

»Und Sie – wie kommen Sie mit den vielen großen Veränderungen der letzten Zeit zurecht? Neue Mitarbeiter und so weiter.«

Grace nippte an ihrem Kaffee. »Mit kleinen Veränderungen komme ich besser zurecht.«

»Ich auch. Obwohl ich glauben möchte, dass alles einigermaßen beim Alten geblieben ist.« Lord Baskin lächelte. »Vivien und Alec dagegen scheint das ganze Chaos sehr verändert zu haben. Die Tische am Eingang erkenne ich kaum wieder, und Alecs Mangel an guter Laune ist mir ebenfalls fremd. Aber sosehr die beiden sich bekriegen und aufeinander herumhacken: Ehrgeizig sind sie beide.«

»Darum beneide ich sie aber auch. Sie verzetteln sich nicht mit den schnöden Dingen des Alltags.«

»Ehrgeiz ist ja schön und gut, aber auch im Alltag gibt es Dinge, die wichtig sind. Sie mit Ihren Kindern werden das bestimmt verstehen. Wie schnell sie groß werden.«

Nach dieser wehmütigen Bemerkung brachte Lord Baskin ihre Kaffeebecher an den Stand zurück und begleitete Grace in ihr Büro.

Beim Durchgehen der unerfreulichen Zahlen in den Geschäftsbüchern verfielen sie in ihre übliche Routine. Hin und wieder hielten sie unvermittelt inne, tranken einen Schluck von dem Tee, den Grace gekocht hatte, und beobachteten durch die breite Scheibe das Treiben im Verkaufsraum. Einmal verfolgten sie einigermaßen amüsiert, wie Alec sich neben Vivien an die Kassentheke stellte und sie irgendetwas fragte, worauf sie ihren Stift fallen ließ und davonstürmte.

»Die beiden sollten irgendwann einmal Frieden schließen.« Lachend schüttelte Lord Baskin den Kopf. »Es müssen doch nicht alle Beziehungen im Krieg enden, hoffe ich.«

Erneut fragte sich Grace, wie viel Lord Baskin über Viviens und Alecs geheimnisvolle Vergangenheit wissen mochte. Immerhin waren die zwei Männer recht gut befreundet. Und sie merkte, dass sie gern mehr über Lord Baskins Liebesleben wüsste, denn der Skandal seiner Scheidung lag nun schon einige Zeit zurück. Als nicht mehr ganz junger Aldiger war er heute vermutlich weniger begehrt als früher, wenn die Debütantinnen wie jedes Jahr am Hof präsentiert wurden, aber sie wusste, dass er dem schönen Geschlecht doch recht zugeneigt war. Über die Jahre hatten sie und Vivien hin und wieder einen schlanken Arm aus einem Taxifenster ragen und die dazugehörige Hand in feinem Seidenhandschuh winken sehen, wenn Lord Baskin vor der Buchhandlung ausstieg.

Grace wunderte sich, dass er nicht wieder geheiratet hatte. Vielleicht führte eine Scheidung dazu, dass man belastet und unversöhnlich auf die Institution der Ehe blickte und sie lieber mied. Wenn man verheiratet war, musste man eine Entfremdung finanziell und gesellschaftlich teuer bezahlen, egal ob man der Aristokratie oder dem Bürgertum angehörte. Dass sie bei Gordon blieb, mochte dazu führen, dass sie manchmal nicht mehr aus noch ein wusste, aber dafür hatte sie für ihre zwei Söhne einen Mann im Haus und wahrte zumindest nach außen den Anschein von Ehrenhaftigkeit. Sie war der festen Überzeugung, dass es so das Beste war.

KAPITEL 13

Regel Nr. 27

Es ist strikt verboten,
außerhalb der Buchhandlung Umgang
mit Kunden zu pflegen.

Nachdem sie zum wiederholten Mal ins Büro gerufen worden war, kehrte Vivien in dem Moment an die Kasse zurück, als die wohlhabende Amerikanerin von letzter Woche das Geschäft betrat. Nicht die im Chanel-Kostüm, die Vivien des Diebstahls bezichtigt hatte, sondern die trauernde Witwe, die sich so aufmerksam umgesehen hatte.

Die Frau lächelte Vivien freundlich an, und Vivien erwiderte das Lächeln mit einem kurzen Nicken. Den Angestellten war es strikt verboten, Kunden gleich nach dem Betreten der Buchhandlung anzusprechen. Sie sollten eine angemessene Zeit warten und hoffen, dass der Kunde in irgendeiner Weise zögerte oder sich Hilfe suchend umsah. Erst dann durften sie auf möglichst zurückhaltende Art leise das Wort an sie richten.

Vivien schrieb wieder in ihr kleines Notizbuch, und bald darauf wurde ein Stapel Kunstbände auf die Kassentheke geschoben.

»Hallo«, sagte die Amerikanerin. »Ich nehme doch an, dass Sie nach Übersee versenden.«

Vivien richtete sich auf. »Natürlich, Madam.«

»Nennen Sie mich doch Ellen.«

Mit einer gewissen Anerkennung rechnete Vivien die drei dicken Kunstbände zu Picasso, Matisse und Cézanne ab, die im vorigen Jahr erschienen waren. Die Kundin besaß Geschmack.

»Es tut mir leid, was da letzte Woche passiert ist«, fuhr die Frau fort.

Vivien lächelte kurz, ohne die Arbeit zu unterbrechen. »Es war einfach eine Verwechslung.«

»Das war es keineswegs. Aber Sie sind sehr souverän geblieben. Dann waren Sie Davids Verlobte?«

Vivien legte ihren Stift beiseite und starrte die Frau an, verblüfft über ihr detektivisches Gespür.

»Ich kenne Lady St. Vincent. Ein schrecklicher und tragischer Verlust«, erklärte die Amerikanerin.

»Das stimmt«, antwortete Vivien knapp in der Hoffnung, der Anteilnahme der Frau somit Genüge getan zu haben.

»Tatsächlich bin ich Angelica erst gestern zufällig begegnet.«

Diese Ladys waren doch alle gleich, dachte Vivien. Sie tratschten bei ihren Essensverabredungen herum und mischten sich ungefragt in das Leben anderer ein. Aus irgendeinem Grund hatte sie gehofft, diese Frau wäre anders.

Ellen schien Viviens Verstimmung zu spüren. Sie nahm ihren Hut ab, zog die Handschuhe aus und legte beides zwischen ihnen auf den Tresen, als plane sie, eine Weile zu bleiben.

»Zwei Jahre Verlobungszeit in einem Weltkrieg sind nicht nur lang, sondern geradezu unklug. Bertie und Angelica hätten es besser wissen müssen.«

Durch die entwaffnend offenen Worte der Frau und ihre Bereitschaft, ein so privates Thema anzusprechen, fühlte Vivien sich überrumpelt. »Das hätte ich ebenfalls.«

»Touché, meine Liebe. Hören Sie, ich gebe heute Abend im Dorchester einen kleinen Empfang. Nicht allzu viele Lords und Ladys, aber es kommen ein paar Leute, die eine ambitionierte Schriftstellerin kennenlernen sollte. Man riet mir, mich wieder in Gesellschaft zu begeben nach Ablauf meines Trauerjahrs, und das war – wie Sie ja bereits wissen – gestern der Fall.« Die Frau musterte Vivien, die sichtlich aufgewühlt wirkte. »Ich schätze, das sollte ich Ihnen auch raten.«

»Danke für die Einladung, aber …«

»Würden Sie zumindest darüber nachdenken? Bitte?« Da war wieder diese sehr amerikanische Forschheit. »Und bitte senden Sie die Bücher an meine Heimatadresse. Ich glaube, mein verstorbener Ehemann ist bei Ihnen registriert.«

Nun wurde Vivien neugierig. Sie holte das Kundenverzeichnis hervor. »Wie lautete denn sein Name?«

»Mr Nelson Doubleday, Senior.« Die Frau lächelte freundlich, ehe sie sich zum Gehen wandte und hinzufügte: »Gründer des Doubleday Verlags. Sie sehen also: Sie sollten heute Abend unbedingt kommen.«

Im siebten Stock des Dorchester Hotels stieg Vivien aus dem Fahrstuhl. Sie war überraschend nervös, was sie ärgerte; sie hatte seit Jahren keine Gesellschaft in so eleganter Umgebung mehr besucht. Als sie den schweren Türklopfer an Ellen Doubledays Suite betätigte, hielt sie unweigerlich die Luft an. Als nach einigen Sekunden nichts passierte, klopfte sie erneut, doch wiederum geschah nichts. Indigniert umfasste sie an den auf Hochglanz polierten Türgriff, um die Tür selbst zu öffnen.

»Da werden Sie kein Glück haben«, hörte sie eine Stimme hinter sich.

Eine schlanke, attraktive Frau in den Vierzigern mit lockigem kurzem Bob saß in einer Nische des Korridors unter einem goldgerahmten Spiegel, der gut zur Farbe ihres goldblonden Haares passte.

»Bin ich zu früh?«

Die Fremde lachte. »Nein, aber Ellie ist immer zu spät, das sollten Sie sich gleich merken.«

Die Frau richtete sich zu beeindruckender Größe auf, klemmte ihre mit schwarzen Perlen besetzte Clutch unter den Arm und kam, um Vivien die Hand zu schütteln. Schon aus der Entfernung empfand Vivien ihre beeindruckend azurblauen Augen faszinierend.

»Und ich bin immer zu früh. Guten Abend. Ich bin Lady Browning.«

Vivien schüttelte die behandschuhte Hand, doch bevor sie etwas erwidern konnte, öffneten sich die Fahrstuhltüren, und Ellen Doubleday erschien. Sie trug Abendgarderobe, und hinter ihr gingen drei Männer, die über ihren Köpfen große silberne Tabletts trugen.

»Wie haben Sie da alle nur hineingepasst?«, rief Lady Browning belustigt, als Ellen an ihr vorbeirauschte und ihre Suite aufschloss. Man konnte erkennen, dass die zwei sich gut kannten.

»Wir liegen ein wenig hinter dem Zeitplan«, meinte Ellen fröhlich und öffnete die beiden schweren, goldverzierten Türen mit solchem Schwung, als wollte sie eine Bühne freigeben. »Aber du kennst mich ja – ich werde die Verspätung wiedergutmachen. Vivien, meine Liebe! Schön, dass Sie es einrichten konnten.«

Vivien folgte den Frauen und den drei Hotelangestellten in die Suite. Selbst in der Zeit, als sie gelegentlich zu Gesellschaften von Davids Familie eingeladen worden waren, hatte sie selten eine so luxuriöse Hotelunterkunft gesehen. Wie in einer Museumsgalerie folgte ein Raum auf den anderen, und von überall führten Türen auf einen breiten Balkon mit beeindruckendem Ausblick auf den Hyde Park. Die Möbel waren eine Mischung verschiedener Stile, und Vivien erinnerte sich an eine recht herablassend geäußerte Bemerkung von Davids Mutter vor einer Gesellschaft in Skillerton Hall: »Damit Sie's wissen, meine Liebe: Das Geheimnis besteht darin, englisch zu dekorieren, italienisch zu servieren und sich französisch zu kleiden.«

Während Ellen Doubleday den Kellnern zeigte, wo sie ihre Tabletts abstellen und die Bar einrichten sollten, zog Lady Browning ihren Pelzmantel aus und deutete auf Viviens einfachen Wollmantel. »Darf ich?«

Vivien fühlte sich beobachtet, als sie den Mantel von den Schultern streifte und in die elegant vorgestreckten Arme von Lady Browning gleiten ließ.

»Setzen wir uns doch, Miss …«

»Lowry. Vivien Lowry.«

»Ah, ein schöner Name. Und Sie sind eine schöne Frau. Ich kann verstehen, warum Ellie Sie aufgegabelt hat.«

Vivien behielt gern die Kontrolle über Dinge und Situationen um sich herum, und diese Frauen mit ihrem besitzergreifenden Gehabe brachten sie aus dem Gleichgewicht.

Lady Browning klopfte neben sich auf das kleine bestickte Sofa, so dass Vivien sich pflichtschuldig setzte. Sie konnte der Frau kaum in die Augen blicken – noch nie hatte sie ein so strahlendes und durchdringendes Blau gesehen.

»Die Frisur steht Ihnen ausgezeichnet, meine Liebe. Ich drohe auch immer damit, mir die Haare ganz kurz schneiden zu lassen, aber mein Mann – der nur wenig Forderungen stellt und noch weniger Präsenz zeigt – hat bei diesem Thema eine eigene Meinung.« Lady Browning erzählte so freimütig und unterhaltsam, dass Vivien wünschte, sie könnte ihr Notizbuch herausnehmen und alles aufschreiben.

Als es klopfte, kam Ellen von irgendwo aus der Suite wieder an die Tür. Mit jedem neuen Gast wurde sie munterer und aufgeräumter. Eine Gruppe von Männern und Frauen strömte herein und nahm ihre Seidenschals und -handschuhe, ihre Cocktailhütchen und Fedoras ab. Aus einer Plattentruhe neben der Bar erklang Rachmaninow, das Licht der Kronleuchter wurde gedimmt, und auf einmal war die Party in vollem Gang.

»Ah«, sagte Lady Browning und tätschelte Viviens Knie. »Alle sind gekommen. Ellen muss man einfach lieben. Natürlich gibt sie diese Party vor allem für uns – ich bezweifle, dass sie sich sonst die Mühe gemacht hätte.«

»Sie scheint mir sehr engagiert und warmherzig – und glamourös.«

»Da kann ich Ihnen nur zustimmen.«

»Lady Browning!«, rief jemand munter.

Viviens Sitznachbarin drehte sich halb um, schob ein Knie auf das Sitzkissen, richtete sich auf und fasste über die Sofalehne hinweg eine gerade neu angekommene Frau an beiden Händen.

»Wie lange bist du in London?«, fragte die Frau und sah sich um. »Ist Tommy auch hier?«

Kurz darauf erfuhr Vivien, dass Lady Brownings Ehemann zum Leiter des persönlichen Stabs um Prinzessin Elizabeth, der Duchess of Edinburgh und britischen Thronfolgerin, ernannt worden war. Dies war vermutlich der Grund für die königliche Pose und Autorität, die Lady Browning an den Tag legte, und auch für die entsprechend ehrerbietige Haltung der anderen Gäste.

Vivien saß einfach nur da und hatte wenig zu den schlagfertigen Gesprächen um sie herum beizutragen. Lang unterdrückte Erinnerungen an die Vergangenheit überkamen sie: das desaströse erste Treffen mit Davids Eltern, die unfassbar steife Verlobungsfeier, die Feier zum sechzigsten Geburtstag von Lord Albert St. Vincent, an dem seine Frau Angelica viel getrunken, für ihre zukünftige Schwiegertochter aber wenig Worte übrig gehabt hatte. Das war wenige Tage vor Davids Aufbruch zu seinem – wie sich herausstellte – letzten Kriegseinsatz gewesen. Vivien hatte nie wieder etwas von der Familie gehört.

»Beverly, du kleiner Quergeist«, rief Lady Browning nun einer anderen Frau zu, »komm her und lern meine neue Freundin kennen. Miss Vivien Lowry von …«

»Bloomsbury Books«, war das Beste, was Viven spontan dazu einfiel.

»Oh, wie schön! Ja, von Bloomsbury Books.«

Inzwischen waren ein paar Dutzend Gäste eingetroffen, die meisten kamen von einem Cocktailempfang, der etwas früher in einem anderen Hotel auf der gegenüberliegenden Seite des Parks stattgefunden hatte. Vivien kannte niemanden. Sie war schwer beeindruckt, als sie irgendwann den Namen Somerset Maugham hörte und sich etwas später Noël Coward unter allgemeinem Applaus ans Klavier setzte.

Lady Browning stellte Vivien einer guten Freundin von Noël Coward vor: Clarissa Spencer-Churchill, Nichte des früheren Premierministers. Wieder fühlte Vivien sich ungewohnt überwältigt. Winston Churchills bullige Energie hatte ihr immer imponiert, und über seine Wahlniederlage nach dem Krieg war sie gleichermaßen bestürzt wie verärgert gewesen.

Clarissa hatte etwa Viviens Alter und eine erstaunliche Ähnlichkeit mit Greta Garbo. Man munkelte, sie habe eine Affäre mit dem weitaus älteren Anthony Eden, dem stellvertretenden Leiter von Churchills konservativer Oppositionspartei. Clarissa erzählte ihnen munter von der Zeit im Krieg, als sie in ebendieser Etage des Dorchester wegen der Gefahr von Luftangriffen zum reduzierten Preis gewohnt hatte. Dann beklagte sie, dass das Literaturmagazin *Horizon* diesen Monat eingestellt worden war – sie hatte dort einmal als Lektoratsassistentin gearbeitet.

Vivien sagte wenig und schon gar nichts darüber, dass sie im letzten Herbst bei dieser Zeitschrift einen Text eingereicht hatte, den der Herausgeber Cyril Connolly mit höflichen, aber bestimmten Worten abgelehnt hatte. Sie ließ ihren Blick durch den Raum schweifen. Aufgrund verschiedenster sozialer und politischer Verbindungen schienen die Anwesenden in Raum und Zeit miteinander verwoben – »Mein Vater auch, als er in Oxford war …«, »Genau die Spielzeit meiner älteren Schwester kurz vor dem Krieg …«, »Der Empfang beim Staatssekretär zu Ehren meines alten Schulfreundes …«. Da begriff Vivien, dass sie in der Runde dieser strahlenden Persönlichkeiten ein kleines Licht bleiben würde.

Lady Browning tat ihr Bestes, um Vivien in die Gespräche einzubeziehen – etwa bei Themen wie dem Winteraufenthalt in Cap D'Antibes, Clemmies (so nannten hier alle den Premierminister) Ankündigung von Neuwahlen und dem Tod von George Putnam, dem amerikanischen Verleger und Ehemann der verschollenen Amelia Earhart.

Später setzte Clarissa Spencer-Churchill sich zu Noël Coward ans Klavier und sang – mit viel Leidenschaft, aber wenig Stimme – seine jüngste Komposition, »I Like America«.

»Zu Ehren unserer Gastgeberin!«, rief Clarissa gut gelaunt durch den Raum, und Vivien war tief beeindruckt, wie ungeniert sich diese Frauen in Gesellschaft bewegten. Sie sagten, was sie wollten, würzten ihre durchaus gewichtigen Äußerungen mit Ironie oder Sarkasmus, bedienten sich freimütig an den dargereichten Drinks und Häppchen und wirkten bei alledem ebenso raumgreifend wie ein Mann.

»Der arme Coward kann nur in drei Tonarten spielen«, flüsterte Lady Browning Vivien ins Ohr, »und die arme Clarissa kann in keiner davon singen. Trotzdem findet ihr Gesang anscheinend ausreichend Bewunderer.«

»Ist es wahr, dass sie eine Affäre mit Mr Eden hat?«, traute Vivien sich mit ebenso leiser Stimme zu fragen.

Lady Browning nickte. »Man sagt, er sei vor Verliebtheit verblendet, und das schon seit vielen Jahren. Für mich klingt das allerdings zu lieblos.«

»›Nach meinem Urteil ist das, was die Welt als Verliebtheit stigmatisiert, oft näher an der Wahrheit, als man gemeinhin annimmt‹«, zitierte Vivien.

»›Die Herrin von Wildfell Hall‹«, sagte Lady Browning prompt, was Vivien überraschte. »Anne Brontë – die von den Geschwistern am meisten Vernachlässigte.«

»Mir gefällt Emily am besten.«

»Mir auch. Aber ich habe sowieso eine Schwäche für die Stürmischen.« Mit verschwörerischem Lächeln tätschelte Lady Browning erneut Viviens Knie. Vivien fragte sich, was genau Ellen Doubleday ihrer adligen Freundin über die Familie St. Vincent oder den Vorfall in der letzten Woche mit der Armbanduhr erzählt hatte.

»Ich interessiere mich sehr für die ganze Familie Brontë. Meine Tochter Flavia und ich planen gerade eine Reise in den Norden, um das Pfarrhaus zu besichtigen – Sie sollten mitkommen.«

Auch daran konnte Vivien sich aus ihrer Zeit mit den St. Vincents noch gut erinnern: wie schnell die Reichen mit derlei Einladungen um sich warfen, ob sie sie nun ernst meinten oder nicht.

Die Balkontüren standen offen, um kühle Nachtluft in den Salon zu lassen und den Rauch der Zigarren und Zigaretten zu vertreiben. Wie nah war Vivien diesem geselligen Leben der Reichen einst gewesen. Das war der Teil ihrer Vergangenheit, den sie hatte hinter sich lassen wollen – diese gekünstelte, unfreie Art im gesellschaftlichen Miteinander, wo sich der eigene Wert ausschließlich danach bemaß, in welcher Beziehung man zu seinem Gegenüber stand. Über Jahre hatte sie erlebt, dass man sie aufgrund ihres Aussehens nur bedingt akzeptierte und dass man sie fallenließ, sobald es opportun erschien. Diese Erfahrung mit der Hautevolee hatte sie geprägt, ganz anders als Alec, der unablässig nach der Gunst der Reichen strebte. Kein Wunder, dass sie der Vorfall mit den zwei Amerikanerinnen in der Buchhandlung so aufgebracht hatte – sie verabscheute die Überheblichkeit, die Dreistigkeit, das unablässige Werten anderer.

Und dann dachte Vivien an Alec, wie er in ihrem Bett gesessen, ihren Toast verspeist und sie als freizügig bezeichnet hatte – offenbar weil er dachte, Frauen ihres Standes verhielten sich nun mal so. Wütend fragte sie sich, ob er es wagen würde, eine der hier anwesenden reichen Frauen auf die gleiche Weise zu verurteilen. Frauen, die offen und scheinbar wahllos nach allen Seiten hin flirteten. Gleichzeitig wunderte sie sich über seine Scheinheiligkeit, denn gemessen an seinem eigenen Verhalten im Bett, das ihr selbst in der Erinnerung noch die Röte ins Gesicht trieb, waren seine Worte verlogen. Dafür hatte sie ihn seither mehr als einmal büßen lassen.

»Sie wirken ein wenig mitgenommen, meine Liebe.« Lady Browning musterte sie eingehend. »Ich fühle mich auch ziemlich abgeschlagen. Sollen wir uns für die Heimfahrt ein Taxi teilen?«

Sie verabschiedeten sich von allen, denen sie auf dem Weg aus der Suite begegneten. Einer der Kellner teilte ihnen mit, Mrs Doubleday sei in ihrem Schlafzimmer, um ein Gespräch von ihrer Tochter aus Übersee anzunehmen, worauf Lady Browning ihn bat, er möge ihr lieben Dank und ein Auf Wiedersehen ausrichten. Nachdem sie ihre Mäntel geholt hatten, folgte Vivien ihrer Begleiterin durch den Korridor zu den Fahrstühlen. Sie hatte den Eindruck, dass es Lady Browning gefiel, wenn man ihr folgte. Sie wirkte wenig mütterlich auf Vivien, aber dafür schien sie nahezu gottgleich alles unter Kontrolle zu haben. Es war, als führte ihre unwiderstehliche Präsenz dazu, dass alles und jeder unweigerlich ihrem Willen und ihren Bedürfnissen nachkam.

Es begann zu regnen, und der Portier des Dorchester hielt auf dem Weg zum Bordstein einen großen Regenschirm über ihre Köpfe. Lady Browning erkundigte sich, wo sie Vivien absetzen solle. Vivien nannte die für ihren Weg nach Hause am günstigsten gelegene Bushaltestelle, so wie sie es männlichen Begleitern gegenüber tat, wenn sie gelegentlich einmal ausging.

»Und danach zum Savoy«, rief Lady Browning dem Taxifahrer zu, bevor sie sich neben Vivien auf den Rücksitz schob. »Wie ich London hasse. Ich bin hier zwar aufgewachsen, in Hampstead, aber ich bleibe nur wegen Tommy und seiner neuen Stellung. Viel lieber wäre ich in unserem Haus in Cornwall.«

Es war bereits weit nach Mitternacht. Das Taxi brauste durch die leeren Straßen, und die Lichter der Straßenlaternen schimmerten durch den feinen Regen wie ferne Sterne.

»Als ich klein war, lag Katherine Mansfields Schlafzimmer gegenüber meinem Kinderzimmer – ich konnte abends Licht bei ihr sehen, wenn sie schrieb …«

Trotz ihres offensichtlichen Wohlstands und Ansehens wirkte Lady Browning auf Vivien etwas wehmütig, ja sogar einsam. Wie aufs Stichwort drehte sie sich zu Vivien und gestand: »Ich bin eigentlich keine große Partygängerin, vor allem nicht, wenn es um Verlagsleute geht – sosehr ich Ellie auch bewundere.«

Vivien nickte. »Und ich bin es überhaupt nicht.«

»Aber das sollten Sie sein. Immerhin sind Sie von Bloomsbury Books.«

Vivien war unsicher, ob Lady Browning sie damit aufziehen wollte, doch diese wirkte seltsam ernst. Es war, als hätte sie die Welt um sich herum in vollem Umfang ermessen und das meiste als unzureichend befunden. Somit schien sie nicht bemüht, unverdientes Lob auszusprechen.

»Und literarische Veranstaltungen sind in London wohl gerade der letzte Schrei«, fuhr sie fort. »Man redet immer noch vom handgreiflichen Streit zwischen Roy Campbell und Stephen Spender bei Spenders Dichterlesung im April 1947.«

»Solche Veranstaltungen dienen in erster Linie männlichen Autoren als Podium.«

»Ich kann beileibe auch nicht alle leiden«, erwiderte Lady Browning. »Wie ich von Ellie hörte, sind Sie eine aufstrebende Schriftstellerin. So wie ich.« Lady Browning lächelte verschwörerisch.

Vivien konnte sich nur schwer vorstellen, dass diese Frau noch Ziele hatte, da sie mit ihrem Platz in der Welt außerordentlich zufrieden wirkte.

Und schon wieder schien Lady Browning Viviens Gedanken lesen zu können, denn sie ergänzte sofort: »Nun gut, ich bin Schriftstellerin und muss zum Glück nicht mehr allzu sehr streben. Ah! Ich sehe, Sie sind überrascht. Das passiert sicher nicht allzu häufig. Sie haben es also nicht vermutet? Dann ist diese Harmonie zwischen uns echt.«

Vivien legte den Kopf schief und musterte erneut das goldblonde Haar, das auf so eigenwillige attraktive Weise frisiert war, dass es die hohen Wangenknochen, die perfekt geformte Stupsnase und die klar umrissenen Lippen wunderbar betonte.

»Ich unterhalte mich viel lieber so wie jetzt, unter vier Augen. Sie nicht auch?«, fuhr Lady Browning fort.

In Viviens Kopf, der von dem Glas Champagner auf leeren Magen immer noch ein wenig brummte, reihten sich nun verschiedene Zeitschriften- und Zeitungsartikel aneinander. Der Schauspieler Laurence Olivier tauchte vor ihrem geistigen Auge auf und dann ein brennendes Haus und ein Artikel über einen kürzlich erfolgten Plagiatsprozess in New York.

Sie schlug die Hand vor den Mund. »O mein Gott«, hörte sie sich selbst sagen.

»Nein, meine Liebe, das nun auch wieder nicht.«

Neben Vivien saß Daphne du Maurier.

KAPITEL 14

Regel Nr. 41

Literarische Veranstaltungen
haben ausnahmslos nach Ladenschluss
stattzufinden.

»Literarische Lunchs.«

Alec sah von seinem Schreibtisch auf. Jede Woche wunderte er sich über die vielen neuen Autorennamen auf Viviens Bestellungen. Nicht nur, dass es überwiegend Frauen waren – sie bestellte Fantasy und Science-Fiction, verdrehte psychologische Romane und fragwürdige Importe von kleineren amerikanischen Verlagen.

»Wie meinen?«, fragte er nach und klang kein bisschen bedauernd.

»Ich würde gern literarische Lunchs veranstalten«, erklärte Vivien. »Wie bei Foyles. Die kommen gut an.«

Die Frauen der Buchhandlung beriefen sich fast immer auf Foyles, wenn sie der Geschäftsführung irgendwelche Vorschläge oder Änderungswünsche unterbreiteten. Der Buchgigant mit einem Angebot von zwei Millionen Büchern über sechs Stockwerke an der Charing Cross Road schaffte es regelmäßig, den Wettbewerbsgeist der Männer von Bloomsbury Books zu wecken.

»Aber Foyles veranstaltet seine literarischen Mittagessen im Dorchester«, gab Alec zurück. »Was eine überaus elegante Örtlichkeit ist, wie Sie wohl wissen.«

»Ja, ich weiß«, gab Vivien pikiert zurück, bevor sie ein wenig wichtigtuerisch hinzufügte: »Ich war vor Kurzem erst dort.«

Alec blinzelte irritiert. Nun kam auch Grace dazu.

»Das Format wird mehr Leute in unser Geschäft locken, Mr McDonough«, schlug sie sich auf Viviens Seite. »Außerdem haben die Kunden bei Sonderveranstaltungen das Gefühl, sie würden etwas gratis bekommen.«

»Also kaufen sie eher etwas«, ergänzte Vivien.

Alec starrte die Frauen an. Mr Dutton war erst zwei Wochen fort, und mit der langen Liste an Vorschlägen und Forderungen aus der Romanabteilung kam er kaum noch hinterher.

»Wir veranstalten doch Lesungen und dergleichen«, sagte Alec. »Abends. Um die Verkaufszeiten nicht einzuschränken.«

»Das sind Veranstaltungen vor allem für Männer«, betonte Grace.

»Weißt du noch, als Stephen Spender vor ein paar Jahren bei einer Lesung eins auf die Nase bekam?« Vivien stieß Grace belustigt mit dem Ellbogen in die Seite.

Stephen Spender war Alecs Lieblingsdichter, und er hatte an jenem berüchtigten Abend im Publikum gesessen. Die beiden Frauen lachten lauthals über den Vorfall, Alec dagegen verzog das Gesicht.

»Mütter haben tagsüber mehr Zeit«, sagte Grace, als sie und Vivien sich wieder beruhigt hatten.

»Buchhandlungen sind Orte, an denen tagsüber gelesen wird«, beharrte Alec, »gelesen und gekauft – und nicht gesprochen.«

»Und ich weiß auch schon, wen wir als erste Schriftstellerin einladen könnten«, sagte Vivien.

»Ich sagte: ein Ort zum Lesen.«

»Du Maurier.«

»Daphne du Maurier? Die Romanzentante?« Alec schnaubte verächtlich.

»Das brauchen Sie gar nicht so abfällig zu sagen!«, blaffte Vivien zurück. »Und was bedeutet das überhaupt? Oh, ich hasse es, wenn …«

Grace legte eine Hand auf Viviens Oberarm. Widerstrebend brach Vivien ab und atmete tief durch, bevor sie weitersprach.

»Sie ist ja nur eine der wenigen international bekannten englischen Schriftstellerinnen … und noch dazu überaus produktiv. Alle lesen sie.« Vivien sah Alec provozierend an. »Auch wenn sie es nicht zugeben.«

Alec lehnte sich zurück. »Und was sollen wir Ihrer Meinung nach tun, damit Mrs du Maurier zu einer Lesung in unser Geschäft kommt?«

»Überlassen Sie das ruhig mir«, erwiderte Vivien in ihrer bewährten überzeugenden Art, die sie auch bei Kunden an den Tag legte. »Überlassen Sie einfach alles mir.«

Das tat Alec äußerst ungern, aber er wusste, dass dies der Sinn und Zweck ihrer derzeitigen Rollenverteilung war. Insgeheim musste er sogar zugeben, dass ihn Viviens Ehrgeiz und Einfallsreichtum als neue Leiterin der Romanabteilung beeindruckten, auch wenn es ihn am Ende in ein schlechtes Licht rückte. Die Abteilung war unbestreitbar besser besucht, seit Vivien ihren Platz an der Kasse verlassen hatte und im Verkaufsraum herumging, um in gedämpftem, beflissenem Ton Beratung und Zuversicht anzubieten, so wie er es früher getan hatte.

Besonders gut kamen ihre »Thementische« an. Mit Grace' Unterstützung hatte Vivien den verstaubten Lagerbestand dezimiert, indem sie die Bücher nach Themen auf den Tischen am Eingang gruppierte und mit passenden Kunstobjekten dekorierte: Vasen oder Gemälden, die sie sich aus dem Antiquitätenhandel von gegenüber auslieh, Gewächshausblumen vom Straßenmarkt ein paar Häuserecken weiter oder auch Haushaltsgegenständen, wie hübschen Teetassen oder dekorativen Blechdosen.

Manchmal zog die Dekoration sogar mehr Blicke auf sich als die Bücher selbst. Vor Kurzem war Grace zu ihm gekommen und hatte um die Bestellung spezieller Kissen gebeten, die an strategischen Orten im Verkaufsraum ausgestellt werden sollten. Zunächst hatte Grace ein paar Kissen von zu Hause mitgebracht, die sie in Bombennächten eigenhändig bestickt hatte, um sich von ihrer Angst abzulenken. Als immer mehr Kundinnen sich begeistert darüber äußerten, beschlossen sie, ganz ähnliche zu bestellen und zu verkaufen.

Alec hingegen war nun ins Büro verbannt, und seine einzige Kontaktperson war die immer leicht verstimmte Grace. Es war nicht die Beförderung, die er sich erträumt hatte. Er hatte keine Zeit mehr, zu überzeugen, zu verkaufen oder zu beobachten: all die Dinge, die er vorn im Verkaufsraum so genossen hatte. Zwar hatte er jetzt mehr Zeit zu schreiben (sein eigenes Spiralnotizbuch lag in einer von Mr Duttons zahlreichen Schubladen), aber nichts, worüber er schreiben konnte. Dass er Vivien so gut wie nie mehr sah, war für seine Phantasie nicht unbedingt förderlich.

Dann war da noch diese neue Angestellte, Evie Stone, die sich im obersten Stockwerk verkroch, wo niemand sie sehen konnte. Frank Allen war noch häufiger fort als sonst, obwohl er weit weniger einkaufte, und Alec wusste, dass er darüber mit Dutton würde sprechen müssen. Was

Ash betraf, so schüchterte der mit seiner schweigenden Art immer noch alle Kunden ein, die sich in den Keller verirrten. Master Mariner Scott wiederum erzielte mit seiner polternden Art dieselbe Wirkung.

Irgendwie waren die Dinge in Bloomsbury Books in Schieflage geraten, und Alec wunderte sich nicht zum ersten Mal, wie Herbert Dutton es mit seinen einundfünfzig Regeln geschafft hatte, dass das Geschäft nicht kollabierte. Bevor Alec zuließe, dass eine Frau, eine Romanzenschriftstellerin, in der betriebsamsten Zeit des Tages den Laden übernahm, würde er das mit Mr Dutton besprechen und bei der Gelegenheit auch all die anderen Dinge, die er mit wachsender Besorgnis beobachtete. Einstweilen würde er Grace bitten, ihm Frank Allens Terminkalender aus dem zweiten Stock zu bringen und nach Evie Stone zu sehen.

Seit Evies erstem Arbeitstag war Frank Allen kaum mehr in der Buchhandlung gewesen. Nach der Auflösung des Herrenhauses in Toppings war er für drei Tage nach Irland gereist. Alle Angestellten wunderten sich über seine in letzter Zeit immer längeren Abwesenheiten, vor allem jetzt, da die Dinge sich so gravierend geändert hatten. Seit drei Wochen arbeitete Evie im obersten Stock also weitgehend allein: Sie saß auf ihrem Schemelchen und katalogisierte munter die alten Bücher. Genauso fand Grace sie auch jetzt vor.

»Mr McDonough schickt mich, um Mr Allens Terminkalender zu holen«, erklärte Grace und überflog hastig die gekritzelten Notizen darin. »Hm, wie eigenartig …«

Evie beobachtete, wie Grace ein paar Seiten vorblätterte, dann wieder zurück. Schließlich sah sie ungewöhnlich beunruhigt zu Evie hinüber. Normalerweise wirkte

Grace ruhig und gefasst, was Evie sehr begrüßte, denn ihr war jeglicher Konflikt zuwider. Den kaum verhohlenen Wettbewerbsgeist in der Universität hatte sie nur schwer ertragen, und auch die offen ausgetragenen Fehden in der Buchhandlung machten ihr zu schaffen.

»Der Eintrag in dieser Woche ... der Ausverkauf des Kaufhauses Roundtree. Ich bin mir ziemlich sicher, dass der schon letzten Herbst stattgefunden hat. Dasselbe gilt für die Termine der nächsten Woche.«

Evie zuckte die Achseln und widmete sich wieder dem Buch in ihrer Hand. Ihr machte es nichts aus, dass Mr Allen so häufig fort war. Mittlerweile fühlte sie sich hier oben wie in ihrer ganz eigenen Forschungsbibliothek.

»Ach egal ... Wahrscheinlich irre ich mich.« Grace nahm das Terminbuch an sich. »Tee?«, fragte sie dann.

Zu ihrer beider Überraschung tauchte in diesem Moment Ash Ramaswamy am oberen Treppenabsatz auf.

»Ich dachte, ich könnte Miss Stone eine Tasse Chai anbieten«, verkündete er etwas steif und nickte in Richtung der dampfenden Tasse auf dem kleinen Melamintablett in seinen Händen. Es lagen außerdem zwei gefüllte Doppelkekse darauf – Evies Lieblingskekse.

Unter Grace' erstauntem Blick stand Evie hastig auf.

»Wie außerordentlich freundlich von Ihnen«, sagte Grace. »Ist das nicht nett, Evie?«

Evie hatte den Eindruck, als wollte Mr Duttons Sekretärin sie zu irgendeiner Bemerkung drängen. Als sie schwieg, sah Grace wieder zu Ash und lächelte ihn aufmunternd an.

»Dann lasse ich Sie beide mal allein«, sagte sie und schob sich am schmalen Ash vorbei zur Treppe.

Ash stand immer noch auf dem Treppenabsatz und sah

sich in dem Durcheinander der zweiten Etage um. »Ich bin schon seit Ewigkeiten nicht mehr hier gewesen.«

Evie strich sich über ihr blaues Strickkleid, ging zu Ash, nahm ihm das Tablett ab und stellte es neben ihrem Schemel auf den Boden. *Flüssigkeiten fernab der Bücher* war die eine Regel der Buchhandlung, an die sich wirklich alle hielten, wenn es um ihr Teeritual ging.

»Mr Allen ist immer noch unterwegs.« Evie beobachtete, wie Ash vorsichtig um die Bücherstapel herumging. »Immer wieder kommen neue Lieferungen an.«

Jetzt begutachtete Ash die verglasten Vitrinenschränke an der hinteren Wand. »Alles gut geschützt. Wie meine Steine und Käfer.« Er sah Evie an und lächelte wissend.

Zum ersten Mal spürte Evie eine Aufregung in ihrem Herzen, die nichts mit Büchern zu tun hatte. »Nun, Bücher sind ja auch auf ganz eigene Weise wertvoll.«

»Darf ich?« Er wartete, bis sie nickte, ehe er die Glastür des Bücherschranks hinter Mr Allens Schreibtisch öffnete. Behutsam zog er einen alten Atlas hervor und legte ihn auf das Eichenpult aus Viktorianischer Ära, das vermutlich auch seit dieser Zeit im Raum stand.

Vorsichtig, fast andächtig, blätterte Ash Seite für Seite um und bedeutete Evie, heranzutreten.

»Diese Landkarte hier … die muss vor der Zeit der britischen Kolonialherrschaft erstellt worden sein. Interessant … Sehen Sie, hier bin ich geboren, an der Koromandelküste. In Madras, sehen Sie? Da steht George Town.« Er blätterte zum Titelbild zurück. »Ja, der stammt aus vorkolonialer Zeit. Aus dem 17. Jahrhundert, würde ich meinen.«

Evies Literaturkenntnisse waren enorm und ihr Wissen um amerikanische Filme beinahe ebenso beeindruckend, aber da sie mit vierzehn von der Schule hatte abgehen müssen, gab es auf anderen Wissensgebieten einige Lücken. Sosehr ihre Lehrerin Adeline Gray sich auch bemüht hatte, ihr diesen Stoff vor ihrem Studium in Cambridge noch zu vermitteln, hatte Evie insbesondere auf den Gebieten Erdkunde, Astronomie und Anatomie noch viel zu lernen.

»Meinen Sie, die ist wirklich so alt?«, fragte sie verwundert nach.

»Master Mariner Scott kann es Ihnen bestimmt genau sagen. Der notierte Preis scheint mir sehr niedrig.« Ash klappte das staubige Buch wieder zu und sah sich um. »Bei alledem, was Mr Allen so zu tun hat, ist er mit der Beurteilung möglicherweise zu großzügig gewesen.«

Evie war klar, dass in dieser Abteilung einiges im Argen lag, aber sie war stolz auf die vielen Schätze, die sich hier verbargen, und freute sich über Ashs behutsame Wortwahl.

»Wie alt waren Sie, als Sie Englisch gelernt haben?«, erkundigte sie sich unvermittelt.

Ash stellte den Atlas wieder in den Schrank zurück und schloss die Tür. »Englisch ist eine unserer Landessprachen.«

»Oh, das wusste ich nicht.«

»Ach, das macht doch nichts. Wie soll das hier auch jemand wissen?«

Evie hatte keine Ahnung, was sie auf diese etwas spitzzüngige Antwort erwidern sollte, also schwiegen sie einander nur an, bis Ashs Blick angesichts ihres Unbehagens weicher wurde.

»Es tut mir leid. Das war unnötig.«

»Nein, mir tut es leid. Ich bin sicher, da ist einiges, das ich eigentlich wissen sollte. Erdkunde, zum Beispiel.«

»Es liegt nicht an Ihnen.« Er deutete mit der Hand vage

um sich herum. »Es liegt an allen hier. Und schlussendlich dann an mir.« Er seufzte. »Außerdem bezweifle ich, dass eine junge Frau mit Collegeabschluss große Wissenslücken hat.«

»Ich musste aber früh von der Schule abgehen.«

»Wie früh?«

»Mit vierzehn. Um die Eingangsprüfung für Cambridge zu bestehen, hatte ich viel nachzuholen. Mit Schriftstellerinnen des 18. und 19. Jahrhunderts kenne ich mich ganz gut aus, aber so manches andere habe ich nicht mitbekommen.«

Ash lehnte sich gegen Mr Allens Schreibtisch, verschränkte die Arme und musterte Evie nachdenklich. »Mit vierzehn. Da war das Nachholen bestimmt nicht einfach. Und das alles hierfür?« Er deutete mit dem Kinn auf das Chaos an Büchern um sie herum.

Evie wurde rot, als sie an die Professoren Christenson und Kinross dachte und dass sie Stuart Wesley bevorzugt hatten.

»Nein, das hier war … nicht geplant.«

Er lächelte wissend. »Aber Sie haben ein bestimmtes Ziel vor Augen, oder nicht?«

»Wie kommen Sie darauf?« Evie spürte leichte Panik in sich aufsteigen, weil sie fürchtete, dass ihre Nachforschungen doch nicht unbemerkt geblieben waren.

»Weil Sie an Ihrem freien Tag etwas zu einem Botaniker aus dem 19. Jahrhundert geforscht haben.«

Evie war erleichtert. Sie lächelte. »Ach das! Nun, ich wollte nur etwas zu Ende bringen, das ich in Cambridge angefangen hatte. Mein eigentliches Interesse liegt darin, Schriftstellerinnen wiederzuentdecken, also Frauen, die unbeachtet geblieben sind.«

»Unbeachtet?«

»Vergessen. Ignoriert. Unterschätzt.«

»Das klingt nach einer großen Mission. Wie wollen Sie das anstellen?«

»Oh, ich habe den Chai ganz vergessen.«

Schmunzelnd verfolgte Ash, wie Evie sich auf dem Schemel niederließ und ein paar Schlucke von dem jetzt lauwarmen Getränk nahm, ehe sie weitersprach.

»Ich will selbst Bücher herausgeben.«

Ash starrte sie an. »Mit dieser Antwort habe ich nicht gerechnet.«

»Wenn man in der Literatur forscht, stolpert man über so viele verlorene und vergessene Bücher. Oft können sich die Leute nicht einmal mehr an die Titel erinnern. Ich lese schnell, das habe ich schon immer, und wenn ich irgendwo eine seltene, vergessene Ausgabe entdecke, dann kann ich sie einschätzen und überarbeiten und die wichtigsten meiner Fundstücke neu drucken.«

»Neu drucken?«

»Ja. Setzen und drucken – so wie Virginia Woolf und ihr Mann es getan haben.«

»Virginia Woolf hat selbst Bücher gedruckt?«

»O ja!«, wiederholte Evie mit wachsender Begeisterung. »Mit einer Handpresse, im eigenen Haus! Also ist es möglich. Ich habe alles nachgelesen.«

Ash schüttelte bewundernd den Kopf. »Da bin ich sicher. Dann sind wir beide hier sozusagen nur in Wartestellung.«

»Es ist kein so schlechter Ort hier.«

»Nein«, nun lächelte er ganz offen, »das ist es nicht. Aber ich lasse Sie jetzt besser weitermachen – Mr Allen hat Ihnen ja ganze Berge an Arbeit hinterlassen.«

Evie sah ihm nach, wie er die Treppe hinunterstieg, und wünschte, sie hätte ihm mehr erzählen können. Sie hatte das Gefühl, als könnte Ash Ramaswamy ihren inneren Drang verstehen – das konnte nicht jeder. Die meisten Menschen verbrachten ihre wenigen Stunden an Freizeit lieber mit Unterhaltung und Ablenkung, aber Evie hatte sich ein so hohes Ziel gesteckt, dass sie nicht wagte, auch nur eine Sekunde mit etwas anderem zu verschwenden. Nur wenige Menschen waren bereit, sich mit ihrer Akribie durch eine Fülle an Material zu arbeiten – sie musste einfach allen anderen voraus sein und dabei unbemerkt bleiben, bis sie das, wonach sie suchte, gefunden und gesichert hatte.

Sie musterte die Stapel Bücher am Boden und die Türme aus Kisten, die gegen die Wände lehnten. Dann dachte sie an den Atlas und fragte sich, wie viele andere alte Schätze sie hier wohl noch finden würde, die Mr Allen nicht adäquat bewertet hatte. Allmählich befürchtete sie, dass das eine Buch, das sie hier im zweiten Stockwerk heimlich suchte – der wahre Grund also, aus dem sie sich bei Bloomsbury Books beworben hatte –, verloren gegangen war, und das nicht zum ersten Mal.

KAPITEL 15

Regel Nr. 21

Die Angestellten dürfen
ohne Erlaubnis nicht in anderen
Abteilungen herumstöbern.

Das erste Mal passierte es nur wenige Jahre nach seiner ersten – anonymen – Veröffentlichung: Der Roman *Die Mumie! Ein Märchen aus dem zweiundzwanzigsten Jahrhundert* von Jane Wells Webb erschien im Jahr 1827 und war schon bald darauf aus der Welt verschwunden.

Durch ihre Recherchen wusste Evie, dass so etwas bei anonym veröffentlichten oder von Frauen geschriebenen Texten schon oft passiert war. Mary Wollstonecrafts *Die Verteidigung der Frauenrechte*, mittlerweile das bedeutendste Werk des frühen Feminismus, war einfach nicht mehr aufgelegt und somit erst einmal vergessen worden, ehe man es viele Jahrzehnte später wiederentdeckte.

Da es kein öffentliches Verzeichnis gab, war Evie die Bedeutung von *Die Mumie!* bei ihren nächtlichen Besuchen der Bibliothek des Chawton Great House nicht bewusst gewesen. Das Buch hatte dort über Hunderte Jahre lang unbemerkt zwischen allen anderen Büchern im Regal gestanden. In den verschiedenen Bibliotheken, die Evie während der zwei Jahre ihrer Katalogisierung aufgesucht hatte, war kein Wort darüber in den Publikationslisten zu finden gewesen. Evie war damals davon ausgegangen, dass *Die Mumie!* einfach ein obskurer, zweitklassiger Versuch gewesen war, an die damals in Mode gekommenen Schauerromane anzuknüpfen. Als Yardley Sinclair und seine Kollegen dann die Versteigerung der Bibliothek für Sotheby's vorbereiteten, hatten sie das Buch ebenfalls als unbedeutend zur Seite gelegt – als einen der vielen minderwertigen Romane, die im Nachgang zu Mary Shelleys revolutionärem *Frankenstein* geschrieben worden waren.

Zusammen mit dem Rest der Menschheit hatte Evie das Buch dann vollkommen vergessen, bis sie drei Jahre später im Verlauf ihrer Recherchen für Professor Kinross' Kommentar zu *Vanity Fair* in den Archiven der Bibliothek des Trinity College auf einen Brief des berühmten Dichters stieß, der dort ebenfalls studiert hatte. In jenem Brief beschrieb William Thackeray ein Abendessen im Haus seines guten Freundes John Claudius Loudon und dessen Frau, der früheren Jane Wells Webb. Er erwähnte, dass Mrs Loudon durch die derzeitige Arbeit an der Seite ihres Mannes sowie ihre zuletzt erschienenen Handbücher *Gärtnerei für Damen* und *Botanik für Damen* keine Zeit mehr für das Verfassen eigener Romane fand. Des Weiteren lobte Thackeray in seinem Brief einen Roman, den sie mit nur siebzehn Jahren verfasst hatte: einen höchst fesselnden Bericht über das Leben in einem künftigen Jahrhundert, in dem es – ausgerechnet – um die Wiederbelebung einer Mumie ging.

Thackeray beschrieb einige Details des von Jane Loudon vorausgedachten technologischen Fortschritts – Details, die Evie bei der Lektüre des Briefes einhundert Jahre später nur als prophetisch bezeichnen konnte: Sie las von Fernzügen mit mobilen Häusern, von einer Kommunikationsform, die dem heutigen Fernsehen ähnelte, sowie von

Dampf und Elektrizität als Energiequellen. Laut Thackeray spielte die Handlung des Romans im Jahr 2126, in dem »die Bürger Englands in Ruhe und Frieden lebten, unter der Regentschaft einer absolutistischen Herrscherin«, in deren Reich die weibliche Erbfolge galt. Die politischen und philosophischen Themen des Buches hatten für Evie mehr mit modernen Zukunftsromanen zu tun – etwa George Orwells *1984* – als mit den Schauerromanen des frühen 19. Jahrhunderts. Nachdem sie nun drei Jahre höhere Bildung genossen hatte, konnte Evie den potenziellen historischen, literarischen und finanziellen Wert dieses Werks viel besser einschätzen.

Nach ihrer aufregenden Entdeckung in der Bibliothek des College war Evie in ihr Einzimmerapartment am nördlichen Ende der Castle Street zurückgeeilt, hatte die provisorische Aktenschublade aufgezogen und das Notizbuch hervorgeholt, in dem sie sorgfältig jeden einzelnen Verkauf der zweitausend Bücher aus dem Great House vermerkt hatte. Nach kurzem hastigem Blättern fand sie bestätigt, dass ein anonym veröffentlichtes Buch mit dem Titel *The Mummy! A Tale oft the Twenty-Second Century* zusammen mit vier anderen Werken aus dem 19. Jahrhundert an einen Mr Frank Allen in Vertretung der Buchhandlung Bloomsbury Books verkauft worden war.

Den ganzen letzten Herbst hindurch hatte Evie versucht, neuere Kritiken oder Beschreibungen zu Webbs Buch zu finden. In einem Buch von Andrew Block, *Der Englische Roman von 1740 bis 1850*, das mitten im Zweiten Weltkrieg veröffentlicht worden war, entdeckte sie tatsächlich eine kurze Zusammenfassung. Bis heute konnte Evie sich nicht verzeihen, dass sie damals bei der Katalogisierung der Bibliothek diesen wichtigen Text übersehen hatte. Als Nächstes fiel ihr eine neue und recht umfangreiche Rezension der einzig bekannten gekürzten Fassung in die Hände, die 1949 in der Wisconsiner Literaturzeitschrift *The Arkham Sampler* veröffentlicht worden war. Diese zwei Texte lieferten den endgültigen Beweis, dass Jane Webbs erster Roman tatsächlich existiert hatte, und Evie war am Boden zerstört, dass sie einen der wichtigsten Zukunftsromane, der noch dazu von einem jungen Mädchen in ihrem eigenen Alter geschrieben worden war, derart abgewertet hatte.

Als neue Angestellte von Bloomsbury Books hatte Evie in ihren ersten Tagen jedes noch so durchhängende Regal und jede noch so zerfledderte Kiste in der zweiten Etage durchforstet, um das Buch zu finden, das Mr Allen ersteigert hatte. Mr Dutton hatte eher untertrieben, als er bei ihrem Einstellungsgespräch erwähnte, der Leiter der Antiquariatsabteilung habe es bei der Katalogisierung ein wenig an Sorgfalt mangeln lassen. Inzwischen befürchtete Evie allerdings, dass noch Schlimmeres passiert war, als dass Mr Allen das Buch nicht katalogisiert hatte – sie fürchtete, er hatte es verloren.

Nach ihrer ersten Woche hatte Evie tatsächlich jeden erdenklichen Winkel nach dem so anschaulich benannten Roman durchsucht. *Die Mumie! Ein Märchen aus dem zweiundzwanzigsten Jahrhundert* war in keinem der Regale, in keiner der Kisten und in keinem der vielen Bücherstapel auf dem Boden zu finden. Auch in den Kassenbüchern, die jeder Abteilungsleiter für seine Abteilung führen musste, war es nicht verzeichnet. Die einzige Möglichkeit, die Evie noch einfiel, war, dass es in einer anderen Abteilung der Buchhandlung gelandet sein könnte. Alte oder seltene Bücher, die Mr Allen nicht als wertvoll eingestuft hatte, wurden manchmal anderen Stockwerken zugeordnet, je nach Thema.

Daraufhin hatte Evie sich zunächst in der Abteilung für Romane, Neuerscheinungen und Kunst umgesehen. Ungeachtet ihrer ständigen Reibereien und unterschiedlichen Charaktere waren sowohl Alec McDonough als auch Vivien Lowry notorisch gewissenhaft, was die Ordnung ihrer jeweiligen Gebiete betraf. Vivien hatte in ihrer neuen Rolle als stellvertretende Abteilungsleiterin neue und beeindruckend dünn besetzte Kategorien eingeführt (etwa »Zeitgenössische feministische Literatur«, »Modernes expressionistisches Drama« oder »Französischer Realismus des späten 19. Jahrhunderts«), was Evie bei ihrer Suche sehr zugutekam. Doch die wenigen kurzen Besuche in ihren Mittagspausen hatten bislang zu keinem Erfolg geführt.

Als Nächstes nahm sie sich die Abteilung Naturkunde und Wissenschaft vor, die von Ashmin Ramaswamy ebenfalls in bester Ordnung gehalten wurde. Um mehr Zeit im Keller verbringen und heimlich die infrage kommenden Regale zu begutachten zu können, hatte Evie sich zeigen lassen, wie man eine gute Tasse Chai kocht. Ashs Abteilung war tatsächlich noch besser geordnet als die Romanabteilung, nach einer geradezu Linné'schen Systematik. Das gesamte Untergeschoss war in verschiedene »Reiche« unterteilt und jedes Regal nach Darwins Prinzip der gemeinsamen Abstammung kategorisiert. Auf diese Weise konnte Evie sich methodisch durch die wenigen Bereiche arbeiten, die ihr am aussichtsreichsten erschienen, und den Rest schnell überfliegen.

Nur in die erste Etage der Buchhandlung hatte Evie sich bislang nicht vorgewagt, und wenn es nach Master Mariner Scott ging, würde die auch immer unerreichbar bleiben für sie. Evie wusste, dass sie sich laut Regel Nummer 21 nie dabei erwischen lassen durfte, wie sie ohne offiziellen Auftrag der Geschäftsführung in der Abteilung für Geschichte herumstöberte.

Sie würde also geduldig warten müssen, bis sich irgendwann einmal die Gelegenheit ergab, in den ersten Stock zu gehen und ihre selbst auferlegte Mission ohne Angst vor Repressalien zu beenden.

KAPITEL 16

Regel Nr. 16

Büroangestellte haben sonnabends frei,
um Zeit mit der Familie zu verbringen.

Grace stand im Eingangsflur ihres kleinen Reihenhäuschens in Camden Town und zog sich Handschuhe an, während ihre zwei Söhne aufgeregt um sie herumsprangen.

»Gordon!«, rief sie nach oben. »Wir müssen uns beeilen!«

Aus dem Schlafzimmer kam keine Antwort, und Grace bedeutete den Jungen, kurz auf sie zu warten. Der altrosa Teppich dämpfte ihre Schritte, als sie mit ihren flachen Alltagsschuhen die Treppe hinaufstieg, und die unheilvolle Stille nährte ihre Befürchtung, Gordon wieder in einer seiner depressiven Stimmungen vorzufinden.

Gordon saß auf der Bettkante und sah aus, als hätte er schon auf sie gewartet.

»Gordon, bitte …« Sie seufzte.

»Ich habe dir gesagt: nicht heute.«

»Du weißt, dass wir uns den Tag nicht aussuchen konnten. Teddy hat morgen Geburtstag, und er wünscht sich diesen Ausflug nun mal jedes Jahr.«

»Dann geht ohne mich.«

Bei seinem vorwurfsvollen Tonfall richtete Grace sich trotzig auf. »Ja, das werden wir.«

»Du tust doch in letzter Zeit sowieso immer, was du

willst«, zischte er. In seinen Augen blitzte Wut auf, die in letzter Zeit immer schneller hochzukochen schien.

»Gordon, es tut mir leid, aber dafür haben wir jetzt keine Zeit. Und ich will Teddy nicht enttäuschen – wegen dir nicht und wegen niemandem.«

Dass Gordon bereit war, auch seine Söhne in ihre Streitigkeiten hineinzuziehen, war eine neue Entwicklung. Grace hatte gelernt, seine Stimmungsschwankungen zu ignorieren, wenn sie selbst Ziel seiner Angriffe wurde, aber nun fürchtete sie, dass seine Übellaunigkeit negative Folgen für Nicholas und den sensiblen Teddy haben würden. Je älter sie wurden, desto eher bekamen sie die Spannungen im Haus mit.

Gordon machte eine wegwerfende Handbewegung, als wäre sie diejenige, die ihre Söhne vorschob, um ihre eigenen Bedürfnisse durchzusetzen – wo sie doch im Gegenteil Rücksicht auf die Bedürfnisse ihrer Söhne nahm.

Daraufhin drehte Grace sich einfach um, stieg wortlos die Treppe hinunter und scheuchte die Jungen aus dem Haus. Die lange Busfahrt nach Soho würde hoffentlich dazu beitragen, dass sie sich wieder beruhigte und Teddy sich unbelastet auf seinen besonderen Tag freuen könnte. Morgen war sein elfter Geburtstag, und da er ein ebensolches Gewohnheitstier war wie sein Vater, wünschte er sich jedes Jahr dasselbe: einen Besuch bei Hamleys, dem ältesten und größten Spielzeuggeschäft von London, um sich neue Soldaten für sein Schlachten-Set zum Zweiten Weltkrieg auszusuchen.

Auf dem Weg zur Bushaltestelle spürte Grace, dass die Nachbarn sie neugierig beobachteten. Nie sprach sie jemand direkt an und fragte, wo Gordon sei oder wie es ihm gehe; dazu waren alle viel zu höflich. Trotzdem war es Grace lieber, nicht aufzufallen. Im Grunde ihres Wesens war sie eher schüchtern, und manchmal fragte sie sich, wie viel damals ihre zunehmende Angst, als alte Jungfer zu enden, zu der Entscheidung beigetragen hatte, Gordon zu heiraten. Welch Ironie des Schicksals, dass die Entscheidung, den Erwartungen anderer zu entsprechen und den Weg der Ehe einzuschlagen, in eine solche Sackgasse geführt hatte.

Es war einer der Gründe, weshalb sie Vivien bewunderte – denn der war es in der Regel herzlich egal, was andere dachten. Vor allem ließ sie sich nicht von der Überheblichkeit ihrer meist wohlhabenden Kunden beeindrucken – eher noch stellte sie dann erst recht ihre Stacheln auf. Mangelndes Selbstbewusstsein oder übertriebene Sehnsucht nach Anerkennung konnte man ihr wahrlich nicht nachsagen. Nach dem Vorfall mit der Armbanduhr fragte sich Grace allerdings, ob Viviens Feindseligkeit Alec gegenüber nicht dafür sprach, dass es ihr sehr wohl wichtig war, was zumindest er über sie dachte.

Im Gegensatz zu Vivien hatte Grace zugelassen, dass ihr Mann ihr Selbstbewusstsein untergraben hatte, obwohl er eigentlich ihr größter Verbündeter hätte sein sollen. Nur fern von ihm fühlte sie sich glücklich und ungezwungen – aber selbst dann war es ihr unmöglich, ihr wahres Selbst auszuleben. Sie hatte gehofft, die Stelle bei Bloomsbury Books würde helfen, aber die doch sehr eingeschränkten Anforderungen, die Mr Dutton an sie stellte, sowie die geringe Verantwortung waren wenig motivierend. Stattdessen war sie nun die einzige Frau in ihrer Straße, die jeden Tag mit den Männern zur Arbeit ging – und die einzige, deren Mann es nicht tat.

Aus all diesen Gründen war die Vorstellung, Gordon

zu verlassen, undenkbar, selbst jetzt, da sein Verhalten ihr und den Jungen gegenüber immer weiter eskalierte. Am Ende wäre sie nicht nur die einzige arbeitende Frau in ihrem Bekanntenkreis, sondern auch die einzige, die geschieden war. Auch auf Männern konnte die Schande einer Scheidung schwer lasten, wobei die reicheren offenbar besser damit klarkamen. Man denke nur an Lord Baskin: Nicht wenige Damen der Gesellschaft in einem gewissen Alter schienen ihn immer noch interessant zu finden. Insbesondere Alec ließ gern anzügliche Bemerkungen über diverse Gesellschaftsabende oder Veranstaltungen fallen, die die Männer der Buchhandlung hin und wieder gemeinsam besuchten.

Als könnte das Universum ihre Gedanken lesen, stand Lord Baskin auf einmal höchstpersönlich vor ihr. Er war im Begriff, eine Frau vor dem Café Royal in ein wartendes Taxi zu eskortieren.

»Grace ... Mrs Perkins!«, rief er erfreut, als er sie sah. Dann blickte er aus seiner stattlichen Höhe auf die beiden Jungen hinab. »Und wen haben wir denn hier?«

Nervös begann Grace, Teddy die stets widerspenstig abstehende Tolle aus der Stirn zu streichen.

»Lord Baskin, was für eine Überraschung.« Sie fuhr ihrem Sohn weiter übers Haar und schielte dabei verstohlen zum wartenden Taxi. Die Frau darin mochte in etwa Viviens Alter haben und war ebenso auffällig geschminkt und gekleidet, jedoch nicht in düsterem Schwarz, sondern in beeindruckenden Rottönen. »Das sind meine beiden Jungs, Nicholas und Teddy.« Stolz legte Grace ihren Söhnen je eine Hand auf die Schulter.

Lord Baskin schien ebenfalls verstohlen Ausschau zu halten, als suche er nach einem fehlenden Familienmitglied. »Wie schön, Sie hier zu treffen. Sind Sie zum Einkaufen unterwegs?«

»Teddy hat morgen Geburtstag, er wird elf, und wir sind gerade auf dem Weg zu Hamleys. Damit du dir Spielzeugsoldaten aussuchen kannst, nicht wahr, Edward?«

Als er seinen offiziellen Vornamen hörte, sah Teddy zu seiner Mutter hoch. »Du nennst mich doch sonst nicht so«, konstatierte er nüchtern.

Grace lächelte Lord Baskin über die Köpfe ihrer Söhne hinweg an und zuckte die Achseln, aber der Earl sah aus, als hätte er volles Verständnis.

»Ja, Teddy wäre mir auch lieber«, sagte er und ging vor dem Jungen in die Knie, um auf Augenhöhe zu sein.

»Das habe ich nicht gesagt«, entgegnete der Junge ebenso nüchtern, so dass Grace und Lord Baskin sich hilflos ansahen. »Das habe ich überhaupt nicht gesagt.«

»Teddy, bitte …«

»Wenn Sie erlauben …« Lord Baskin geleitete die drei aus der Mitte des Bürgersteigs zur Seite, damit sie den anderen Passanten nicht im Weg standen. »Ich möchte eben noch jemanden verabschieden … Würden Sie bitte einen Moment warten?«

Grace beobachtete, wie Lord Baskin sich ins offene Taxi beugte und zunächst der Dame, dann dem Fahrer etwas sagte. Ihr fiel auf, dass er wartete, bis das Taxi im Verkehr verschwunden war, bevor er sich wieder zu ihnen umwandte.

»Tja dann … Dürfte ich mich Ihnen anschließen? Es ist lange her, seit ich das letzte Mal bei Hamleys war. Mein Großvater hat dort oft etwas für mich gekauft.«

Sie gingen die Regent Street hinauf, und Grace fand es kurios, dass sie an diesem typischen Familiennachmittag nun doch überraschend zu viert unterwegs waren. Von John Nash als Teil einer Zeremonienstraße erbaut, erstreckte sich die beliebte Einkaufsstraße von Piccadilly Circus bis zur Oxford Street und verband damit alle wichtigen Einkaufs-, Theater- und Kulturviertel in Londons Stadtmitte. Die Gehwege waren voller Menschen – Eltern und Kinder, die gerade aus den Matineevorstellungen des West End kamen, gut gekleidete Damen der Gesellschaft, die nach ihren ermüdenden Einkäufen Erholung in einer Teestube suchten, und junge Leute, die ihr Taschengeld für Kinobesuche und kleine Aufmerksamkeiten ausgaben. Taschengeld war ein Luxus, den viele Familien sich erst seit Kurzem wieder leisten konnten.

Einige der besten Restaurants und Hotels lagen an dieser Straße, und das Café Royal, vor dem sie Lord Baskin getroffen hatten, war das größte. Zu seinen Gästen zählten im Lauf der Jahrzehnte Angehörige der Königsfamilie, Filmstars, Künstler und Schriftsteller wie etwa George Bernard Shaw, Rudyard Kipling und William Butler Yeats – der berühmteste von ihnen war jedoch Oscar Wilde, der im dazugehörigen Grill Room Restaurant seinen zukünftigen Geliebten Lord Alfred Douglas kennengelernt hatte. Wenn man das Restaurant verließ, konnte man entweder nach Norden zum Regent's Park spazieren oder nach Süden zum Buckingham Palace, vorbei an einer Reihe etablierter Boutiquen, die sich zwischen neueren Geschäften zu behaupten wussten. Näherte man sich im Süden Piccadilly Circus, wirkte die Leuchtreklame – BOVRIL, COCA-COLA, WRIGLEY'S CHEWING GUM – gleichermaßen spektakulär wie alltäglich. Da große Teile der Straße nach verheerenden Bränden und den deutschen Luftangriffen während des Blitz (»Hamleys wurde mindestens fünfmal getroffen!«, wie Teddy häufig prahlte) wiederaufgebaut worden waren, zeigte sich hier auf einzigartige Weise Londons Hoffnung auf Zukunft und sein Streben nach globaler Bedeutung.

»Ich hoffe, wir haben Sie von nichts Wichtigem abgehalten«, sagte Grace nach einigen Sekunden des Schweigens. Es war seltsam, so weit von der Buchhandlung entfernt mit Lord Baskin durch die Straße zu spazieren.

»In diese Verlegenheit würde ich Sie nie bringen.

Ich hatte das große Glück, gerade mit meinem Mittagessen fertig zu sein.«

»Im Grill Room?«

»Ja. Kennen Sie das Lokal?«

Grace lachte und merkte, dass Teddy sie misstrauisch beäugte. Nicholas hingegen blickte ungerührt weiter geradeaus – er war nur ein Jahr älter, schien sich aber schon deutlich für die jungen Mädchen in ihren Tellerröcken und Seidenstrümpfen zu interessieren.

»Nein, eigentlich nicht. Wir kommen nicht oft in diese Gegend.«

»Ich im Grunde auch nicht. Wie Sie versuche ich die Regent Street zu meiden, wann immer ich kann«, erwiderte Lord Baskin in dieser eigentümlichen Mischung aus Höflichkeit und Bescheidenheit, über die Vivien und Grace sich immer amüsierten. »Allerdings hatte ich heute eine frühe Verabredung zum Mittagessen, der ich mich nicht entziehen konnte.«

Grace fragte sich, wer die Dame im Taxi wohl gewesen sein mochte, und schwieg erneut. Bald erreichten sie den Spielwarenladen mit seinen langen Schaufensterreihen rechts und links neben dem mittig angebrachten Emblem, das Hamleys als »Königlichen Hoflieferanten« auszeichnete. Lord Baskin sah anrührend wehmütig an der sechsstöckigen Fassade nach oben und trat dann beiseite, um Grace und die Jungen als Erste eintreten zu lassen. Ehe er ihnen folgen konnte, schob sich eine Gruppe Kinder dazwischen, und während sie darauf warteten, dass er wieder zu ihnen aufschließen konnte, lächelten Grace und der Earl sich über ihre Köpfe hinweg an.

»Das hat man nun davon, wenn man ein Gentleman sein will«, meinte sie neckend, aber es klang nicht ganz so, wie sie es beabsichtigt hatte, und sie verstummte wieder.

Die Spielzeugsoldaten befanden sich am Ende der Etage mit den Spielfiguren; in der Mitte gab es Spielzeugeisenbahnen und am anderen Ende Puppenhäuser, deren Stile verschiedene Epochen widerspiegelten: die Queen-Anne-Zeit, die Georgianische und die Viktorianische Zeit. Grace und Lord Baskin spazierten durch den Mittelgang, und die Jungen rannten geradewegs zur Abteilung mit Kriegsspielzeug und begutachteten die Auslagen.

»Die zwei werden mir wohl nie vergeben, dass ich sie zu spät für ihren Kriegseinsatz zur Welt gebracht habe«, sagte Grace.

»Leider habe ich das früher ähnlich gesehen.« Lord Baskin sah zu den Jungen. »Die Vorstellung von Krieg ist für junge Männer immer aufregend. Meine Spielzeugsoldaten stellten allesamt Figuren aus dem Krimkrieg dar, in dem mein Großvater gekämpft hatte. Womit ich mich heute ziemlich alt fühle …«

Teddy winkte seine Mutter jetzt mit bittendem Blick herbei. In der anderen Hand hielt er eine längliche Schachtel mit acht bemalten Bleisoldaten. Grace schüttelte den Kopf und hob vier Finger in die Luft, worauf das Geburtstagskind wütend mit dem Fuß aufstampfte. Doch dann ging Nicholas zu seinem Bruder und flüsterte ihm verschwörerisch etwas ins Ohr.

Lord Baskin beobachtete das Ganze höchst amüsiert. »Jetzt sehe ich, woher Sie und Vivien das haben. Dieses verschwörerische Gestikulieren.«

»Sie halten uns sicher oft für kindisch.«

»Ach, keineswegs. Das hält den Laden jung.« Er lehnte sich gegen eine der Verkaufsvitrinen. »Ich hätte gern Kinder gehabt.«

Grace fragte sich erneut, wer wohl die Frau im Taxi gewesen war.

»Anna und ich hätten einen Sohn bekommen sollen, aber wir haben ihn verloren. Ich schätze, das hat dann so einiges ausgelöst.«

»Das tut mir leid.«

»Danke. Es ist lange her. Und trotzdem …«

Er verstummte, und zwischen ihnen herrschte eine traurige Stille. Grace beobachtete ihre Jungen, die fröhlich mit einigen der ausgestellten Sachen spielten, und spürte eine Welle der Dankbarkeit, dass sie die beiden hatte. Ohne Gordon wäre sie nicht mit diesen beiden Schätzen gesegnet worden. Die Frage, die niemand beantworten konnte, lautete nun, ob Gordon sie immer noch haben wollte, unabhängig von den Kindern.

Ihr Blick schweifte zu den prächtig ausgestatteten Puppenhäusern hinüber. Als Kind hatte sie sich so etwas immer sehnlich gewünscht. Die Vorstellung war seltsam, dass sie und Lord Baskin möglicherweise einmal zur selben Zeit in dieser Abteilung gestanden hatten, obwohl sie aus so unterschiedlichen Familien stammten. Das Puppenhaus, das ihre Eltern ihr am Ende geschenkt hatten, war ein einfacher und für sie bezahlbarer quadratischer Kasten gewesen, mit vier Puppen darin: die perfekte edwardianische Familie, bei der alle ihren vorherbestimmten Platz einnahmen.

Sie wandte sich wieder Lord Baskin zu, der die Kinder beim Herumtollen beobachtete.

»Wir kommen jetzt schon seit Jahren hierher, um Teddys Geburtstagsgeschenk zu kaufen«, sagte sie schließlich. »Wenn Luftangriffe stattfanden, wurde draußen kassiert, und die Angestellten trugen Helme aus Blech und liefen immer hin und her, um die Spielsachen zu holen.«

»Das scheint mit sehr im Churchill'schen Sinn gewesen zu sein.« Lord Baskin lächelte und nickte ihr zu, als Teddy ein paar Gänge entfernt seine endgültige Wahl hochhielt.

Grace ging, um ihn zur Kasse zu begleiten. Während der Verkäufer die Schachtel mit den vier Soldaten verpackte, musterte Grace die verschiedenen ausgestellten Kriegsszenarien: Kreuzzüge, Napoleonische Kriege, Burenkriege. So viele Jahrhunderte Blutvergießen als Spiel, und so anders als das, womit sie als Mädchen gespielt hatte.

Sie sah keinen einzigen verwundeten Soldaten. Doch im wahren Leben verließ niemand unverletzt den Krieg. Grace dachte daran, wie Lord Baskin den Schlüssel fallen gelassen hatte, wie er immer ein wenig Mühe hatte, ihnen den Kaffee zu bringen, und wie er dem linken Arm und der linken Hand immer deutlich den Vorzug gab. Alec weigerte sich, über den Krieg zu sprechen, Vivien hatte ihren Verlobten an den Krieg verloren, und Gordon hatte als bloßer Zivilist vermutlich den Verstand verloren.

Zum ersten Mal überlegte Grace, was Gordon in diesem Moment wohl ohne seine Familie machte. Sie war dankbar, dass Lord Baskin sich nicht nach ihrem Ehemann erkundigt hatte – dafür war er viel zu höflich. Natürlich hatte er keine Ahnung, dass das Leben, an dem sie festhielt, so spärlich ausgestattet war wie ihr damaliges Puppenhaus – und auch ebenso unwirklich war. Grace wünschte, sie könnte mit jemandem über ihre Eheprobleme reden – wenn schon nicht mit dem Earl, dann zumindest mit Vivien. Doch darüber zu reden, würde die Dinge schmerzlich real werden lassen.

In all den Jahren, die sie nun zusammen bei Bloomsbury Books arbeiteten, hatten Grace und Vivien nur ein einziges Mal gestritten. Auf dem Höhepunkt ihrer Auseinandersetzung hatte Vivien Grace vorgeworfen, sie setze ihre ruhige Distanziertheit als Abwehr ein. »Keiner kann dermaßen unerschütterlich sein!«, hatte sie am Ende wütend geschrien und war davongestampft. Sie hatten nie wieder darüber geredet, aber Grace wusste sehr wohl, dass es, wenn man sich schützen wollte, ebenso effektiv war, zu schweigen, wie etwas zu sagen. Sie hatte zu Hause auf die harte Tour gelernt, ihre Gefühle zu unterdrücken. Genau wie die Männer in der Buchhandlung war sie in der Lage, nichts zu fühlen – und dabei sich selbst zu betrügen. In diesem Moment jedoch, da sie im Spielzeugladen stand und ihre Jungen beobachtete – ohne ihren Vater, den sie kein bisschen vermissten –, erlaubte sich Grace eine kleine und gefährliche Ahnung dessen, was sie wirklich wollte. Und es war ganz und gar nicht das, was sie hatte.

Als sie zusammen das Geschäft verließen, ging bereits die Sonne unter. Grace und Lord Baskin standen ein wenig zögerlich vor dem Eingang, als Teddy plötzlich einfiel, dass er einen Riesenhunger hatte. Mit dramatischem Stöhnen lehnte er sich gegen seine Mutter.

»Ich könnte das Geburtstagskind zu einer Tasse Tee

einladen«, schlug Lord Baskin vor. »Wie könnten durch Sackville Street gehen und wären in ein paar Minuten bei Fortnum and Mason.«

Die Jungen begannen zu strahlen, doch irgendetwas an der Situation kam Grace nicht richtig vor. Sie wunderte sich, dass Lord Baskin eine verheiratete Frau und ihre Kinder an einen Ort ausführen wollte, an dem sie von vielen seiner Bekannten gesehen werden könnten. Außerdem wurde sie zu Hause erwartet. Und plötzlich hatte sie eine Antwort auf etwas, das ihr schon seit Jahren auf all ihren Busfahrten nach Hause durch den Kopf ging.

Sie wollte nicht nach Hause. Wenn sie ehrlich zu sich selbst war, nähme sie am liebsten ihre Jungen und liefe fort.

Aus Sorge, Lord Baskin könnte ihre untreuen Gedanken erraten, schob Grace sie schnell beiseite und schüttelte höflich lächelnd den Kopf. »Das ist furchtbar lieb von Ihnen, aber leider müssen wir gleich unseren Bus nach Hause erwischen. Kommt, Jungs.«

Die Jungen stöhnten vor Enttäuschung nun noch lauter, worauf Lord Baskin sich umdrehte und einem herannahenden Taxi winkte. »Erlauben Sie mir dann wenigstens, Ihnen die Heimfahrt zu spendieren.«

Das Taxi hielt am Straßenrand. Lord Baskin öffnete die hintere Tür, und die Jungen kletterten aufgeregt ins Innere. Als Grace nach ihnen auf der Rückbank Platz nahm, sah sie, wie der Lord ein paar freundliche Worte mit dem Fahrer wechselte und ihm diskret einige Pfundnoten in die Hand schob. Ganz der Gentleman, tat er es dezent und elegant, als wäre ihm in diesem Moment nichts wichtiger als das Wohlbefinden anderer. Dabei ging es nicht nur um Geld – auch wenn Geld dabei natürlich eine Rolle spielte.

Es ging um seine uneingeschränkte Bedachtsamkeit und Fürsorge, die ihn für Grace so einzigartig machten.

Ihre Söhne hatten noch nie in einem Londoner Taxi gesessen – ihr London war das der Doppeldeckerbusse und schmutzigen U-Bahn-Stationen. Während die Jungen neben ihr herumalberten, sah Grace durch das offene Fenster zu Lord Baskin, der immer noch auf dem Gehsteig stand.

»Danke«, sagte er.

»Wofür?«, fragte sie verwundert.

»Dass ich Zeit mit Ihnen und Ihren Söhnen verbringen durfte.«

Das Taxi begann seine Fahrt durch die geschäftigen Straßen von London, und Grace dachte über die Worte des Earls nach. Es schien, als sehnte Lord Baskin sich nach dem, was sie hatte. Wenn er nur wüsste! Trotz seines Reichtums und des glamourösen Lebens kam er ihr plötzlich einsam vor. Sie hatte das vorher noch nie so empfunden. Bei seinen Besuchen in der Buchhandlung wirkte er immer, als fühle er sich mit all der Betriebsamkeit und allen Angestellten wie zu Hause. Und in ihrer Gegenwart schien er sich besonders wohlzufühlen. Schnell schob sie den Gedanken beiseite und nahm ihre Jungen in den Arm, die mit großen Augen aus dem Fenster starrten. Sie hoffte inständig, dass der Taxifahrer sie rechtzeitig nach Hause bringen würde, damit sie Gordon um Punkt 16 Uhr seinen Nachmittagstee servieren konnte, so wie er es wünschte.

KAPITEL 17

Regel Nr. 29

Das Privatleben der Angestellten
soll privat bleiben und vertraulich
behandelt werden.

In diesem Teil Londons war Alec noch nie gewesen. Er hatte mehrfach umsteigen müssen, um das hübsche viktorianische Reihenhaus im beschaulichen Dulwich Village auf der anderen Seite der Themse zu erreichen.

Die Weißdornhecke und die Hortensienbüsche rings um den gepflegten Vorgarten hatte man vor dem ersten Frost bereits ordentlich zurückgeschnitten. Mittig auf dem kleinen rechteckigen Rasenstück stand ein Podest mit einer steinernen Urne, die dem Ort etwas Exotisches verlieh, genau wie die malerisch drapierten Lianen des Jelängerjelieber an der Gartenmauer. Alec öffnete das Törchen, das offenbar vor Kurzem erst in dunklem Maulbeerblau gestrichen worden war, und hakte es hinter sich möglichst vorsichtig wieder ein. Alles an Herbert Duttons schmuckem Zuhause schien ein hohes Maß an Sorgfalt und Pflege zu erfordern.

An der ebenfalls maulbeerblau gestrichenen Eingangstür betätigte Alec den adlerförmigen Türklopfer aus Messing. Nach wenigen Sekunden hörte er leises Klirren, dann Mr Duttons Stimme, die rief, wer auch immer dort sei, möge doch einfach hereinkommen.

Alec betrat die Eingangshalle und sah als Erstes einen Schirmständer aus Porzellan, aus dem eine Reihe Spazierstöcke hervorragten. Daneben befand sich ein alter gusseiserner Radiator und darüber ein längliches Regal, auf dem ein Korb mit mehreren Paaren lederner Männerhandschuhe stand. Alec spürte, dass er auf etwas Unebenes getreten war, und sah auf dem Fußboden ein paar Briefe, die durch den Briefschlitz geschoben worden waren. Alec hob die Umschläge auf und legte den Stapel auf dem Ablagetischchen neben die Porzellanschale mit den vielen verschiedenen Schlüsseln. Dann betrachtete er die gerahmten Lithographien an den Wänden, die römische und griechische Ruinen zeigten – berühmte Stätten, die Mr Dutton, wie Alec wusste, eines Tages einmal besichtigen wollte. Bislang hatte er sich für solcherlei längere Urlaubsreisen noch keine Zeit genommen.

Alec fragte sich, wie es einem so arbeitsamen und gewissenhaften Menschen wie Herbert Dutton wohl erging, wenn er endlose Wochen lang zu Hause sitzen musste. Als er am Ende des Flurs das Wohnzimmer erreichte, sah er den Patienten neben dem wärmenden Kamin aufrecht auf einer antiken Chaiselongue sitzen. Auf dem Tisch vor ihm stand ein Tablett mit einer Kanne Tee, einem Teller mit Kuchen und belegten Broten sowie einer Schüssel mit frischen Datteln, Bananen und Orangen.

Mr Dutton schien Alecs Verwunderung angesichts der Speisen zu bemerken, denn er sagte sofort, er habe kürzlich eine Kiste Obst von einer Tante aus Spanien erhalten.

»Wie nett von ihr«, meinte Alec, der sich nicht erinnern konnte, dass Mr Dutton eine solche Tante je erwähnt hatte.

»Ich habe heute nicht mit Ihnen gerechnet.« Mr Dutton

wirkte ein wenig verlegen und klopfte übertrieben geschäftig die Kissen um sich herum auf.

»Wie Sie wissen, will ich Sie schon seit einiger Zeit einmal besuchen. Um zu sehen, ob Sie gut versorgt sind … was ganz offensichtlich der Fall ist, wie ich erfreut feststellen darf.«

»Wie ich am Telefon schon sagte, habe ich äußerst fürsorgliche Nachbarn. Sie brauchen sich also keine Sorgen zu machen.« Mr Dutton warf einen kurzen Blick auf die Kaminuhr. »Ich denke, ich werde mich gleich noch einmal hinlegen. Haben Sie vielen Dank für Ihren Besuch.«

Alec hatte seinen Chef aufmerksam beobachtet, aber der war seinem Blick eher ausgewichen. Mr Dutton wirkte müde und abgeschlagen, als wäre er schlagartig gealtert, was seine plötzliche Befangenheit Alec gegenüber erklären mochte. Doch Alec hatte das eigenartige Gefühl, dass seine Anwesenheit nicht unbedingt erwünscht war.

»Ach«, sagte er und ging zum Fenster, »lassen Sie mich doch eben die Vorhänge öffnen, um ein wenig Sonne hereinzulassen.«

»Nein, wirklich, das müssen Sie nicht …«, wehrte Mr Dutton ab, aber Alec ignorierte seinen Protest. Als er zum Fenster ging, suchte er verstohlen nach möglichen Anhaltspunkten für Duttons merkwürdiges Verhalten. Auf einem Sessel lagen Teile der *Sunday Times* und eine Importausgabe des *National Geographic Magazine*. Durch den Wanddurchbruch mit viktorianischem Rundbogen sah Alec einen stattlichen Esstisch aus Mahagoni, der für zwei gedeckt war.

Nachdem er die Vorhänge aufgezogen hatte, kehrte Alec zu Mr Dutton zurück, der viel blasser und nervöser wirkte als früher. Er trug einen gestreiften Pyjama aus Atlasseide unter einem karierten Morgenmantel und hatte eine flauschige Lammwolldecke über den Beinen. Eigenartigerweise lagen keine Bücher in der Nähe, was Alec seltsam fand in Anbetracht der Tatsache, dass Dutton so viel Zeit allein verbringen musste.

»Sie werden allseits vermisst.«

Mr Dutton lächelte eines seiner nur angedeuteten Lächeln, die kaum Fältchen in seinem runden Gesicht hervorriefen. »Die Ärzte sagen, mit gewissen Einschränkungen sei eventuell eine Rückkehr im Februar möglich. Können Sie und Vivien bis dahin die Stellung halten? Wie geht es ihr in ihrer neuen Rolle?« Er sah ein weiteres Mal auf die Kaminuhr.

Alec zuckte die Achseln. »Miss Lowry macht in der Abteilung ordentlich Wind und kümmert sich tatkräftig um diese Mittagslesung mit Daphne du Maurier. Ich fürchte, es wird schwierig werden, sie später wieder an die Kasse zu beordern.«

»Das fürchte ich auch.« Mr Dutton hüstelte. »Mr Allen ist der Meinung, ich sollte sie zur stellvertretenden Abteilungsleiterin befördern.«

Alec überlegte, wie Vivien auf so eine Beförderung reagieren würde – und wie wenig diese in Anbetracht ihrer Fähigkeiten und Ambitionen im Grunde bedeutete.

»Was halten Sie davon?«, wollte Mr Dutton wissen, da er immer auch an Alecs Meinung interessiert war.

Alec merkte, dass er hin- und hergerissen war. Als rivalisierender Kollege dachte er an die ewigen Konkurrenzkämpfe zwischen ihnen, als derzeitiger Geschäftsführer hingegen schätzte er Viviens Engagement und Initiative sehr. Dass er das Letztgenannte empfand, irritierte ihn.

Er zögerte noch, als Mr Dutton für ihn antwortete.

»Also, ich bin nicht dafür. Wahrscheinlich bin ich zu altmodisch. Und Evie Stone?« Die Entscheidung bezüglich Vivien stand offenbar nicht mehr zur Debatte. »Ich erhalte gelegentlich Nachrichten von ihr, Büronotizen, wenn man so will, in denen sie Frank und mich über ihren Fortschritt der Katalogisierung informiert. Über den Rest der Belegschaft schreibt sie aber kaum etwas.«

»Sie werkelt im zweiten Stock die meiste Zeit allein herum, was sich bei Mr Allens häufiger Abwesenheit natürlich von allein ergibt. Ah, dabei fällt mir ein …«

»Und Grace?« Auf einmal wurde die Haustür geöffnet, und Mr Dutton hustete ein wenig seltsam, als man Schüssel in der Porzellanschale klimpern hörte.

»Grace geht es gut, wie immer …« Alec brach ab, denn nun erschien Frank Allen im Türrahmen. »Oh, was für ein Zufall.« Alec ging ein paar Schritte auf den Kollegen zu, dann hielt er abrupt inne.

Frank hatte eine Papiertüte aus der Apotheke in die linke Armbeuge geklemmt und hielt in der rechten Hand den Stapel Post, den Alec aufgehoben hatte.

»Oh, ja … Hallo.« Frank wollte seinerseits auf Alec zugehen, aber dann schien Mr Dutton hinter Alecs Rücken mit ihm Augenkontakt aufzunehmen, und er blieb nach nur einem Schritt wieder stehen. »Ich habe gerade ein paar Besorgungen für unseren Invaliden getätigt.«

»Das sehe ich«, erwiderte Alec so leichthin, wie es ihm möglich war.

»Lassen Sie mich die Sachen schnell abstellen, dann leiste ich Ihnen beiden Gesellschaft.«

Frank verschwand wieder in den Flur. Irritiert sah Alec ihm einige Sekunden lang hinterher, dann drehte er sich zu Mr Dutton um, der seltsam verlegen wirkte.

»Ich kümmere mich mal ums Feuer.« Alec ging zum Kamin, stocherte in der Glut und starrte in die glimmenden Kohlestückchen, während er über das soeben Erlebte nachdachte. Es hatte so ausgesehen, als fühle Mr Allen sich ganz wie zu Hause – mit Post und Medikamenten in der Hand spazierte er an einem Sonntagmorgen durchs Haus, als habe er das schon viele Male getan. Als wohne er hier.

Alec, der ohnehin schon die Neigung besaß, andere zu bewerten – und das aufgrund mangelnder Selbsterkenntnis eher von oben herab –, fühlte sich von dieser neuen und beunruhigenden Information völlig verunsichert. Sein sonst so natürlicher lockerer Charme versiegte. Hastig verabschiedete er sich unter dem vagen Vorwand, er habe noch einen weiteren Besuch zu erledigen, worauf Mr Dutton sichtlich erleichtert wirkte. Ohne sich umzusehen, durchquerte er die zwei maulbeerblauen Türen von Haus und Garten und eilte die Straße in Richtung Dorfzentrum hinunter.

Dabei atmete er tief durch und ließ die kalte Januarluft in seine Lungen strömen. Er spürte erst Enttäuschung, dann tiefe Missbilligung. Mr Dutton, Mr Allen und er hatten nach Geschäftsschluss viele Stunden miteinander verbracht, sich Gedanken über die prekären Finanzen der Buchhandlung gemacht und über Reisen, Politik und Bücher gesprochen. Sie hatten sich angefreundet, dachte Alec, wenn auch nicht so wie Vivien und Grace, die sich mittlerweile schweigend verständigen konnten wie Geschwister. Auf einmal nahm Alec die Buchhandlung als zwei unterschiedliche und immer heftiger verfeindete Blöcke derselben Familie wahr. Er hatte allerdings keine Ahnung gehabt, dass Herbert und Frank auch als Familie lebten.

Alec fühlte sich in seinem Ego verletzt. Er wurde nicht gern angelogen, und noch weniger gefiel es ihm, diese spezielle Wahrheit zu erfahren. Er konnte nicht fassen, dass zwei Männer so viel riskierten, nur um das Bett miteinander zu teilen. Wenn es an die Öffentlichkeit käme, könnte der resultierende Skandal ihrer beider Leben ruinieren und am Ende auch Bloomsbury Books.

Dass Alec sich in seiner eigenen Arbeitszeit immer wieder von Erinnerungen an die Nacht mit Vivien ablenken ließ, ignorierte er einfach. Stattdessen kreisten seine abfälligen Gedanken um die schlagartige Erkenntnis, dass kein anderer als Frank Allen das Feuer im Kamin entfacht hatte, bevor er Besorgungen machte und Herbert Dutton seinem liebevoll angerichteten Frühstück überließ. Zu Duttons und Allens Unglück war Alecs Einstellung gegenüber Sex und Anstand ebenso unverrückbar wie seine anderen Überzeugungen. Und diese Einstellung erlaubte es nicht, dass zwei Männer als Paar zusammenlebten. Zu Alecs eigenem Glück entsprachen seine Vorstellungen von Sex ganz denen der Mehrheit der Gesellschaft.

Dass die Ansichten der Mehrheit per definitionem nicht den Überzeugungen und Bedürfnissen jedes Einzelnen entsprechen konnten, spielte für Alec keine Rolle. Was anderen aus seiner Sicht verboten war, gestand er sich selbst als Mann durchaus zu. Wie er nach einem denkwürdigen Cricketspiel in einer Gartenlaube seine Unschuld an die ältere Schwester einer Schulfreundin verloren hatte, gehörte zu den schönsten Erinnerungen seiner Jugend. Im Krieg hatte er nach der erbitterten Landschlacht um Kvam, wo jetzt Dutzende der 15. Infanteriebrigade begraben lagen, mehr als dankbar Zuflucht in den Armen einer sehr jungen Norwegerin gefunden. Und nie würde Alec vergessen, wie er Viviens schlanken, cremeweißen Körper in ihrem eigenen Bett auf intimste Weise erkundet hatte, umgeben von all den Dingen im Zimmer, die ihr Mysterium ausmachten und die er nach Tagesanbruch ebenfalls hatte erkunden können.

Dass Vivien sich ihm kurz darauf entzogen hatte, wertete er als einen von vielen unglücklichen Schicksalsschlägen – und nicht als ein selbst verursachtes schmerzvolles Ereignis, das einer eingehenden Selbstanalyse bedurfte. Da er den eigenen Anteil an seinem Leid nicht sehen wollte, war er dazu verdammt, andere und sich selbst immer weiter zu verletzen. Er hatte dafür gesorgt, dass Viviens sexuelle Erfahrung das Erlebnis wahrer Nähe zwischen ihnen zerstört hatte, und bei Herbert und Frank beging er denselben Fehler. Alec ging davon aus, dass diejenigen, die vom Leben weniger begünstigt waren als er, sich seinem einzigartig begünstigten Leben anpassen sollten. Genauso wie die Buchhandlung, in der er arbeitete, repräsentierte Alec den Teil der Welt, der an der Schwelle zur zweiten Hälfte des Jahrhunderts verbissen an allem festzuhalten versuchte, was in der ersten Hälfte Bestand gehabt hatte.

KAPITEL 18

Regel Nr. 30

Die Angestellten sollen
stets ihrer Stellung gemäß
angesprochen werden.

Grace hatte nicht erwartet, Lord Baskin schon so früh am Morgen ihres ersten »Literarischen Mittags« im Büro zu sehen. Bei seinem letzten Besuch hatten sie die jährliche Kontrolle der Kassenbücher abgeschlossen, und das gesellschaftliche Leben der Stadt war so früh im Jahr noch nicht so recht im Gang. Grace wusste, dass der Earl im Januar lieber seiner für ihr Alter immer noch recht munteren Mutter in Yorkshire Gesellschaft leistete. Über die Jahre hatte sie viele Geschichten über Jagdausflüge und Partys an vereisten Teichen gehört, die plötzlich einbrechendem, typisch englischem Winterwetter zum Opfer gefallen waren.

Als Lord Baskin an der Glasscheibe ihres Büros vorbeiging, musste ihm ihr überraschter Bick aufgefallen sein, denn er gab Alec ein Zeichen, dass er kurz warten möge, und steckte erst bei Grace den Kopf durch die Tür. »Na? Alles bereit für die berüchtigte Lady Browning?«

Grace schob einen Stapel Unterlagen auf ihrem Schreibtisch zusammen. Sie und Vivien hatten sich mächtig ins Zeug gelegt, damit die bevorstehende Veranstaltung wie am Schnürchen laufe, was bei den Männern zu einiger Erheiterung geführt hatte, denn die gingen davon aus, dass für etwaige Ehrengäste nur ein paar extra Stühle aufgestellt werden müssten.

»Kennen Sie die Autorin?«

»Ein wenig. Unserer Eltern waren befreundet. Wenn ich mich recht erinnere, sind sie und ich im selben Alter.«

Natürlich kannte er sie, dachte Grace. Was für eine dumme Frage.

»Nämlich zweiundvierzig«, wie er schmunzelnd hinzufügte, »auch wenn Sie nicht danach gefragt haben.«

Etwas in seiner Stimme – ein ungewohnt vertraulicher Unterton – überraschte sie. Ihr kleiner spontaner Ausflug zu Hamleys neulich schien eine wie auch immer geartete unsichtbare Kluft zwischen ihnen überbrückt zu haben. Außerdem überraschte es sie, dass Lord Baskin nur wenig älter war als sie selbst, obwohl er in seinem Leben doch schon so viel erlebt – und verloren – hatte.

»Wie geht es denn Miss Lowry?«, fragte er nun mit diesem leicht amüsierten Unterton, mit dem er sich immer nach Vivien erkundigte.

»Die scharrt buchstäblich schon mit den Hufen.«

»Und Sie nicht? Sie lassen sich wohl nie aus der Ruhe bringen, oder? Dutton kann wirklich froh sein, Sie zu haben.«

»Er kann auch über Mr McDonough froh sein – den ›Thronräuber‹, wie Vivien ihn mittlerweile nennt.«

Lord Baskin sah zu Alec, der missmutig vor Bergen von Papier saß, und lachte. »Ja, das auch.«

»Soll ich Ihnen Tee bringen? Ich werde gleich sowieso den zweiten Tee des Tages servieren, aber ich könnte es ein wenig vorziehen. Im Gegensatz zu Mr Dutton scheint es Alec nicht zu stören, wenn der Zeitplan nicht hundertprozentig eingehalten wird.«

»Ach, warum lassen Sie mich nicht Ihnen etwas servieren? Jonnys Kaffeekarren? Wir beide? Ich muss mich ohnehin aufwärmen.«

Sein lockerer Umgangston klang plötzlich ein wenig aufgesetzter, als Grace es gewohnt war. Sie fragte sich, ob er dem stellvertretenden Geschäftsführer schlechte Nachrichten überbringen musste. Zu Beginn der Woche hatte Alec mit ähnlich seltsamem Unterton von den neuesten Entwicklungen zu Mr Duttons Genesung berichtet. Vivien war es als Erster aufgefallen, und sie hatte sich Sorgen gemacht – zu sehr, wie Grace zu dem Zeitpunkt dachte. Jetzt fragte sie sich, ob noch weitere Änderungen hinsichtlich der Geschäftsführung anstanden.

Grace nickte und stand auf. Sie brauchte sich ihren Mantel nicht überzuziehen, da sie zur Feier des Tages ihr gutes und wärmeres Tweedkostüm trug. Es war ihr Lieblingskostüm, und normalerweise zog sie es nur zu Taufen und zum Weihnachtsgottesdienst an: ein rot karierter Zweiteiler mit eingewebten Goldfäden, der den leichten Rotton in ihrem Haar und ihre roten Wangen hervorhob. Eingedenk Viviens Bericht über Ellen Doubledays Gesellschaft im Dorchester und der heutigen beeindruckenden Gästeliste hatte Grace sogar Lippenstift aufgetragen und ihre einzige Perlenkette angelegt. Sie fand, dass sie gut aussah – was morgens einen bissigen Kommentar von Gordon zur Folge gehabt hatte und ihr nun einen unverhohlen bewundernden Blick von Lord Baskin bescherte, als sie zu ihm in den Korridor trat.

Wenige Minuten später saßen sie zusammen auf der Bank vor der Buchhandlung und ließen sich von Jonnys Kaffee die Hände wärmen. Als Grace nach oben sah, meinte sie, ganz kurz die junge Evie am oberen Fenster zu erblicken, und als sie sich zu Lord Baskin umwandte, schien er dasselbe bemerkt zu haben.

»Wir haben wohl einen Spion im Haus«, konstatierte er.

Grace sah wieder zu dem nun leeren Fenster hinauf. »Wie meinen Sie das?«

»Ach, ich meine nichts Bestimmtes. Wie ich von Alec und Frank hörte, ist Miss Stone außerordentlich fleißig und arbeitet hoch konzentriert. Vielleicht ... ein wenig zu konzentriert?«

»Ich hätte ja nicht gedacht, dass dies angesichts unserer einundfünfzig Regeln und der zehntausend zu betreuenden Bücher negativ ausgelegt werden könnte.«

Lord Baskin lachte. »Punkt für Sie. Wie üblich ...«

Sie schwiegen eine Weile, was für Grace wiederum das überraschende Zeichen einer wachsenden Vertrautheit war. Sie war so etwas nicht gewohnt und konnte auch nicht nachvollziehen, woher es kam. Auf der Suche nach einem neuen Gesprächsthema blickte sie nach rechts und links und sah Vivien wild gestikulierend mit dem Antiquitätenhändler an der Ecke zur Emerald Street verhandeln.

»Worüber echauffiert sie sich da wohl?«, fragte Lord Baskin amüsiert.

»Ellen Doubleday hat ihr erzählt, Lady Browning habe eine Schwäche für Limoges, und nun will Vivien extra ein Teeservice aus Limoges-Porzellan ausleihen.«

»Ah, ja, von ihrer neuen Bekanntschaft mit Mrs Doubleday habe ich auch schon gehört. Wie kam die denn zustande?«

Grace fragte sich mittlerweile, ob die Männer von Bloomsbury Books wohl noch mehr tratschten als sie und Grace.

»Sie war im Geschäft, als diese schreckliche Sache mit der Armbanduhr passiert ist.«

Lord Baskin wirkte nachdenklich, als er an seinem Kaffee nippte. »Ja, ein schrecklicher Vorfall, und leider nicht einmal überraschend – ich habe schon häufiger gesehen, dass reiche Touristinnen sie kritisch beäugen.«

»Die sind nur neidisch – was vollkommen absurd ist. Vivien würde nie etwas von ihnen wollen.«

»Aber Sie nicht, oder? Ich meine, Sie sind nicht neidisch.«

»Warum sollte ich auf eine gute Freundin neidisch sein?«

»Sie beide sind tatsächlich eng befreundet.« Er zögerte kurz. »Sie erzählen einander sicher alles, oder?«

Er sah sie auf eine Art und Weise an, die sie nicht deuten konnte, und plötzlich begann in ihr eine Erkenntnis zu reifen, die sie bislang erfolgreich – und vollkommen unbewusst – unterdrückt hatte. Da sie sich auch jetzt nicht damit auseinandersetzen wollte, dachte sie an Gordon und dass er zu Hause wohl noch immer im Bett lag und sauer auf sie war, weil sie die Rollgardinen schief anstatt gerade aufgerollt hatte. Die Jungen waren in der Schule, und ihr Mann hatte den ganzen Tag nichts weiter vor, als im Garten zu werkeln und dem Amt einen Beschwerdebrief zu schreiben, weil die Baustelle in ihrer Straße so laut war.

Als wollte der Earl den Faden ihrer ungesagten Gedanken aufnehmen, sagte er: »Erinnern Sie sich … nein, das werden Sie vermutlich nicht … aber als wir uns das erste Mal begegneten, haben Sie genau hier gesessen.«

»Als ich mich auf die Stelle hier beworben habe? Doch, daran erinnere ich mich durchaus.«

»Ich hatte mich damals ausgesperrt. Wieder einmal.«

»Und ich hatte meinen Kaffee verschüttet. Wie üblich.«

»Sie wirkten damals ein wenig verloren – wenn ich so etwas sagen darf.«

»Und Sie waren außerordentlich liebenswürdig und entgegenkommend. Vivien meint ja, so hätten Sie mich geködert.«

»Geködert?«

»Dass ich mich bewerbe. Für die Stelle hier. Ich weiß immer noch nicht genau, was da in mich gefahren ist.«

»Das frage ich mich bis heute auch«, erwiderte er leise.

Sein nicht zu deutender Blick wurde auf einmal so sanft und innig, dass er Grace die damaligen Gefühle des Earls offenbarte. Der Rest der Lamb's Conduit Street schien sich in diesem Moment in Nichts aufzulösen: der Kaffeekarren mit Becherreihen, die Queen-Anne-Esszimmerstühle vor dem Antiquitätenladen, die Gewächshausblumen auf dem Straßenmarkt, auf deren rubinroten Blüten sich in der kühlen Januarluft Tröpfchen gebildet hatten.

»Jetzt bringe ich Sie lieber mal schnell zurück, damit Sie weiter bei den Vorbereitungen helfen können«, sagte Lord Baskin unvermittelt und klang dabei wieder so munter wie sonst.

Er stand auf und streckte die Hand aus. Grace starrte sie verunsichert an, bis ihr aufging, dass er ihr den Becher abnehmen wollte. Dann steuerte er schnurstracks den Kaffeewagen an, als spürte er, dass sie einen Moment für sich brauchte. Grace stand langsam und bedächtig auf und versuchte, das gerade Geschehene zu verarbeiten. War es tatsächlich möglich, dass sie auf einen Mann wie Lord Baskin anziehend wirkte? Spontan fühlte sie sich geschmeichelt, aber dann machte ihr die Vorstellung Angst.

Der Gedanke war in vielerlei Hinsicht grotesk. Wenn überhaupt, dann hätte Grace vermutet, dass der Earl – wie so viele männliche Besucher des Geschäftes – Interesse an der deutlich attraktiveren Vivien hatte. Sein Geschmack bei Frauen war sicher typisch für Männer seiner Klasse. Auf dem Gruppenfoto von ihrem Betriebspicknick vor dem Krieg, das Mr Dutton in seinem Büro wie ein Familienfoto aufgestellt hatte, stach Lord Baskins Frau mit ihrer Eleganz deutlich hervor. Ihr schönes, perfekt geschminktes Gesicht mit den symmetrischen Gesichtszügen und hohen Wangenknochen, dazu die professionell frisierten Haare, zogen einen sofort in den Bann. Auf ihren eigenen Familienfotos vom Strandurlaub fand Grace sich zwar recht ansehnlich, doch sie sah wie das genaue Gegenteil der Lady Baskin aus: gebräunt, robust und windzerzaust.

Aber es ging nicht nur um angemessenes Aussehen – Grace hatte vermutlich nichts mit Jeremy Baskin gemein. Er war ein echter Adliger und ein geschiedener Mann, der nur in der Buchhandlung arbeitete, weil er Lust dazu hatte, und nicht, weil er aus finanziellen Gründen dazu gezwungen war. Er lebte in einem Zustand andauernder Erwartung: des nächsten Wochenendausflugs, des nächsten Wohltätigkeitsballs, der nächsten Gedenkveranstaltung. Seit Jahren schon dachte Grace nicht mehr an Versprechen der Zukunft oder an Enttäuschungen der Vergangenheit. Sie konzentrierte sich stattdessen voll und ganz auf den Tag, der gerade vor ihr lag: das Frühstücksgeschirr, den Busfahrplan, die Wäsche, die an der Leine vergessen und im Regen nass geworden war. Noch nicht einmal in ihren dunkelsten Momenten hatte Grace die Möglichkeit von etwas – oder jemand – anderem erwogen.

Und dass dieser Jemand Lord Jeremy Baskin sein könnte, ein Earl, wäre ihr nie in den Sinn gekommen – nicht jetzt und nicht in tausend Jahren.

Durch die Glasscheiben in den Bürowänden behielt Alec die Romanabteilung im Blick, bis Vivien aus ihrer Pause zurückkehrte. Sie hielt ein Teegeschirr aus feinstem Porzellan in Händen.

»Sie geben sich aber sehr viel Mühe«, bemerkte er, als sie die teure Tasse samt Untertasse im Schrank hinter Mr Duttons Schreibtisch deponierte.

»Es sind die kleinen Dinge, die zählen, Alec. Das sollten Sie doch wissen.«

»Ah, beinahe hätte ich es vergessen ...« Er griff in seine Hosentasche und fischte etwas Eingewickeltes heraus, das er ihr in die Hand drückte. »Ich habe es gravieren lassen.«

Vivien wirkte erschrocken.

»Tut mir leid.« Nun wurde auch Alec die unbeabsichtigte Anspielung auf ihre Uhr bewusst. »Das war unglücklich formuliert.«

»Was auch sonst«, entgegnete sie kühl. Sie wickelte das Seidenpapier ab, und zum Vorschein kam ein Namensschild aus Messing mit einer Nadel zum Befestigen auf der Rückseite. Dann betrachtete sie die Vorderseite und sah Alec fast ein wenig ergriffen, wie er meinte, an.

»Miss Vivien Lowry, Abteilungsleiter«, las sie laut.

»Ich habe es bei Colworth gegenüber machen lassen.«

Er verschwieg seinen Besuch in Dulwich ebenso wie Mr Duttons Weigerung, sie dauerhaft zu befördern. Diese Haltung hatte dazu geführt, dass Alec Anfang der Woche das Namensschild in Auftrag gegeben hatte, und auch dazu, dass er Viviens Arbeitseifer noch schwerer mitansehen konnte. Gleichzeitig begann er, eine eigene Vision für das Geschäft zu entwickeln, von der er hoffte, dass sie Mr Duttons Entscheidung hinsichtlich Vivien oder anderer Veränderungen überflüssig machen würde.

»Was für ein interessanter Zug, Alec.«

»Das ist kein Schachspiel, Viv.«

»Ach nein?« Sie schenkte ihm ein seltenes, aber kurzes Lächeln, ehe sie hinzufügte: »Aber wenn Dutton zurückkommt, muss ich es wohl wieder abnehmen.«

»Freuen Sie sich einfach jetzt darüber. Wer weiß schon, was passiert.«

Seine vagen Worte weckten sofort ihr übliches Misstrauen. »Was wissen Sie, das ich nicht weiß?«

»Nur, dass ich Mr Dutton am Sonntag besucht habe.« Alec gab sehr acht auf seine Worte. »Der arme Mann sieht schrecklich aus. Wahrscheinlich müssen wir noch eine Weile ohne ihn auskommen, und ich fand, eine formelle Anerkennung Ihrer neuen Position sei unter diesen Umständen durchaus angebracht.«

Vivien musterte ihn noch immer mit zusammengekniffenen Augen, aber er sah, dass sich ein kleines, zufriedenes Lächeln um ihre Mundwinkel abzeichnete. Er wandte schnell den Kopf, damit sie nicht merkte, dass er es wahrgenommen hatte.

»Wie sind Sie denn nun eigentlich an Mrs du Maurier herangekommen?«, fragte er stattdessen.

»Eine Kundin hat uns bekannt gemacht. Ellen Doubleday. Sie ist eine gute Freundin von Lady Browning.« Vivien schwieg einen Moment, um Alecs überraschten Blick zu genießen.

»Ziehen Sie sich also warm an, Alec.«

KAPITEL 19

Regel Nr. 40

Veranstaltungen werden mit der größtmöglichen Sorgfalt und unter Wahrung der Etikette durchgeführt; das betrifft sowohl die Angestellten als auch die Gäste und Referenten.

»Ich verstehe wirklich nicht, inwiefern das etwas mit der Sache zu tun hat.«

Daphne du Maurier saß im ersten Stock von Bloomsbury Books in einem Sessel mit halbhoher Lehne und beantwortete die Fragen des Journalisten, der mit Schreibblock und Stift vor ihr stand. Auf einem Tischchen neben der berühmten Autorin stand die kostbare Teetasse aus Limoges-Porzellan. Die gesamte Geschichtsabteilung war für die Veranstaltung hergerichtet worden, und Master Mariner Scott hatte sich kurz zuvor grummelnd in den nächstliegenden Pub verzogen.

Der Journalist ließ das leise Lachen um sich herum verebben, ehe er weitersprach. »Kritiker argumentieren, dass das Einsetzen bekannter Genreelemente – das geheimnisvolle Haus, die bedrohliche Landschaft, der attraktive, aber nicht vertrauenswürdige Mann – den Wert einer Erzählung mindert, weil auf innovative Elemente und … sagen wir mal ›psychologische Durchdringung‹ verzichtet wird.«

»Aber was heißt das in Bezug auf die Geschichte …?« Du Maurier betonte das letzte Wort mit kaum verhohlener Frustration.

Es war Donnerstag, 13:30 Uhr, und die bekanntermaßen zurückgezogene Autorin von *Rebecca* und *Die Bucht des Franzosen* saß vor einer Menge vor allem weiblicher Gäste, die auf Holzklappstühlen Platz genommen hatten. Dahinter standen eine Reihe männlicher Zeitungsreporter. Vivien war froh darüber gewesen, dass Evie jemanden aus der Londoner Theaterszene vermittelt hatte, der ihnen kostenlos zusätzliche Stühle für ihre Veranstaltung organisieren konnte. Wie genau dieser überraschende Kontakt zustande gekommen war, hatte sie nicht erfragt. Die Angestellten der Buchhandlung hatten schnell gelernt, dass Miss Stone keine privaten Informationen preisgab, sofern sie nicht dazu gezwungen wurde.

»Bei einem Roman geht es ja nicht nur um die erzählte Geschichte«, beharrte der Reporter. »Man könnte argumentieren, dass die übermäßige Betonung von Haus und Landschaft und der Einsatz phantastischer Elemente wie Träume oder Visionen, um Spannung zu erzeugen …«

Die Autorin lehnte sich kaum merklich vor und faltete die Hände in ihrem Schoß. »Ich glaube, das Wort, nach dem Sie suchen, lautet ›Schauerroman‹.«

Der Journalist der *Daily Mail*, auf dessen Einladung Alec bestanden hatte, räusperte sich leicht. »Meinen Sie nicht eher ›Liebesroman‹?«

Grace, die neben Mrs du Maurier stand, biss sich auf die Lippe.

»Ich denke, ich weiß selbst am besten, welche Art von Roman ich geschrieben habe. Denn das …«, und damit lächelte ihr Ehrengast gewinnend in die Runde der

Frauen, »... ist das Privileg eines jeden Autors ... einer jeden Frau.«

In Viviens Augen war dies der perfekte Moment, um das zunehmend schwierige Gespräch zu beenden. Sie trat einen Schritt vor und verkündete: »Wir haben gerade noch Zeit für eine Frage aus dem Publikum.«

Eine attraktive Frau erhob sich von ihrem Sitz. Sie war wie Vivien von Kopf bis Fuß in Schwarz gekleidet und auch etwa in ihrem Alter, hatte warme, braune Rehaugen, dunkelrot geschminkte Lippen und so volles Haar, dass Vivien für einen Moment ihre eigene Kurzhaarfrisur bereute.

»Was ist mit ›Die Puppe‹?«

Daphne du Maurier lehnte sich zurück und legte versonnen die rechte Hand an den Mund.

»Interessant. Und Sie sind ...?«

»Sonia Brownell Blair.«

Die übrigen Gäste drehten neugierig ihre Köpfe zu der Frau in ihrer Mitte.

»Und darf ich fragen, wie Sie an meine kleine Geschichte herangekommen sind?«

»Bei *Horizon*. Ich war Mr Connollys Assistentin.«

»Ach, Sie haben für Cyril gearbeitet? Die Zeitschrift ist doch gerade erst aufgelöst worden, oder? Mein herzliches Beileid.« Die Schriftstellerin klang allerdings kein bisschen betrübt.

»Ja ...« Die Frau zögerte.

»Sie wollten mir sagen, wie Sie an die Geschichte herangekommen sind.«

»Nun ...« Die Frau zögerte erneut. »Mr Connolly hat sie zusammen mit anderen Akten und Unterlagen von *The Criterion* mitgebracht, nachdem Mr Eliot die Literaturzeitschrift eingestellt hatte.«

Vivien formte lautlos die Buchstaben T und S in Grace' Richtung, um klarzustellen, dass es tatsächlich um den berühmten Lyriker, Dramatiker und Kritiker ging. Grace verfolgte das eigenartige Gespräch der beiden Frauen mit offenem Mund.

»Damit sind Sie wohl eine der zwei Personen, die die Geschichte gelesen haben«, bemerkte Mrs du Maurier mit ungewohnter Demut. »Auch wenn ich weit mehr davon verteilt habe. Ohne Erfolg, wie ich hinzufügen muss.«

»Es ist eine aussagekräftige Geschichte.«

»Ich sage immer: ›Frauen wollen, dass Liebe ein Roman ist, Männern reicht eine Kurzgeschichte.‹« Du Maurier freute sich, als die Frauen im Publikum erheitert auflachten. Vivien sah zu Alec, der das Ganze von der gegenüberliegenden Seite der improvisierten Bühne beobachtete. Er wirkte weniger amüsiert.

»Ich glaube, Sie waren erst einundzwanzig, als Sie sie schrieben.«

»Tatsächlich«, korrigierte die Autorin mit stolzem Lächeln, »war ich erst zwanzig.«

»Möchten Sie nach Ihrem bemerkenswerten Erfolg seither nicht erneut versuchen, sie zu veröffentlichen?«

Mrs du Maurier ließ ihren Blick über die Hausfrauen und Damen der Gesellschaft schweifen, die gern zu diesem Ereignis gekommen waren, das sie passenderweise vor ihren Ehemännern verschweigen konnten, weil es mitten an einem Einkaufstag stattfand. Vivien und Grace hatten mit ihrer Vermutung ins Schwarze getroffen – wie überhaupt mit der gesamten Veranstaltung. Jemanden von Daphne du Mauriers Rang aus ihrem aktuellen Roman *Meine Cousine Rachel* vorlesen und Fragen aus dem Publikum beantworten zu lassen, schien sich für Bloomsbury Books als grandioser Erfolg zu erweisen.

»Ich denke, ›Die Puppe‹ steht zu sehr für die Vergangenheit, und gleichzeitig ist sie ihrer Zeit zu weit voraus. Zumindest aus Sicht der Verleger.«

»Sie meinen Männer.«

Du Maurier lachte. »Ja, genau die meine ich.«

»Mein verstorbener Mann hätte Ihnen zugestimmt. Er meinte, in fünfzig oder sechzig Jahren werde ein Mann genau dieselbe Geschichte schreiben, und alle würden aufmerken und sie wahrnehmen.«

Vivien sah, wie sich Ellen Doubleday, die inkognito in der letzten Reihe saß, bei dieser Wortmeldung nach vorn beugte.

»Ihr verstorbener Ehemann?«, fragte Du Maurier.

Die Frau nickte. »Eric Blair. Er war ein großer Fan Ihrer Kurzgeschichten. Er meinte, sie seien ihrer Zeit tatsächlich um Jahrzehnte voraus.«

Vivien holte tief Luft, dann formte sie für Grace lautlos die Worte George Orwell.

»Ah, dann sind Sie wohl Julia.« Du Maurier und die Frau lächelten einander verschwörerisch zu.

»Ich dachte, ihr Name sei Sonia«, raunte Grace verwirrt.

»Ach du meine Güte, ich glaube, sie meint die Julia in *Neunzehnhundertvierundachtzig*«, flüsterte Vivien zurück und bekam große Augen. Sie hoffte, die anwesenden Journalisten würden ebenso schnell ihre Schlüsse daraus ziehen. Der erste Literarische Mittag bei Bloomsbury Books würde womöglich in die Geschichte eingehen, und zwar ohne dass zwei männliche Autoren sich gegenseitig attackierten.

»Nun, meine Liebe, dann möchte ich Ihnen jetzt mein ganz aufrichtiges Beileid aussprechen. Es muss schwer sein, so früh schon wieder Termine wahrzunehmen.«

Die jüngere Frau lächelte dankbar. Erst jetzt war zu erkennen, wie sehr ihr sonst sicher hübsches Gesicht von Trauer gezeichnet war.

»Soll ich zum Schluss noch ein wenig aus ›Die Puppe‹ erzählen?« Die Gäste murmelten freudige Zustimmung, und Vivien rührte Daphne du Mauriers Versuch, einen versöhnlichen Abschluss herbeizuführen. Als sie die berühmte Schriftstellerin eingeladen hatte, ihre Reihe der Literarischen Mittage als erster Gast einzuweihen, hatte diese zunächst abgelehnt und als Grund ihr allseits bekanntes Bedürfnis nach Privatsphäre angeführt. Schließlich hatte Ellen Doubleday sich eingemischt und erklärt, solch eine Veranstaltung werde Vivien in ihrer neuen Rolle als Abteilungsleiterin mächtig bestärken. Nun war Vivien froh drüber, wie respektvoll das Publikum seine Fragen stellte. Sie betrafen vor allem den Prozess des Schreibens, worauf die Autorin sichtlich gern antwortete. Nachdem Vivien sie einige Male getroffen hatte, war ihr aufgefallen, wie gut sie sich auf andere einstellen und sie begeistern konnte. Jede ihrer Antworten trug dazu bei, dass ihre Leserinnen sie noch mehr verehrten.

»In ›Die Puppe‹ geht es um genau das, was der Titel sagt: eine Art menschenähnliche Maschine … die die körperlichen Bedürfnisse einer Frau befriedigen kann.«

Schockiertes Aufstöhnen war zu vernehmen. Vivien musste ein Schmunzeln unterdrücken, weil Alec bestimmt gerade in Panik geriet.

Er trat einen Schritt vor, aber Vivien bedeutete ihm sofort, er möge stehen bleiben. Gemäß Mr Duttons unumstößlichen Geschäftsregeln hatte der Abteilungsleiter – respektive die Abteilungsleiterin – bei Veranstaltungen in der eigenen Abteilung grundsätzlich das letzte Wort.

»Aber natürlich«, fuhr du Maurier fröhlich fort, »ist das nicht das einzige Thema. Es geht darum, dass Frauen eingeredet wird, sie müssten sich schämen, wenn sie dasselbe wollen wie Männer … oder wenn sie Männern genau das geben, von dem jene uns sagen, dass sie es wollen. Da stellt so eine Puppe möglicherweise eine Lösung dar.«

Alec starrte Vivien mit unverhohlener Wut an und tippte auf seine Patek Philippe. Vivien starrte ungerührt zurück, bevor sie die Aufmerksamkeit wieder ihrem Ehrengast zuwandte.

»Eine Lösung?«, rief einer der Reporter von hinten.

Die Autorin seufzte. »Nun, zumindest eine Lösung für die Protagonistin der Geschichte, die in Bloomsbury lebt und Rebecca heißt. Interpretieren Sie diese Zufälligkeiten, wie Sie möchten.«

»Sie wollen doch nicht im Ernst vorschlagen, dass Frauen und Mütter im wahren Leben …«

Mrs du Maurier hob die Hand, um den Mann zum Schweigen zu bringen. »Dieser Unsinn langweilt mich allmählich. Bitte gestehen Sie mir ebenso wie meinen männlichen Kollegen zu, dass meine Geschichten keinen Bezug zum wahren Leben haben. Oder zu meinem eigenen.«

Erst waren vereinzelte Laute der Zustimmung zu hören, dann immer mehr, bis schließlich donnernder Applaus für diesen abschließenden Kommentar der Autorin losbrach.

Vivien, die Alecs wütenden Blick noch immer ignorierte, entschied, dass dies auch der beste abschließende Kommentar für die gesamte Veranstaltung sei, und trat vor die versammelte Zuhörerschaft.

»Gestatten Sie mir, Daphne du Maurier in unser aller Namen Dank auszusprechen, dass sie uns einen Teil ihrer wertvollen Zeit geschenkt und Einblick in ihre Arbeit gegeben hat. Ich weiß, ich spreche allen Anwesenden aus dem Herzen, wenn ich sage, dass es ein großes Privileg war, ihr zuhören zu dürfen. Auch im Namen von Bloomsbury Books sage ich herzlichen Dank und wünsche Ihnen, Mrs du Maurier, alles erdenklich Gute.«

Erneut brach Applaus los. Einige der Zuhörerinnen eilten vor in der Hoffnung, ein paar Worte mit der berühmten Schriftstellerin wechseln zu können. Einer der Reporter rief Vivien zu sich und fragte, ob er sie und Mrs du Maurier fotografieren dürfe. Vivien sagte, er solle auch Evie und Grace mit ins Bild nehmen, da auch sie tatkräftig bei den Vorbereitungen geholfen hatten. Das Foto der vier Frauen war am nächsten Morgen auf der ersten Gesellschaftsseite der *Times* zu finden, was zu einem Kundenanstieg von zwanzig Prozent gegenüber der Vorwoche führte und eine regelmäßige Veranstaltungsreihe nach sich zog, für die Bloomsbury Books von nun an bekannt sein würde.

KAPITEL 20

Regel Nr. 18

Der Genuss von Alkoholika
in den Räumen der Buchhandlung
ist streng verboten.

An diesem Abend verließen Grace und Vivien die Buchhandlung nicht wie üblich um 17:30 Uhr, um ihren Bus nach Hause zu erreichen. Stattdessen hielten die Angestellten von Bloomsbury Books – ohne Master Mariner Scott, der sich ja schon mittags verabschiedet hatte – eine kleine improvisierte Feier ab, um den Erfolg ihres ersten Literarischen Mittags zu feiern. Grace gab den Jungs zu Hause Bescheid, dass sie länger arbeiten müsse, und wünschte ihnen per Telefon eine gute Nacht, was sie in all den Jahren noch kein einziges Mal getan hatte. Vivien holte das Tablett mit den kristallenen Sherrygläsern und passender Karaffe, das in Mr Duttons Büro im Regal stand. Während seiner Zeit als Geschäftsführer waren die Gläser immer nur zu zwei Anlässen im Jahr benutzt worden: an Heiligabend, um die Feiertage einzuläuten, und an jedem zwölften Mai zur Feier der Krönung von King George VI. im Jahre 1937.

Evie kam aus dem zweiten Stock herunter, und auch Alec verließ sein Büro, um sich zu den Damen zu gesellen, vor allem aber, um die triumphierende Vivien im Auge zu behalten. Lord Baskin kehrte von einer spätnachmittäglichen Verabredung aus einem anderen Teil der Stadt zurück, und zur allgemeinen Überraschung gesellte sich auch Ashwin Ramaswamy zu ihnen. Mr Allen hatte angegeben, die zweite Wochenhälfte zum Buchankauf in Devon zu verbringen, und Mr Dutton weilte immer noch rekonvaleszierend zu Hause.

Um 19 Uhr standen dann alle in seltener kollegialer Verbundenheit am Kassentresen, den sie dazu nutzten, um ihre Gläser abzustellen. Auf einmal klopfte es laut an die äußere Ladentür.

Grace erschrak. »Gordon«, murmelte sie und sah Vivien halb verzweifelt, halb warnend an.

Ohne ein weiteres Wort ging sie in den kleinen Vorraum und schloss die innere Ladentür, ehe sie die äußere öffnete. Zunächst hörte niemand, was sie und Gordon sagten. Man konnte nur sehen, dass er immer wieder hinter sich in die vage Richtung ihres Zuhauses zeigte und Grace ihn erfolglos zu beruhigen suchte, indem sie beide Hände auf seinen Brustkorb legte. Trotz ihrer Beschwichtigungsversuche wurden die beiden immer lauter.

»Vielleicht sollte ich eingreifen …«, sagte Lord Baskin.

Vivien schüttelte den Kopf. »Bitte nicht. Ich glaube, das ist das Letzte, was Grace gebrauchen kann.« Sie sagte nicht, woher oder warum sie das wusste. Schon eine ganze Weile hatte sie nicht mehr an ihre Mutter gedacht, die lange Zeit ein ähnliches Verhalten an den Tag gelegt hatte. Aus dem wenigen, das Grace über Gordon erzählt hatte, waren Vivien die Parallelen aufgefallen: das andauernde Jammern, das ständige Suchen der Schuld bei anderen, das wiederholte Auf-die-Probe-Stellen der Familienbande und Gefühle. Viviens rebellisches Wesen war im Gewächshaus der teils heftigen, teils erdrückenden Stimmungsschwankungen ihrer Mutter gediehen. Dass Vivien die Schule gewechselt und nach Durham gegangen war und dann zum Arbeiten nach London, lag zum großen Teil daran, dass sie alldem hatte entkommen wollen. Sie fragte sich immer, wie Grace es schaffte, damit zu leben, aber jetzt begriff sie, dass Grace nichts dergleichen tat: Sie lebte nicht mit diesen Launen – sie litt darunter.

Mit einigem Unbehagen beobachteten die übrigen Angestellten, wie Grace nun frustriert die Arme hob und die innere Tür öffnete. Gerade als sie sie hinter sich abschließen wollte, schob Gordon sie mit solcher Wucht wieder auf, dass Grace taumelte.

»Jetzt reicht es.« Lord Baskin eilte zur Tür und fasste Gordon am Ellbogen. »Guten Abend, mein Freund. Warum gehen wir zwei nicht für einen Moment auf die Straße und unterhalten uns?«

Eine Antwort wartete er nicht ab. Da er fast zehn Zentimeter größer war als Gordon, nutzte er diesen körperlichen Vorteil, um ihn auf den Gehsteig zu drängen. Grace blieb im Geschäftsraum, den Kopf gesenkt und unfähig, Vivien oder jemand anderem in die Augen zu sehen.

Nach einer ungemütlichen Minute des Schweigens ging Vivien hin und legte ihr freundschaftlich einen Arm um die Schultern. »Vielleicht solltest du nach Hause fahren«, raunte sie ihr zu. »Evie und ich kümmern uns um den Abwasch.«

Entschlossen schüttelte Grace den Kopf. »Nein, schon gut. Ich helfe mit.«

»Grace ... Es ist besser, wenn du ihn jetzt beruhigst, meinst du nicht?«

Auf Viviens Drängen hin ging Grace ins Büro, um Mantel und Tasche zu holen, und verließ danach wort- und grußlos das Geschäft.

Die Party war offenbar vorbei. Alec leerte sein Sherryglas. »Ich muss an die Luft.« Er sah zu Ash. »Wollen Sie auch gehen?«

Die Männer verließen gemeinsam die Buchhandlung, so dass nur noch Evie und Vivien übrig blieben.

»Ich wasche ab und schließe alles gut zu«, sagte Evie zu Vivien. »Sie haben heute schon genug gearbeitet.«

In ihren Augen nahm Vivien die gleiche Irritation, das gleiche Bedauern wahr, die sie alle bezüglich Grace' ehelicher Situation empfanden.

»Um die Gläser brauchen Sie sich nicht zu kümmern, Evie, aber vielen Dank.« Vivien lächelte freundlich. »Vielleicht könnten Sie einfach nur im ersten Stock alles wieder herrichten, damit Scott morgen früh keinen Anfall bekommt.«

Daraufhin ging Evie nach oben, und Vivien blieb an der Kasse stehen, um auf Lord Baskin zu warten. Dass er verärgert aussah, als er wenige Minuten später wieder hereinkam, überraschte sie nicht.

»Ich habe die beiden in ein Taxi gesetzt«, erklärte er ungewohnt offen.

»Das war klug.«

»Vivien …«

»Lord Baskin?«

Er schüttelte den Kopf. Dann zog er ein Taschentuch mit Monogramm aus der Tasche und wischte sich gründlich die Hände ab, als hätte er etwas Widerwärtiges angefasst.

»So etwas ist noch nie zuvor passiert«, sagte Vivien, »falls Sie danach fragen wollten.«

»Oh, das hoffe ich doch sehr. Und ich hoffe, dass, wenn es passiert wäre, mir jemand davon erzählt hätte.«

Vivien hatte sich immer gewundert, warum der Earl nach wie vor regelmäßig ins Geschäft kam. Zuerst hatte sie überlegt, ob er sich vielleicht in sie verguckt hatte. Es war nicht völlig abwegig, denn solche Dinge passierten häufig genug. Inzwischen war ihr längst klar, dass sein Interesse etwas anderem gelten müsse. Und nachdem sie ihn heute Mittag mehrmals verstohlen zu Grace hatte blicken sehen, wenn er dachte, niemand bemerke es, fand sie ihren Verdacht bestätigt.

»Das wäre meiner Meinung nach das Letzte, was jemand von uns tun würde – wenn ich das einmal so offen sagen darf.«

»Weil ich ein Earl bin?«

Vivien lachte. Sie konnte Lord Baskin gut leiden. »Nein, weil Sie der Besitzer sind.«

»Manchmal arbeite ich hier auch.«

»Was einigermaßen seltsam ist. Warum halten Sie immer noch daran fest? Oder haben Sie hier an irgendetwas ein besonderes Interesse?« Vivien zog eine ihrer hübsch geschwungenen Augenbrauen hoch. »Abgesehen von den Büchern.«

Lord Baskin schmunzelte. Vivien wusste, dass sie so mit ihm sprechen konnte, ohne dass es ihr freundschaftliches Verhältnis belastete. Offensichtlich gefiel ihm ihr harmloses Geplänkel, und ihr gefiel sein spürbares Gefallen an Frauen, denen er zudem stets mit höchstem Respekt begegnete. Aus irgendeinem Grund musste sie plötzlich an Alec denken, was ein ungutes Gefühl hervorrief.

»Aus Sentimentalität vielleicht«, bot er eine Erklärung an.

»Ach, Blödsinn – wenn ich das wiederum so offen sagen darf.«

Der Earl schien sie zu taxieren. Vivien merkte, dass er abzuschätzen versuchte, ob er ihr trauen konnte. Tatsächlich sollte er sich lieber in Acht nehmen. Zum einen war sie ganz und gar auf Grace' Seite und wollte, dass sie glücklich war. Zum anderen hatte sie kein Interesse daran, den Männern von Bloomsbury Books irgendetwas durchgehen zu lassen, nicht einmal Lord Baskin samt seiner überraschenden Herzensangelegenheit. Falls er sich ihr anvertrauen sollte, könnte Vivien nur das erwidern, was sie für ihre Freundin als das Beste erachtete. Und dazu gehörte – wie sie sich selbst irgendwann einmal zähneknirschend eingestanden hatte –, dass Grace ihre Ehe aufrechterhalten musste.

Heute Abend war diese Einstellung allerdings ins Wanken geraten: Seit heute Abend gab es etwas Neues, über das sie sich ärgern konnte.

Es war ihr schon immer gegen den Strich gegangen, dass das Einhalten von Regeln und Hierarchien meist dazu diente, die Männer dieser Buchhandlung zu schützen und zu befördern. Als stellvertretende Abteilungsleiterin hatte sie ihr Bestes getan, um Mr Duttons Regeln zu ihrem eigenen Vorteil auszulegen. Unterdessen schien Evie Stone entschlossen, still und heimlich unter dem Radar zu laufen, während Grace die ewig Vermittelnde war und blieb, überzeugt davon, dass alles am besten in allseitigem Einvernehmen geschah. In diesem Punkt war Vivien deutlich anderer Meinung, und was sie jetzt bestürzte, war die Erkenntnis, dass Grace diese Haltung offenbar auch zu Hause pflegte. Genau das hatte zu der heutigen Szene geführt und mit Sicherheit auch vielen anderen. Aber wenn Grace aus ihrer Ehe ausbrechen sollte, wohin könnte sie mit zwei kleinen Kindern dann gehen?

»Deshalb war die heutige Veranstaltung so wichtig für Grace und für mich«, sagte Vivien nun. Sie fragte sich, inwieweit sie Lord Baskin dazu bringen konnte, die Dinge aus ihrer Perspektive zu sehen. »Die Chance, ausnahmsweise einmal ganz allein etwas zu organisieren.«

Vivien nahm ihr grünes Notizbuch und schob es in ihre Handtasche. Sie freute sich schon darauf, ihrem Ärger später durch Schreiben Luft zu machen.

»Sie beide haben heute Großartiges vollbracht«, sagte Lord Baskin. »Alec war ganz grün vor Neid. Ich werde das vermissen, wenn Herbert wieder da ist.«

Viven erstarrte. »Wenn Herbert wieder da ist?«

»Ich war vorhin bei ihm. Er besteht darauf, im nächsten Monat die Geschäftsführung wieder zu übernehmen – entgegen der Empfehlung des Arztes.«

»Dann wird Alec seinen alten Posten wohl wiederbekommen … und ich auch«, fügte sie missmutig hinzu.

»Wahrscheinlich.«

»Sie und ich wissen nur zu gut, dass Mr Dutton mich nie zur zweiten Abteilungsleiterin ernennen wird, egal, wie sehr ich mich diesen Monat bewährt habe – mit höheren Kundenzahlen und höheren Umsätzen. Und dem heutigen Erfolg, der mit Sicherheit noch mehr öffentliches Interesse wecken wird.«

Lord Baskin konnte nur nicken. »Sie haben Hervorragendes geleistet, das kann niemand bestreiten.«

»Worum geht es dann?«

Er räusperte sich. »Mr Dutton würde diesen Posten niemals einer Frau übertragen.«

»Und Sie unterstützen das?«

»Keineswegs. Aber es obliegt nicht meiner Entscheidung.«

Vivien sah zu dem Hefter mit ihren Geschäftsregeln, der in einer Ecke der Kassentheke lag. »Regel Nummer vierundvierzig.«

Nun musste Lord Baskin lachen.

»Schön, dass Sie das lustig finden.«

Er legte ihr eine Hand auf den Arm, eine so freundschaftliche Geste, dass Vivien ganz verblüfft war. Auf einmal erschien ihr Lord Baskin nicht mehr als der Feind.

»Sie sind der Besitzer – können Sie denn da nichts ändern?«

»Leider nein. Bei der letzten Gesellschafterversammlung habe ich den derzeitigen Geschäftsregeln zugestimmt. Ob Sie es glauben oder nicht: Herbert besteht darauf, dass wir diese Versammlungen abhalten.«

»Sie machen Witze.«

»Vivien, Sie wissen doch, wie er ist. Bis zum nächsten Geschäftsjahr, das am ersten Januar 1951 beginnt, haben die Regeln Bestand.«

»Und wer sind die Gesellschafter?« Vivien konnte nicht glauben, dass sie sich noch nie näher mit der Geschäftsstruktur befasst hatte. Sie bezweifelte auch, dass Grace darüber Bescheid wusste, da sie ausschließlich Zugang zu den Büchern und Konten besaß. Soweit Vivien wusste, waren die Ordner der Geschäftsführung in einem von Mr Duttons vielen verschließbaren Aktenschränken verwahrt.

»Nur ich selbst, Herbert und Frank. Mit einundfünfzig Prozent verfüge ich momentan über den größten Anteil, Herbert hat zweiunddreißig Prozent – eines für jedes Jahr, das er hier arbeitet – und Frank für seine Arbeitsjahre siebzehn Prozent.«

»Nur einundfünfzig Prozent? Das ist aber knapp.«

Lord Baskin lehnte sich auf der Kassentheke nach vorn und lächelte unergründlich.

»Was ist los?«, wollte Vivien wissen.

»Ich hatte nie vor, den Laden so lange zu halten. Meiner Mutter ist er mittlerweile herzlich egal.«

»Warum tun Sie es dann?«

Er lachte wieder. »Nein, Vivien, sosehr ich Sie auch mag: Ich werde Ihnen heute Abend nicht alle Geheimnisse verraten.« Er zögerte. »Nach Ende des Krieges haben Herbert und Frank mir mitgeteilt, dass sie mir den Laden abkaufen wollen. Also nur die Firma selbst samt den Vermögenswerten, nicht das Gebäude. Die Familie möchte nicht noch mehr Immobilien verlieren.«

»Mr Allen und Mr Dutton gemeinsam?«

»Genau. Ich nehme an, sie wollen die Buchhandlung als Inhaber weiterführen. Wie Sie wissen, haben wir seit Jahren kaum mehr Gewinn gemacht – zumindest nicht bis zu diesem Monat, in dem es dank Ihrer und Grace' Bemühungen anders ist. Bislang gab es immer nur gerade so viel, um die Gehälter und anderen Fixkosten zu bezahlen.«

»Und nächstes Jahr …?«

»Nächstes Jahr soll die Übergabe stattfinden. Da werden Herbert und Frank zusammen einundfünfzig Prozent der Anteile erreichen und könnten mir meine Anteile ausbezahlen.« Lord Baskin hielt inne, als hätte er bereits zu viel gesagt. Vivien legte ihre Handtasche zur Seite und verschränkte die Arme.

»Wieso erzählen Sie mir das alles?«

Lord Baskin stellte sich wieder aufrecht hin und trommelte fast übermütig mit den Fingern auf die Theke.

»Ich mag die beiden, immer schon. Sie haben viel für die Buchhandlung getan.«

»Aber …?«

»Aber das haben andere auch, und sogar unter herausfordernden Bedingungen, wie wir heute gesehen haben.« Er schwieg einen Moment. »Sagt Ihnen der Begriff ›Aktienkapital‹ etwas?«

Es schmerzte Vivien, dass sie verneinen musste. Um finanzielle Hintergründe einer Geschäftsführung hatte sie sich nie gekümmert, was sie nun bereute.

»Mein Aktienanteil beläuft sich im Moment auf einundfünfzig Prozent, wie ich schon sagte. Im Moment hat jede dieser Aktien einen Wert von fünfzig Pfund.«

»Das heißt, die beiden können Sie mit etwa zweitausendfünfhundert Pfund ausbezahlen?«

»Genau. Das Geschäft hält sich gerade so über Wasser, und dadurch, dass wir jedes Jahr anstelle von Boni oder Gehaltserhöhungen zwei der Aktien abgegeben haben, sind wir in den schwarzen Zahlen geblieben.«

»Aber wie sollen Mr Dutton und Mr Allen das Geschäft als alleinige Inhaber dann gewinnbringend weiterbetreiben?«

»Ich schätze, sie werden sich weniger Gehalt ausbezahlen und so irgendwie versuchen, den Laden zu halten.«

»Aber warum sollten sie sich dem aussetzen?«

Lord Baskin zuckte die Achseln. »Ich glaube, sie bauen darauf, dass die Lage sich mit jedem Jahr bessern wird. Aber ich stimme Ihnen zu: Damit die Buchhandlung weiter Bestand hat, müssen die Umsätze steigen, und dazu sind grundlegende Veränderungen und Verbesserungen nötig.«

Er ging zum Garderobenständer, nahm Hut und Mantel und drehte sich noch einmal zu Vivien um. »Und das schafft beileibe nicht jeder«, meinte er lächelnd.

Vivien blieb allein an der Kasse zurück. Sie war immer noch aufgewühlt durch den Erfolg der Lesung, immer noch ausgeschlossen von der Einsicht in Geschäftsunterlagen und mittlerweile auch nicht mehr gewahr, dass Evie Stone immer noch in der Buchhandlung war, ein Stockwerk über ihr und dort ganz allein.

KAPITEL 21

Regel Nr. 24

Die Angestellten dürfen aus Geschäftsinformationen keinen privaten Nutzen ziehen.

Endlich hatte Evie Stone die Buchhandlung für sich.

Dass sich dies in ihrer Arbeitszeit noch fügen würde, hatte sie schon nicht mehr zu hoffen gewagt. Die Ersten an jedem Morgen waren entweder Alec oder Ash. Bei Alec war das nicht zwingend seinem Karrierebewusstsein zuzuschreiben – er und Ash wohnten der Buchhandlung am nächsten: Ash dicht am Westend in einem Hostel für Inder und Alec eine kurze U-Bahn-Fahrt entfernt in Knightsbridge, wo er von einer kinderlosen Tante eine Wohnung geerbt hatte. Von Charlottes Apartment in Richmond aus brauchte Evie sehr viel länger, wobei ihr das frühe Aufstehen aufgrund ihrer Zeit auf dem Bauernhof der Familie und als Hausmädchen nichts ausmachte.

Alec war abends außerdem der Letzte, der die Buchhandlung verließ, vor allem jetzt, da er als stellvertretender Geschäftsführer mehr Verantwortung zu tragen hatte. Allein Mr Duttons Korrespondenz war so umfangreich, dass Alec fast den ganzen Tag damit verbrachte, die »Gefälligkeiten« zu lesen und Grace seine Antworten zu diktieren, womit für andere geschäftliche Erledigungen nur die Zeit nach Geschäftsschluss blieb.

Für ihre Suche nach *Die Mumie!* hatte Evie bislang relativ ungestört die Tausenden von Büchern in der zweiten Etage durchforsten können und ihre offiziellen Pausen genutzt, um möglichst unauffällig und dennoch systematisch in den anderen Etagen zu stöbern. Ash schien immer froh über ihre Gesellschaft zu sein, und Vivien war zu sehr damit beschäftigt, die Romanabteilung umzugestalten, als dass sie Evie viel Aufmerksamkeit schenkte. Lediglich Master Mariner Scotts Abteilung war bislang für sie tabu gewesen, denn wann immer sie ihren Kopf durch die Tür gestreckt hatte, war sie mit brummigem Grunzen und dem Hinweis auf Regel einundzwanzig wieder weggescheucht worden.

Während Evie die Stühle im Vortragsraum zusammenklappte, achtete sie aufmerksam auf das Klingeln der Ladenglocke, um mitzubekommen, wann Lord Baskin und Vivien das Geschäft verließen. Es interessierte sie auch, was die beiden zu besprechen hatten, denn sie hatte sich bereits gefragt, ob der charmante, wenn auch etwas ältere Lord Baskin ein Auge auf ihre attraktive und charismatische Kollegin geworfen hatte.

Doch ihr Gespräch war nur um langweilige Dinge wie Aktienanteile, Jahresversammlungen und Geschäftsjahre gegangen. Evie hatte nicht alle Einzelheiten belauschen können, aber gerade genug gehört, um zu wissen, dass es um Geschäftliches ging – ein Ressort, das sie nicht im Mindesten interessierte. Evie wollte einfach nicht glauben, dass Werte künstlich geschaffen oder gesteigert werden konnten: Entweder war ein Ding besonders oder wichtig oder eben nicht. Dies war einer der Gründe, weshalb Grace Evie nicht in ihre Bemühungen einbezog, die Buchhandlung besser zu vermarkten. Evie war der Meinung, dass Bücher für sich selbst sprachen. Man musste das Richtige einfach nur finden – und genau darin lag das ganze Vergnügen.

Die Vorstellung, dass *Die Mumie!* hier irgendwo im zweiten Stockwerk herumstand, ließ ihr Herz höher schlagen. Der wahre Grund, aus dem Evie sich bei Bloomsbury Books beworben hatte, lag möglicherweise zum Greifen nahe – und sie hatte keine Ahnung, wie sie verfahren sollte, wenn sie das Buch nicht fand.

Ironischerweise war ihr auch nicht klar, wie sie verfahren würde, wenn sie es fand. Sie hatte nicht genug Geld, um das Buch zu kaufen, denn es würde ja mindestens mit den zwanzig Pfund ausgezeichnet sein, die Mr Allen vor fast vier Jahren dafür geboten und bezahlt hatte. Evie traute sich nicht, jemand anderen um Geld für den Kauf zu bitten, weil sie damit womöglich auf den potenziellen Wert des Buches aufmerksam machte. Ihrem Verständnis nach würde dies gegen Regel Nummer vierundzwanzig verstoßen: Die Angestellten dürfen aus Geschäftsinformationen keinen privaten Nutzen ziehen. Natürlich könnte sie versuchen, das Buch an anderer Stelle zu verstecken, um einen Verkauf zu verhindern, aber das wäre für sie fast dasselbe wie Stehlen und damit keine Art, mit Büchern umzugehen.

Sie beschloss, sich über die nächsten Schritte erst dann Gedanken zu machen, wenn sie das Buch tatsächlich finden sollte. Nachdem sie die Ladenglocke das erste Mal gehört hatte, als Lord Baskin ging, und dann ein zweites Mal bei Vivien, machte sie sich unter der Rubrik »Ägyptologie« sofort auf die Suche. Obgleich viele Engländer durch Howard Carters Ausgrabungen noch immer von diesem Thema fasziniert waren, bezweifelte sie, dass Master Mariner Scott auch nur eines der Bücher gelesen hatte, die unter seiner Obhut verwahrt wurden. Nach dem, was sie bislang gesehen hatte, studierte er viel lieber die alten Seekarten der Gebiete, die er früher befahren hatte. Womöglich hatte er nur einen kurzen Blick auf den Titel geworfen und *Die Mumie!* gedankenlos der Ägyptologie zugeordnet – neben ein Buch über Napoleons Ägyptenfeldzug, vielleicht, oder Champollions Entschlüsselung ägyptischer Hieroglyphen.

Evie ging die einzelnen Regale durch und ließ ihre Finger systematisch über die Buchrücken gleiten, einen nach dem anderen. Ihrem eigenen handgeschriebenen Katalog nach musste es sich um drei in Leder gebundene Bände mit marmorierten Deckelbezügen und Goldprägung handeln. Sie sollten nicht schwer zu finden sein – die meisten Bücher in der Geschichtsabteilung stammten aus der Zeit zwischen den Kriegen und hatten deshalb in der Regel papierne Schutzumschläge.

Nachdem sie die Regale hinter Scotts Schreibtisch durchgegangen war, arbeitete sie sich Buch für Buch zur Westseite vor, von der aus man auf die Straße blicken konnte. Lamb's Conduit lag still und verlassen da, und das gelbe Licht der Gaslaternen verlieh den vereinzelt dahintreibenden Schneeflocken ein geheimnisvolles Leuchten. Nach einem eher milden Jahresbeginn waren die Temperaturen in den letzten Tagen bis auf null Grad gesunken.

Die Heizung war schon für die Nacht heruntergedreht. Evie fröstelte, und sie zog ihre blaue Strickjacke fester um den Körper. Sie kannte sich allerdings gut genug, um zu wissen, dass dieser feine Schauer nicht allein auf Kälte zurückzuführen war. Er stand in Verbindung zu dem kribbelnden Gefühl in ihren Fingerspitzen, etwas Besonderem und Bedeutendem auf der Spur zu sein – ein Gefühl, das sie trotz der zahllosen Bücher, die sie in ihrem noch jungen Leben in den Händen gehalten hatte, erst wenige Male verspüren durfte.

Und siehe da: Als sie sich dem nächsten Regal zuwandte, glänzte ihr die goldene Schrift der drei Bände entgegen, flankiert von einem Buch über die Pyramiden von Giseh und einem alten Atlas über den Nil. Evies Hand verharrte in der Luft, und ihr Herz begann auf einmal so laut zu schlagen, dass sie die Geräusche unten im Erdgeschoss nicht wahrnahm. Behutsam zog sie den ersten Band heraus, betrachtete ihn von vorn und von hinten und ließ den goldenen Titel im Mondlicht aufblitzen. Dann schlug sie die erste Seite auf. Es war tatsächlich die erste Auflage aus der Bibliothek des Chawton Great House, doch bevor Evie weiterlesen konnte, hörte sie aus dem Erdgeschoss ein lautes metallenes Klopfen, dessen Vibrationen sie bis unter die Fußsohlen spüren konnte.

Es war inzwischen weit nach 20 Uhr, und an diesem Ende des Lamb's Conduit war um diese Uhrzeit kaum mehr jemand unterwegs, denn die Pubs lagen weiter oben an der Straße. Und doch war jemand hier.

Evie schob das Buch wieder ins Regal zurück und schlich auf Zehenspitzen die Treppe hinunter. Auf dem schmalen Treppenabsatz im Erdgeschoss, von dem aus man die Eingangstür sehen konnte, blieb sie stehen und ließ ihren Blick prüfend durch den Verkaufsraum schweifen, ob sie Anzeichen eines Einbruchs entdecken könnte. Beide Ladentüren waren fest geschlossen, das Schaufenster unversehrt und die Kasse auf der Theke ebenfalls geschlossen.

Das Geräusch kam eindeutig aus einem der Büroräume. Ohne einen Laut schob Evie sich an der Wand entlang und hielt den Kopf dabei unterhalb des fahlen Lichtstrahls, den der Mond durch die Frontscheiben in den Korridor warf. Seit dem Tag ihres Vorstellungsgespräches, als sie sich um den am Boden liegenden Mr Dutton gekümmert hatte, war sie nicht wieder hier gewesen. Kurz darauf war ihre Einstellung erfolgt, als wäre alles irgendwie vorherbestimmt gewesen. Alles war Teil ihres Schicksals, von dem Moment an, als sie Thackerays Brief in den Archiven des Trinity College gefunden hatte, über ihren Nachhauseweg im Schnee nach dem desaströsen Gespräch mit Christenson bis hin zu der unglaublichen Entdeckung, die sie heute im ersten Stock gemacht hatte.

Evie spähte durch die Glasabtrennung, die das Büro des Geschäftsführers mit dem Vorzimmer verband, konnte aber immer noch nichts erkennen. Sie hatte gehofft, nicht noch näher hingehen zu müssen, denn sie hatte überhaupt keine Lust, jemandem von der Belegschaft, der oder die in die Buchhandlung zurückgekehrt war, erklären zu müssen, was sie hier herumschleichenderweise im Dunkeln zu suchen hatte.

Lautlos tastete sie sich bis zur Bürotür vor, warf einen kurzen Blick auf dasselbe Stück Teppich, auf dem Mr Dutton gelegen hatte, machte kehrt und hastete aus dem Laden. Sie rannte die Straße hinunter und blieb erst dann zum Luftschnappen stehen, als sie außer Sichtweite war und selbst mit größter Anstrengung keinen Schritt mehr hätte laufen können.

KAPITEL 22

Regel Nr. 10

Die Angestellten haben sich stets ihrer Stellung gemäß zu verhalten – sowohl innerhalb wie außerhalb der Buchhandlung.

Es war zwei Uhr morgens, und weder Vivien noch Alec konnten schlafen. Die stellvertretende Leiterin der Romanabteilung tapste, nur mit Alecs Trenchcoat bekleidet, im Licht der kleinen Kassenlampe durch den Verkaufsraum. Alec selbst trug nur seine Hose mit Hosenträgern und kochte in der kleinen Küchenecke Tee.

»Ein Keks oder zwei?«, rief er schelmisch durch den Korridor und spähte in den Verkaufsraum. Als er sah, dass Vivien über die Standardphrase ihrer täglichen Teezeremonien belustigt schmunzelte, war er beruhigt. Nachdem sie gerade spontan und leidenschaftlich in eine Waffenruhe gefunden hatten, wollte er diesmal alles richtig machen.

Von wilder Eifersucht getrieben, war er in die Buchhandlung zurückgekehrt, nachdem Lord Baskin sie verlassen hatte. Er hatte sich kaum vorstellen mögen, was Vivien und der Earl so spät am Abend noch getrieben hatten.

Jetzt ging er, das Teetablett ein wenig unbeholfen zwischen die nackten Unterarme geklemmt, zu Vivien in den Verkaufsraum und stellte die Sachen entgegen den Geschäftsregeln auf der Kassentheke ab.

Vivien schwang die kleine Klappe zum Kassenbereich

auf und verkündete munter: »Wir brechen heute ja jede Menge Geschäftsregeln.« Sie setzte sich auf den Hocker, der zu Geschäftszeiten kaum genutzt wurde, da Mr Dutton seine Angestellten lieber stehen sah.

»Nummer neunzehn«, sagte Alec, bevor sie einstimmig zitierten: »Speisen und Getränke dürfen niemals in der Nähe der Bücher zu sich genommen werden.«

Alec sah fast ein wenig schamhaft auf seine nackte Brust unter den Hosenträgern. »Wahrscheinlich wäre das im Moment Mr Duttons letzte Sorge.«

Instinktiv zog Vivien den Trenchcoat fester um ihren Körper, und Alec stellte fast ein wenig triumphierend fest, dass sie ausnahmsweise einmal rot wurde.

»Lady Browning war ein Erlebnis«, sagte er und schenkte ihr zuerst Tee ein. »Die Frauen haben ihr ja geradezu aus der Hand gefressen.«

»Lüge nicht. Du hast am Ende ganz schön Panik geschoben.«

»Wo ist eigentlich dein Namensschild?«

Vivien zog die Nase kraus und sah sich um. »Das muss in der … äh … Aufregung … irgendwie abhandengekommen sein.«

Alec lachte und ging in sein Büro zurück. Nach kurzem Suchen bemerkte er auf dem Teppich neben ein paar heruntergefallenen Papieren ein messinghelles Blitzen.

Er hob das Schild auf und warf es auf dem Weg zur Kasse einige Male in die Luft. »Hier, bitte. Ich stecke es dir lieber wieder an, bevor wir es noch vergessen …«

Er befestigte es am Revers des Mantels und strich dann sanft mit einem Finger über die Wölbung ihrer Brüste. Vivien schloss genüsslich die Augen und seufzte, worauf ihm ein sehnsuchtsvolles Stöhnen entfuhr.

Um sich abzulenken, musterte Alec die vielen Lücken in den Regalen der Romanabteilung. »Nach der Lesung heute wirst du bestimmt viel nachbestellen müssen.«

»O ja, die Kasse stand kaum noch still – wir sind fast die Hälfte unserer Schauerromane losgeworden, das meiste aus der Sektion Moderner Feminismus sowie alle Liebesromane.«

»Wohingegen die *Daily Mail* bestimmt eine Menge Abonnentinnen verloren hat ...«

Vivien lachte, laut und glockenhell, so dass Alec meinte, vor lauter Glück müsse ihm das Herz zerspringen. Um die Fassung zu wahren, stellte er seine Teetasse ab und ging zum neu eingerichteten Regal für Klassiker von Frauen.

»Wusstest du, dass Evie sich in Cambridge auf Schriftstellerinnen des 18. Jahrhunderts spezialisiert hatte?«, fragte Vivien und trank einen Schluck aus der Limoges-Tasse, die Alec für sie aus dem Schrank geholt hatte.

»Nein«, erwiderte er ein wenig abwesend. »Aber das überrascht mich nicht.«

»Sie hat mir dabei geholfen, die Regale mit ein paar der günstigeren Bücher aus dem zweiten Stock aufzufüllen. Wir haben Burney dazugenommen – also Fanny Burney, die ja nur ein paar Straßenecken von hier entfernt wohnte – und Madame de Staël und Ann Radcliffe, alle aus dem späten achtzehnten, frühen 19. Jahrhundert.«

»Sollen wir wirklich neue Literatur mit alter mischen?«

»Immer der Geschäftsmann ...«, murmelte Vivien.

Er konnte spüren, wie sie vom Kassenbereich aus auf seinen nackten Rücken starrte. Während er umherwanderte, blieb sie mit aufreizend übergeschlagenen Beinen auf dem hohen Hocker sitzen. Sie wirkte ungewöhnlich ruhig und zufrieden, und Alec fühlte sich so glücklich wie schon seit Jahren nicht mehr, was ihn in gleichem Maße erregte wie erschreckte.

Auf der Suche nach Ablenkung zog er eine Neuerscheinung aus dem Regal und begutachtete die Rückseite.

»Elizabeth Lake?«

»Literarischer Realismus. Ziemlich nüchtern.«

»Wie du«, erwiderte er, ohne nachzudenken, und stellte das Buch wieder zurück. Vivien schwieg, und er war erneut auf der Suche nach einem Thema. »George Orwells Witwe war ziemlich attraktiv.«

»Eine Schande, dass *Horizon* dichtgemacht hat.« Vivien ließ sich vom Hocker gleiten und spazierte in die Zeitschriftenabteilung. »Ich frage mich, ob wir die letzte Ausgabe hierhaben.«

Das hatten sie nicht, wie Alec wusste. Als die Bücher damals geliefert wurden, hatte er alle vier Exemplare selbst gekauft. »Das bezweifle ich«, sagte er nun und versuchte, so gleichgültig wie möglich zu klingen. »Wie du weißt, bemisst Grace die Exemplare der Monatsschriften immer recht knapp.«

Vivien schüttelte den Kopf. »Sie sagte damals, sie habe noch ein paar Ausgaben bestellt, sobald bekannt wurde, dass der Verlag schließt.«

Alec biss sich auf die Lippe und verfluchte sich innerlich, dass er Sonia Blair überhaupt erwähnt hatte. Jetzt konnte er bei wachsender Panik nur noch beobachten, wie Vivien mit ihren lackierten Fingernägeln über die verschiedenen Zeitschriften, Literaturmagazine und Zeitungen fuhr.

»Ah, hier ist sie ja. November 1949.« Sie zog das letzte Exemplar der letzten Ausgabe von *Horizon* heraus, um das Inhaltsverzeichnis zu überfliegen. Alec wandte sich ab.

»Alec …?«

Er blieb mit dem Rücken zu ihr stehen und konnte sich wiederum nur stumm verfluchen.

»Alec … die haben was von dir veröffentlicht?«

Resigniert zuckte er die Achseln, um anzudeuten, dass er sich geschlagen gab. Es würde nun nicht mehr lange dauern …

»›Die Verkäuferin‹«, hörte er Vivien flüstern, bevor sie wild zu blättern begann, um die Geschichte zu finden.

Endlich drehte er sich wieder zu ihr um und beobachtete schweigend ihren eben noch so einladenden und lippenstiftverschmierten Mund, der beim Lesen stumm mitsprach. Er konnte nichts tun, um sie oder diesen Moment aufzuhalten. Es war genau wie damals, als die Uhr vom Bücherstapel neben ihrem Bett rutschte und er sie nicht mehr rechtzeitig auffangen konnte.

Und dann, wie in einem schlechten Film, warf Vivien das Buch zu Boden und trat mit dem Fuß darauf. Sie löste ihr Namensschild vom Mantel und warf es in den leeren Papierkorb unter dem Kassentresen, wo es sich einige Male im Kreis drehte, bevor es liegen blieb.

Die Waffenruhe war vorüber.

KAPITEL 23

Regel Nr. 32

Freundschaftliche Beziehungen zwischen Angestellten dürfen die Arbeit nicht beeinträchtigen.

Nach ihrer Entdeckung der *Mumie!* und den heimlichen Vorgängen in Mr Duttons Büro blieb Evie noch rigoroser im zweiten Stockwerk für sich allein. Nur Ash schien ihren Stimmungswandel zu bemerken, wenn er ihr hin und wieder eine Tasse Chai hinaufbrachte. In dem Bemühen, sie aufzumuntern, schlug er eines Tages überraschend vor, sie könnten an ihrem freien Sonntag – da sie ja beide keine familiären Verpflichtungen hätten – zum Mittagessen in sein Lieblingsrestaurant im East End gehen.

Diesen Teil von London kannte Evie noch nicht, und sie war froh, dass Ash oben an der U-Bahn-Station Aldgate wartete, als sie um Punkt zwölf Uhr die Treppe heraufkam. Anstelle des üblichen Wollpullovers zum Hemd und der Krawatte trug er einen Anzug und wirkte damit richtiggehend herausgeputzt. Als Evie ihn sah, freute sie sich und spürte eine ungewohnte Leichtigkeit. Ash gab ihr nicht die Hand, sondern nickte nur, schob die Nickelbrille nach oben und fuhr sich durch das dichte schwarze Haar. Dann lächelte er, und Evie spürte zum zweiten Mal in ihrem Leben, wie ihr Herz einen kleinen Satz machte.

Nachdem sie mit vierzehn die Schule hatte verlassen müssen, um für sich und die Familie zu sorgen, hatte sie sich emotional in ein Schneckenhaus zurückgezogen und war auch keine freundschaftliche Beziehung mehr eingegangen. Sie hatte auf harte Weise gelernt, dass Ehrgeiz aus dem eigenen Inneren erwachsen musste, damit niemand ihn von einem wegnehmen konnte. Ihre vielen Jahre des Studiums alter Bücher hatten Evie Trost und ein Ziel gegeben. Indem sie für sich blieb, hatte sie ausreichend Ressourcen für einen erfolgreichen Abschluss ihres Studiums.

Aber war eine Anstellung als Verkäuferin, als die sie bestenfalls Bücher abstauben und katalogisieren durfte, dieses Opfer wert gewesen? Nachdem ihre weitere Zukunft auf das Studium in Cambridge hatte aufbauen sollen, bekam sie nun zum ersten Mal den bitteren Beigeschmack des Schicksals zu spüren. Sie fragte sich, ob sie die Distanz zu anderen auch aus einem anderen, weniger bewussten Grund aufgebaut hatte: weil man immer einen Teil seiner Vergangenheit hinter sich lassen musste, um Raum für Neues zu schaffen.

Von der Whitechapel High Street aus gingen die beiden Richtung Süden und bogen rechts in eine kleine ruhige Straße mit einer Reihe georgianischer Häuser ein. Das Restaurant, in dem *halal* gekocht wurde, lag an der Kreuzung der Alie Street mit der Saint Marks Street am Ende einer Reihenhauszeile aus dem 18. Jahrhundert. Ash erklärte, das Lokal sei eines von nur sechs indischen Restaurants in London.

»Früher war es mal die Kantine einer Unterkunft für seefahrende Kaufleute, die dann oben Zimmer mieten konnten. Es gab immer eine Auswahl an Currys, und dann kamen immer mehr Freunde und Bekannte der Kaufleute dazu, so dass es sich schließlich zum ersten indischen Restaurant in dieser Gegend entwickelte.«

Evie war noch nicht oft in einem Restaurant gewesen. In dem kleinen Ort, in dem sie aufgewachsen war, gab es nur ein Gasthaus, und ihr Stipendium für Cambridge hatte ihr wenig finanziellen Spielraum für Lokalbesuche gelassen. Die wenigen Male, die sie tatsächlich auswärts gegessen hatte, war sie von Mimi Harrison eingeladen worden, und das sogar in einige der feinsten Restaurants von London. Mimis persönlicher Favorit war das Thames Foyer im Savoy Hotel, in dem sie auch regelmäßig abstieg, wenn sie London besuchte. Dort trank sie dann ihren Nachmittagstee in einer abgelegenen Ecke des Speisesaals, wo sie ihr berühmtes Gesicht hinter einer Mauer aus Topfpflanzen verbergen konnte.

Das indische Restaurant hier sah ganz und gar anders aus. Die Tische standen so dicht, dass man das Gefühl hatte, an einem großen Gemeinschaftstisch zu sitzen. Evie roch die verschiedenen Gewürze, deren Duft von den Gerichten ihrer Nachbarn aufstieg, und hörte die unterschiedlichsten Stimmen und Dialekte durch den Raum schwirren. Das Lokal bot drei Currys an, die auch auf einer Tafel an der Wand verzeichnet waren: Curry mit Fleisch, Curry mit Fleischbällchen und Curry mit Hack. Diesmal bestellte Ash und fügte spezielle Anweisungen für die Küche hinzu, über die die Bedienung lachen musste, weil sie Ash wohl schon kannte.

Ash dabei zu beobachten, wie er auf dem Weg die Richtung wies, wie er mit den Bedienungen sprach und wie er sein Wasserglas und die Serviette noch einmal zurechtrückte – nicht aus Nervosität, sondern aus Ordnungssinn –, bestärkte Evie in ihrer Auffassung, dass er der geborene Wissenschaftler war. Er war überaus präzise und faktenorientiert. Beim Essen hob sie an, über ihre Kollegen zu sprechen, vor allem Alec und Vivien – sie konnte sich noch immer keinen Reim darauf machen, was zwischen ihnen ablief. Aber Ash war nicht im Mindesten daran interessiert, das Verhalten anderer zu analysieren oder zu verurteilen – das, was ihre Mutter »Lästerei« genannt hätte. Sie fragte sich, ob Ash immer schon so gewesen war oder ob seine Zurückhaltung daher kam, dass er hier in England selbst andauernd vorverurteilt wurde.

Auf mangelnde Beobachtungsgabe war diese Wesensart sicher nicht zurückzuführen. Zuerst hatte Evie angenommen, Ash sei wie sie: so sehr auf Details fokussiert, dass er das große, weniger fassbare Ganze aus dem Blick verlor. Doch je mehr Zeit sie zusammen verbrachten, desto klarer wurde ihr, dass Ash sehr wohl alles wahrnahm. Er war stets auf seine Umgebung konzentriert und bereit, in die Defensive zu gehen. Sie konnte es ihm nicht verübeln – die Blicke der anderen, wenn sie zusammen etwas unternahmen, entgingen selbst ihr nicht.

Vielleicht war das der Grund, weshalb Ash bei der Arbeit lieber für sich blieb, seine Insekten studierte und vielleicht auch heimlich irgendwelche Aufgaben erledigte, nur eben andere als sie. Sie selbst lebte gedanklich gern in der Vergangenheit, genoss den leicht modrigen Geruch alter Bücher mit ihren eingerissenen, brüchigen Seiten und Beschreibungen von Dingen, die es nicht mehr gab. Die Entdeckung neuer Insektenarten samt möglicher lehrreicher Botschaften an uns bedeuteten ihr nichts. In ähnlicher Weise schien Ash sich über ihre Beschäftigung mit »Fabulierungen«, wie er sie nannte, zu amüsieren, als wären Bücher nichts weiter als Märchen, mit denen man sich die

Zeit vertrieb – und nicht der direkte und beständige Nachweis dessen, was die menschliche Spezies seit Jahrtausenden dachte und fühlte. Darüber diskutierten sie oft, wenn sie sich bei der Arbeit trafen, und jetzt taten sie es auch: Sie verglichen spielerisch ihre unterschiedlichen Wissensgebiete, in die sie all ihre freie Zeit und Energie steckten.

Als das Essen serviert wurde, zeigte Ash, wie man mit einer Hand aß, wobei man die andere Hand nur zum Trinken benutzte. Evies Curry war eine Mischung aus bekannten und unbekannten Aromen. Sie erkannte Ingwer, Koriander, Kardamom und Fenchel aus dem Chai, den Ash ihr immer zubereitete. Hinzu kamen nun noch Curry, Kurkuma und Kreuzkümmel, wie Ash erklärte, sowie Chilipulver, das dem Ganzen eine besondere Schärfe verlieh. Das Essen, das Evies Mutter mit Zwiebeln, Salz und Pfeffer als einzigen Gewürzen auf ihrem Hof gekocht hatte, erschien dagegen reichlich fade.

Irgendwann fiel Evie auf, dass nur wenige Frauen im Lokal saßen, und sie fragte Ash danach.

»Das ist bei Indern nicht ungewöhnlich. Aber das hier ist ungewöhnlich.« Er deutete mit dem Finger abwechselnd auf sie und sich selbst.

Sie verstand nicht, was er meinte. »Dass wir zusammen hier sind, ist ungewöhnlich?«

»Dass wir ohne eine Begleitung essen, ja.« Er schwieg einen Moment, dann fügte er hinzu: »Dass man überhaupt etwas allein zusammen macht.«

Sie sah ihn fragend an, aber er lächelte nur vielsagend. Diesmal konnte Evie die Stille nicht genießen – sie machte sie nervös.

»Vermissen Sie Ihre Heimat, wenn Sie hier essen?«, wollte sie wissen, als ihre Teller abgeräumt wurden.

Er zuckte die Achseln. »Ich hatte gehofft, ich würde mich in London mittlerweile mehr zu Hause fühlen.«

»Immerhin gibt es solche Lokale.«

»Ich brauche nicht ständig das, was ich gewohnt bin. Es geht nicht um etwas so Triviales wie Gewürze. Was ich hier allerdings genieße, ist, verstanden zu werden.«

Evie dachte an die Jane Austen Society, die von so unterschiedlichen Menschen gegründet worden war: einem Arzt, einem Auktionator, einer berühmten Filmschauspielerin, einem Dienstmädchen, einem Bauern, einer Lehrerin, einem Anwalt, einer Erbin. Irgendwie hatten sie über ihre gemeinsame Liebe zu Jane Austen zusammengefunden. Nirgends sonst hatte Evie sich so verstanden und verbunden gefühlt. In Cambridge hatte sie so etwas nicht erlebt, und sie vermisste es auch jetzt bei Bloomsbury Books. Das gab ihr zu denken. Was, wenn es bei ihrem Umzug nach London nicht nur darum gegangen war, ein bestimmtes Buch zu finden?

Evie und Ash machten sich wieder auf den Weg nach Aldgate. Plötzlich blieb Ash stehen und legte nachdenklich einen Finger an die Lippen.

»Kommen Sie auch von Whitechapel aus gut nach Hause? Ich möchte Ihnen dort unbedingt noch etwas zeigen«, sagte er geheimnisvoll und lenkte Evie Richtung Osten.

Was er ihr zeigen wollte, war einer der ältesten Bäume in ganz London, ein vierhundert Jahre alter Maulbeerbaum, der im Garten jenes Bischofs gepflanzt worden war, der Heinrich VIII. bei der Abspaltung von der römisch-katholischen Kirche unterstützt hatte. Die Schwarze Maulbeere hatte das Große Feuer von 1666 überstanden, doch nach dem Blitzangriff der Deutschen vor zehn Jahren war nur ein verkohlter Stumpf übrig geblieben. Er war seither zwar wieder gewachsen, aber seine Form war jetzt eine andere. Der kaputte knorrige Stamm lehnte sich schräg nach vorn und hatte eine Haube aus neuen grünen Trieben bekommen.

»Auf Tamilisch nennen wir sie *munja pavatty*. Indische Maulbeere. Oder ...«, jetzt lächelte er eines seiner seltenen Lächeln, »einfach nur *ach*.«

Evie beobachtete, wie er eine Hand ausstreckte und sie an den Baum legte, genau wie sie es mit Büchern machte. Offenbar drückten sie beide ihre Wertschätzung für die verlässlichen Elemente der Welt durch Berührung aus: jene Dinge, die wir freilegen und untersuchen können – die verborgenen Spuren unserer Vergangenheit, die so viele lieber ignorierten oder, schlimmer noch, herabwürdigten.

»Ich habe einmal gesehen, wie Krankenschwestern aus dem Spital da drüben sich hier an den Händen fassten und rund um den Baum tanzten«, erzählte Ash. Er trat einen Schritt zurück und reckte das Kinn in Richtung Neubau hinter ihnen. »Das war letztes Jahr an Ostern, kurz nachdem ich nach London gekommen war. Damals dachte ich: ›Die sind ja allesamt bekloppt‹, wie man so schön sagt.«

»Es gibt so ein Kinderlied.« Evie lachte. »›Wir tanzen um den Maulbeerbaum ...‹«

»Ja, das kenne ich. Mein Vater liebte alles Englische und hatte ein Bilderbuch mit Kinderliedern und Reimen für uns, als wir klein waren. Mit diesem Buch vor Augen habe ich mich in England verliebt.«

Sie ließ ihn erzählen – sie hörte ihm gern zu.

»Und ich habe damit Englisch gelernt. Mein Vater las mir immer wieder dieselben Reime vor, und ich merkte mir den Klang der Wörter. Irgendwann konnte ich den

Klang den Wörtern zuordnen und irgendwann die Wörter dem, was mein Vater vorlas, und schließlich die Wörter den Bildern. Ich hatte das Gefühl, einen geheimen Code zu entschlüsseln. Den Code für alles Britische.« Er lachte bitter und schüttelte den Kopf. »Ich habe mich getäuscht.«

Auch Evie hatte sich getäuscht. Sie wusste jetzt, dass das Erlernen der Sprache – das Buchwissen – nur ein Schlüssel zu den Menschen um sie herum war. Um zu bekommen, was sie wollte, musste sie sie außerdem verstehen. Mr Dutton war so rigide und prinzipientreu, dass man ihn einigermaßen gut lesen und einschätzen konnte, aber mit Alec war das schon etwas anderes. Evie hatte den Verdacht, dass er nicht unbedingt das Beste für die Buchhandlung wollte, sondern mehr an seinem eigenen Erfolg interessiert war. Mr Allen und Lord Baskin hingegen schienen sich nur wenig für die Vorgänge im Laden zu interessieren, da sie lieber Gesellschaften besuchten und auf Reisen gingen. Und dass Master Mariner Scott immer noch arbeitete, verstand überhaupt niemand. Seine Fehlentscheidung, die Marine zu verlassen – und damit den gesamten Zweiten Weltkrieg zu verpassen –, könnte etwas damit zu tun haben, aber im Grunde schien er sich doch am meisten für die nächstgelegenen Pubs zu interessieren.

Evie fragte sich, wie Ash über die anderen Männer von Bloomsbury Books dachte. Obwohl sie inzwischen viel und oft über ihre Buchhandlung gesprochen hatten, zeigte er wenig Interesse an den Gewohnheiten der anderen Angestellten und ihre Beziehungen untereinander, ganz zu schweigen von irgendwelchen romantischen Ambitionen, die dort herrschen mochten. Sie fragte sich, was das über sie beide aussagte und darüber, warum er heute mit ihr hatte essen gehen wollen. Vielleicht waren sie einfach zwei einsame Menschen, fern von ihrem Zuhause und der Familie, die ein Interesse an der Vergangenheit verband. Evie wusste nur, dass sie sich an der U-Bahn-Station Whitechapel eigentlich noch nicht von Ash verabschieden wollte. Auf dem Nachhauseweg spulte sie ihr Treffen immer wieder vor ihrem geistigen Auge ab und konnte es kaum erwarten, am nächsten Tag zur Arbeit zu gehen.

KAPITEL 24

Regel Nr. 39

Die Zuständigkeit für
die Organisation und Durchführung
von Veranstaltungen liegt allein
beim jeweiligen Abteilungsleiter.

Entgegen dem ärztlichen Rat nahm Herbert Dutton am ersten Februar seine Funktion als Geschäftsführer wieder auf. Sowohl Frank als auch Alec hatten angedeutet, dass die Arbeitsmoral in der Buchhandlung in gefährliche Schieflage geraten war. Manchmal schienen die Frauen aus ihren zahlreichen Erfolgen Kraft zu schöpfen und wirkten geradezu euphorisch. Manchmal waren sie aber auch übellaunig und offenbar nicht geneigt, den verantwortlichen Männern zu trauen. Vivien verkündete ihren Wunsch nach einer verdienten Beförderung zur Stellvertretenden Abteilungsleiterin, und Mr Dutton fürchtete, sie nur vor Ort davon abbringen zu können. Über Grace hörte er, sie habe diesbezüglich keine Forderungen, aber wie es schien, kommunizierten die beiden Frauen vermehrt durch stumme Signale, was die männlichen Abteilungsleiter zunehmend irritierte, weil sie das Gefühl hatten, alles Wichtige im Laden finde hinter ihren Rücken statt.

Mit dem ersten Literarischen Mittag samt nachfolgendem Zeitungsbericht und den anschließend deutlich erhöhten Kunden- und Verkaufszahlen hatten Viviens und Grace' Bemühungen einem wirtschaftlichen Aufschwung die Tür geöffnet, der Bloomsbury Books bislang gefehlt hatte. Eines Tages erwähnte Lord Baskin genau dies Frank gegenüber, der zwischen zwei Reisen ausnahmsweise einmal an seinem Schreibtisch saß. Von da an machten Frank und Herbert sich zunehmend Sorgen über ihre zukünftige Stellung in der Buchhandlung und die jährliche Steigerung ihrer Aktienanteile.

Je früher er in die Buchhandlung zurückkehrte, so entschied Herbert Dutton, desto früher würden die Dinge wieder in ihren gewohnten Bahnen laufen.

Im Gegensatz zu Vivien hatte Alec nichts dagegen, seine frühere Rolle als Leiter der Romanabteilung wieder einzunehmen. Die Position des stellvertretenden Geschäftsführers hatte keine seiner Erwartungen erfüllt. Alec war überzeugt gewesen, dass er gern im Hintergrund organisieren und andere anleiten würde, aber dann hatte er gemerkt, dass es ihm nur wenig Befriedigung gab, das Beste aus anderen herauszuholen oder sich mit ihren Beschwerden auseinanderzusetzen. Viel lieber wollte er die Kontrolle über das Geschäft haben, mitsamt allen weiteren Vorteilen, die eine Geschäftsinhaberschaft mit sich brachte: Status, Prestige, Autonomie und die Möglichkeit, sich finanziell abzusichern.

Aus jenen Gründen hatte Alec Schriftsteller werden wollen. In der Schule hatten die Lehrer ihn immer für seine Aufsätze gelobt, und auch von anderen, denen er Geschriebenes von sich gezeigt hatte, hatte er einigen Zuspruch erfahren. Vor ein paar Jahren war eine seiner Geschichten sogar in der Literaturzeitschrift *Gangrel* erschienen. Evelyn Waugh hatte sich damals für ihn eingesetzt – nach einer Lesung bei Bloomsbury Books im Herbst 1945 hatte Alec sich bemüht, den berühmten Autor als Mentor zu gewinnen. Leider hatte der Verlag dichtgemacht, bevor Alecs Geschichte erscheinen konnte.

Der Titel der Geschichte, die er in den Nachwehen seines Debakels mit Vivien geschrieben hatte, lautete »Die Verkäuferin«. In den vergangenen drei Jahren hatte er weiter daran gefeilt, ganz so, als könnte er durch die fiktive Auseinandersetzung mit Vivien etwas von dem wiedererlangen, was er im wahren Leben verloren hatte. Als die führende Literaturzeitschrift *Horizon* ihn im letzten Herbst damit überraschte, die Geschichte veröffentlichen zu wollen, hatte er zunächst gezögert. Immerhin handelte es sich um ein sehr persönliches Porträt einer Kollegin. Doch mittlerweile hatte er die Hoffnung auf eine gemeinsame Zukunft mit ihr aufgegeben – jeder weitere intime Kontakt schien ausgeschlossen. Dass Vivien zwischen all den anderen Magazinen ausgerechnet jetzt auf die letzte verbliebene Ausgabe der *Horizon* gestoßen war, war denkbar ungünstig gewesen.

Es war nur ein kurzer Text, und die Kürze sprach Bände über das noch größere Versagen, dem er sich stellen musste: seine Unfähigkeit, einen Roman zu schreiben. Jetzt, mit Anfang dreißig und nur einer einzigen veröffentlichten Kurzgeschichte, stand Alec vor der Frage, ob er sich für seine Zukunft nicht etwas anderes überlegen sollte. Auch wenn er fest vorgehabt hatte, die neu gewonnene Information über Mr Dutton und Mr Allen für sich zu behalten, überlegte er dennoch, inwiefern dieses Wissen seine Karriere befördern könnte. Herbert Dutton hatte ihm einmal anvertraut, wie die Anteile am Geschäft verteilt waren, und er wusste, dass eine Geschäftsübernahme kurz bevorstand. Alec hatte Geld gespart – warum sollte er es also nicht in die Buchhandlung investieren? Frustriert und planlos, wie er mit Blick auf seine eigene Zukunft war, nahm sein heimlicher Plan, das Geschäft zu übernehmen, Form an.

Im Moment steckte er als wiederernannter Leiter der Romanabteilung seine ganze Energie in die Auswahl des nächsten Referenten für die kommende Abendveranstaltung bei Bloomsbury Books. Wie er erfahren hatte, war Samuel Beckett gerade in London, um Werbung für sein neues Stück zu machen. Er hatte es für die Pariser Bühne geschrieben und ihm den rätselhaften Titel *Warten auf Godot* gegeben. Erste Stimmen behaupteten, Becketts neues Werk werde das Theater auf Jahrzehnte hinaus revolutionieren. Nun waren die Londoner Agenten und Theaterimpresarios natürlich begierig darauf, Beckett zu treffen und die Aufführungsrechte für England zu erwerben.

Samuel Beckett führte genau das Leben, das Alec sich immer gewünscht hatte: kontinental, viel auf Reisen und frei. Den bekannten Autor, Gelehrten und ehemaligen Forschungsassistenten von James Joyce einzuladen, konnte Alec folglich nur zugutekommen. Es war der perfekte Kontrapunkt zu der Pelzmantel-und-Perlen-lastigen Veranstaltung mit Mrs du Maurier, von dem sich die damals anwesenden Männer immer noch nicht ganz erholt hatten.

Alle waren überrascht, dass Vivien bei dem Vorschlag, zur nächsten Abendlesung Samuel Beckett einzuladen, nicht protestierte.

»Beckett gefällt mir«, war ihr einziger Kommentar zu der Bekanntmachung des wiedereingesetzten Leiters der Romanabteilung. Ihr Tonfall war dabei so freundlich, dass Alec augenblicklich misstrauisch wurde.

Alle wussten, dass Vivien nicht viel von diesen irischen Autoren hielt, die sich zwischen den beiden Weltkriegen vor allem durch Trinkfestigkeit hervorgetan hatten. Am wenigsten verstand sie das Getue um James Joyce, der sowohl Becketts wie auch Alecs literarisches Idol war. Doch laut Lady Browning, die Becketts Agentin – und Geliebte – Suzanne Déchevaux-Dumesnil kannte, hatte der irische Dichter vor Kurzem zu einem ganz neuen Ansatz für sein Schreiben gefunden. Gerüchten zufolge war sein jüngstes Werk ein gewagtes Theaterstück, das aggressiv und auf absurde Weise gegen die vorherrschenden Normen und Konventionen verstieß.

Alec, der sich aufs Neue von Vivien verschmäht fühlte, warf eindeutig einen weiteren Fehdehandschuh in den Ring, indem er einen bekannten irischen Herumtreiber und Helden der Widerstandsbewegung einlud, noch dazu am Abend, was alle Hausfrauen automatisch ausschloss. Es mutete also fast wie Truppenverstärkung an, dass Vivien als besonderen Ehrengast Mrs Doubleday einladen ließ, die bis Mitte März in London bliebe, sowie Daphne du Maurier und Sonia Blair, die Witwe von George Orwell. Du Maurier und Ellen Doubleday sagten umgehend zu, wenn auch vor allem aus Neugier, weil es hieß, auch Becketts frühere Geliebte Peggy Guggenheim werde die Veranstaltung besuchen.

Da Ellen Doubleday gegen Ende des Ersten Weltkriegs zur selben Zeit in die New Yorker Gesellschaft eingeführt worden war wie Peggy Guggenheim, sahen sich die zwei

Frauen als Rivalinnen. Ellen, die ihren Besuch bei der Lesung per Telefon zusagte, erzählte von Peggy Guggenheims Zeit in einer Manhattaner Buchhandlung. (»Sie meinte, nachdem sie ihr Erbe angetreten hatte, habe sie entweder das machen wollen oder sich die Nase operieren lassen.«) Lady Browning, die persönlich bei Bloomsbury Books vorbeikam, um der Einladung zuzusagen, informierte Vivien hinter vorgehaltener Hand, das oberste Ziel der meisten New Yorker Debütantinnen von 1920 sei gewesen, sich einen Mann zu angeln, bevor er der berüchtigten Erbin und Sammlerin über den Weg liefe (»Sie sammelte Kunst, aber auch ganz anderes, meine Liebe!«).

»Ellie nennt diese Zeit VP, also ›vor Peggy‹«, erklärte Lady Browning weiter. »Anscheinend nahm sie sich gnadenlos einen Liebhaber nach dem anderen. Sie war ein Jahr vor Ellen Debütantin, also 1919 – in dem Jahr, als sie die halbe Million erbte. Danach lag ihr die Welt zu Füßen, und eine schien ihr nicht genug. Ich muss zugeben, dass selbst ich ein wenig eifersüchtig bin.«

Vivien war überzeugt, dass Alec sich über die hohe Anzahl an Frauen im Vortragsraum ärgern würde. Doch so, wie ihre Reaktion auf Beckett Alec überrascht hatte, so überraschte er sie durch eine ebenso gleichgültige Reaktion auf die vielen weiblichen Gäste. Tatsächlich fand Alec es ausgesprochen spannend, dass so viele ehemalige Rivalinnen, Witwen, Ex-Geliebte und Freundinnen anwesend wären – da würden mit Sicherheit die Fetzen fliegen. Wenn schon nicht mit eingeschlagenen Nasen, dann doch bestimmt mit dem weiblichen Pendant dazu.

Er sollte halbwegs recht behalten, aber wie es so oft bei ihm der Fall war, handelte es sich nicht um die Hälfte, mit der er gerechnet hatte.

KAPITEL 25

Regel Nr. 23

Die Angestellten haben ihre gesamte Arbeitszeit den Angelegenheiten und dem wirtschaftlichen Erfolg der Buchhandlung zu widmen.

Evie Stone saß allein an einem Tisch im Thames Foyer des Savoy Hotel, umgeben von Angehörigen der britischen High Society sowie reichen amerikanischen Touristen, die unter der hohen und beeindruckenden Glaskuppel ihren Nachmittagstee zu sich nahmen. Allerdings beachtete sie die anderen Gäste um sich herum nicht weiter, das tat sie selten. Sonst hätte sie gemerkt, wie wenig sie dazupasste.

Sie zog an den unteren Knöpfen ihrer Strickjacke und setzte sich so aufrecht wie möglich. Ihren Platz hatte sie auf Anweisung ihrer Freundin Mimi Harrison eingenommen, die Evie jedes Mal, wenn sie in London weilte, in Lokale einlud, die die meisten Menschen sich nicht leisten konnten, geschweige denn einfache Verkäuferinnen oder Studentinnen.

Evie beobachtete die Bläschen im rosa Champagner, den der Kellner ihr ungefragt serviert hatte. Ihr fielen die Universitätsbälle ein, die sie nie besucht hatte. Noch Tage danach lagen Champagnerkorken und Konfetti und anderer Müll auf den Straßen, so dass Evie auf dem Weg zur Bibliothek zähneknirschend darübersteigen musste. Fast unter Zwang kam ihr wieder das Bild von Stuart Wesley vor Augen, das sie am liebsten für immer vergessen hätte: wie er damals im Mai nach dem Abschlussball ihres letzten Trimesters Professor Christensons Tochter nach Hause begleitet hatte.

Es war früher Morgen gewesen und der Tag, vor dem Evie und Stuart ihre Forschungsarbeiten für Professor Kinross hatten abgeben müssen. Stuart hatte Evie in fröhlicher Ausführlichkeit geschildert, wie er und Christensons Tochter den Abend mit einem Mitternachtsspaziergang in den Orchard – den Teegarten in Grantchester – beschlossen hatten, dort unter blühenden Obstbäumen auf den grünen Liegestühlen eingeschlafen und am Ufer des Cam zurückgewandert waren. Frisch und frei und liebenswert hatte Stuart in diesem Augenblick gewirkt, Evie hingegen war zwei Tage nicht im Bett gewesen. Er hatte genauso wenig geschlafen wie sie, sorgte jedoch auf ganz eigene Art für seinen Adrenalinschub. Dass er seine Arbeit dann mit Verspätung abgab, hatte Evie nicht weiter gewundert.

Im Thames Foyer machte sich eine plötzliche Unruhe breit, und Evie ahnte sofort den Grund. Von ihrem Platz aus konnte sie den Eingang überblicken, und tatsächlich war gerade Mimi hereingekommen, die für ihre Fans trotz der blondierten Haare sofort erkennbar war. Am lautesten reagierten natürlich die anwesenden Amerikaner, als der berühmte Filmstar auf High Heels den Raum durchquerte.

Mimi war nun also blond. Sie hatte Sir Laurence Olivier versprochen, sich bereitzuhalten, falls Vivien Leigh im Lauf ihrer Spielzeit für *Endstation Sehnsucht* im Aldwych wieder krank werden sollte. Außerdem wollte sie ihre Zeit in London nutzen, um nach fünf Jahren Pause ein mögliches Comeback im Film auszuloten. Da sie es immer noch vehement ablehnte, nach Hollywood zurückzukehren, hatte sie ein paar Treffen für anstehende britische Produktionen vereinbart, unter anderem für *Pandora und der Fliegende Holländer* sowie *Meine Cousine Rachel*. Daphne du Maurier hatte sich ausdrücklich Mimi Harrison für die Rolle der älteren geheimnisvollen Frau gewünscht, die den Cousin der Protagonistin heiratet. Aber zu ihrer großen Enttäuschung wollte das Studio lieber Olivia de Havilland engagieren, die im Gegensatz zu Mimi im passenden Alter, also jenseits der vierzig war.

Für Evie sah Mimi immer gleich jung aus – sie war der Filmstar aus Kriegszeiten, mit dem Evie aufgewachsen war, lang bevor sie über Jane Austen zu Freundinnen wurden.

»Evie!«, rief Mimi nun, eilte zu ihr und zog sie aus dem Stuhl, um sie zu umarmen und auf beide Wangen zu küssen. Beim Setzen betastete sie ihre Perücke.

»Larry hat mich die hier anprobieren lassen, um zu sehen, ob die Größe stimmt, falls ich die strauchelnde Blanche DuBois ersetzen muss.« Sie musterte Evie mit mütterlichem Blick von oben bis unten, dann seufzte sie besorgt. »Evie, du arbeitest wieder zu viel. Was ist los?«

Evie biss sich auf die Lippe. Sie vertraute Mimi zwar, zögerte aber immer noch, jemandem zu verraten, aus welchem Grund sie zu Bloomsbury Books gegangen war.

»Adeline hat mir geschrieben, dass du Cambridge verlassen hast. Geoffrey war so sicher, dass du dort eine Forschungsstelle bekommen würdest.«

Evie nickte. »Es hat eben nicht geklappt, und jetzt arbeite ich in London.«

»Das hat Adeline auch geschrieben. Du verkaufst Bücher.«

»Nein, tatsächlich katalogisiere ich sie. Antiquarische Bücher. Bei Bloomsbury Books.«

Mimi nippte an ihrem Champagner Rosé, den der Oberkellner auch ihr gleich nach ihrer Ankunft serviert hatte.

»Aber dafür hast du doch nicht studiert, oder?«

Evie schnitt eine Grimasse.

»Evie …«

»Ich glaube, ich habe etwas Wichtiges gefunden.«

»Mehr von Austen?« Mimi strahlte.

»Nein, etwas ganz anderes. Ein sehr wertvolles Buch … auf seine Art. Und sehr selten. Um nicht zu sagen: einzigartig.« Als der Kellner kam und zwischen ihnen eine silberne Etagere mit Sandwiches, Kuchen und Keksen abstellte, senkte Evie ihre Stimme. »Zuerst war das Buch in der Bibliothek des Great House, und dann hat Sotheby's es für wenig Geld an Bloomsbury Books verkauft.«

Mimi lehnte sich wieder zurück. »Ah, ich verstehe. Du hast danach gesucht.«

Evie nickte.

»Und damals in Chawton hattet ihr es übersehen, du und Yardley? Und dann ist es euch durch die Lappen gegangen? Du lässt nach, meine Liebe.«

»Ja, ganz schön peinlich.« Evie seufzte, und Mimi lachte, so dass ein paar Gäste neugierig zu ihnen hinübersahen.

»Über wie viel Geld reden wir?«

»Hm, das ist ja das Blöde: Ich habe keine Ahnung. Ich bin nicht einmal sicher, ob der Wert überhaupt ermessen werden kann. Möglicherweise ist es die einzige noch vorhandene Erstausgabe auf der ganzen Welt.«

»Danke, dass du mir das alles anvertraust. Manchmal mache ich mir wirklich Sorgen, dass du zu viel mit dir allein ausmachst.« Mimi schenkte ihnen heißen Tee ein. »Erinnerst du dich noch, wie wir damals das erste Mal zusammen Tee getrunken haben? Mit Frances Knight im Great House? Du bist seither weit gekommen. Du wirkst selbstbewusster und … noch zielstrebiger, falls das überhaupt möglich ist. Vielleicht aber auch ein wenig traurig?« Mit ihrem guten Gespür für dramatische Pausen hielt Mimi einen Moment inne. »Gibt es da noch mehr, das dich beschäftigt?«

Etwas vor Mimi Harrison zu verbergen, fiel Evie schwer. Ihrer betörenden Mischung aus Lebhaftigkeit, unwirklicher Schönheit und Mitgefühl konnte man nur schwer widerstehen, und so erzählte Evie die ganze Geschichte von Christenson, Wesley und Kinross, deren himmelschreiende Ungerechtigkeit sie immer wieder beschäftigte.

»Dieser Kinross …« Abschätzig schüttelte Mimi den Kopf. »Geoffrey erwähnte schon, dass er ihn für einen Trottel hält – wobei ich gehofft hatte, dass er eher harmlos ist. Christenson dagegen ist für seine Gemeinheiten berüchtigt. Ihm den Posten des Vice-Master zu geben, war ein großer Fehler. Damit hat man den Bock zum Gärtner gemacht. Auch in den Hollywood-Studios passiert so was immer wieder.« Mimi spielte eine Weile gedankenverloren mit dem kleinen silbernen Kreuz an ihrer Halskette, als erinnerte sie sich an etwas Bestimmtes. »Aber hast du das Buch denn jetzt? Nach alledem?«

Evie schüttelte den Kopf und erklärte Mimi das Problem: Wie sollte sie das Buch erwerben, ohne Verdacht zu erregen oder einige der ehernen Geschäftsregeln zu brechen?

»Nun, zu Beginn unserer Austen-Club-Tage haben wir

doch viel gelernt. Zunächst einmal: Mach es nicht im Alleingang. Gibt es denn sonst niemanden, dem du vertrauen kannst?«

Evie schwieg.

»Was ist los, meine Kleine?«

Jetzt erzählte sie Mimi auch alles andere, das sie seit ihrem ersten Tag bei Bloomsbury Books beunruhigte: die Fehden unter den Angestellten, die seltsamen Regeln, das nächtliche Stelldichein, das sie mitbekommen hatte. Mimi hörte aufmerksam zu und unterbrach kein einziges Mal, damit sie die bedrückte junge Frau nicht noch mehr durcheinanderbrachte.

Am Ende sagte sie: »Nun, nach dem, was du so erzählst, scheinen die Verantwortlichen dort eher fehlgeleitet als hinterhältig zu sein. Das zumindest kommt dir zugute. Damit kann man viel leichter umgehen.«

Evie nickte widerstrebend.

»Und diese lächerliche Regel, wonach die Angestellten keine Bloomsbury-Bücher kaufen dürfen ... Warum bittest du nicht jemanden von außerhalb, es zu kaufen und dir zu schenken?«

Evie schüttelte heftig den Kopf. »Dann würde ich trotzdem einen Vorteil daraus ziehen, dass ich aufgrund meiner Beschäftigung zu bestimmten Informationen gekommen bin.«

»Wie wir Amerikaner sagen: Regeln sind dafür gemacht, sie zu brechen. Was ist denn, wenn dir jemand das Buch vor der Nase wegkauft? Lieber schnell handeln und sich den anderen Frauen anvertrauen – meinetwegen sogar dieser Vivien –, als das zu riskieren.«

Mimi zögerte, dann legte sie ihre Hand auf Evies. »Du bist noch so jung. Versuch, nicht zu streng mit dir zu sein, hm? Ich weiß, dass du ein absolut anständiger Mensch bist, und das liebe ich ja auch an dir. Aber die Menschen sind nun mal verschieden, und das hat auch sein Gutes.« Mimi tätschelte noch einmal kurz Evies Hand, bevor sie wieder mit ihrem silbernen Kreuz spielte.

»Sieh mal, Evie, du könntest alles richtig machen und am Ende trotzdem mit dem falschen Ergebnis dasitzen. Wir können andere Menschen nicht kontrollieren – manchmal sogar nicht einmal uns selbst.«

Bei der Vorstellung, die Kontrolle zu verlieren, bekam Evie Panik. Es war einer der Gründe, weshalb sie ihre zunehmenden Gefühle für Ash nicht mit dem vereinbaren konnte, was auch immer Vivien und Alec da taten. Noch schwerer war es für sie, hinzunehmen, dass manches überhaupt nicht zu kontrollieren war. Sie war immer durchs Leben gegangen, indem sie einen abgetragenen Stiefel stur vor den anderen gesetzt und sich jeder Enttäuschung mit hoch erhobenem Haupt gestellt hatte. Entweder hatte sie sich Ziele gesetzt, die sie ganz allein erreichen konnte – etwa, die Bibliothek im Great House zu katalogisieren oder ihren Berufsweg anzupassen, wenn ihr Hindernisse in den Weg gelegt wurden. Aber je älter sie wurde, desto häufiger schienen diese neuen Ziele und Wendungen in einen endlosen Kreis der Frustration zu münden. Allmählich fürchtete sie, dass am Ende jedes neuen Weges ein weiterer Stuart Wesley, ein weiterer Christenson oder gar ein wohlmeinender, aber dennoch einengender Mr Dutton lauerte.

Mimi schenkte ihnen Tee nach.

»Weißt du, Evie, selbst als Filmstar war ich für die Studiobosse kein ebenbürtiger Gegner – für die Jack Leonards und Monte Cartwrights dieser Welt. Meine Macht beruhte einzig und allein auf meinem Aussehen.«

»Du hast immer gesagt, Aussehen vergeht irgendwann.«

»Das tut es, und die Männer, die das Sagen haben, zählen auf das erste sichtbare graue Haar. Dass mein Ruhm auf meinem Aussehen beruhte – und es gibt eine Menge talentierter Schauspielerinnen da draußen –, hat mich einigermaßen bescheiden gemacht. Ich meine, denk mal darüber nach: Die größte Macht hast du als attraktive Frau zu einer Zeit, in der du sie am wenigsten ausüben kannst. Mit dem Alter wird es dann immer weniger.« Mimi lachte mit ungewohnter Bitterkeit.

»Wenn ich nur an dieses Buch herankäme ...«, murmelte Evie.

Mimi lächelte. »Das Buch ist nur ein Teil der Lösung. Du bist Akademikerin. Du sagst, du willst dem Buch Wert verleihen, indem du ihm seinen rechtmäßigen Platz in der Geschichte wiedergibst. Und was dann? Ein Name in einer Fußnote, eine neue Forschungsstelle in einer anderen Universität, nur damit all das wieder und wieder passiert?«

»Du meinst also: Warum die Mühe?«

»Nein, ganz im Gegenteil.« Mimi schwieg einen Moment. »Ich meine: Du musst mehr wollen.«

Mimis trockene Art, Botschaften zu übermitteln, erreichten Evie immer auf besondere Weise, ob nun von der Leinwand oder von Angesicht zu Angesicht. Also gestand sie ihr jetzt ihren Traum, die verlorenen oder vergessenen Werke früherer Autorinnen neu herauszugeben.

»Oh, Evie, was für eine wundervolle Idee! Daran würde ich gern eines Tages mitarbeiten.«

»Ich weiß nicht einmal, wie ich anfangen soll.«

»Es gibt immer Leute, der helfen können. Finde sie! Stuart Wesley mag ein Dämlack sein, so, wie es sich anhört, aber andere für sich einspannen, das kann er gut.«

Nach dem Tee brachte Mimi Evie auf den neuesten Stand, was Chawton betraf. Evie dachte an die Zeit zurück, in der sie – vier Männer und vier Frauen – die Jane Austen Society gegründet hatten. Sie alle waren so unterschiedlich gewesen, hatten aber ein gemeinsames Ziel gehabt. Die Menschen sind nun mal verschieden, hatte Mimi gerade eben gesagt, und das hatte auch sein Gutes.

Bislang hatte Evie sich eingeredet, dass ihr Weg immer der beste war, weil sie so oft gezwungen gewesen war, alles allein zu machen. Hätte sie nicht an sich selbst geglaubt, hätte sie keines ihrer Ziele erreicht. Nun musste sie an etwas noch Größeres glauben: dass es manchmal sinnvoll sein konnte, jene Regeln, die für sie und über sie hinaus galten, zu brechen.

KAPITEL 26

Regel Nr. 25

Die Angestellten dürfen
sich nicht für Dinge engagieren,
die in Konkurrenz zu den Geschäften
der Buchhandlung stehen.

Am selben Sonntagnachmittag waren zwei andere Angestellte der Buchhandlung bereits dabei, eine der Geschäftsregeln zu brechen. Wie viele andere Beschäftigte in der Buchbranche nutzten sowohl Alec als auch Vivien ihren freien Tag dazu, das zu erschaffen, was sie anderen verkauften.

Alecs bevorzugter Ort zum Schreiben war eine Cafeteria an der Bayswater Road mit einem großen Schaufenster zur Straße, durch das man die Londoner Gesellschaft in den Kensington Gardens gegenüber beim Herumspazieren beobachten konnte. In dieser Umgebung fühlte Alec sich leistungsfähiger – in seiner nahe gelegenen Wohnung ließ er sich zu leicht ablenken. Außerdem fühlte er sich den Autoren, die er bewunderte, hier auch viel näher – über Hemingway, Beckett und Joyce war bekannt, dass sie stundenlang in Pariser Cafés gesessen hatten, sich von Cafés Crèmes hatten stimulieren und durch das Treiben rundum hatten inspirieren lassen.

Allerdings gab es in ganz London keinen echten Espresso, aus dem man einen Café Crème hätte zaubern können. In England trank man noch immer ein ureigenes Gebräu aus Zichorien und Kaffee-Extrakt aus den Rationspaketen der amerikanischen Truppen. Alec hatte das Glück gehabt, während seines Jahrs auf dem Kontinent vor dem Studium in Italien echten Espresso trinken zu können. Daher wusste er, was alle übrigen Engländer verpassten. Doch die niedergeschlagene, kriegsmüde Nation hielt sich gern weiter an Instantkaffee, denn er war neu und amerikanisch und deshalb schnell verfügbar und billig.

Was Inspiration durch die Welt um ihn herum betraf, war Alec weiterhin auf der Suche. Noch hatte er keinen Roman veröffentlicht, aber er war überzeugt, nur ein solcher könne ihm das Leben ermöglichen, nach dem er suchte. Er wollte wie Hemingway in Key West sein oder wie James Joyce in Paris. So, wie es in *Der Tempel* von Stephen Spender zu lesen war, dachte Alec »ständig an jene, die wahrhafte Größe besaßen«. Er hatte sich zum Ziel gesetzt, bis zum Alter von dreißig Jahren mindestens einen Roman veröffentlich zu haben, und musste sich schmerzlich eingestehen, dass er sein selbst auferlegtes Ziel nicht erfüllt hatte. Und die letzten Ereignisse in der Buchhandlung hinderten ihn nur noch mehr daran.

In dem Monat als stellvertretender Geschäftsführer hatte Alec kein einziges Wort zu Papier gebracht, weil er zu sehr mit Buchungen, Bestellungen und Beschwerden der Angestellten beschäftigt gewesen war. Daneben war keine Zeit geblieben, die Gedanken wandern zu lassen, so wie auf der Buchleiter, auf der er immer gestanden und die Kunden oder, lieber noch, Vivien beobachtet hatte. Tatsächlich schrieb er fast immer über Vivien – oder Frauen, die genauso unnachahmlich waren wie sie. Das literarische Ergebnis war eine Reihe von Heldinnen, die sich in ihrer Launenhaftigkeit und Courage ähnelten und gut in eine Erzählung von Thomas Hardy oder Henry James gepasst hätten. Von Vivien getrennt zu sein, nachdem sie einander so nahe gewesen waren, hatte seine Phantasie nicht unbedingt beflügelt.

Seine Motivation, zu schreiben, bestand vor allem in der Aussicht auf Veröffentlichung. Als verantwortlicher Einkäufer der Romanabteilung wusste er natürlich, welche Themen und Konstellationen die Lektoren respektive Leserinnen und Leser am meisten interessierten. Als Schriftsteller, der die Begrenztheit seiner eigenen Phantasie fürchtete, hielt er sich lieber an bewährte Konzepte.

Das mochte durchaus seine Berechtigung haben, aber einen Zugang zu den versteckten Arealen seines Gehirns – den anderen, unterdrückten Welten – fand er auf diese Weise nicht. Beim Literarischen Mittag hatte die überaus produktive Daphne du Maurier erklärt, woher ihre vielen Ideen kamen. Das hatte Alec entmutigt. Er hatte ein gutes Gespür für Sprache und merkte oft, dass er beim Lesen die Sätze anderer Autoren in Gedanken verbesserte. Und er konnte gut Kritik formulieren, wie Vivien gern betonte. Aber nie passierte es, dass er nachts plötzlich aufwachte oder sein Bad unterbrechen oder irgendwo schnell ein Stückchen Zigaretten- oder Bonbonpapier in irgendeiner Tasche suchen musste, weil eine Idee ihn regelrecht überfiel.

So kam es, dass in seiner Wohnung mittlerweile drei unvollendete Manuskripte in der Schublade lagen, dazu ein halb vollendetes auf dem fleckigen Formica-Tischchen vor ihm. Dieses Fragment von einhundert Seiten trug Alec stets in seiner monogrammierten Aktentasche mit sich herum. Anfangs hatte er sich auf seine grob skizzierten

Grundgedanken verlassen, um dann in der Ausführung zu merken, dass die Geschichte weder Hand noch Fuß hatte. Daraufhin formulierte er einzelne Sätze um, änderte die Sichtweisen, schob einzelne Szenen von vorn nach hinten und versuchte auf jede erdenkliche Weise, dem Text jenen hohen literarischen Anspruch zu verleihen, den er an sich selbst stellte. Die erste Rückmeldung eines befreundeten Lektors seines Vaters bei Secker & Warburg war nicht gerade ermutigend gewesen: »Die Prosa wirkt so konzentriert, dass sie blutleer geworden scheint, und bei den drei weiblichen Figuren, für die der Protagonist romantische Gefühle hegt, sollten die Unterschiede stärker herausgearbeitet werden.«

Alec starrte aus dem Fenster auf das Meer aus grauen Wollmänteln und schlammbraunen Tweedjacken, das an ihm vorbeizog. Abgesehen von den Mänteln reicherer Damen mit kräftigen Winterfarben waren die meisten Leute in trübe Farben gekleidet, die den bedeckten Himmel widerspiegelten. Alec dachte an Viviens Vorliebe für Schwarz und wie erlesen und glamourös es an ihr aussah. Dann dachte er an die Tiegel mit Rouge und die verschiedenen Schminkstifte, die verstreut auf ihrer Schlafzimmerkommode gelegen hatten. Auch wenn die Rationierung allmählich aufgehoben und immer mehr Schminkutensilien angeboten wurden, hielten sich die meisten Frauen noch immer an die einfache Wimperntusche und den dunkelroten Lippenstift, die im Krieg erhältlich gewesen waren. Nicht so Vivien. Mit scheinbar angeborener Intuition war sie der aktuellen Mode stets einen Schritt voraus und hob sich mit schwarzem geschwungenem Lidstrich, dramatisch gerundeten Augenbrauen und schwarzen eng anliegenden Pullovern deutlich von der Masse ab.

Die schiere Kraft ihrer einnehmenden Persönlichkeit dominierte Alecs Gedanken und infolgedessen auch sein Schreiben. Er war noch nicht fertig mit ihr, auch wenn sie offensichtlich fertig mit ihm war. Er schrieb, um sie zu verstehen und sich dadurch zu rechtfertigen. Unfähig, beim Schreiben einen Schritt zurückzutreten, und gefangen im Gefühl der eigenen Wichtigkeit, arbeitete Alec immer weiter an einem Produkt, das nur einen einzigen Kunden interessierte.

Vivien schrieb für niemanden – nicht einmal für sich selbst.

An diesem Sonntagnachmittag saß sie mit untergeschlagenen Beinen in ihrem Apartment ohne Warmwasser auf dem abgewetzten antiken französischen Sofa mit gedrechselten Füßen aus Mahagoni. Sie hatte es im Broadway Market weiter oben an der Straße gekauft. Es war nicht breit genug, um darauf zu liegen, passte aber genau unter das Fenster, durch das sie die rote Ziegelmauer des Nachbargebäudes sehen konnte.

Die mangelnde Aussicht störte Vivien nicht. Wenn sie schrieb, war sie in einer anderen Welt, die so weit von ihrer eigenen entfernt war oder aber so tief in ihrer Seele vergraben lag, dass alles, was darin geschah, ihr neu und faszinierend und überraschend erschien. Nicht einmal ihr starkes Selbstempfinden war diesem seltsamen Gefühl gewachsen, ihre Schreibhand werde von jemand anderem geführt. Es war zwar nicht wie das »automatische Schreiben«, das Gertrude Stein unter Anleitung von Henry James' Psychologen-Bruder in Harvard erkundet hatte, aber es fühlte sich erschreckend ähnlich an.

Im Gegensatz zu Alec lag Viviens Schreiben kein Konzept zugrunde. Sie setzte sich einfach hin und schrieb, weil es sie dazu drängte: Dabei empfand sie größtes Glück. Was sie mit Alec verband, war ihre Gleichgültigkeit gegenüber den Vorlieben einer möglichen Leserschaft – jedoch aus ganz anderem Grund. Sie musste nicht schreiben, um sich selbst zu begreifen – ihr hohes Maß an Intuition rührte daher, dass sie sich ihrer Gefühle bewusst war und unfähig, sie zu verbergen. Dadurch – und weil sie als Kind auch die Gefühle ihrer Mutter hatte lenken müssen – konnte sie oft binnen kürzester Zeit den emotionalen Hintergrund für ihr jeweiliges Verhalten erkennen.

Vivien schrieb, um ein Talent zu fördern, das nur im Privaten gediehen und von der übrigen Welt nicht unterstützt worden war. Sie hatte den einen Mann verloren, den sie geliebt hatte, und war von dem einzigen anderen, den sie an sich herangelassen hatte, verraten worden. Ihre Jahre als Verkäuferin hatten viel von ihrer Energie geraubt, aber ihr Talent konnte ihr niemand nehmen.

Allerdings hinderte ihr Ego Vivien daran, in ihrem Schreiben die Notwendigkeit für Struktur zu erkennen. Sie schrieb ohne ersichtliches Ziel. Während sie an jenem Sonntagnachmittag in ihrem Apartment saß und einfach die Gedanken fließen ließ, erwachten vor ihrem inneren Auge Figuren und Ereignisse zum Leben wie auf einer Bühne oder vor einer Filmkamera. Sie konnte kaum schnell genug schreiben, um alles zu erfassen. Und sie schrieb immer hektisch, aus Angst, ihre Gabe könnte versiegen, was jedoch nie geschah. Im Gegenteil: Sie sprang ihr auf jeder Seite entgegen, gleichermaßen furchtlos und lebendig, wie sie es selbst war. Insofern war diese Gabe auch ihr Feind. Dass sie so bedingungslos zur Verfügung stand, verführte dazu, nicht ausreichend Sorgfalt und Konzentration walten zu lassen, um sie zu beherrschen.

Mehr als alles andere brauchte Vivien einen Mentor – jemanden, der ihr Talent erkannte, sich aber nicht scheute, es zu bändigen.

Aus diesem Grund war die Begegnung mit Daphne du Maurier ein großer Glücksfall gewesen. Von dem Moment an, da sie Vivien ihre wahre Identität offenbart hatte, war Lady Browning aus unerklärlichem Grund daran gelegen, Viviens schriftstellerische Ambitionen zu fördern. Noch auf der Taxifahrt nach Ellen Doubledays Abendgesellschaft hatte die berühmte Autorin die verdatterte Buchverkäuferin nach einer Kostprobe ihrer Arbeit gefragt.

»Tatsächlich habe ich zufällig etwas bei mir …«

Vivien kramte ihr neuestes grünes Notizbuch hervor, und Lady Browning lächelte wissend. »Natürlich haben Sie das.«

Vivien beobachtete, wie die berühmte Schriftstellerin unfassbar schnell und mit wandernden Fingern ihre handgeschriebenen Zeilen las und dabei hin und wieder einen Dialog laut mitsprach. Danach klappte sie das Buch auf ihrem Schoß wieder zu und legte gedankenverloren ihre Hände darauf. Mit ihrem nachfolgenden Kommentar hatte Vivien in keiner Weise gerechnet.

»Sie gehen es ganz falsch an, meine Liebe. Diese kleinen Geschichten … sie sind nicht das, was in Ihnen steckt. Ihre Gabe – die Sie ohne jeden Zweifel besitzen – sind Dialoge. Sie sind eine Dramatikerin.«

Über ihren ernsten Tonfall musste Vivien lachen.

»Ich meine es wirklich ernst.«

»Bei allem gebührenden Respekt, Lady Browning, aber ich bringe nicht einmal die unbedeutendste aller Literaturzeitschriften dazu, meine Arbeit anzusehen. Ich kann nicht einfach hingehen und der Welt verkünden, ich sei nun Dramatikerin. Ich versichere Ihnen: Es wird der Welt egal sein.«

»Aber mir ist es nicht egal.« Lady Browning lächelte geheimnisvoll. »Und das reicht doch vielleicht.«

»Warum sollte es Ihnen etwas bedeuten? Und wo wir gerade dabei sind: Nicht nur Sie sind überaus freundlich zu mir, auch Mrs Doubleday ist es. Ich weiß nicht, ob ich das verdient habe.«

»Ellie hat mir von den St. Vincents erzählt und wie schäbig man Sie behandelt hat. Ich habe Angelica St. Vincent jahrzehntelang gehasst. Wenn ich mir vorstelle, ich hätte eine Schwiegertochter wie Sie haben dürfen … Ich hätte vor der ganzen Welt damit geprahlt!« Lady Browning klopfte auf das Notizbuch. »Und damit auch.«

»Trotzdem habe ich nicht die leiseste Ahnung, wie man für die Bühne schreibt.«

»Ich kann Ihnen helfen. Ich habe einmal ein Stück geschrieben, für das mir Ellen als Vorlage diente. Was wäre mit ihr passiert, wenn sie Engländerin wäre, habe ich mich gefragt. Das Stück ist fast ein Jahr lang im Aldwych gelaufen … Lassen Sie mich ein paar Telefonate erledigen.«

»Das kann ich nicht von Ihnen verlangen.«

»Warum nicht? Meine liebe Vivien, ich habe Verbindungen. Die Leute sprechen mich ständig darauf an, aber ich sage selten etwas zu. Und noch seltener biete ich es von mir aus an.«

Lady Browning erzählte, dass auch sie als junge Schriftstellerin unerwartet Hilfe bekommen habe: Der legendäre Schriftsteller Sir Arthur Quiller-Couch aus Cornwall, der unter den Pseudonym Q schrieb, habe sie unter seine Fittiche genommen und ihr Schreiben gefördert. Bis zum heutigen Tag habe sie keine Ahnung, weshalb.

»Ich schätze, unsere gemeinsame Liebe zu den Brontës hat uns verbunden. Er hat vehement für Emily Partei ergriffen – und sie in seine Gedichtanthologie *Oxford Book of Verse* aufgenommen. Mit ›Erinnerung‹.«

Vivien liebte dieses Gedicht. In der schmerzvollen Sehnsucht, die in den Versen lag, konnte sie so viel von ihrem eigenen Schmerz über Davids Tod lesen. Spontan zitierte sie laut:

»›Kein spät'res Licht hat meinen Himmel je erhellt / Kein zweiter Morgen hat mir je geleucht' …‹«

Mitfühlend und vielleicht auch ein wenig sehnsuchtsvoll tätschelte Lady Browning Viviens Hand, bevor sie selbst weiterzitierte: »›Da lernte ich, wie man das Dasein ehrt / Gestärkt, gewappnet ohn' die Hilf' der Freud.‹«

»Sie ist brillant.« Vivien seufzte schwer.

»Alle drei waren es. Sie schrieben für ein Publikum, aber für ein ideales Publikum, das sie selbst erschufen. Sie schenkten uns etwas, von dem wir gar nicht wussten, dass wir uns danach sehnten. Wie mutig in der damaligen Zeit! Sogar heute noch.«

Lady Browning schwieg eine Weile, bevor sie wieder auf das Notizbuch klopfte. »Die Spiralbindung gefällt mir.«

»Meine Kollegin Grace bestellt die Bücher aus New Jersey. Sie möchte unser Angebot über Bücher hinaus erweitern, und diese Notizbücher sind bei Touristen und Studenten sehr beliebt.«

»Ich muss Ihr Geschäft, dieses Bloomsbury Books, unbedingt einmal besuchen.«

Vivien seufzte. »Es ist ein Elend.«

Darauf lachte Lady Browning so unerwartet laut, dass der Taxifahrer überrascht in den Rückspiegel blickte. »Ist es ein lösbares Problem?«

»Nicht für sieben Pfund die Woche. Ich fürchte, wir Frauen dort können nicht viel tun, um unsere Situation zu verbessern.«

»Nun, wenn Sie es doch angehen wollen, können Sie Ellen oder mich gern um Hilfe bitten. Darf ich so lange Ihr Notizbuch behalten?«

Von den vielen schönen Dingen, über die sie und Lady Browning in jener Nacht im Taxi gesprochen hatten, war dies der Moment gewesen, an den Vivien sich am liebsten erinnerte. Gleich am nächsten Tag hatte sie mit Grace die Idee des Literarischen Mittags ausgearbeitet, mit Daphne du Maurier als erster Referentin. Seit der Lesung waren schon mehrere handschriftliche Nachrichten in die Buchhandlung geschickt worden, in denen Lady Browning Teile aus Viviens Notizbuch kommentierte.

In der letzten Nachricht stand etwas, das Q ihr beigebracht habe: »Alle großen Werke der Literatur sind aus einem Wunsch nach Flucht entstanden, aber Sie müssen wissen, wohin Sie fliehen wollen. Das Publikum wird allem folgen, was Sie ihm anbieten, wenn es nur darauf vertraut, dass Sie Ihr Ziel kennen.«

Jetzt saß Vivien an dem einen Tag, den sie voll und ganz der größten Leidenschaft in ihrem Leben widmen konnte, allein in ihrem Apartment. Nachdenklich kaute sie an ihrem Bleistift, mit dem sie seit der Arbeit an der Kasse am liebsten schrieb. Wieder notierte sie die Worte, die aus ihr herausflossen, doch dann verlangsamte sie ihre Hand, dachte an ihr Publikum – das mit Daphne du Maurier im Moment nur aus einer einzigen Person bestand – und überlegte, welche Worte es sich von ihr wünschte.

KAPITEL 27

Regel Nr. 36

Die Angestellten sollen
Bücher empfehlen, die den Wünschen und
Interessen der Kunden entsprechen.

Als Vivien am nächsten Morgen gelangweilt hinter der Kasse stand, betrat ein Mann um Mitte fünfzig das Geschäft, eine zusammengerollte Zeitung unter dem Arm.

»Ich suche ein Buch.«

Vivien legte ihren Bleistift beiseite, lächelte gewohnt nachsichtig zu dieser so offensichtlichen Bemerkung und antwortete: »Ich bin Ihnen gern behilflich, Sir. Soll es ein bestimmtes Buch sein?«

»Nichts Betuliches.«

»Betuliches?«

»Sie wissen schon.« Er verzog das Gesicht. »Altmodisch.«

»Ich verstehe. Wie hieß denn das letzte Buch, das Ihnen gefallen hat?«

»Ich mag diesen C. S. Forester.«

»Ah, die Geschichten von Kapitän Hornblower … Sie lesen also gern Seeabenteuer?«

»Nicht unbedingt.«

Solche Gespräche gehörten für Vivien zu den frustrierendsten Aspekten ihrer Arbeit – mit Kunden, die keinen blassen Schimmer hatten, welches der unzähligen Bücher auf der Welt sie lesen wollten, aber aus irgendeinem Grund meinten, die Verkäuferin müsse es wissen.

»Und was haben Sie noch gern gelesen?«, bohrte sie nach.

»Noël Coward.«

»Also Gesellschaftskomödien? Da habe ich genau das Richtige für Sie.« Vivien verließ den Kassenbereich und führte den Mann zum nächstgelegenen Auslagetisch mit Neuerscheinungen.

»Dieses Buch ist sehr beliebt.« Sie hielt ihm einen schmalen Band entgegen.

»*Liebe unter kaltem Himmel*«, las er bedächtig. »Von Nancy Mitford.«

»Ja, das ist eines unserer meistverkauften Bücher.« Mitfords neuester Roman war Viviens Standardempfehlung für Kunden, die keine Ahnung hatten, was sie wollten. Meist war ihnen der Name der Autorin bekannt genug, dass sie sich vom Titel angesprochen fühlten.

»Ich lese keine Bücher von Frauen.«

»Wie bitte?«

»Weibliche Schriftsteller.« Er verzog erneut das Gesicht.

»Verstehe.« Vivien biss sich von innen auf die Lippe. »Dann vielleicht das hier? Von Nevil Shute?«

Nun stieg sie in ihre Form der Verkaufstäuschung ein. *Marsch durch die Hölle* war eine der herzergreifendsten Liebesgeschichten, die Vivien je gelesen hatte, geschrieben von einem ehemaligen Piloten und Flugingenieur.

»Malaya im Krieg. Japaner nehmen Briten als Kriegsgefangene.« Sie senkte ihre Stimme. »Folter.«

Trotz dieser irreführenden Inhaltsangabe hatte noch kein männlicher Kunde das Buch zurückgegeben. Wahrscheinlich gefiel ihnen die Geschichte sogar, was Vivien amüsierte. Wäre Daphne du Maurier oder eine andere Frau die Autorin, würden sie es vermutlich als Romanze abtun.

Bei der Vorstellung, wie Kriegsgefangene durch den malaiischen Dschungel getrieben werden, begannen die Augen des Mannes zu leuchten: Der Kauf war beschlossen. Vivien wickelte das Buch in schlichtes braunes Packpapier und schnürte noch ein Stück dunkelblaues Band darum, das farblich zur Fassade von Bloomsbury Books passte. Erst vor Kurzem hatte Grace einige Rollen davon beim Kurzwarenhändler ein paar Straßenecken weiter bestellt und dann den Graveur beauftragt, in jeweils dreißig Zentimeter Abstand den Namen der Buchhandlung aufzutragen, daneben das Gründungsjahr und den Satz *Hundert Jahre gute Bücher*. Das war vor Mr Duttons Rückkehr noch schnell erledigt worden und in ausreichender Menge, so dass sie bis mindestens Ostern damit auskommen würden.

Die Türglocke läutete, und Vivien sah im selben Moment zur Tür, in dem auch Alec von seiner Leiter hinunterblickte. Beide verfolgten, wie George Orwells Witwe auf die Kassentheke zuging. Sonia Blair kam höchstpersönlich in die Buchhandlung, um ihre Einladung zur Beckett-Lesung anzunehmen.

»Ja«, sagte sie auf ihre so eigene stille und ernste Art, die Vivien jetzt als Trauer deutete. Der Tod ihres weltberühmten Ehemannes lag erst wenige Wochen zurück.

Vivien wusste sofort, was Mrs Blair meinte. »Oh, wie wunderbar. Wir freuen uns sehr, dass Sie kommen können.«

In der Zwischenzeit hatte Alec sich auf seiner Leiter bis in die Nähe der Kasse vorgearbeitet.

»Können wir irgendwo unter vier Augen sprechen?«,

fragte Sonia. In diesem Moment schob sich Alec leise vorbei, sein auffallend dichtes glattes Haar glänzte in der Morgensonne.

Überrascht sah Vivien auf. »Soll ich ein paar Minuten früher Pause machen?«, fragte sie leise.

Sonia nickte. Vivien winkte in Alecs Richtung und verkündete betont laut: »Ich bin sicher, Sie haben alles mitangehört. Um elf bin ich zurück.«

Die zwei Frauen traten auf die belebte Straße hinaus. Am Kaffeekarren holten sie sich Tee in Wegwerfbechern und nahmen dazu jede eine große Menge Milch und Zucker. Dann spazierten sie zur Great Ormond Street, in deren Nähe sich der nette, parkähnliche und relativ ruhige Queen Square befand.

»Diese Straße hat mir schon immer gefallen«, sagte Sonia und betrachtete die Auslagen der verschiedenen Geschäfte. »Für eine Buchhandlung perfekt und von viel literarischem Geist umgeben. Eric – also George – hat mir einmal erzählt, William Butler Yeats habe in Haus Nummer einundsechzig Séancen besucht. Er nannte ihn einen ›okkulten Faschisten‹.«

Vivien lachte. »Von denen haben wir in der Arbeit auch ein paar.«

»Ja, das habe ich gehört.« Sonia zögerte. »Sie kennen *Horizon* – die Literaturzeitschrift, bei der ich gearbeitet habe?«

»Ja. Warum?«

»Deshalb bin ich damals gekommen. Zum Literarischen Mittag.«

Die beiden bogen auf der Great Ormond Street nach links ab und passierten das berühmte Kinderkrankenhaus, bevor sie den Queen Square erreichten.

»Ich dachte, Sie wollten Lady Browning vor allem nach ihrer Erzählung ›Die Puppe‹ befragen.«

Jetzt musste Sonia Blair lachen. »Ach, wie hätte Eric das geliebt! Ein regelrechter Sturm im Teeglas.«

»Mein Abteilungsleiter ist immer noch peinlich berührt.«

»Es scheint Ihnen Spaß zu machen, ihn zu reizen«, bemerkte Sonia.

»Ihnen entgeht auch nichts.« Vivien fragte sich, was genau Sonia mit ihr besprechen wollte.

»Ich fürchte, das stimmt … Ich wollte heute unbedingt einmal mit Ihnen persönlich sprechen.«

»Warum das denn?«

»Haben Sie letzten Herbst etwas bei *Horizon* eingereicht?«

Vivien nickte. »Ich bekam einen höflichen Ablehnungsbrief für eine meiner Kurzgeschichten.«

»Ja, ich weiß. Den habe ich geschrieben. Im Auftrag von Mr Connolly, natürlich. Sie sehen, Vivien – ich darf Sie doch Vivien nennen, oder? –, wir lassen unsere Arbeit nie ganz hinter uns. Cyril hat seine Ladys, wie wir Lektoratsassistentinnen genannt wurden, immer gut behandelt, besser als andere Verleger. Aber er war und blieb nun mal ein Mann.«

»Sie müssen ein hervorragendes Gedächtnis haben, wenn Sie sich an jede abgelehnte Geschichte erinnern.«

Sie durchquerten das prächtige Tor zum Queen Square, eine lang gestreckte grüne Oase mitten im Stadtteil Bloomsbury mit akkurat eingefassten Beeten und schwarzen gusseisernen Parkbänken.

»Ich habe alle Texte von Autorinnen aufgehoben, deren Veröffentlichung wir ablehnten.« Sonia deutete auf eine

Bank vor ihnen. »Mit Cyrils Erlaubnis, natürlich. Zum Glück ahnte er nicht, was ich damit wollte.«

Sie setzten sich auf die Bank am äußeren Rand des kleinen Parks. Im Beet vor ihnen zeigten sich schon Triebe der ersten Schneeglöckchen – ein deutliches Zeichen, dass der Frühling nahte.

»Und was wollten Sie damit?«, fragte Vivien geradeheraus.

»Ich spiele oft mit dem Gedanken, eines Tages meine eigene Druckerei zu gründen, nur von und für Frauen, vielleicht in Verbindung mit einer Buchhandlung. Jetzt, da Eric nicht mehr da ist und es *Horizon* nicht mehr gibt, fühle ich mich ein wenig verloren. Alle sagen, ich hätte ihn wegen des Geldes geheiratet – da kann ich jetzt wenigstens etwas Sinnvolles damit anstellen.«

»Aber Sie würden Ihre Leserschaft damit automatisch um die Hälfte reduzieren. Und Frauen kaufen nicht die richtigen Bücher oder zumindest nicht genug davon, wie ich immer wieder höre.«

»Das ist Blödsinn. Ich habe im Verlag die Abonnentenlisten gesehen. Und trotzdem haben die Herausgeber in unseren Redaktionssitzungen immer wieder genau diese Ausrede bemüht: dass Geschichten mit Frauenthemen die Männer nicht interessieren, während Geschichten von Männern für alle von Interesse sind. Clarissa Spencer-Churchill und ich haben beide für Ihre Geschichte gekämpft, leider ohne Erfolg. Sie besitzen eine überschäumende Phantasie und schreiben messerscharfe Dialoge. Ihr Text hat uns sehr an Anna Kavan erinnert.«

Vivien war stolz auf den Vergleich mit einer ihrer Lieblingsautorinnen und auf das Lob für ihre Geschichten, die sie – abgesehen von den vielen fruchtlosen Angeboten an

Zeitschriften – bisher niemandem außer Lady Browning gezeigt hatte.

»Aber unsere Herausgeber fanden die Erzählung zu absurd und unglaubwürdig. Und in einer Hinsicht muss ich ihnen tatsächlich zustimmen: Die Geschichte schien ein wenig hastig hingeworfen.«

»Ich bewundere Ihre Direktheit.«

»Ich bin sicher, Sie kommen damit zurecht.«

»Es ist seltsam, aber das tue ich tatsächlich.« Vivien zuckte die Achseln. »Beim Schreiben nehme ich nichts persönlich. Oft habe ich sogar das Gefühl, es käme nicht einmal von mir selbst.«

»Als Fast-Herausgeberin, gewissermaßen, kann ich sagen, dass mich eine solche Haltung immer fasziniert hat.«

»Zumindest fühlt es sich so an.« Vivien lachte. »Im Grunde muss es ja von irgendwoher in mir kommen.«

Nun zuckte Sonia die Achseln. »Nicht unbedingt – ich bezweifle, dass große Kunst als etwas rein Persönliches im Zaum gehalten werden kann. Sie ist allgemeingültig, spricht viele Menschen an. Keiner von uns wird jemals wirklich in Manderley leben – und davon ist Lady Browning auch nicht ausgegangen. Nicht im Geringsten, würde ich sagen. Aber in gewisser Weise träumen wir alle davon. Was Frauen als Autorinnen angeht, müssen Männer jedoch immer das Gefühl haben, das Geschriebene stamme aus der Realität, aus ihrer männlichen Realität – sonst ist es für sie Hirngespinst und damit unglaubwürdig. Aus meiner Sicht steckt die Angst vor Entmachtung dahinter: Sie haben keinen Zugang zu unseren innersten Gedanken und Vorstellungen und somit keine Kontrolle darüber.«

Vivien starrte Sonia an. Ihre Gedanken rasten. »Meinen Sie wirklich, das steckt dahinter?«

»Ich glaube, alles beginnt und endet mit dem Gefühl von Freiheit oder zumindest Kontrolle – und dem Gefühl, sie an andere zu verlieren. Das genaue Gegenteil von Kooperation. Sie müssen wissen, dass ich überzeugte Sozialistin bin.«

»Dürfen Sie mir das wirklich alles sagen?«

»Das darf ich jetzt, da es die Literaturzeitschrift nicht mehr gibt. Bis dahin musste ich warten. Sonst hätte ich Ihnen kein Wort über die Meinungen und Entscheidungen der Herausgeber verraten.«

»Dann sind Sie also zu unserem Literarischen Mittag gekommen, um Daphne du Maurier und mich kennenzulernen ... weil Sie unsere Geschichten gelesen hatten?«

»Nicht nur deswegen. Auch die Geschichte von Mr McDonough habe ich gelesen. Ich wollte ›die Verkäuferin‹ kennenlernen.«

Vivien zuckte. Sie merkte, wie es ihr vor Wut die Luft abschnürte, weil sich gerade ihre größte Angst bewahrheitete. Sie erinnerte sich, wie sie mit bloßen Füßen auf dem Magazin herumgetrampelt war, wie sie erst ihr Namensschild in den Papierkorb und dann Alec den Mantel ins Gesicht geworfen hatte. So sollte er sie das allerletzte Mal in nacktem Zustand sehen: von hinten, während sie sich von ihm entfernte, um im Büro ihre Kleider wieder anzuziehen.

»Die Geschichte handelte eindeutig von Ihnen.« Sonia zögerte, als sie merkte, wie sehr ihre Worte Vivien in Rage brachten. »Sie wussten aber doch, dass sie veröffentlicht wird, oder nicht?«

»Nein, das habe ich erst kürzlich erfahren.«

»Sie hatten keine Ahnung?«

Vivien schüttelte den Kopf. »An dem, was in ihm vorgeht, lässt Alec niemanden teilhaben. Ich wusste, dass er schon seit Jahren etwas veröffentlichen wollte. Ich wusste nur nicht, dass er mich dafür benutzen würde.«

»Weiß er, dass Sie auch schreiben?«

»O Gott, ich hoffe nicht.«

»Ich fand damals ja, Cyril hätte lieber Ihre Geschichte veröffentlichen sollen anstatt Alecs. Aber das Team war ganz angetan von dem Charakter der Verkäuferin. Mehr als von der Geschichte drum herum, denke ich.«

Vivien platzte fast der Kopf. Was für eine Ironie des Schicksals, dass sie kurz davon gestanden hatte, publiziert zu werden, nur um dann ausgerechnet gegen Alec knapp zu verlieren – gegen eine Geschichte über sie. Hatte sie denn nicht einmal ihre eigene Lebensgeschichte unter Kontrolle?

»Alle meinten, die Frau in der Geschichte erinnere sie an die vielen unverheiratete Frauen, die sich vom Krieg betrogen fühlten. Mir war allerdings klar, dass das nicht beabsichtigt war. Dafür besitzt Mr McDonough meiner Meinung nach nicht ausreichend Vorstellungskraft. Hören Sie …« Sonias Stimme wurde weich. »Das alles ist bei Weitem nicht ungewöhnlich. Auch wenn schreibende Männer über ›Frauengeschreibsel‹ stöhnen, sind sie selbst nicht besser, weil auch sie ja nur das beschreiben, was sie selbst erfahren haben und kennen. Schließlich bin ich ›das Mädchen aus der Romanabteilung‹, wie Eric mich in *Neunzehnhundertvierundachtzig* genannt hat.«

»Und das stört Sie nicht?«, fragte Vivien ungläubig.

Sonia zuckte die Schultern. »Die meisten Schriftsteller benutzen echte Menschen als Inspiration. Diejenigen mit wirklich viel Phantasie … nun, nehmen Sie Lady Browning: Man wird sich vergeblich bemühen, auch nur ein Fünkchen von ihr selbst in ihren Romanen zu finden.«

»Aber Alec hätte wissen müssen, dass man mich erkennt.«

»Nicht unbedingt. Clarissa Spencer-Churchill und ich haben es auch nur zufällig bemerkt. Sie waren letzten Monat bei einer Gesellschaft von Ellen Doubleday und lernten Clarissa kennen, oder? Ellen erzählte Clarissa – und Clarissa später mir –, Sie arbeiteten in einer Buchhandlung und seien und mit dem zukünftigen Earl St. Vincent verlobt gewesen. Und es habe vor Kurzem einen Vorfall in Ihrem Laden mit einer Uhr von Cartier gegeben – mit genau dem Modell, das in Mr McDonoughs Geschichte beschrieben wird … über das die zwei Figuren sich entzweien. Das hat uns auf Ihre Spur gebracht, und deshalb wollte ich Ihre Veranstaltung besuchen.«

»Es ist so frustrierend«, klagte Vivien bitter. »Ich schreibe über Dinge, die ich nicht kenne, und alle sagen, es sei nicht glaubwürdig genug. Lady Browning wird kritisiert, weil sie sich wilde, alptraumhafte Sachen ausdenkt. Unterdessen veröffentlicht Alec einen Text, in dem er einfach meine Geschichte erzählt – ohne dass er sich auch nur irgendetwas ausdenkt und ohne meine Erlaubnis. Diese Selbstherrlichkeit … diese Vereinnahmung!«

»Vivien, hören Sie … Sie schreiben außergewöhnlicher und schöner als viele andere. Ihre Zeit ist einfach noch nicht gekommen. Ich weiß, so was will keiner hören – wahrscheinlich würden Sie lieber gesagt bekommen, Sie hätten kein Talent, als dass all Ihre Mühen nie belohnt werden. Aber wie Shakespeare einst schrieb: ›Süß ist die Frucht der Widerwärtigkeit, die, gleich der Kröte, hässlich und voll Gift, ein köstliches Juwel im Haupte trägt.‹«

Vivien sah sie neugierig an. »Mrs Blair, ich habe eine gewisse Ahnung, wie es ist, seinen Ehemann zu verlieren. Warum interessieren Sie sich für all das?«

»Ich verteile wohl gerade die Frucht der Widerwärtigkeit.« Sonia lächelte traurig. »Meine Stärke besteht darin, mich in andere hineinzuversetzen. Eric meinte immer, so habe es seinen eigenen Reiz, zu etwas Höherem beizutragen – wenn man selbst nicht schreiben kann.« Sie nahm Viviens behandschuhte Hand zwischen ihre. »Ich zweifle nicht daran, dass Sie eines Tages großen Erfolg haben werden. Aber versprechen Sie mir, Ihr Temperament im Zaum zu halten. Und schreiben Sie auf jeden Fall weiter. Nur …«, Sonia lächelte wehmütig, »… nur nicht über Alec. Er ist mit Sicherheit nicht annähernd so faszinierend wie Sie.«

Die beiden Frauen trennten sich am Osteingang des grünen Platzes. Auf dem Weg zurück zur Buchhandlung machte Vivien sich bewusst, dass sie in ihrer Wut durch dasselbe Viertel stampfte, in dem T.S. Eliot als Herausgeber gearbeitet, in dem Virginia Woolf Inspiration für ihren Roman *Nacht und Tag* gefunden und William Thackeray seine ersten Kapitel von *Vanity Fair* angesiedelt hatte. Vivien verkaufte all diese und andere Bücher, aber das würde vermutlich immer so bleiben. Auch wenn Lady Browning und Sonia Orwell an sie glaubten und ihr gut zugeredet hatten, waren ihre Chancen auf eine Schriftstellerkarriere denkbar gering. Außerdem hatte Vivien jetzt noch ein ganz anderes Ziel, und das bestand nicht darin, ihre ureigene Sicht auf ihr Lebens veröffentlicht zu sehen.

Sie wollte endlich Kontrolle darüber haben.

Ein paar Stunden später betrat Evie zögernd die kleine Küche, in der Vivien gerade ihrer Teepflicht nachkam.

»Hallo Fremde«, grüßte Vivien sie kühl.

Evie blieb im Türrahmen stehen. Seit der Lesung mit Daphne du Maurier war sie Vivien bewusst aus dem Weg gegangen, doch das Gespräch mit Mimi tags zuvor zeigte die gewünschte Wirkung.

»Kann ich helfen?«

Vivien füllte den Wasserkessel und nickte. »Kennen Sie sich aus?«

Evie stellte sich auf Zehenspitzen, um die Dose mit dem schwarzen Tee vom Regal über ihnen zu holen.

»Alles in Ordnung?«, fragte Vivien kurz angebunden und stöpselte den Kocher in die Steckdose.

Evie stand nur da und wusste nicht, was sie sagen sollte. Immer wieder hatte sie das Bild von Vivien und Alec vor Augen, wie sie ungestüm und fast gewaltsam übereinander herfielen – eine Erinnerung, die die junge Frau auch Wochen später noch peinlich berührte und irritierte.

»Ich weiß, dass Sie durch die Bücher stöbern, Evie.«

Viviens wissende Stimme ließ sie zusammenzucken. Der Vorwurf des Herumstöberns war nicht das, was Evie am meisten fürchtete, aber es kam dem schon sehr nahe. Sie konnte nur mutmaßen, was Vivien außerdem noch wusste. Sie war die bei Weitem aufmerksamste Mitarbeiterin bei Bloomsbury Books. Evie ärgerte sich, dass sie in ihrer Gegenwart nicht besser aufgepasst hatte.

»Wie Sie an Ihrem ersten Tag erzählten«, fuhr Vivien fort, »sind Sie und Yardley Mitglieder des Clubs, der Jane Austens Cottage gerettet hat. Und Sie hätten Mr Allen durch eine Auktion kennengelernt, bei Sotheby's. Stimmt das so?«

Viviens messerscharfes Gedächtnis komplettierte ihr Arsenal an Waffen, gegen das die Männer sich anscheinend stets zur Wehr setzen mussten – so wie Evie in diesem Moment.

»Und dass Sie jetzt zu mir kommen, ist kein Zufall, oder?«

In Viviens Stimme lag eine Spur von Aggressivität, wie sie sie sonst nur gegenüber Männern wie Alec und Master Mariner Scott einsetzte.

»Raus mit der Sprache, Evie: Was brüten Sie aus?«

»Wenn ich ein Buch in einer anderen Etage finde«, sagte Evie, die noch nicht bereit war, Vivien alles zu erzählen, »und es ist mit einem Preis ausgezeichnet, der unter seinem tatsächlichen Wert liegt ... Muss ich das dann sagen?«

Vivien beäugte sie neugierig. »Nun, wir können uns sicher denken, was Mr Dutton und Mr Allen dazu sagen würden. Und unser alter Seebär Scott würde vermutlich auch darauf bestehen, weil es um das unerlaubte Betreten anderer Abteilungen geht. Aber tatsächlich geht es ja um Wissen, das durch Ihre Stellung hier gewonnen wurde, und dazu macht unsere Regel Nummer vierundzwanzig eine deutliche Aussage.«

»Aber was denken Sie?«

Vivien zog den Stecker des Kessels aus der Dose und goss das kochende Wasser in die Teekanne. »Ich für meinen Teil wäre ganz und gar einverstanden, wenn Sie den Männern hier ein Schnippchen schlügen.«

Sie drehte sich zu Evie um und lächelte so freundlich und verständnisvoll, dass Evie darin die Vergebung erkannte, von der sie nicht gewusst hatte, dass sie sie brauchte.

»Ich möchte, dass wir Freundinnen sind, Evie. Ich denke, keine von uns wird allein weit kommen. Zumindest hat das für mich bisher nicht funktioniert.« Vivien nickte in Richtung von Mr Duttons Büro. »Und Freundschaften zu missbrauchen, hat für den Despoten nur allzu gut funktioniert.«

Evie verabschiedete sich wieder aus der Küche. Ihr wurde klar, dass Vivien, sosehr sie sich auch anstrengte, hier immer den Kürzeren ziehen würde, genau wie Evie es in Cambridge erlebt hatte. Kaum jemand arbeitete so hart wie Vivien, und doch waren ihrer Karriere enge Grenzen gesetzt. Evie musste sich fragen, welche Möglichkeiten sie hatte, um ihre eigene Situation zu verbessern, ob nun bei Bloomsbury Books oder anderswo. *Die Mumie!* zu finden und dann auch käuflich zu erwerben, würde ihr vorübergehend Anerkennung und Aufmerksamkeit bringen, ähnlich ihrem Erfolg mit dem Katalog für die Versteigerung im Chawton Great House. Doch ohne Verbündete, ohne eine neue Art Zusammenschluss, könnte sie gegen die herrschenden Strukturen der Macht nichts ausrichten.

Als sie ihre Etage erreichte und sich erneut ihrer einsamen Aufgabe widmete, dachte sie wieder an Mimis gestrigen Rat: mehr aus sich herauszugehen, mehr zu wollen. Das war im relativ kleinen Cambridge nicht einfach gewesen, denn dort hatten nur wenige das Sagen und damit übermäßig viel Macht. In London war das sicher anders. Eine Stadt mit über acht Millionen Einwohnern hatte viel zu bieten, und es gab viele Leute, die danach griffen. Evie wollte aber mehr als nur danach greifen – sie wollte selbst etwas Neues und Beständiges erschaffen. Etwas, das ihr niemand mehr wegnehmen könnte.

Bücher für Männer zu katalogisieren oder zu verkaufen, war ganz klar nicht der Sinn und Zweck ihres Lebens.

KAPITEL 28

Regel Nr. 11

Die Angestellten sollen jede Möglichkeit wahrnehmen, Werbung für Bloomsbury Books zu machen.

Evie und Ash hatten angefangen, sich mittwochmorgens vor der Arbeit in der Nähe der King's Cross Station zum Frühstück zu treffen. Evie kannte sich in der Gegend gut aus – wenn sie früher von Cambridge aus zur Recherche ins British Museum gefahren war, war dies ihr Zielbahnhof gewesen. Neulich hatte sie Ash ihre Lieblingscafeteria gezeigt, in der die Bedienungen so sehr mit dem Ansturm der Pendler beschäftigt waren, dass es sie nicht interessierte, wer mit wem an einem Tisch saß. Ash bestellte dort immer ein herzhaftes englisches Frühstück, so wie Touristen es liebten, und Evie hielt sich an ihr übliches Porridge mit einem gehäuften Löffel braunem Zucker und sahniger Milch obenauf.

Bis zum Geschäft war es von dort aus noch eine Viertelstunde strammer Fußweg, so dass sie das Café immer gegen halb neun verließen. Die bleiche Wintersonne verschärfte den Kontrast zwischen den schwarzen Anzügen der Geschäftsleute mir ihren Melonen auf dem Kopf und der feinen weißen Schneedecke, die sich über Nacht auf die Stadt gelegt hatte. Nach ein paar überraschend milden Wochen war in London wieder Winter eingekehrt.

Evie bereute, dass sie nicht wie üblich ihre blaue Strickjacke unter den Wollmantel angezogen hatte oder das marineblaue Strickkleid trug. Stattdessen hatte sie sich von Charlotte zu deren tailliertem, dunkelsmaragdgrünem Kleid überreden lassen, in dem sie sich etwas zu auffällig vorkam.

Als sie die Straße überquerten, fiel Evie eine Gruppe Nachtschwärmer auf, die noch auffälliger herumliefen als sie, denn sie trugen seltsame, flatternd weite, dünne indische Gewänder, die sie mit Sicherheit nicht ausreichend gegen die Kälte schützen konnten.

»Welch vertrauter Anblick«, kommentierte Ash trocken, und Evie spürte eine merkwürdige Eifersucht auf die drei jungen Frauen in ihren bunten Saris mit passenden Kopftüchern. Ihre zwei männlichen Begleiter trugen eine jeweils eigene Version des typisch indischen Jodhpuri-Anzugs, mit etwas unpassenden Westen aus Wolle sowie Flanellhosen mit Bügelfalten. Ihre Turbane bestanden aus weißem Bettlakenstoff.

Ash blieb an der Ecke kurz zurück, um sich am Zeitungsstand *The Hindu* zu holen. Die Nachtschwärmergruppe zog an ihnen vorbei, und Evie senkte verlegen den Blick. Als sie ihren Namen hörte, sah sie erschrocken auf.

»Evie Stone!«

Sie erstarrte.

Vor ihr stand Stuart Wesley.

»Na, das ist ja eine Überraschung, dich hier zu sehen. Erinnerst du dich an Caldwell? Meine Verlobte Sonia Christenson kennst du sicher auch, und das sind zwei ihrer Freundinnen von St Mary's.« Mit großer Geste deutete er auf die jungen Frauen neben sich. »Ellen Cleaves und Claudia Davis-Jones.«

Evie starrte die Gruppe nur an.

»Ich sehe schon: sprachlos wie immer«, kommentierte Stuart. »Bist du ganz allein unterwegs?«

Evie zögerte, Ash vorzustellen, der sie mittlerweile eingeholt hatte.

»Und wer ist das da?« Stuart grinste verschlagen.

Ash schien einigermaßen amüsiert über die eigenartige Kleidung der jungen Leute, aber Evie konnte dieser Begegnung nichts Lustiges abgewinnen. Sie empfand tiefe Scham wegen der Art und Weise, wie viele Engländer ihn behandelten.

»Ashwin Ramaswamy.« Er hielt Stuart die Hand hin, und Stuart schüttelte sie mit fast überbordendem Enthusiasmus.

»Stuart Wesley. Vielleicht hat Evie mal von mir erzählt. Ihr habt gestern echt etwas verpasst: Wir waren in der Albert Hall, beim Chelsea Arts Mardi Gras Ball.«

Natürlich, dachte Evie. Natürlich reisten Stuart und seine Freunde den ganzen Weg aus Cambridge an, um Londons frivolstes Ereignis des Jahres zu besuchen. In diesem Moment wurde Evie klar, dass Stuart Wesley sich nicht anstrengen musste, um ein ereignis- und erfolgreiches Leben zu führen: Solch ein Leben würde sich stets mühelos von selbst bei ihm einstellen.

»Thema in diesem Jahr war ›Leben im Raj‹.« Stuart grinste Ash an. »Sie hätten gut dazugepasst.«

Evie sah, wie Vice-Master Christensons Tochter ihrem Verlobten tadelnd in die Seite stieß.

»Ach, der versteht das schon richtig – oder, Ramaswamy?« Stuart wartete seine Antwort nicht ab, sondern wandte sich wieder an Evie, die noch immer kein Wort gesprochen hatte.

Sie konnte sie wiedererkennen, diese ständige Feindseligkeit in seinen Augen. Der einzige und übermächtige Antrieb für all sein Handeln war der Ehrgeiz: die Bürobesuche außerhalb der Sprechzeiten, die Bälle, der Champagner, das Konfetti. Man konnte sich leicht von seiner routinierten Freundlichkeit einfangen lassen, doch hinter dieser Fassade lauerte der harte, kalte Ehrgeiz. Das hatte Evie inzwischen begriffen, weshalb die Fangarme seiner Freundlichkeit sie nicht erreichten. Dass sie ihn durchschaute, war Stuart wiederum egal, weil er sicher sein konnte, dass sie keinerlei Macht über ihn besaß – immerhin hatte er ihr erst kürzlich eine Stelle vor der Nase weggeschnappt.

»Wir gehen jetzt besser zur Arbeit.« Evie gab sich Mühe, nonchalant und gleichzeitig entschlossen zu klingen.

»Zur Arbeit?«, wiederholte Stuart und sah sich um. »Und wo soll das sein?«

»In einem Geschäft«, erwiderte Evie so nichtssagend wie möglich.

Stuart sah sie scharf an, und in diesem Moment spürte Evie überrascht, dass Ash sich bei ihr unterhakte.

»Arbeitest du etwa als Verkäuferin? Hier in der Gegend?«

Auf diese herablassenden Worte hin drückte Ash ihren Arm noch ein wenig fester. Durch die Freundlichkeit seiner Geste schlug ihr ohnehin schon heftig klopfendes Herz noch schneller.

»In Bloomsbury«, antwortete Ash für sie. »Und wo wollen Sie hin? In den Zirkus?«

Nun kniff Stuart kaum merklich die Augen zusammen, aber sein Blick wurde derart kalt, dass Evie es nicht erwarten konnte, ihn endlich los zu sein.

»Nicht direkt – auch wenn Cambridge durchaus mit einer Abnormitätenschau aufwarten könnte, stimmt's, Evie? Also, dorthin fahren wir jetzt.« Ein letztes Mal wandte Stuart sich Evie zu. »Ich werde Kinross erzählen, dass ich dich getroffen habe. Es interessiert ihn bestimmt, wo du gelandet bist – und mit wem. London ist wohl wirklich das Zentrum der Welt.«

Die bunte Truppe machte sich wieder auf den Weg, und nach ihrem Rückzug fühlte Evie sich angewidert und erschöpft.

»Charmant«, murmelte Ash.

»Kein bisschen.«

Ash hielt sie noch immer untergehakt, und mittlerweile fühlte es sich weniger nach Unterstützung an, sondern vor allem warm und angenehm. Als Ash einen Schritt zur Seite trat und seinen Arm zurückzog, seufzte Evie leise auf.

»Tut mir leid. Es hat mir nur nicht gefallen, wie er dich behandelt hat. Ich dachte, das lenkt ihn davon ab, uns mehr zu unserer Arbeit auszufragen.«

Wie es aussah, hatte es genau das bewirkt, und Evie war froh darüber. Sie hegte die Hoffnung, dass er vielleicht nie wieder an sie denken würde und dies das letzte Mal war, dass sie an ihn denken musste. Es hatte sich schön angefühlt, als Ash ihr so nahe gekommen war …

In genau dem Moment, als beide ihre Arme sinken ließen, stieß ein Mann so heftig gegen sie, dass Evie gegen Ash geworfen wurde. Noch während er sie auffing, sah Evie sich automatisch um, weil sie ein hastig gemurmeltes »Entschuldigung« und ein Tippen an den Hut erwartete. Was ihnen der Fremde stattdessen entgegenzischte, war jedoch derart boshaft, dass Evie nicht glauben konnte, was sie hörte. Als wären die hässlichen Worte nicht wirklich gesprochen worden, sondern aus einer anderen Welt zu ihnen gedrungen.

Ash zog Evie schützend an sich und wandte ruckartig das Gesicht, als wäre er geschlagen worden. Aber er sagte kein Wort. Evie konnte es kaum fassen – das sah Ash so gar nicht ähnlich. Er ließ sich doch sonst von niemandem einschüchtern.

»Hast du gehört, was er …« Evie brach ab. Sie hatte den Eindruck, alles falsch zu verstehen: die scheinbar harmlose Begegnung mit Stuart Wesley, die Menschen, die sie anstarrten, der sanfte Druck von Ashs Armen auf ihren … selbst ihre Gefühle für ihn.

Schweigend setzten sie ihren Weg zur Buchhandlung fort – und dieses Schweigen war keinesfalls angenehm. Ash schien von allem um sich herum frustriert zu sein, selbst von ihr. Evie dachte an etwas, dass ihr Dorfdoktor in Chawton einmal gesagt hatte: Alles im Leben ist entweder eine Warnung oder ein Auslöser. Sie war Stuart Wesley wieder einmal ausgewichen; der schreckliche Mann, der sie angerempelt hatte, war längst fort, und Ash ging neben ihr, wie er es so oft tat. Und doch fühlte sich die Rückkehr zum Status quo in ihrer Leichtigkeit verräterisch an. Irgendetwas hatte sich verändert: zum einen ihr Verständnis davon, womit sie und Ash es aufnehmen mussten, und zum anderen, so fürchtete sie, auch etwas tief in Ash selbst.

Eine Warnung oder ein Auslöser. Vergangenheit, Gegenwart und Zukunft waren miteinander verbunden, auch wenn Evie im Moment nicht erkennen konnte, wie. Sie wusste, dass darin auch nicht ihre Stärke lag. Sie war keine Schöpferin und ganz sicher nicht philosophisch bewandert. Sie hoffte einfach, die Worte und Ideen von

Frauen verbreiten zu können, die diese Erde längst verlassen hatten – Frauen, die nicht mehr sprechen, die aber durch ihre Entschlossenheit, nicht zu schweigen, immer noch etwas bewirken konnten, selbst heute. Evie war überzeugt, dass das Studium der Vergangenheit sich gelohnt hatte, aber sie wollte, dass das, was sie entdeckt hatte, auch in die Zukunft wirkte. Sie befanden sich im Jahr 1950, und nach einem alles vernichtenden Krieg erhielt die Welt noch einmal eine zweite Chance. Die Menschen hatten nur die Vergangenheit, um daraus zu lernen, und doch schienen sie diese schon jetzt vergessen zu wollen, um sich allein der Zukunft zu widmen. Aber dort waren keine Lektionen zu erwarten, sondern nur Versprechen. Als wie leer würden sich diese Versprechen wohl erweisen, überlegte Evie – nicht nur für sie, der Jane Webbs verlorenes Buch beinahe zum Greifen nahe war, sondern auch für die Frauen, die der Krieg befreit hatte, für die Männer, die in neuen Ländern neue Leben anfingen, und für die verletzten und versehrten Überlebenden, die zurückblieben.

KAPITEL 29

Regel Nr. 38

Der Geschäftsführer hat alleinige
Einsicht in die Protokollbücher
der Buchhandlung.

Zwei Stunden vor Beginn der Lesung mit Samuel Beckett saß Grace in dem schicken Restaurant an der Ostseite des Russell Square. Lord Baskin hatte sie und Vivien eingeladen, sich vor dem großen Ereignis im Hotel Russell zu einem leichten Abendessen und Cocktails mit ihm zu treffen. Das war so ungewöhnlich, dass selbst Vivien ein wenig außer Fassung geraten war, als die Einladung per Boten überbracht wurde.

»Sollen wir entlassen werden?«, fragte Grace. Gemeinsam studierten sie den gravierten Briefkopf des Earls.

Vivien schüttelte den Kopf. »Das ist nicht sein Stil. Und dass dieser Mann Stil hat, kann man nicht leugnen. Denk außerdem an all die firmeninternen Dinge, die er mir nach der Lesung mit du Maurier verraten hat. Das sagt man keiner Angestellten, die man rauswerfen will.« Sie hielt kurz inne. »Um welche Uhrzeit, sagt er?«

»Gegen sechs.«

»Okay, das kann ich gerade eben schaffen. Ich muss vorher noch etwas erledigen, und dann stoße ich zu euch beiden dazu.«

Nun war es schon deutlich nach sechs, und Vivien war

immer noch nicht aufgetaucht. Nur Lord Baskin kam durch die angrenzende Bar auf Grace zu und schlängelte sich dabei elegant an den vielen Sofas und Lehnsesseln vorbei. Das Hotel Russell war seit drei Generationen für die Baskins das Hotel der Wahl, und der derzeitige Earl hätte vermutlich blind durch das Labyrinth der Gasträume spazieren können.

»Bitte verzeihen Sie, es tut mir aufrichtig leid«, sagte er mit entwaffnendem Lächeln, während er sich am anderen Ende der halbrunden Sitzbank aufs Polster schob, so dass er und Grace einander gegenübersaßen. Sie war froh, dass er so viel Abstand zwischen sie gebracht hatte, und rutschte dennoch ein wenig verlegen hin und her, als er sie ansah.

»Vivien kann dann zwischen uns sitzen, wenn sie kommt«, meinte sie spontan. »Wie ein aufsässiges Kind, das wir bändigen müssen.«

»Oh, dann tut es mir noch einmal leid ... Wissen Sie es denn nicht?«

»Was?«

»Miss Lowry schafft es doch nicht mehr. Ich erhielt eben an der Rezeption eine Nachricht von ihr. Und da war es dann zu spät, Ihnen abzusagen.« Er zögerte. »Ich hoffe, das ist für Sie trotzdem in Ordnung.«

Es war nicht in Ordnung. Immerhin war sie eine verheiratete Frau und heute Abend nur deshalb allein unterwegs, weil sie geschwindelt hatte.

Nach Gordons Auftritt in der Buchhandlung hatte ihr Verhältnis zu ihm einen neuen Tiefpunkt erreicht. Jemand, der so sehr um sich selbst kreiste wie ihr Ehemann, würde nie verstehen, wie sehr diese Szene vor ihren Kollegen sie innerlich verhärtet hatte. Bei allem, was sie in den letzten Jahren für ihn geopfert hatte, war die Buchhandlung ihre letzte Bastion – die eine Sache, die er ihr nicht nehmen durfte. Vermutlich war genau das auch der Grund gewesen, weshalb sie damals – mit noch frischem Kaffeegeschmack im Mund – umgekehrt war und sich auf die Stellenanzeige beworben hatte, die die vielen Marotten ihres Chefs mit eleganten Worten beschönigt hatte.

Ihre Beziehung zu Gordon war in der Tat dermaßen schlecht, dass Grace heute zum ersten Mal seit ihrer Hochzeit gelogen hatte. Sie hatte Gordon erzählt, sie werde über Nacht bei ihrer Mutter bleiben, um sie am nächsten Morgen zu einigen Arztbesuchen zu begleiten. Sie wusste, dass ihre Mutter sie decken würde, falls Gordon tatsächlich auf die Idee käme, bei ihr anzurufen. Da ihre Mutter im Lauf der Jahre mehr als nur ein paar Ausbrüche ihres Schwiegersohnes mitbekommen hatte, schien sie ausgesprochen verständnisvoll. Trotzdem war Grace immer froh und dankbar gewesen, dass ihre Mutter das Thema nie angesprochen hatte, denn sie hatte selbst nicht darüber sprechen wollen.

Nun war allerdings eine Situation eingetreten, die sie nicht beabsichtigt hatte und wegen der zwischen Eheleuten am häufigsten gelogen wurde. Entweder hatte Vivien diese Situation begünstigt oder Lord Baskin … oder beide.

»Sie wussten also nichts davon?«, fragte sie nun und zog misstrauisch die Augenbrauen nach oben. »Dass Vivien …?«

»Dass Vivien … was?«

An seinem Gesichtsausdruck konnte sie sehen, dass er die Situation erst jetzt erfasste.

»Ach, du meine Güte, nein! Sie haben recht!« Er erhob sich zum Gehen. »Es ist mir außerordentlich unangenehm, Sie in diese Lage zu bringen. Ich würde niemals etwas tun, das auch nur andeuten würde ... äh, dass Sie in irgendeiner Weise ...«

Sie bedeutete ihm, sich wieder zu setzen. Seine Bereitschaft, sofort zu gehen, bewies, wie aufrichtig bestürzt er war und dass er nichts von möglicherweise hinterlistigen Plänen ihrer Kollegin gewusst haben konnte.

»Nein, lassen Sie ... Da wir nun schon einmal hier sind, können wir ja auch einen Drink zu uns nehmen.«

Lord Baskin winkte dem Kellner und fragte Grace, was sie trinken wolle.

»Dubonnet auf Eis«, sagte sie und hörte selbst die gezierte Steifheit in ihren Worten.

»Für mich wie üblich einen trockenen Martini.« Lord Baskin wandte sich wieder Grace zu. »Mr Westcott hier steht meiner Familie schon seit vielen Jahrzehnten zu Seite. Ist es nicht so, Mr Westcott?«

Zur Seite, nicht zur Verfügung, fiel Grace auf. Nicht zu Diensten. Sondern zur Seite. Sie konnte erkennen, dass dieser Ausdruck dem Angesprochenen viel bedeutete, denn er nickte mit dankbarem Lächeln.

»Sehr wohl, Lord Baskin. Seit Seine Lordschaft wie der kleine Lord Fauntleroy mit Samtanzug und Pagenschnitt herumlief.«

Lord Baskin lachte aus vollem Hals, und der Kellner verneigte sich leicht, bevor er ging.

»Das war sehr freundlich«, sagte Grace.

»Was meinen Sie?«

»Wie Sie den Kellner angesprochen haben.«

»Wie hätte ich es sonst tun sollen?«

Sie lächelte. Lord Baskin schien nicht bewusst zu sein, wie sehr er sich von anderen Männern seines Standes unterschied oder generell von Männern, die in die Buchhandlung kamen. Oder von Gordon. Beim letzten Gedanken versiegte ihr Lächeln, und sie nahm eine aufrechte Sitzposition ein.

Lord Baskin sah sich in dem üppig ausgestatteten Speisesaal um. »Offenbar hat Fitzroy Doll das Restaurant auf der Titanic exakt nach diesem hier entworfen.«

»Ja, das passt.«

»Es tut mir wirklich sehr leid – sind Sie sicher, dass es für Sie alles in Ordnung ist?«

Seine beständige Fürsorge ihr und anderen gegenüber erinnerte Grace an etwas, dass Ellen Doubleday ihnen nach der Veranstaltung mit Mrs du Maurier erzählt hatte: dass ein guter Gast sich immer wie ein Gastgeber benehme. Grace hatte den Eindruck, als sei Lord Baskin jemand, der für sein eigenes Glück im Leben dankbar war und es nicht als selbstverständlich erachtete, weil er wusste, dass er es auf dem Rücken anderer lebte. So hatte sie die britische Aristokratie bisher nicht erlebt, zumindest verhielten sich ihre wohlhabenderen Kunden nicht so. Lord Baskin vermittelte ihr das Gefühl, ihm ebenbürtig zu sein und auch so sprechen zu können. Später würde sie dies als den Moment erkennen, ab dem sie ihm gegenüber nicht mehr auf der Hut war.

»Worüber wollten Sie denn mit Vivien und mir sprechen?« Im Moment hielt sie es für das Beste, die Sache geschäftlich zu halten.

»Mr McDonough.«

Damit hatte sie nicht gerechnet. »Alec? Wieso das?«

Lord Baskin wirkte fast ein wenig betreten. »Er kam neulich auf mich zu, weil … Also, eigentlich sollte ich darüber gar nicht reden.« Der Earl sah sich hastig in alle

Richtungen um und senkte die Stimme. »Wenn ich es recht verstanden haben, will er die Buchhandlung kaufen.«

Grace starrte Lord Baskin nur an. Sie wusste, dass Alec Geld besaß. Die Wohnung in Knightsbridge, die Anzüge aus der Savile Row, die Armbanduhr von Patek Philippe: All das konnte man sich, wenn überhaupt, als Buchverkäufer nicht so ohne Weiteres leisten. Sein Wohlstand äußerte sich auch darin, dass er seine Karriereziele mit trügerischer Gleichgültigkeit verbarg, als hätte er nichts zu verlieren. Das verlieh ihm seine beneidenswerte Energie in beruflichen Dingen. Forsch und unbekümmert knüpfte er gesellschaftliche Beziehungen, so wie sie und Vivien es sich nie getraut hätten. Das war einer der Gründe, warum Vivien das einhellige Interesse von Ellen Doubleday, Lady Browning und Sonia Blair an ihrer Person so guttat. Anderenfalls bliebe einer unverheirateten Frau ohne familiäre Unterstützung der Zugang zu einem besseren Leben verwehrt – es sei denn, sie würde sich dem Wohlwollen – und den entsprechenden Erwartungen – eines Mannes ausliefern.

»Aber das kann er doch nicht einfach so machen. Ich meine, zunächst einmal müssen Sie dem doch zustimmen, oder nicht?«

Lord Baskin nickte. »Da haben Sie recht. Es ist nur so, dass das Geschäft ... nun ja, die Buchhandlung ist unserer Familie nicht unbedingt eine Last ... unsere Immobilien gewinnen ständig an Wert, aber die Kosten für die Bücher und das übrige Umlaufvermögen übersteigen diesen Wert um einiges. Abzüglich der Außenstände bedarf es nur weniger Tausend Pfund, um mir meine Hälfte abzukaufen – fünftausend höchstens.« Er zögerte. »Und ich bin nicht sicher, wie lange ich mich noch beteiligen möchte.«

»Ich verstehe nicht.«

»Es fällt mit zunehmend schwerer … die Buchhandlung aufzusuchen.«

Er vermied es, sie direkt anzusehen, und endlich ging ihr auf, dass er von ihr sprach. Es war das Äußerste, das er ihr als verheirateter Frau gegenüber sagen und dabei der Gentleman bleiben konnte, als den sie ihn kannte.

»Oh. Ich verstehe.«

Er atmete einmal tief durch. »Dort zu arbeiten hat mir sehr geholfen, nachdem Anna mich verlassen hatte, und dann auch in den endlos scheinenden letzten Kriegsjahren.«

Schweigend nahm sie seine Worte in sich auf. Sie dachte darüber nach, was es bedeutete, verlassen zu werden. Bisher hatte sie nur darüber nachgedacht, selbst diejenige zu sein, die jemanden verließ – und das in letzter Zeit immer häufiger, je unberechenbarer Gordon sich gebärdete.

»Du tust in letzter Zeit doch sowieso nur, was du willst …«, beschwerte er sich oft, und seine Klagen beeinträchtigten sein Verhalten gegenüber ihren Söhnen immer mehr.

»Was um alles in der Welt soll das heißen?«, fragte sie dann, weil sie keine Ahnung hatte, was sie schon wieder falsch gemacht haben sollte.

»… länger in der Arbeit bleiben, trinken, nur an dich denken …«

»Das war ein Abend in … wie viel? Fast fünf Jahren? Ich arbeite dort seit fünf Jahren, und dann sage ich ein einziges Mal Ja zu meinen Kollegen und bleibe etwas länger …«

Ihre Argumente drehten sich immer im Kreis, und jeder Streit kam unweigerlich auf den Abend nach der Veranstaltung zurück. Jahrelang hatte Gordon immer haargenau wissen wollen, was sie wann tat. Zum Glück für ihre Ehe hatte ihre Arbeit als voll eingebundene Sekretärin eines Mannes wie Mr Dutton bislang wenig Raum für Spekulationen gelassen. Nun aber begriff Grace, wie klein und beschränkt ihre Welt gewesen war, über die immer nur ihr Ehemann bestimmt hatte – denn diese Welt konnte und durfte niemals größer sein als seine. Das war der Vertrag, den sie unausgesprochen mit ihm eingegangen war und an dem sie mittlerweile verzweifelte, weil sie für sich nichts Positives daraus ziehen konnte.

Aber verlassen zu werden, so wie Lord Baskin: von einer schönen Frau, die er so offenkundig und leidenschaftlich geliebt hatte, plötzlich und ohne jede Vorwarnung … Was musste solch ein Verlust bei einem Menschen auslösen, vor allem bei jemandem, der so großzügig, umsichtig und stolz war wie Jeremy Baskin?

»Haben Sie je das Gefühl«, fragte er nun und sah sie dabei aufmerksam an, »als würden wir noch mitten im Krieg stecken? Einem Krieg, der seit fast fünf Jahren beendet ist? Mir ist, als bewegten wir uns kein bisschen vorwärts. Woher kommt das nur?«

»Schuldgefühle.« Grace wunderte sich selbst über die Entschiedenheit in ihrer Stimme. »Das muss es sein. Schuldgefühle, weil wir damals nicht mehr getan haben. Und selbst wenn wir unser Bestes gegeben haben – was hat es gebracht? All die verlorenen und zerstörten Leben! Und noch mehr Schuldgefühle, weil wir überlebt haben … Denn was fangen wir mit diesem Leben nun an? Immer dieselbe Routine, dasselbe wie zuvor. Entschuldigung, ich sollte nicht so herumlamentieren – und erst recht nicht vor Ihnen.«

Ihr ungewöhnlicher Pessimismus schien ihn zu überraschen.

»Vielleicht ist es genau das, was Überlebende tun müssen – an dem festhalten, was schon immer war.«

Sie schüttelte den Kopf. »Nein, so sollte es nicht sein. Nehmen Sie Ash, der nach dem Krieg herkam, um sich etwas Neues aufzubauen. Oder Evie Stone. Sie haben sich nicht mit ihrem Los zufriedengegeben.«

»Was würden Sie denn anderes tun, wenn Sie könnten?« Lord Baskin sah sie erwartungsvoll an. Er hörte ihr immer so geduldig und aufmerksam zu, dass Grace eine Anerkennung empfand, wie sie sie nicht einmal bei der Arbeit erlebte – und zu Hause schon gar nicht.

»Ich wünschte, ich wüsste es.« Sie seufzte. »Ich glaube, ich könnte sowieso nichts ausrichten. Nicht wie Alec. Er kann sich bei der Arbeit und auch sonst überall austoben: Er kann seinen Chef vertreten, er kann anbieten, die Buchhandlung zu kaufen …«

»Da könnten Sie leider recht haben.«

»Selbst wenn ich nicht recht habe, fühlt es sich trotzdem so an.«

»Aber was würden Sie tun, wenn Sie es könnten?« Er musste die feine Warnung in ihrem Blick bemerkt haben, denn er fuhr fort: »Die Buchhaltung machen Sie ganz hervorragend – Ihnen fällt immer sofort auf, wenn eine Zehnerstelle oder ein ganzer Betrag fehlt.«

»Für richtige Buchhaltung müsste man aber eine Schulung absolvieren. Dafür habe ich keine Zeit, weil ich mich um meine Familie kümmern muss.« Sie zuckte die Achseln. »Meine Welt ist viel kleiner als Ihre oder die von Alec. Ich kann nirgendwohin. Es gibt keinen Fluchtort, wenn die Dinge schieflaufen.«

Er lächelte traurig. »Keine Buchhandlung, in der Sie sich verstecken können.«

Bei dieser Anspielung auf sich selbst musste sie schmunzeln. »Tja, das Vorrecht der Inhaberschaft. Aber wenn ich ehrlich bin …« – und mehr als das konnte sie als verheiratete Frau ihm gegenüber nicht preisgeben – »… habe ich mich aus einem ähnlichen Grund auf diese Stelle beworben. Und ich bin froh, dass ich sie habe. Zumindest im Moment.«

»Richtig.« Lord Baskin erinnerte sich wieder an ihren Ausgangspunkt. »Wir sprachen über Alec.«

»Meint er es ernst mit dem Angebot, was denken Sie?«

»Ich glaube, schon. Aber ich sollte erwähnen, dass auch Mr Dutton und Mr Allen an einer Übernahme interessiert sind.«

»Ich weiß.«

Er lächelte. »Natürlich – Vivien. Auf Ihren langen Busfahrten nach Hause erzählen Sie einander wohl alles.«

Sie erzählen einander wohl alles. Grace erinnerte sich, dass er genau diese Worte auch gesagt hatte, als sie das letzte Mal zusammensaßen, wenige Stunden vor dem Literarischen Mittag. Damals wie heute konnte Grace eine gewisse Sehnsucht heraushören, und sie merkte, dass sein Blick sie nervös machte. »Nicht alles. Aber was die Buchhandlung betrifft, sehr wohl. Sie haben heute sowohl Vivien als auch mich herbestellt, also frage ich für uns beide: Hat Alec es eilig? Könnte er Mr Dutton und Mr Allen zuvorkommen?«

»Ich werde ihnen auf jeden Fall die Chance geben, ebenfalls ein Angebot zu machen. Ich möchte, dass das Geschäft an die fähigste Person geht, wobei ich mir durchaus Sorgen um Herberts Gesundheit mache und darüber, dass Frank nur noch so selten hier ist. Was Alec betrifft, so scheint er es tatsächlich eilig zu haben – ich weiß nicht, warum. Ist in letzter Zeit etwas vorgefallen?«

Diskret schüttelte Grace den Kopf. »Die Situation ist unverändert.«

Sie sahen einander in schweigendem Einvernehmen an.

»Ich dachte, die Dinge würden sich irgendwann bessern.«

Grace sagte nichts dazu. Sie wusste immer noch nicht genau, was zwischen Alec und Vivien vorgefallen war, so wie sie Vivien auch nicht alles über ihre Ehe erzählt hatte. Manche Dinge waren schlicht zu schmerzhaft, um sie zuzugeben.

»Ich bin mir nicht sicher, ob er ihrer würdig ist«, fügte Lord Baskin hinzu.

»Möglicherweise. Aber ich weiß nicht, ob wir überhaupt darüber reden sollten.«

»Zwischen meiner Exfrau Anna und mir bestand eine ähnliche Dynamik. Es war oft sehr dramatisch.«

»Und auch darüber sollten wir vermutlich nicht reden, oder?« Es war ihr letzter Versuch, das Treffen geschäftlich zu halten, und da Lord Baskin kurz darauf Mr Westcott um die Rechnung bat, schien er erfolgreich gewesen zu sein. Gleichzeitig bedauerte sie es, wie sie zu ihrer Überraschung feststellte. An jenem Nachmittag bei Hamleys hatte sie sich gewünscht, sie könnte ihre Kinder nehmen und einfach aus ihrem Leben davonlaufen – jetzt wünschte sie sich, sie könnte einfach hier sitzen bleiben.

»Natürlich, Sie haben recht. Sie haben immer recht.« Er nahm einen letzten Schluck Martini und sah auf die Uhr. »Es ist gleich sieben, und der Laden muss sicher noch für Mr Beckett vorbereitet werden.«

»Oh, damit hat Vivien bestimmt schon angefangen.« Grace deutete ein kleines verschmitztes Lächeln an.

Er schmunzelte, sichtbar erleichtert, dass die Stimmung zwischen ihnen nicht gelitten hatte. »Da bin ich auch sicher.«

Er begleitete sie in die Lobby und sah ihr nach, als sie ging. Sie wollte ihm so vieles sagen, konnte es aber nicht. Sie wollte ihm danken, dass er wie ein Freund für sie war. Dafür, dass er sich in der Buchhandlung immer nach ihr und Vivien erkundigte, obwohl der Standesunterschied zwischen ihnen so groß war. Und dafür, dass er sie ernst nahm, obwohl sie nur ein kleines Leben lebte, eingepfercht zwischen zwei Bushaltestellen. Doch nichts davon konnte sie aussprechen, nicht einmal andeutungsweise. Ihr blieb nur, mit erhobenem Haupt davonzugehen, wobei der Empfangschef ihr die Tür aufhielt und sie Lord Baskins Blick im Rücken spürte; zurück in ihre kleine Welt, die immer kleiner wurde, weil es immer weniger Dinge gab, die sie sich wünschen durfte.

KAPITEL 30

Regel Nr. 42

Sämtliche Veranstaltungen
in der Buchhandlung haben
um Punkt 20 Uhr zu beginnen.

Samuel Beckett und Peggy Guggenheim überraschten damit, dass sie gemeinsam bei Bloomsbury Books eintrafen, gut gelaunt und zehn Minuten zu spät. Suzanne Déchevaux-Dumesnil hingegen, Becketts langjährige Partnerin und Agentin, war nicht dabei, weil sie geschäftlich nach Paris hatte zurückreisen müssen. Das einstige Liebespaar kam direkt aus der American Bar im Savoy, wo sie mit Lady Browning und ihrem Agenten Spencer Curtis Brown Cocktails getrunken hatten. Brown setzte darauf, Beckett für den britischen Markt unter Vertrag nehmen zu können.

Nach seiner Ankunft sprintete Beckett mit langen Schritten die Treppe hinauf, allerdings nicht ohne Alec eine überaus freundliche Entschuldigung zuzuwerfen, der ihm die Richtung gewiesen hatte. Die übrigen Angestellten der Buchhandlung standen im ersten Stock bereits parat, nur Mr Dutton hatte um Punkt 15:30 Uhr das Haus verlassen. Er befolgte die Anweisungen seines Arztes jetzt mit derselben Gewissenhaftigkeit, mit der er schon immer das Geschäft geführt hatte. Seine Angestellten waren darüber sehr erleichtert, denn niemand wollte Zeuge einer weiteren Herzattacke werden.

Das Publikum wartete geduldig in der erneut gut bestuhlten Geschichtsabteilung. Während Alec seine recht blumig ausgeschmückte Einführung vortrug, ging Beckett zum Podium, und seine eindrucksvolle Gestalt ließ alle verstummen.

Alec stand rechts und Vivien links hinter Beckett. Im Gegensatz zu Grace in ihrem konservativen roten Kostüm trug Vivien das übliche Schwarz, und ihre eng anliegende wollene Rollkragenpulli-Bleistiftrock-Kombination stach Beckett sofort ins Auge.

Die Zuhörer saßen erwartungsvoll da; viele der weiblichen Gäste hatten ihre Pelzmäntel und Hüte angelassen. Lady Browning hatte als einer von Viviens VIP-Gästen einen Platz in der ersten Reihe, gleich neben Ellen Doubleday und Sonia Blair. Peggy Guggenheim, die das kurze, wild gelockte Haar heute offen trug, saß auf der anderen Seite des Mittelgangs und spielte mit einer Hand gedankenverloren an ihrer Perlenkette herum, als wartete sie auf den Beginn einer Theateraufführung.

Nach etwas über einer Stunde griff Beckett zum wiederholten Mal nach seinem Scotch und verkündete, er werde jetzt den ersten Absatz von *Molloy* lesen – dem Buch, das demnächst in Frankeich erscheinen würde. Dabei übersetzte er seinen Text spontan ins Englische, so dass an diesem ohnehin schon langen Abend zusätzlich lange Pausen entstanden. Alec wurde unruhig, besonders als Curtis Brown ihm von hinten zuraunte, der zweite Absatz erstrecke sich gerüchtehalber über acht Seiten.

Schließlich begann Peggy Guggenheim, übertrieben laut zu gähnen. Beckett starrte sie mit gespielter Entrüstung an, klappte dann aber das gebundene Manuskript zu und forderte das Publikum auf, ihm Fragen zu stellen.

Sofort schnellten mehrere behandschuhte Hände in die Höhe, und Vivien musste ein Grinsen unterdrücken. Ob mit oder ohne Podium: Samuel Beckett war der charismatischste Mann im ganzen Raum.

Auf ruhige Fragen folgten ruhige Antworten, bis ein Reporter der *Times* von der Seite aus rief: »Aber finden Sie nicht, dass Texte einen Leser zumindest zu etwas Verständlichem oder irgendwie Erkennbarem führen sollten?«

Beckett zuckte die Schultern. Seine stahlblauen Augen und das kurz geschorene silbergraue Haar standen in attraktivem Kontrast zu seinem dunklen Rollkragenpullover und dem etwas helleren Jackett. »Was heißt verständlich?«, fragte er provozierend zurück. »Ich meine, versteht irgendjemand von Ihnen wirklich, was hier passiert? Um zu verstehen, müssen wir erst erleben. Ich schreibe, um mich selbst zu erfahren und dann besser zu verstehen – nur darum geht es mir.«

»Ihnen mag es vielleicht nur darum gehen. Aber ohne grundlegende narrative Elemente, wie beispielsweise eine Handlung, fordern Sie vom Leser ein Maß an Vertrauen, das der Text sich erst noch verdienen muss. Es steht dem Leser doch zu, etwas von der Welt, die ihm bekannt ist, im Text wiederzufinden.«

Beckett schüttelte den Kopf. »Wiedererkennen hat keine bleibende Wirkung. Welchen Sinn hat es, das zu zeigen, was wir schon kennen? Ich kann Ihnen versichern, dass alles, was ich heute Abend ›wiedererkenne‹, keinerlei Wirkung auf mich hat.«

Vivien nahm Becketts herausfordernden Blick wahr, den er seiner früheren Geliebten Peggy Guggenheim in der ersten Reihe zuwarf.

»Worauf wir reagieren …«, er deutete mit der Hand

vage nach links, »… was uns dazu bringt, zu handeln, ist das Unbekannte. Das vollkommen Neue … das Provozierende.«

Dabei sah er unmissverständlich zu Vivien. Sie erlaubte sich einen kurzen Augenkontakt, bevor sie sich wieder dem Publikum zuwandte, und sah, wie Peggy Guggenheim in Becketts Richtung die Augen verdrehte.

»Ich versuche, die Essenz des Seins, das Eine, was uns antreibt, zu ergründen.«

»Glauben Sie denn, dass es nur eine Sache ist?«, wollte der Reporter wissen.

Beckett lachte. »Was uns Männer betrifft: Ja.«

Daraufhin lachten die männlichen Zuhörer und ein paar wenige Frauen. Vivien hatte den Eindruck, dass Alec von dem irischen Dichter und Stückeschreiber mittlerweile weniger begeistert war als noch zu Beginn des Abends.

»Man könnte allerdings argumentieren, dass die Kunst auf der Suche nach dieser Essenz, wie Sie es nennen, bedeutungslos wird«, beharrte der Reporter. »Zu geringfügig … allem beraubt, was wichtig ist … und Sie riskieren, die Leserschaft im Regen stehen zu lassen. Schließlich brauchen Sie uns doch genauso, wie wir Sie brauchen.«

Vivien hatte Beckett den ganzen Abend genau beobachtet. Fast immer hatte er ein herrlich hinterlistiges Blitzen in den Augen, was auch einen Teil seiner Attraktivität ausmachte – abgesehen von seinem respekteinflößenden Aussehen und dem unermesslichen Talent.

»Ich brauche keine Leser.«

Ein Raunen ging durch die Menge – fast wie der gedämpfte Laut der Erkenntnis, dass die Situation gleich eskalieren würde.

»Das ist schlicht und ergreifend falsch.« Dem Reporter traten Schweißperlen auf die Stirn. »Wenn überhaupt, dann brauchen Sie uns sogar mehr als wir Sie.«

Amüsiert beobachtete Vivien, dass Alec verkrampft die Kiefer aufeinanderpresste.

»Wozu? Um zu schreiben? Ich kann immer und überall schreiben, ob meine Sachen nun veröffentlicht werden oder nicht.«

»Warum, um alles in der Welt, sind Sie dann heute Abend hier?«

»Sagen Sie es mir.«

»Mr Beckett, Ihre Weigerung, die Bedürfnisse Ihres Publikums anzuerkennen, erklärt vielleicht, warum so viele Ihrer Texte unveröffentlicht bleiben.« Der Reporter klappte sein Notizbuch zu. »Wenn Sie seine Bedürfnisse berücksichtigten anstatt nur Ihre eigenen, würden Sie bestimmt mehr Menschen erreichen. Und mehr Bücher verkaufen. Schließlich können Sie das eine nicht ohne das andere.«

Beckett hatte jetzt offenbar genug. Er trank sein Glas leer, das er dann gefährlich nah an den Rand des Lesepults schob, und hörte einfach auf zu reden. Vivien beobachtete ihn interessiert und erfreute sich an seinem völligen Desinteresse, anderen zu gefallen. Sie fragte sich, ob das der Grund war, weshalb sie schrieb: um sich von anderen zu lösen und zu befreien. Männer, oder zumindest Männer wie Beckett, konnten sich das im wahren Leben erlauben.

Das Schreiben war für Vivien immer so etwas wie ein sicherer Ort gewesen, an dem sie denken und sagen konnte, was sie wollte. Sie erinnerte sich an einen der Ratschläge aus Lady Brownings Randnotizen: Das Schreiben für ein Publikum erfordere, sich selbst zu vergessen und alles dafür zu tun, um anderen Menschen Unterhaltung und emotionale Anregung zu bieten. Lady Browning musste ja wissen, wovon sie sprach – von ihrem letzten Buch *Des Königs General* waren in nur drei Wochen über eine Million Exemplare verkauft worden, und in Amerika stand das kürzlich erschienene *Die Parasiten* auf dem ersten Platz in der Bestsellerliste der *New York Times*.

Vivien, die mitansah, wie Beckett seine eigene Veranstaltung abrupt beendete, musste sich eingestehen, dass sie ihn außerordentlich anziehend fand – und das nicht nur, weil er selbstbewusst und ein Genie war. Sie stand dem Vortragspult recht nahe und konnte auch eine gewisse körperliche Anziehung zwischen ihnen beiden wahrnehmen. Alle diese Empfindungen beflügelten sie mehr als alles andere, was sie in letzter Zeit erlebt hatte.

Alec dagegen war sichtlich deprimiert. Sein Idol war als Gastautor im Grunde nicht mehr anwesend. Becketts Interesse schien sich jetzt einzig und allein auf Alecs ehemalige Geliebte zu richten. Drei der Anwesenden würden später ihr Eintrittsgeld von 10 Pence zurückverlangen. In keiner der Londoner Tageszeitungen würde ein Gruppenbild veröffentlicht werden, auch wenn die Veranstaltung für manchen Klatsch und Tratsch sorgte.

Der Umsatz der Buchhandlung würde am folgenden Tag ein wenig geringer ausfallen als üblich.

Während der gesamten Veranstaltung hatte Evie Stone allein vor dem Bücherregal an der Nordseite des Raumes gestanden. Von dort aus konnte sie Beckett und alle um das Podium herum genau beobachten. Außerdem hatte sie eine gute Sicht auf die Damen in der ersten Reihe. Daphne du Maurier und Mrs George Orwell hatte sie sofort erkannt, und sie wusste inzwischen auch von Viviens Bekanntschaft mit Ellen Doubleday, der Witwe des amerikanischen Verlegermagnaten, die sie nach dem Zwischenfall mit zwei Touristinnen und ihrer Armbanduhr kennengelernt hatte.

Am meisten faszinierte sie allerdings Peggy Guggenheim, die amerikanische Erbin und Galeriebesitzerin, die zurzeit in Venedig wohnte. Von Vivien wusste Evie, dass Miss Guggenheim ein Vermögen geerbt hatte, nachdem ihr Vater auf der *Titanic* in den Armen seiner Geliebten gestorben war. In den darauffolgenden Jahren hatte Peggy Guggenheim eine der imposantesten Kunstsammlungen der Welt zusammengestellt. Evie beeindruckte die Vorstellung, dass eine Frau riesige Geldsummen in Kunst investierte, ohne bereits deren Wert und deren Bedeutung für die Kunstwelt zu kennen. Sowohl in der akademischen als auch in der Geschäftswelt hatte Evie bisher nur die Erfahrung gemacht, Männern gegenüber den Kürzeren zu ziehen.

Was die weiblichen Ehrengäste des heutigen Abends vereinte, war aus Evies Sicht das Geld. Im Zuge der Rettung des Cottage von Jane Austen hatte sie gelernt, wie wichtig finanzielle Sicherheit war, um sich Möglichkeiten zu erschließen. Ohne die beträchtliche Leihgabe von Mimi Harrison wäre die Jane Austen Society nie in der Lage gewesen, die Bibliothek der Familie Knight zu erwerben, die sich am Ende als so außerordentlich wertvoll erwies. Mimi hatte das Geld mit ihren vielen Filmen verdient, denn die Schauspielerei war einer der wenigen lukrativen Berufe für Frauen, die das Glück hatten, mit gutem Aussehen geboren zu werden. Peggy Guggenheim hatte ihr Geld geerbt und damit die Möglichkeit bekommen, sich in einer Welt von Männern zu behaupten, Ellen Doubleday hatte Geld geheiratet, und Daphne du Maurier hatte sich eine der profitabelsten Schriftstellerkarrieren der Welt aufgebaut – wiederum ein Beruf, den Frauen ausüben konnten, die das Glück hatten, zum Schreiben ein Zimmer für sich allein zu besitzen.

Evie wusste, dass Vivien und Grace in ihren Jobs nicht glücklich waren – aber wie sollten sie ihre Situation ohne finanzielle Hilfe von außen verbessern? Diese Frage hatte Evie bereits umgetrieben, als sie deprimiert in Christensens heiligen Hallen gesessen hatte, und auch Mimi hatte sie bei ihrem letzten Treffen gewarnt, dass Fleiß und harte Arbeit nicht immer ausreichten. Die Frauen von Bloomsbury Books verdienten gerade genug Geld zum Überleben, aber keinen Penny mehr. Sie hatten nichts übrig, um sich Dinge leisten zu können, die mit der Zeit an Wert gewannen, oder um ein paar Shillings für schlechte Zeiten zurückzulegen. Infolgedessen konnte Grace ihren Mann nicht verlassen, und Vivien konnte nur immer wieder jammern. Evie machte sich Sorgen, dass sie am Ende in eine ähnliche Falle tappen und immer weniger Möglichkeiten haben würde.

Während sie die Frauen im Publikum beobachtete, fiel ihr auf, dass Grace heute Abend ungewöhnlich angespannt wirkte. Ob sie wohl das erneute Auftauchen von Mr Perkins fürchtete? Noch nie hatte Evie ein Ehepaar erlebt, das auf solche Weise miteinander umging. Ihre Erfahrungen beschränkten sich auf ihre eigenen Eltern und die verheirateten Mitglieder der Jane Austen Society, die jedoch alle recht spät im Leben eine neue Liebe gefunden hatten und sich daher ihres besonderen Glückes bewusst waren. Von allen Angestellten bei Bloomsbury Books bewunderte sie Grace am meisten, weil sie forsch und mutig war und eine innere Ruhe besaß, wie Evie sie nur von ihrer früheren Chefin Frances Knight kannte.

Evie war klar, dass der 11. Earl Baskin Grace ebenfalls bewunderte. Mehr als einmal hatte Evie von ihrem Fenster im zweiten Stock aus Lord Baskin und Grace beobachtet, wie sie zusammen auf der Bank vor dem Geschäft saßen, Kaffee tranken und munter miteinander plauderten. Wie Evie und Ash waren auch Grace und Lord Baskin von ganz unterschiedlicher Herkunft, auch wenn sie beide auf englischem Boden geboren und aufgewachsen waren. In ihrer Sorge um andere und der Zurücknahme ihrer selbst schienen sie charakterlich jedoch ähnlich gestrickt zu sein.

Nach allem, was Evie bislang beobachten konnte, besaßen Alec und Vivien nicht annähernd diese Charaktereigenschaften. Grace bezeichnete die zwei rivalisierenden Kollegen oft als unglückliche Zwillinge. Heute Abend erreichte die Spannung zwischen beiden einen Höhepunkt, als Peggy Guggenheim und Samuel Beckett ganz offen ihr jeweiliges Interesse an ihnen bekundeten. Paradoxerweise half Evie die spürbare Anziehung zwischen Guggenheim und Alec, bei dem ebenfalls unmissverständlich gezeigten Interesse von Guggenheim an Ash ruhig zu bleiben. Offen vor anderen mit einem Mann zu flirten, war Evie dermaßen fremd, dass sie sich nicht vorstellen konnte, wie man es gleichzeitig mit zweien tun konnte.

Dann war da noch Ash. Er betonte oft, wie verschieden er und Evie doch seien. Trotzdem erkannte Evie ganz offensichtliche Ähnlichkeiten – zumindest in den Dingen, die ihrer Meinung nach am meisten zählten. Besonders gut konnte sie Ashs berufliche Rückschläge nachfühlen, nachdem sie selbst hatte erleben müssen, wie Stuart Wesley ihr gegenüber bevorzugt wurde.

Neben Mimi war Ash der einzige Mensch, den Evie in ihre Pläne eingeweiht hatte, aber sie wollte mehr mit ihm teilen als das. Wenn sie mit Ash zusammen war, fühlte sie sich rundum zufrieden und gleichzeitig seltsam aufgeregt. In diesem seltsamen emotionalen Zustand entdeckte sie ganz neue Seiten an sich, insbesondere ein Vergnügen daran, nicht immer alles allein zu unternehmen. Wenn sie ohne Ash durch London spazierte oder essen ging, fehlten ihr seine interessanten Beobachtungen. Vor allem liebte sie es, etwas über Indien erzählt zu bekommen – über seine Liebe für ein Land, das sie nie gesehen hatte und von dem er seltsamerweise gedacht hatte, er müsse es verlassen.

Evie konnte sich Indien überhaupt nicht vorstellen – sie hatte ein Mischmasch von Bildern aus den Kinonachrichten und alten Landkarten aus der Buchhandlung im Kopf. Sie merkte, dass sie so sehr mit den Dingen vor ihrer eigenen Nase beschäftigt war, dass sie einen Großteil der schönen Dinge und Kuriositäten in der fernen Welt verpasste. Bis jetzt hatte sie nie das Bedürfnis verspürt zu reisen – es gab ja genug Bücher, um sich ein Leben lang damit zu beschäftigen. Aber Ash hatte ganz andere Bilder im Kopf, nämlich eine Fülle einzigartiger, sinnlicher Eindrücke. Zum ersten Mal in ihrem Leben wollte Evie wissen, was im Kopf eines anderen Menschen vorging.

Sie liebte Ashs Denkweise – so präzise und detailliert und gleichzeitig mit einem Blick aufs Ganze. Er kannte jede Blume und jeden Baum, an denen sie vorbeikamen. Er konnte allem einen Namen geben, und das nicht auf so abwertende Weise wie Vivien. Mit Ash hatte Evie das Gefühl, die Welt würde sich ausdehnen, sogar in den übervollen Straßen Londons mit seinen aufragenden Gebäuden, die oftmals den Himmel verdeckten. Es gab über eine Million bekannter Insektenarten auf der Welt, und Ash wollte jede davon erkunden. Im Hinblick darauf, ihr Interesse voll auf eine Sache zu fokussieren, waren er und Evie sich vielleicht am ähnlichsten.

Evie dachte über Indien nach und wie man in diesem Land lebte. Vielleicht würde sie eines Tages selbst einmal dorthin reisen. So etwas hätte sie früher niemals in Erwägung gezogen, aber sie wäre nicht der erste Mensch, der einen fremden Ort bereisen wollte, weil er jemanden von dort kennengelernt hatte. Evie dachte an Jane Wells Webb und ihre vergessenen Romane, an ihre Hochzeit mit dem viel älteren und gebrechlichen Botaniker John Loudon und ihre nachfolgende Karriere als Autorin von Gartenbüchern, um sich seinen Interessen anzupassen. Früher bot eine Ehe nicht genug Raum für zwei Menschen mit völlig unterschiedlichen Interessengebieten, aber mittlerweile hatten sich die Zeiten doch hoffentlich geändert. Bestimmt gäbe es heute einen Weg, Ehe und Karriere zu verbinden, wenn zwei Menschen einander nur genug liebten und respektierten.

Evie war selbst überrascht von ihren Gedanken und sah sich verschämt um. Ihr stieg die Röte in die Wangen, und sie erinnerte sich an das erste Mal, als sie Ash gesehen hatte: im Türrahmen zu Mr Duttons Büro, als der reglos am Boden gelegen hatte. Auch damals war sie rot geworden. Erst hatte sie die Aufregung in dieser speziellen Situation dafür verantwortlich gemacht, aber auch später hatte sie immer wieder dieses seltsame Ziehen im Herzen verspürt, sobald Ash in der Nähe war.

Evie fragte sich, ob für andere erkennbar war, was sie für Ash empfand. Sie war es nicht gewohnt, intensive Gefühle für jemanden zu hegen und sie nicht verbergen zu können. Ihre heftige Abneigung gegenüber den Menschen in Cambridge, die ihre Karriere ruiniert hatten, kam dem derzeitigen Zustand wohl am nächsten. Bis jetzt hatte sie sich nur von selbst gesetzten Aufgaben, Terminen und Zielen antreiben lassen – nun aber war da etwas, das von außen Gefühle in ihr weckte, die sie nicht kontrollieren konnte und die eine Reaktion auslösten, welche sie so noch nie erlebt hatte.

Evie beobachtete die verschiedenen Paare, die mehr oder weniger gut zusammenpassten, und wunderte sich über die allgemeine Bereitschaft, die eigenen Bedürfnisse durch stumme Signale kundzutun. Sie konnte nicht einmal sich selbst signalisieren, was sie wollte, geschweige denn auf so subtile – oder weniger subtile – Weise herumflirten. Das Leben in der Londoner Gesellschaft war das genaue Gegenteil des stillen, fast klösterlich abgeschiedenen Lebens an der Universität von Cambridge. Die Menschen in der Großstadt ließen viel eher erkennen, was sie wollten. Über Ehrgeiz wurde nicht die Nase gerümpft – Arbeit an und für sich musste nicht der einzige Lohn für Ambitionen bleiben, man durfte auch Geld und Ruhm anstreben. Samuel Beckett buckelte nicht unterwürfig vor seinem Publikum – übrigens ebenso wenig wie Lady Browning.

Ist das nicht der Grund, weshalb wir überhaupt hierherkommen? Um Dinge zu finden, die es woanders nicht gibt?

Das hatte Ash sie bei ihrem ersten Gespräch gefragt. Es war doch bestimmt keine Schande, mehr zu wollen – auch wenn alle Männer in Cambridge und bei Bloomsbury Books ihr das Gegenteil einzureden versucht hatten. Sie versprachen vage Belohnungen, wenn sie nur schön auf ihrem Platz bliebe und das täte, was von ihr erwartet wurde – aber wenn diese Belohnungen am Ende nicht geliefert wurden, wäre es zu spät, mehr zu wollen. Evie begriff, dass in London immer diejenigen belohnt würden, die Risiken eingingen und Regeln brachen. Genau das verlieh Abenden wie heute eine spezielle Energie: das Bewusstsein, dass zwischen zwei beliebigen Menschen, die sich auch nur annähernd zueinander hingezogen fühlten, alles Mögliche passieren konnte.

KAPITEL 31

Regel Nr. 4

Die Angestellten haben sich
dem Geschäft und der Geschäftsführung
gegenüber stets loyal zu verhalten.

Die Gäste waren gegangen.

Keiner von ihnen hatte am Ende des Abends noch ein persönliches Wort mit dem Autor wechseln wollen – dazu waren alle viel zu eingeschüchtert gewesen. Beckett stand jetzt lässig gegen das Lesepult gelehnt, während Peggy Guggenheim ihre Entourage und die Angestellten von Bloomsbury Books mit Geschichten aus ihren eigenen Buchhändlerinnentagen unterhielt. Die Dynamik zwischen den zwei ehemaligen Geliebten faszinierte Vivien – wenn einer sich zurückzog, wurde der andere dominanter. Du Maurier hatte ihr zuvor anvertraut, was sie über die einstige Affäre der beiden in Paris wusste: »Sie haben sich vier Tage lang in ihrem Zimmer im Ritz verschanzt und die Tür nur ein einziges Mal geöffnet – für eine Ladung Sandwiches!«

Sobald Guggenheim und Beckett in der Buchhandlung erschienen waren, hatte die schale, staubige Bücherluft etwas Warmes und Eindringliches angenommen. Die beiden gingen geradezu geschwisterlich neckend miteinander um, anderen gegenüber verhielten sie sich keinesfalls so. Vivien nahm wahr, dass Peggy Guggenheim von Alecs blonder Chorknabenerscheinung und seiner beflissenen Art den Ehrengästen gegenüber recht angetan war. Vivien bewunderte das Ausmaß an Freiheit, das sie genoss. Es überstieg selbst das von Lady Browning, die ja aber eine verheiratete Frau war. Guggenheim war zweimal geschieden, und es hieß, sie habe über die Jahre Dutzende oder gar Hunderte von Liebhabern gehabt. Vivien empfand fast so etwas wie Ehrfurcht: Sie kannte keine Frau, die sich weniger darum scherte, was andere von ihr dachten.

Gerade erzählte Guggenheim von einem unbezahlten Praktikum, das sie vor dreißig Jahren in Manhattan in einer Buchhandlung namens Sunwise Turn absolviert hatte. »… die Nelson Doubleday natürlich kaufte, als sie insolvent wurde.«

Guggenheim sah zu seiner Witwe, als sie den Namen erwähnte. Allmählich bekam Vivien den Eindruck, dass alle Leute in Manhattan – oder zumindest alle, die Geld hatten – einander kannten.

»Es war ein Geschäft wie dieses«, fuhr Guggenheim fort, »aber nur von Frauen geführt.«

Viviens Blick schnellte zu Grace, dann wieder zu Peggy. »Tatsächlich?«

»Aber ja. Und wir haben auch Bücher veröffentlicht.«

Nun bekam Evie große Augen und trat unweigerlich einen Schritt vor. »Hatten Sie eine eigene Druckpresse?«

»Natürlich!« Peggy blickte einmal in die Runde und fügte lachend hinzu: »Wir hatten viele Maschinen, um Männer zu ersetzen.«

Ein paar Frauen lachten, wohl weil sie sich an den kleinen Aufruhr über »Die Puppe« in ebendiesem Raum erinnerten.

»Wir haben Gedichte und Essays von überall aus der

Welt veröffentlicht, zum Beispiel die eines wunderbaren indischen Gentlemans namens Coomaraswamy« – Peggy Guggenheim drehte sich kurz zu Ash –, »und hatten auch eine Galerie und einen Vortragsraum. Tatsächlich hat meine Liebe zu moderner Kunst dort so richtig Fahrt aufgenommen, denn diese Sachen wachsen ja nicht einfach so auf Bäumen.« Sie kicherte. »Die Frauen bei Sunwise haben sich, genau wie ich, immer viel zu viel vorgenommen.«

»Dr. Ananda Coomaraswamy«, sagte Ash plötzlich, »stammte eigentlich aus Ceylon. Sein Vater war ein tamilischer Brahmane, genau wie mein Vater.«

»Und seine Mutter war eine Engländerin, soweit ich mich erinnere, aus Kent.« Peggy Guggenheim musterte Ash nun ganz offen, und seine Kolleginnen und Kollegen sahen ihn verwundert an, weil er ausgerechnet hier und jetzt, vor so vielen Menschen, Details aus seinem Leben preisgab.

»Er studierte Geologie und Botanik«, fuhr Ash fort, wiederum zum Erstaunen der anderen Angestellten, »und gründete in Ceylon eine geologische Forschungsanstalt für Mineralien. Ich habe einige seiner frühen Aufsätze hier im Untergeschoss.«

»Faszinierend«, sagte Guggenheim.

Beckett, der hinter ihr stand, schüttelte amüsiert den Kopf. »Marguerite, du hast dich doch nie sonderlich für Pflanzen und Steine interessiert.«

Guggenheim sah in die Runde. »Er ist der Einzige, von dem ich mich mit meinem Geburtsnamen ansprechen lasse. Aber das hat seinen Preis, Sam, nicht wahr?«

Erneut schüttelte Beckett den Kopf und bedeutete Alec, ihm Whisky nachzuschenken. Belustigt verfolgte Vivien, wie ihr vor Kurzem wieder als Abteilungsleiter eingesetzter Kollege sich darum bemühte, den Abend zu retten, wobei Beckett sich nach wie vor kein bisschen für ihn interessierte. Sie rechnete nicht damit, dass Alec am Ende der heutigen Veranstaltung, so wie sonst immer, eingeladen würde, mit der Gruppe noch etwas trinken zu gehen.

Sie fragte sich, ob stattdessen sie eine Einladung erhielte.

Durch eines der Fenster beobachtete Alec, wie Vivien und Beckett unten auf dem Gehsteig in offenbar vertraulicher Konversation die Köpfe zusammensteckten. Die Gruppe aus Witwen und gesellschaftlichen Rivalen, über die er sich heute hatte amüsieren wollen, vertrieb sich plaudernd und trinkend hinter ihm die Zeit und schien sich eher über ihn zu amüsieren.

»Tja, das haben Sie wohl verbockt«, hörte er nun eine Frauenstimme.

Als Alec sich umdrehte, stand er Peggy Guggenheim gegenüber, die anzüglich an ihrer doppelreihigen Perlenkette spielte. »Miss Lowry hat eben ihren eigenen Kopf«, sagte er.

»Ich bezweifle, dass das das Problem war.«

»Wir sind bei der Arbeit recht konkurrenzorientiert.«

»Sind Sie sicher, dass es die Arbeit ist, bei der Sie konkurrieren?«

Ihre Worte irritierten Alec, und er sah wieder auf die Straße. »Worauf wollen Sie hinaus?«

Guggenheim nahm die Hand lange genug vor ihrer Perlenkette, um einen Schluck Champagner zu trinken. »Wie ich höre, hat sie vielerlei Begabungen.«

»Das kann ich bestätigen.«

»Und wie ist das bei Ihnen?«

Alec spürte Kopfschmerzen aufziehen. Er hatte kein Interesse daran, mit Peggy Guggenheim zu schlafen. Wieder einmal hatte er die Aufmerksamkeit einer gut situierten Besucherin der Buchhandlung nutzen wollen, um Vivien eifersüchtig zu machen. Stattdessen hatte er sie in die Arme eines der schillerndsten irischen Schriftsteller und Widerstandshelden getrieben – ein gleich zweifacher Schlag gegen seine Männlichkeit.

»Was macht ein Mann wie Sie in so einem Laden wie diesem? Sie haben doch sicher eigene schriftstellerische Ambitionen.«

Alec löste sich wieder vom Fenster und starrte Guggenheim an. Konnte diese Frau etwa Gedanken lesen?

»So ist es doch meistens, oder nicht?«, schob Guggenheim hinterher. »Es sei denn, man ist alt und gebrechlich und das Leben ist irgendwie an einem vorbeigezogen. Und so sehen Sie eigentlich nicht aus.«

Sie legte ihre Hand locker auf Alecs Arm, worauf er leicht zurückwich und sein leeres Glas auf der Fensterbank abstellte.

Offenbar hatte Peggy sein mangelndes Interesse nun dechiffriert, denn schlagartig änderte sich ihre Haltung. »Nun, ich schätze, man kann den Abend als rundum gelungen bezeichnen.«

»Beckett hat auf jeden Fall für Gesprächsstoff gesorgt.«

Sie neigte sich vor, um ebenfalls nach unten zu schauen, wo Vivien und Beckett sich offensichtlich angeregt unterhielten.

»Er tut es noch immer.« Mit einem Zwinkern wandte Guggenheim sich ab und kehrte zu den übrigen Frauen zurück, die sie amüsiert beobachtet hatten.

Alec konnte nun in Ruhe verfolgen, was unten auf der Straße passierte: wie Vivien sich gegen die alte Gaslaterne lehnte und Beckett seine linke, die Schreibhand, dicht über ihrem Kopf abstützte. Er war, wie Alec, gute fünf Zentimeter größer als Vivien, so dass er nun anzüglich auf seine mögliche Eroberung hinablächeln konnte.

Alecs Eifersucht wuchs mit jeder Minute. Seine Gefühle für Vivien waren ihm in letzter Zeit nur allzu bewusst. Der Zwischenfall mit der Armbanduhr und Viviens Monat als Abteilungsleiterin hatten die Dinge zwischen ihnen auf seltsame Weise ausbalanciert. Es war sogar so weit gegangen, dass er der starken körperlichen Anziehung, die sich unter der oberflächlich schwelenden Feindschaft versteckte, erneut nachgegeben hatte. Nach der Lesung mit Daphne du Maurier hatten sie jemanden weglaufen hören und wussten daher, dass einer ihrer Kollegen ihr spontanes Stelldichein beobachtet hatte. Alec musste nur noch herausfinden, wer es war, wobei er einen konkreten Verdacht hegte.

Durch sein absolut kindisches Gehabe hatte Vivien dann unbeabsichtigt entdeckt, dass er auf ihre Kosten eine Geschichte veröffentlicht hatte. Natürlich war sie augenblicklich wieder in den Feindmodus übergegangen und hatte ihm aufs Neue das Herz gebrochen.

»Warum gehen Sie nicht runter und reden mit ihr?«, hörte er jetzt eine andere Frauenstimme.

Alec seufzte bei der Vorstellung, sein Liebesleben ein weiteres Mal von einer Frau analysieren lassen zu müssen, doch als er sich umdrehte, war dort nur Evie Stone.

Ach, nur Evie Stone, war die Floskel, mit der die Männer der Buchhandlung von ihrer jüngsten Kollegin sprachen, die jeden Morgen pünktlich zur Arbeit erschien und umgehend in die Antiquariatsabteilung im zweiten Stock verschwand. Danach sah man sie fast gar nicht mehr, höchstens wenn sie Vivien oder Grace bei der Teezubereitung zur Hand ging.

»Wie bitte?«, fragte Alec überrascht nach, denn es war das erste Mal, dass Evie überhaupt das Wort an ihn richtete. Er hatte bisher den Eindruck gehabt, dass sie ihm nicht über den Weg traute.

»Sie beobachten sie die ganze Zeit durchs Fenster.«

»Ich möchte nur sichergehen, dass sie gut nach Hause kommt … dass Mr Beckett sich wie ein Gentleman verhält.«

Evie kniff die Augen zusammen, und er merkte, dass sie sich nicht für dumm verkaufen ließ.

»Mögen Sie sie gern?«, fragte sie prompt.

Dann war sie es also gewesen, die ihn mit Vivien im Büro gesehen hatte. »Hören Sie, Miss Stone, das ist nicht wie in Ihren Büchern … wie in den Liebesromanen dieser Romanzentanten. Manchmal kommen Menschen zusammen, ohne sich besonders gern zu mögen. So ist es dann einfach.«

»Was mögen Sie an Vivien denn nicht?«

»Ich denke, es geht eher darum, dass sie mich nicht mag.«

»Warum?«

Alec starrte Evie an, starrte in ihre durchdringenden kohleschwarzen Augen und auf den unschuldigen Ausdruck in ihrem so jungen Gesicht. Mit den rosigen Kinderbäckchen, abgekauten Fingernägeln und abgetretenen Schulmädchenstiefeln sah sie nicht annähernd aus wie zwanzig, das Alter, das sie bei der Bewerbung angegeben hatte.

»Weil ich ein paar Fehler gemacht habe, wie jeder Mensch. Für die ich mich entschuldigt habe, mehrfach. Aber für Miss Lowry wird nie etwas genug sein. Das ist es, was ich an ihr nicht mag.«

»Meine Mutter würde sagen, Sie sind zu stolz.«

»Wieso das?«

»Sie glauben, Ihre Entschuldigung – Worte anstelle von Taten – würde reichen. Das bedeutet, dass Sie zu stolz sind.«

»Nun, ich werde mit Sicherheit nicht um sie betteln.«

Evie schüttelte den Kopf. »Ich bezweifle, dass es das ist, was Vivien will.«

»Und das ist das Problem.« Alec seufzte erneut und spürte endlich, dass der Champagner ihn etwas entspannte – trotz Evies inquisitorischen Blicks. »Ich habe keine Ahnung, was sie will. Ich weiß nicht, wie ich mich ihr gegenüber verhalten soll.«

Evie zuckte die Achseln, als wollte sie sagen, dass es nicht seine Entscheidung sei. »Sie ist einfach ein Mensch, Mr McDonough, nicht mehr und nicht weniger. Wie Sie selbst sagten: Sie ist keine Romanfigur.«

Als Evie davonmarschierte, konnte er ihr nur schweigend hinterhersehen und ihre Worte sacken lassen. Evie Stone war der letzte Mensch, von dem er einen Ratschlag in Liebesdingen erwartet hätte. Mit diesem Gedanken schnappte er sich seinen Mantel vom Garderobenständer und verließ das Geschehen, bevor noch eine andere Frau auf die Idee käme, sich in sein Leben einzumischen.

Lady Browning, Ellen Doubleday, Peggy Guggenheim, Sonia Blair und Evie waren nun die Einzigen, die sich noch in der ersten Etage von Bloomsbury Books aufhielten.

»All dieser Blödsinn da eben! Von wegen sein Publikum sei ihm egal …«, sagte Lady Browning und reckte das Kinn in Richtung Lesepult.

»Mein ehemaliger Boss Cyril Connolly würde dem zustimmen«, sagte Sonia. »Einmal hat er berüchtigtermaßen behauptet: ›Lieber für sein Ego schreiben und kein Publikum haben, als für ein Publikum schreiben und kein Ego haben.‹«

»Da gibt es doch sicherlich einen Mittelweg«, warf jemand von der Tür aus dazwischen. Die Frauen drehten sich um und sahen eine lächelnde Vivien dort stehen. »Sind wir Frauen unter uns?«

Peggy Guggenheim schlug die Hände zusammen. »Oh, wie gern hätte ich sein Gesicht gesehen, als Sie ihm einen Korb gegeben haben«, frohlockte sie. »Das passiert ihm viel zu selten. Wie das bei Berühmtheiten nun mal so ist.«

Lady Browning nickte. »Das kann ich bestätigen.«

»Wobei berühmte Männer da schon recht speziell sind«, fügte Ellen Doubleday hinzu.

»Ach, ich denke, das betrifft alle berühmten Schriftsteller, Männer wie Frauen«, kommentierte Peggy Guggenheim. »Allesamt ein alberner, unsicherer Haufen.«

»Absolut«, stimmte Ellen zu. »Wenn ich an die vielen schrecklichen Dinnerpartys denke, zu denen Nelson mich mitgeschleppt hat. Außer natürlich, du warst dabei …«, fügte sie zu Daphne du Maurier gewandt hinzu.

»Maler dagegen«, fuhr Guggenheim fort, »sind das genaue Gegenteil von unsicher. Eher schon so was wie Übermenschen. Aber unbestreitbar stark im Bett.«

Grace und Vivien sahen beide gleichzeitig zu Evie, aus Angst, derart unverblümte Rede würde der jungen, unerfahrenen Frau die Schamesröte ins Gesicht treiben. Aber sie schien viel zu sehr von Peggy Guggenheim beeindruckt, um zu reagieren.

»Wenn Sie mich doch nur einmal zu Wort kommen ließen …!« Vivien lachte und wartete, bis die Frauen ausgetuschelt hatten und sie erwartungsvoll ansahen. »Er wollte gar nicht mit mir schlafen – oh, entschuldigen Sie bitte, Evie – mich verführen, auch wenn man bei einem wie ihm wohl immer damit rechnen muss.«

»Was, um alles in der Welt, wollte er denn dann?«, überlegte Peggy Guggenheim laut, bevor sie etwas höflicher hinzufügte: »Falls ich das fragen darf.«

»Er wollte … Er bot mir an, mein Mentor zu werden. Ah, ich sehe, dass Sie das überrascht. Nun, offensichtlich hat Lady Browning ihm heute vor der Veranstaltung etwas von meinen Geschichten gezeigt. Ich wusste doch, dass ich mein Notizbuch hätte zurückfordern sollen.«

Lady Browning winkte ab und füllte ihr Champagnerglas auf. »Ich bin nicht sicher, ob ich ohne Sir Arthur Quiller-Couchs Unterstützung je etwas veröffentlicht hätte. Einem geschenkten Gaul sieht man nicht ins Maul, wie es so schön heißt. Oder sonst irgendwohin.«

»Nun, das war aber mit Sicherheit nicht das, was Mr McDonough gedacht hat, als er Sie beide sah. Oder …«, Peggy Guggenheim zwinkerte Vivien zu, »… war das zum Teil auch Sinn der Sache?«

»Wie auch immer«, erwiderte Vivien. »Es war jedenfalls nicht der Grund, weshalb ich hierher zurückgekommen bin. Diese Buchhandlung der Frauen …« Sie sah Peggy Guggenheim an. »Erzählen Sie uns bitte mehr darüber.«

»Was möchten Sie wissen? Wir haben alle kein Geld verdient, haben Fußböden geputzt und Tausende Bücher verkauft. Und viel Tee gekocht. Nicht viel anders als Sie hier, wie ich annehme. Wobei sie mich mit meinen schwachen Rechenkünsten nur mittags an die Kasse ließen, wenn wenig los war.« Peggy Guggenheim lächelte, offenbar schwelgte sie in Erinnerungen. »Aber wir haben viel gelernt, und das in relativ jungen Jahren, wenn man noch Zeit dafür hat. Ohne diese Erfahrung hätte ich bestimmt keine eigene Galerie an der Cork Street eröffnet.«

Beim Sprechen wurde Grace sich ihres eigenen Alters bewusst. »Ich mache seit Jahren unablässig das Gleiche.«

»Und was ist das?«, wollte Guggenheim wissen.

»Im Prinzip ist es, das aufzuschreiben, was der Geschäftsführer sagt.«

»Wie aufregend«, bemerkte Lady Browning trocken.

»Bei *Horizon* habe ich auch so angefangen«, sagte Sonia Blair. »Aber ich hatte Glück: Cyril Connolly hat ein Herz für Frauen – auf die beste Weise. Am Ende haben Clarissa Spencer-Churchill und ich den Laden fast allein geschmissen. Allerdings …« George Orwells Witwe lachte bitter. »Allerdings ist er dann ja auch pleitegegangen.«

Die anderen Frauen lachten ebenfalls.

»Aber was braucht es denn? Ich meine, was braucht man wirklich, um ein eigenes Geschäft zu führen?« Vivien sah Guggenheim mit großen Augen an.

»Sie sollten auf jeden Fall auf etwas Bestehendes aufbauen. Der Anfang, die ersten Schritte … das ist die größte Hürde. Der Raum, die Regale, die Ware. Danach werden Sie ein oder zwei Jahre erst mal nur Verluste haben.« Guggenheim zuckte kurz die Schultern, dann sah sie auf die Uhr. »Ich fürchte, ich muss jetzt gehen. Mein Zug nach Venedig morgen geht sehr früh.«

»Dürfte ich Ihre Karte haben?«, bat Evie die berühmte

Kunstsammlerin. Grace und Vivien sahen sie überrascht an.

»Aber natürlich. Melden Sie sich, wenn Sie je nach Venedig kommen. Sie können sich meine Sammlung am Canale Grande ansehen.«

»Ich nehme an, sie wird zuerst nach Indien reisen«, meinte Vivien und zwinkerte Evie zu, die sie daraufhin so verwundert anstarrte, als wäre ihr der Gedanke noch nie gekommen.

Peggy Guggenheim zog sich bedächtig die Handschuhe über und musterte die nun errötende Evie. Dann lächelte sie. »Ah, ich verstehe.«

»Ich bin in Indien geboren. In Kalkutta«, verriet Sonia, die ihren Mantel vom Garderobenständer holte. »Und Eric auch ... in Bengalen, wie es damals genannt wurde. Wir waren beide noch sehr jung, als wir nach England zogen – es scheint tausend Jahre her zu sein und eine Million Meilen entfernt. Für Mr Ramaswamy ist es sicher schwer, so weit entfernt von seiner Familie zu leben.«

»Wie ist es da so?«, wollte Evie wissen. Vivien und Grace lächelten einander über ihren Kopf hinweg an.

»Für mich als Kind war es groß und weit und turbulent, wie ein sich drehendes Kaleidoskop. Trotzdem wirkte es irgendwie farblos, in fahles leeres Weiß gehüllt. Eric würde sagen, es war die Atmosphäre der Unterdrückung. Jahre später kehrte er zurück, um in Burma zu arbeiten. Dort begann er bald, die Kolonialherrschaft und wie sie die Leute kontrollierte, zu hassen. Ich kann nachvollziehen, was er meinte, auch wenn ich die Situation natürlich nie so erfasst habe wie er – oder noch wichtiger: wie die Menschen vor Ort. Jetzt muss ich aber wirklich gehen, so leid es mir tut.«

Die vier letzten Gäste verließen die Buchhandlung und

winkten drei Taxis herbei, um in nur zwei verschiedene Richtungen zu fahren. Als sie den Fehler bemerkten, verteilten sie sich lachend neu und fuhren davon. Die verbliebenen drei Frauen winkten ihnen nach, schlossen die Ladentür ab und gingen zum Aufräumen nach oben.

»Warum hast du Guggenheim das mit der Buchhandlung gefragt?«, wollte Grace wissen, als sie und Vivien die beiden Tabletts mit den Champagnerkelche in die Küche brachten, während Evie die Stühle zur Seite räumte.

»Ich habe die Nase einfach gestrichen voll – du nicht auch? Hier wird sich niemals etwas ändern. Mr Allen, der permanent durch Abwesenheit glänzt, Master Mariner Scott, der uns immer und ewig anraunzt, und Ash, der ständig nur seine Insekten beäugt – nicht, dass ich ihm das zum Vorwurf machen möchte. Und Mr Dutton ... ein wirklich liebenswerter Mann, aber keiner, der auch nur das feinste Härchen mal in eine andere Richtung kämmen würde. Außerdem sollte er doch gar nicht wieder arbeiten. Er sieht definitiv noch krank aus.«

Vivien drehte den Heißwasserhahn zu und schlug mit der flachen Hand darauf. »Und hier stehen wir wieder, räumen und putzen hinter ihnen her, kochen ihren Tee – genau so, wie sie ihn mögen – und lassen uns die ganze Zeit ausnutzen. Alec besitzt noch nicht einmal den Anstand, nach seiner eigenen Veranstaltung mit anzupacken.«

»Wir können jederzeit gehen.«

»Können wir das? Kannst du es?«

Grace schwieg. »Was schlägst du also vor? Dass wir unseren eigenen Laden aufmachen? Du hast Miss Guggenheim doch gehört. Ich kann es mir nicht mal leisten, ein paar Monate lang kein Einkommen zu haben, geschweige denn, Verluste zu machen.«

»An dem Abend, als Gordon hier war und Lord Baskin und ich noch geredet haben … Ich habe dir doch davon erzählt …«

»Ja, und?«, fragte Grace halb abwesend, während sie den letzten Champagnerkelch abtrocknete.

»Es kam mir so vor … Ich weiß nicht … Ich hatte das Gefühl, als wollte er mich – uns – zu irgendetwas auffordern.«

Sie nahmen jede ein Tablett mit sauberen Gläsern und gingen damit zum spärlich bestückten Barschrank in Mr Duttons Büro.

»Uns auffordern wozu? Dass wir kündigen?« Grace kniete sich vor dem Schrank auf den Boden, um die Gläser zurückzustellen.

Vivien schüttelte den Kopf. »Nein, es war subtiler. Du kennst doch das Gerücht über Mr Allen und Mr Dutton … dass sie zusammen bald im Besitz der Aktienmehrheit sein werden? Etwas über fünfzig Prozent, bei fünfzig Pfund pro Aktie?«

Grace klappte die Türen wieder zu, stand auf und lehnte sich gegen Mr Duttons Schreibtisch. Darauf lagen mehrere Stapel zu beantwortender Korrespondenz, die Alec in seiner chaotischen Zeit als Geschäftsführer nicht erledigt hatte.

»Baskin meinte, sie könnten ihn mit weniger als dreitausend Pfund ausbezahlen.« Vivien warf Grace einen bedeutsamen Blick zu.

Grace sah auf ihre gefalteten Hände und begann, ihren Ehering herumzudrehen.

»Was ist?«, wollte Vivien wissen.

»Ich sollte eigentlich nichts sagen, aber Lord Baskin hat mir heute Abend im Russell etwas anvertraut. Den wahren Grund, weshalb er uns beide dort auf einen Cocktail einladen wollte.« Grace zögerte. »Reg dich jetzt bitte nicht auf, aber anscheinend ist Alec schon auf ihn zugegangen, um die Buchhandlung zu kaufen.«

»Was? Ich meine, warum? Wieso, um alles in der Welt, sollte er sich eine Buchhandlung ans Bein binden wollen?«

Grace zog die Augenbrauen hoch. »Meinst du nicht, es könnte etwas mit dir zu tun haben?«

»Mit mir?«

»Die schlechte Stimmung zwischen euch scheint in letzter Zeit noch zugenommen zu haben.«

»Aber die ist schon seit Jahren schlecht … und außerdem: Was ist mit Mr Dutton? Und Frank? Warum sollte Alec ihre Pläne ruinieren wollen, wo sie sich ihm gegenüber fast väterlich verhalten haben?« Gedankenverloren hielt Vivien inne. Dann runzelte sie wütend die Stirn. »So ein Mistkerl!«

Grace seufzte schwer. »Was für ein Drama.«

»Tja, er kann die Buchhandlung nicht kaufen, wenn wir ihm zuvorkommen.«

»Liebe Vivien … Wo sollen wir so viel Geld herbekommen? Und warum sollte Lord Baskin ausgerechnet uns die Buchhandlung verkaufen, selbst wenn wir das schaffen sollten?«

Vivien zuckte die Achseln. »Baskin scheint nicht allzu sehr an dem Laden zu hängen. Wann immer er hier vorbeischaut, dann aus Nostalgie oder bestenfalls aus Höflichkeit – noblesse oblige und so weiter. Jedenfalls bezweifle ich, dass es in erster Linie geschäftliche Gründe sind.«

Grace ignorierte die Anspielung und zog ihre Blusenärmel zurecht, die beim Abwasch hochgerutscht waren.

»Willst du darüber reden?«, fragte Vivien freundlich und nickte in Richtung ihres linken Unterarms.

»Was meinst du?«

»Ich habe es gesehen, Grace. Dein Handgelenk. Beim Abwaschen.«

Grace schüttelte den Kopf. »Es ist nichts.«

»Hat er dich vorher schon mal geschlagen?«

Grace sah sie mit großen Augen an. »Er hat mich nicht geschlagen.«

Vivien stand nur da und wartete.

»Er hat mich nur ein bisschen zu fest angefasst, deshalb der blaue Fleck. Guck mich nicht so an.«

»Und hat er dich vorher schon einmal fest angefasst?«

Grace zögerte. »Ich komme damit klar. Er macht gerade eine schwere Zeit durch.«

»Er macht andauernd eine schwere Zeit durch, Grace.«

Grace wandte sich ab und betrachtete seufzend die Papierstapel auf Mr Duttons Tisch. »Es ist so viel Arbeit.«

»Das stimmt. Wir können entweder groß Tamtam machen oder uns Schritt für Schritt im Stillen darum kümmern. Aber irgendetwas müssen wir tun.«

Grace schnitt eine Grimasse. »Ich weiß, was du am liebsten tun würdest, Viv. Mit dem Laden. Und mit Gordon. Oder auch Alec, wenn wir schon dabei sind. Am liebsten brächtest du alles mit großem Tamtam an die Öffentlichkeit. Aber das ist nun mal nicht meine Art.«

Behutsam legte Vivien ihr eine Hand auf den Arm. »Dann kümmere dich Schritt für Schritt darum. Bring alles in Ordnung. Mach einen Plan. Er hat immer noch seine Mutter und damit jemanden, zu dem er gehen kann. Und den hast du auch. Glaub mir, es wird nur noch schlimmer.«

»Aber was dann? Ich kann die Jungen nicht allein großziehen, nicht bei dem Gehalt hier oder sonst wo – bescheiden, wie wir Frauen nun mal bezahlt werden. Schon jetzt reicht Gordons Entgeltfortzahlung kaum aus.«

»Wenn wir unser eigenes Geschäft hätten, würden wir die Regeln bestimmen. Und die Gehälter.«

»Ich kann mit dem jetzigen Zustand leben, Viv. Was ich nicht kann, ist, die Sache zu beenden und es damit noch schlimmer zu machen.«

»Verzweifelte Menschen – und Gordon scheint mir einer zu sein – werden immer dafür sorgen, dass du diejenige bist, die der Sache ein Ende setzt, nur leider nicht so, wie du es dir erhoffst. Mit einem eigenen Geschäft hätten wir zumindest die Chance, unser Leben selbst zu gestalten. Grace …« Mitfühlend drückte Vivien ihren Arm. »Du weißt, was zu tun ist.«

»Ich fand es besser, als wir nur die Übernahme planten.« Grace seufzte.

Hinter sich hörten sie ein leises Husten. Die zwei Frauen drehten sich um und sahen Evie in der Bürotür stehen.

»Ich denke, ich kann helfen.«

KAPITEL 32

Regel Nr. 37

Jeder Fehler oder Irrtum bei der
Preisgestaltung und die Lagerbestände
betreffend muss umgehend
gemeldet werden.

Vivien und Grace folgten Evie die Treppe hinauf in den ersten Stock. Vivien setzte sich in Master Mariner Scotts abgewetzten Lehnsessel und schüttelte ein wenig amüsiert den Kopf, weil Evie gar so ernst dreinblickte. Die junge Frau ging quer durch den Raum zur Fensterseite und zog aus einem der höher gelegenen Regalfächer ein schmales, in Leder gebundenes Buch. Dann kehrte sie mit ebenso ernster Miene zu ihnen zurück und klappte den Bucheinband auf, damit Grace und Vivien die Titelseite lesen konnten.

DIE MUMIE!

**Ein Märchen
aus dem zweiundzwanzigsten Jahrhundert**

»Warum hast du meine Ruhe gestört, dass du
mich heraufsteigen lässt?«
1. Sam., 23.15

IN DREI BÄNDEN
BAND 1
LONDON:
Henry Colburn,
New Burlington Street.
1827

Nach einem zögerlichen Schritt nach vorn reichte Evie das Buch an Vivien weiter. Grace beugte sich neugierig über die Sessellehne, um auch etwas zu sehen. Vivien blätterte vorsichtig ein paar Seiten um, dann sah sie zu Evie hoch, die aussah, als platze sie gleich vor Stolz.

»Dann ist es also ein Roman und kein Geschichtsbuch? Typisch Allen! Kein Wunder, dass Sie so lange gebraucht haben, um es zu finden.« Vivien blätterte weiter. »Es sieht aus wie eine Imitation von Frankenstein. Taugt es denn etwas?«

»Man spekuliert, dass dies der erste Zukunftsroman sein könnte, der je geschrieben wurde. Doch nicht lange nach seinem Erscheinen geriet das Buch in Vergessenheit und wurde nur ein Mal im Billigdruckverfahren wieder aufgelegt, das war 1872. Bis vor ein paar Jahren war es in keinem Katalog verzeichnet gewesen.« Hier schien Evie sich vor Unzufriedenheit ein wenig zu winden. »Nun ja, in keinem Katalog außer einem. Das Buch wirft einen erstaunlich vorausschauenden Blick auf die Zukunft, es werden Eisenbahnen, Telegramme, Elektrizität beschreiben – sogar eine Form des Fernsehens! Und eine weibliche Dynastie.«

Vivien begann zu grinsen.

»Es steht aber kein Name darauf«, bemerkte Grace. »Haben Sie eine Ahnung, wer es geschrieben hat?«

»Ein siebzehnjähriges Mädchen.«

»Nicht Ihr Ernst!«, rief Vivien.

Evie schüttelte fröhlich den Kopf. Sie lebte für Momente wie diesen. »Ihr Name lautete Jane Webb. Später wurde sie dann Jane Loudon, die …«

»… die Gartenexpertin? Wie aufregend!«, rief Vivien.

»Du wusstest davon?«, staunte Grace und lehnte sich weiter vor, um besser sehen zu können.

Vivien klappte das Buch zu und gab es Evie zurück, die es wieder an seinen Platz im Regal stellte.

»Nein, eigentlich nicht – nur dass Evie irgendetwas im Schilde führte, wofür sie in allen Abteilungen herumschnüffelte …«

»Woher wussten Sie überhaupt, dass es hier ist?«, wollte Grace von Evie wissen. »Durch Ihre Recherche in Cambridge?«

»Nein, ich wusste es vorher schon. Ich habe es beim Katalogisieren der Bibliothek des Great House in Chawton entdeckt. Das Buch gehörte zur Sammlung, aber es wirkte auf mich wie all die anderen zweitklassigen Schauergeschichten, die dort im Regal standen. Deshalb habe ich … haben wir ihm keinen besonderen Wert beigemessen. Als Sotheby's die Bibliothek dann versteigerte, kaufte Mr Allen dieses Buch zusammen mit vier anderen Texten aus dem 19. Jahrhundert für ein paar Dutzend Pfund. Ich habe alle Verkäufe notiert.«

»Natürlich haben Sie das«, sagte Vivien.

»Moment mal … Sind Sie deshalb hierhergekommen? Und haben von Anfang an nur danach gesucht?«, wollte Grace wissen.

Evie nickte und wirkte wiederum ausgesprochen stolz auf sich.

Vivien lachte. »Was hat Allen am Ende dafür geboten?«

»Zwanzig Pfund. Das Mindestgebot. Kein anderer wollte es haben.«

»Wissen Sie denn, was es tatsächlich wert ist?«, fragte Grace.

»Im Moment kann ich mich nur an ähnlichen Verkäufen orientieren und würde sagen: mindestens ein paar Hundert Pfund – vielleicht fünfhundert.« Evie sah die Enttäuschung in den Gesichtern ihrer Kolleginnen. »Aufgrund seiner einzigartigen Bedeutung für die Literaturgeschichte sollte es viel mehr sein. Man hat gerade erst begonnen, diese Art Literatur neu zu bewerten, in den Vereinigten Staaten vor allem.«

»Und leider spielt das Geschlecht der Verfasserin auch eine Rolle.« Vivien seufzte. »Tja, Evie ... Das ist nun keineswegs eine Summe, die sich lebensverändernd auswirken könnte. Und der Preis, den Mr Allen hier mit Bleistift vermerkt hat, lautet dreißig Pfund – das entspricht dem Lohn von mehreren Wochen. Sie könnten es aber auch einfach mitgehen lassen.«

Evie war entrüstet. »Oh, nein, Miss! So etwas dürfen Sie von mir nicht einmal denken.«

»Nein, natürlich nicht.« Vivien lachte. »Obwohl Sie durchaus voller Überraschungen stecken.«

»Der Trick besteht darin, den Markt richtig vorzubereiten, damit die Leute die wahre Bedeutung und den Wert des Buches anerkennen können«, warf Grace nachdenklich ein.

»Und die Tatsache, dass es sich um eine weibliche Autorin handelt, darf den Blick dabei nicht beeinträchtigen«, fügte Vivien hinzu.

»Genau«, gab Evie aufgeregt zurück. »Erinnern Sie

sich, was Miss Guggenheim vorhin über Berthe Morisot erzählte? Dass ihre Gemälde damals im 19. Jahrhundert teilweise höher gehandelt wurden als die von Monet oder Pissarro?«

»Männer!« Vivien seufzte erneut.

»Dieses Buch sollte mindestens tausend Pfund wert sein. Die erste amerikanische Rezension einer gekürzten Ausgabe wurde im letzten Frühjahr veröffentlicht – wahrscheinlich ist es nur eine Frage der Zeit, bis jemand hier drüben Wind davon bekommt. Das Buch wurde, ein ganzes Jahrhundert bevor das Wort ›Zukunftsroman‹ aufkam, geschrieben. So sehr ist es seiner Zeit voraus.«

»Evie, ich bin schwer beeindruckt«, sagte Grace bewundernd. »Aber woher hatten Sie die Idee, danach zu suchen?«

»Durch meine Recherchearbeit in Cambridge. Das Buch wird in einem Brief von Thackeray erwähnt, den ich im Trinity College gefunden habe.«

»Und Sie sagen, dass eine Rezension in einer amerikanischen Zeitschrift erschienen ist?«

Evie nickte. »Vor etwa einem Jahr.«

Grace sah Vivien an. »Wie viel, sagte Lord Baskin, würde es kosten, ihn auszubezahlen? Dreitausend Pfund?«

»Zweitausendfünfhundert und ein paar Zerquetschte würden uns die Mehrheit verschaffen.« Vivien berichtete Evie kurz von ihrem letzten Gespräch mit dem Earl und erklärte ihr die Teilhaberstruktur, die sich bald zu Duttons und Allens Gunsten verschieben würde. »Was meinen Sie, Evie: Wenn wir drei unser Geld zusammenwerfen, würde Mr Allen das Buch zum Einkaufspreis herausrücken?«

»Sie sagten doch, das Mindestgebot bei der Auktion

seien zwanzig Pfund gewesen, richtig?«, fragte Grace noch einmal nach.

Evie sah von einer zur anderen und nickte. Sie versuchte noch, die neuen Informationen zur Finanzstruktur des Geschäfts zu verstehen.

»Okay«, meinte Vivien bedächtig. »Versuchen wir, die zwanzig Pfund aufzutreiben, und dann kann Evie das Buch für uns kaufen. Bei ihr wird niemand Verdacht schöpfen.«

»Mr Dutton wird das niemals zulassen.« Grace seufzte. »Regel fünfundzwanzig verbietet ausdrücklich, dass Angestellte hier Bücher kaufen.«

Nachdenklich kaute Vivien auf ihrer Unterlippe. »Diese verdammten Regeln! Okay. Lasst mich überlegen. Das Buch ist hier falsch einsortiert und wird von Scott mit Argusaugen bewacht, also kann erst einmal nichts passieren. Sobald wir es haben, kann Evie es verwahren, bis wir uns über die nächsten Schritte im Klaren sind. Einverstanden?«

Evie sah die beiden Frauen an. Die Aufregung und Vorfreude darüber, die Buchhandlung möglicherweise übernehmen zu können, stand ihnen ins Gesicht geschrieben. Auch wenn insbesondere Vivien keine Bedenken zu haben schien, das Buch verbotenerweise zu kaufen, war Evie nicht wohl bei dem Gedanken. Mr Dutton hatte sie gerade wegen ihrer Kenntnis über seltene Bücher eingestellt, für deren Katalogisierung sie hier bezahlt wurde. Zudem war ihr auch Regel Nummer vierundzwanzig bewusst: dass sie aus dem Wissen, das sie sich im Zuge ihrer Arbeit angeeignet hatte, keinen privaten Nutzen ziehen durfte. Evie verstand durchaus, dass Vivien und Grace frustriert waren, und konnte nachvollziehen, dass sie sich unterbewertet und übersehen fühlten. Trotzdem war sie nicht sicher, ob es die Geschäftsführung deshalb verdient hatte, das Geschäft zu verlieren – wenngleich sie selbst ähnlich frustrierende Dinge in Cambridge und auch sonst im Leben erfahren hatte.

Für den Moment behielt Evie ihre quälenden Bedenken für sich. Als sie mit der Suche nach der *Mumie!* begonnen hatte, hatte sie noch nichts von Mr Dutton und seinen eisernen Regeln gewusst. Ihr eher zwanghafter und auf Schrift fixierter Charakter neigte zu Gehorsam – was Menschen wie Stuart Wesley oft genug ausgenutzt hatten. Aber Evie empfand Loyalität gegenüber dem Mann, der sie eingestellt hatte und dessen offenkundig schlechte Gesundheit sie dauerte. Die Frage war nun, wie sie ihrem Chef treu bleiben und Grace und Vivien trotzdem bei ihrem größten Wunsch unterstützen konnte: ihn abzusetzen.

KAPITEL 33

Regel Nr. 26

Private Besuche
in den Räumen der Buchhandlung
sind verboten.

»Hallo, guten Tag!«

Vivien, die mit aufgestützten Ellbogen hinter der Kassentheke stand, blickte auf. In letzter Zeit verließ sie das Kassenareal nur noch selten – es war ihre Art des Protests gegen Alec, der sie gern beratend im Verkaufsraum gesehen hätte, so wie sie es während seiner Zeit als Interimsgeschäftsführer getan und damit die Verkaufszahlen in die Höhe getrieben hatte.

»Guten Tag, Sir. Wie kann ich Ihnen behilflich sein?«, fragte sie nun halblaut in geübtem Tonfall.

Der Gentleman ihr gegenüber war um die vierzig, lächelte verschmitzt und sah sie aus wachen, klugen Augen an. Er war ausgesprochen gut gekleidet und eher klein, so dass Vivien – die mit ihren hohen Absätzen mindestens eins fünfundsiebzig maß – auf ihn hinuntersehen musste.

»Ich suche Miss Evelyn Stone.« Er lächelte gewinnend.

»Oh«, sagte Vivien überrascht. »Die ist in der Antiquariatsabteilung. Über die Via Dolorosa. Hier entlang.«

Er lachte kurz, als sie zur Treppe gingen. »Sie haben der Treppe einen Namen gegeben? Wie einfallsreich.«

Oben angekommen, sah Vivien ihre junge Kollegin auf dem üblichen kleinen Hocker vor Mr Allens Schreibtisch sitzen. Auf ihrem Schoß lag ein dicker Katalog.

»Dieser Gentleman möchte Sie sehen, Miss Stone«, verkündete Vivien förmlich und nickte dem Fremden respektvoll zu.

»Yardley!«, rief Evie und klang ganz aufgeregt, was absolut untypisch für sie war. Sie sprang auf, lief dem Mann entgegen und wollte ihm die Hand schütteln. Zur selben Zeit beugte er sich vor, um ihre Wange zu küssen, so dass sie mit den Köpfen zusammenstießen und beide peinlich berührt lachten. Der Mann sah sie entschuldigend an, dann umarmte er sie.

»Bitte entschuldigen Sie meinen Überschwang. Aber es ist schon viel zu lange her«, sagte er und ging wieder einen Schritt zurück.

»Vivien, das ist Mr Yardley Sinclair, von Sotheby's.«

Bei Vivien klingelte etwas. »Von der Jane Austen Society? Die ihr Haus gerettet hat?«

Der Gentleman lachte. »So ungefähr. Haben Sie sich gut um unsere Evie gekümmert? Jemand Fleißigeren werden Sie nicht finden.«

»O ja, fleißig ist sie wirklich.« Vivien zwinkerte ihr zu. »Soll ich Ihnen beiden einen Tee machen? Dann können Sie umso besser alle Neuigkeiten austauschen.«

Yardley sah Vivien hinterher, wie sie die Treppe hinunterging. »Via Dolorosa«, murmelte er.

Evie lachte. »Vivien hasst es hier. Sie gibt allem einen Spitznamen.«

»Der Weg des Schmerzes …«, murmelte er und sah sich um. »Du meine Güte, wie es hier aussieht! Ich wusste, dass Frank in letzter Zeit … viel zu tun hatte. Aber …«

»Ach, das ist schon in Ordnung. Ich bin gern den ganzen Tag allein hier oben.«

»Das glaube ich sofort.« Yardley fuhr mit den Fingerspitzen über eine Reihe Buchrücken, so wie er es immer tat. »Ihre Mutter wünscht sich, dass Sie sie einmal besuchen.«

»Ich … äh, muss mich hier in der Stadt erst noch um einiges kümmern.«

Er musterte sie eindringlich. »Evie, tragen Sie etwa Lippenstift? Mimi wäre stolz auf Sie.«

»Nur ein bisschen. Yardley, warum sind Sie überhaupt hier?«

Er ging zu Mr Allens Schreibtisch und blätterte kurz durch einen der vielen Warenhauskataloge, bevor er Evie wieder ansah.

»Ich fand, dass es höchste Zeit ist für einen Besuch bei Ihnen. Wir waren sehr überrascht, als wir von Adeline erfuhren, dass Sie Cambridge verlassen haben. War dort alles in Ordnung?«

Evie nickte zwar, versuchte aber nicht, ihren Unmut vor ihm zu verbergen. Es wäre ihr ohnehin nicht gelungen.

»Ah, so etwas habe ich mir gedacht. Möchten Sie Ihrem alten Freund erzählen, was passiert ist?« Er bedeutete Evie, sich wieder hinzusetzen, also kehrte sie zu ihrem Hocker zurück, bevor sie antwortete.

»Ein anderer Student hat mir einen Mitarbeiterposten weggeschnappt.«

»Hieß dieser Student zufällig Stuart Wesley?«

Evie sah ihn mit großen Augen an. »Woher wissen Sie das?«

Yardley ging um den Schreibtisch herum und zog Mr Allens Stuhl hervor. »Ich hoffe, Frank macht das nichts aus. Darf ich?« Er setzte sich, und sie bemerkte, dass er seinen stets so aufmerksamen Blick über die vielen Papiere schweifen ließ, die auf dem Tisch verstreut lagen. »Wie es aussieht, hat ein gewisser Mr Wesley aus dem Jesus College in Cambridge vor Kurzem die Auktionsberichte für das Chawton Great House durchgesehen.«

»Er hat was?«

Yardley nickte. »Ich habe davon erfahren, weil einer meiner Assistenten mich um die Erlaubnis bat, diesem Mr Wesley Informationen zu einem speziellen Verkauf zu geben. Zu einem Buch in drei Bänden – mit einem seltsamen Untertitel.«

Evie war fassungslos. Sie ahnte es bereits, noch ehe er es aussprach.

»*Die Mumie!*«, sagte sie seufzend.

Sie hatte immer gehofft, dass Stuart Wesley aufgrund seiner Trägheit nichts von ihren Nachforschungen mitbekommen würde. Anscheinend hatte sie ihn schon wieder falsch eingeschätzt und nicht damit gerechnet, wie sehr der Ehrgeiz ihn anspornte, seine Schwächen zu überwinden. Er musste genau den Brief von Thackeray gefunden haben, über den auch sie zu Beginn ihrer Recherchearbeit für Professor Kinross gestolpert war, und dann ihre Recherchen dazu analysiert haben. Jeder, der sich die Mühe machte, ihre Ausleihhistorie im British Museum oder in den verschiedenen Institutionen in Cambridge zu untersuchen, konnte daraus ableiten, dass sie ein außerordentliches Interesse an *Die Mumie!* hegte. Sie erinnerte sich, dass Stuart neulich, bei ihrer Begegnung auf der Straße, mehr über ihre angebliche Arbeit als Verkäuferin hatte wissen wollen. Wie gut, dass er zu sehr in seiner eigenen Überheblichkeit geschwelgt und nicht weiter insistiert hatte.

»Ja, genau!«, rief Yardley überrascht. »Wie, um alles in der Welt, sind Sie so schnell daraufgekommen? Ist er schon hier gewesen?«

»Nein, noch nicht. Aber wie ich Wesley kenne, ist das nur eine Frage der Zeit. Werden Sie ihm sagen, wer das Buch gekauft hat?«

Angesichts ihrer offenkundigen Besorgnis wägte Yardley gut ab, was er sagte. »Unsere Auktionen sind öffentlich, aber bei so wertgeschätzten Kunden wir Mr Allen besteht ein Gentleman's Agreement, die Identität eines Käufers nur nach seiner Zustimmung preiszugeben.«

Jetzt begriff Evie. »Und deshalb sind Sie hier.«

»Gewissermaßen. Ich hätte Frank auch einfach schreiben oder ihn anrufen können, aber ich wollte Sie sehen, Evie. Und fragen, ob es Ihnen gut geht.«

Evie dachte nun auch an Adam Berwick, mit dem Yardley in der Nähe von Chawton ein Häuschen gepachtet hatte, sowie an all die anderen Menschen, die sie in ihrem kleinen Heimatort zurückgelassen hatte. Dort hatte noch nie jemand versucht, ihr Leben zu ruinieren. Allein Yardley zu sehen, weckte ihr Heimweh.

»Dann werden Sie Mr Allen also trotzdem noch fragen?«

»Ich fürchte, das muss ich. Firmenpolitik.«

»Was, wenn er Ja sagt?«

Yardley hatte ihr noch nicht geantwortet, als Vivien mit einem Teetablett im Türrahmen erschien. Als Yardley es ihr abnehmen wollte, ließ sie es überrascht geschehen.

»Miss Stone und ich haben für förmliches Zeremoniell nicht viel übrig, nicht einmal hier.« Lächelnd ging er zum Schreibtisch und stellte das Tablett auf dem einzigen freien Platz an der Ecke ab.

Vivien nickte Evie hinter Yardleys Rücken anerkennend zu, dann ließ sie das ungleiche Paar wieder allein, das sich nun einander gegenüber am Tisch niederließ.

»Ich werde versuchen, die Angelegenheit mit Mr Wesley so umsichtig wie möglich zu erledigen.« Während er Tee einschenkte, wirkte er nachdenklich. »Wobei ich mich durchaus frage, was diesem dringenden Interesse an einem so unbedeutenden Buch zugrunde liegt.«

Evie wusste, dass sie Yardley – trotz seiner beruflichen Verpflichtung Sotheby's gegenüber – jetzt alles erzählen sollte. Nur so konnte sie sichergehen, dass er ihr half, Stuart Wesley von ihrer Fährte abzulenken. Also berichtete sie ihm alles über ihre Entdeckungen der *Mumie!*: die Erwähnung in Thackerays Brief, der Eintrag in Blocks Lexikon *Der Englische Roman von 1750–1850*, den sie zunächst übersehen hatte, und die vor Kurzem erschienene Rezension in der amerikanischen Zeitschrift. All das deutete darauf hin, dass ein siebzehnjähriges Waisenmädchen einen der ersten Zukunftsromane der Weltgeschichte geschrieben hatte, weshalb der Text an sich, zumal in der Erstausgabe, eine besondere Bedeutung und damit einen besonderen Wert hatte.

Yardleys erste Reaktion war, die Hände vors Gesicht zu schlagen und laut zu beklagen, dass ihm all diese Hinweise entgangen waren. Dann sah er auf und schüttelte mit seinem üblichen verschmitzten Lächeln den Kopf.

»Du meine Güte, Evie, Sie haben es wieder geschafft. Erst die Bibliothek im Great House, und jetzt das! Zwei derart bahnbrechende Entdeckungen im akademischen Bereich. Ihre besonderen Fähigkeiten sollte nie wieder jemand übersehen – dafür werde ich sorgen.« Er sah sie ernst an. »Und wenn das nächste Mal jemand versucht,

Sie von Ihrer Promotion abzuhalten, lassen Sie es mich unbedingt wissen.«

Evie nickte. »Ich denke, was das betrifft, habe ich meine Lektion gelernt.«

»Und wo ich schon einmal hier bin: Gibt es noch etwas, das Sie mir gern erzählen möchten?«

Evie zögerte kurz, dann sagte sie: »Ich habe jemanden kennengelernt.«

Yardley stellte das Milchkännchen ab und sah sie erstaunt an. »Oh, Evie, wie wunderbar! Und wie ist er so?«

»Er ist der netteste Mann, den ich kenne. Abgesehen von Mr Berwick natürlich.« Dass Yardleys Gesicht bei Adams Erwähnung vor Stolz zu strahlen begann, entging Evie in diesem Moment. »Und er ist klug. Und etwas schüchtern.«

Darauf musste Yardley so laut lachen, dass Evie lächelnd die Schultern zuckte.

»Na, das passt doch wunderbar. Sie beide geben sicher ein gutes Paar ab.«

Evie nippte an ihrem Tee und schwieg. Sie hielt die warme Tasse und Untertasse mit beiden Händen fest und überlegte, was sie ihm noch erzählen sollte.

»Wie haben Sie sich kennengelernt?«

»Tatsächlich arbeitet er hier, in der Buchhandlung. Er leitet die Abteilung Naturwissenschaft und Technik.«

»Mr Ramaswamy? Mr Ramaswamy aus dem Untergeschoss?« Nun machte Yardley ein Gesicht, das Evie nicht sofort deuten konnte.

»Sie finden das nicht gut?«

»Ach, meine Liebe … doch, doch, auf jeden Fall. Ich freue mich für Sie. Es ist nur … Ich weiß, wie das ist.«

»Was meinen Sie?«

Er sah sie aufmerksam an und wählte seine Worte mit Bedacht. »Ich erlebe gewissermaßen Ähnliches. Die Menschen mögen es nicht, wenn wir etwas tun, das sie so nicht erwarten … etwas, das ungewöhnlich ist. Das sie nicht kennen. Ich denke, es macht ihnen Angst … diese Aufgeschlossenheit und Freiheit, die sie in ihrem eigenen Leben nicht zulassen. Wissen es die anderen hier?«

»Ich glaube, ja. Ich glaube, sie haben es sogar schon vor mir gewusst.«

»Warum überrascht mich das nicht?« Yardley grinste. »Und Mr Ramaswamy … Mag er Sie auch?«

Yardley sah sie so freundlich und mitfühlend an, dass ihre innere Anspannung plötzlich nachließ. Sie erkannte, wie angestrengt und belastet sie sonst war – so sehr, dass sie nur selten ihre Deckung aufgab und sich jemandem anvertraute. Yardley mit seinem heiteren Gemüt, der keiner Menschenseele je etwas antun würde, gehörte zu den wenigen Personen auf der Welt, bei denen sie sich ganz sicher fühlen konnte.

»Ich weiß nicht … Wie merkt man so etwas?«

Yardley trank einen Schluck Tee und stellte Tasse und Untertasse wieder ab. »Manchmal, Evie, so schwer es auch ist, muss man sich als Erster offenbaren. Auch – oder sogar vor allem – wenn man nicht sicher ist, ob der andere die eigenen Gefühle erwidert.« Er legte kurz seine Hand auf ihre. »Ich weiß, das muss für Sie sehr kühn klingen.«

»Aber was, wenn er mich nur als gute Freundin mag?«

»Das Gute ist ja eigentlich … Wenn man selbst mehr empfindet, dann geht es dem anderen oft genauso.« Er lehnte sich ein wenig vor. »Trotzdem würde ich mich an Ihrer Stelle nicht auf diese Aussage verlassen. Als Auktionator ist es schließlich meine Aufgabe, Erwartungen zu wecken.«

Trotz der beunruhigenden Nachrichten über Stuart Wesley freute Evie sich riesig, Yardley wiederzusehen, noch dazu inmitten alter Bücher. Es erinnerte sie an die Zeit, in der sie zusammen den Bibliotheksbestand im Great House durchgegangen waren, und an ihre übergroße Freude, als dessen Veräußerung über Sotheby's am Ende eine Rekordsumme erzielte.

Drei Jahre später hatte Evie allein in ihrem kleinen Apartment an der Castle Street gestanden, tief erschüttert über Christensons Ablehnung, den ungeöffneten Brief ihrer Mutter hinter sich auf dem Fußboden. Damals hatte sie geschworen, nicht nach Chawton zurückzukehren, und das war ihr seither auch wunderbar gelungen. Doch ihre Freude über Yardleys Besuch gemahnte sie auch, nicht alles hinter sich zu lassen – sich nicht so sehr auf die Zukunft zu konzentrieren, dass man all das, was einen zu etwas Besonderem machte, wieder neu zusammensetzen musste.

Yardleys Besuch zog eine weitere Konsequenz nach sich: Evie würde Vivien und Grace umgehend darüber informieren müssen, dass ein weiterer potenzieller Käufer für *Die Mumie!* auf der Lauer lag. Die drei Frauen mussten sich also schnell überlegen, wie sie das Geld auftreiben konnten, um Stuart Wesley und Konsorten zuvorzukommen.

Evie wünschte, sie könnte auch Ash ihren geheimen Plan anvertrauen, aber sie wollte ihn nicht mit Informationen belasten, die in irgendeiner Weise seine Stellung gefährden konnten. Sie beschloss, ihm lediglich zu sagen, dass Wesley weiterhin versuchte, Kapital aus ihren

Recherchen zu schlagen. Was ihre zunehmenden Gefühle für ihn betraf, würde sie trotz Yardleys Ermutigung kein Wort darüber verlieren. Es wäre Evie unsäglich peinlich, wenn ihr neuer Freund sich danach in ihrer Gegenwart unwohl fühlen müsste. Sie konnte nur hoffen, dass Ash sich seiner Gefühle für sie mit der Zeit ebenfalls immer klarer wurde.

Dass ihr in beiderlei Hinsicht gerade die Zeit davonlief, konnte sie nicht ahnen.

KAPITEL 34

Regel Nr. 31

Die Angestellten haben
stets freundlich miteinander
umzugehen.

Ash machte sich wegen dieses Stuart Wesley allmählich Sorgen um Evie.

Er war nicht überrascht gewesen, als Evie ihm erzählt hatte, dass Wesley überall herumschnüffelte und ihren Recherchen wie einer Spur aus Brotkrumen folgte. Schon bei ihrer Begegnung neulich, am Morgen nach diesem Ball, war ihm das übertrieben freundliche Geplauder des jungen Mannes verlogen vorgekommen. Ash wusste zwar immer noch nicht, was genau Evie da oben im zweiten Stock machte – aber er hatte selbst so seine Geheimnisse. Und das komplizierte seine deutlich zunehmenden Gefühle für Evie Stone, die mittlerweile über die eines guten Freundes und Beschützers hinausgingen.

Ash und Evie verbrachten inzwischen nicht nur die Mittwochmorgen mit einem gemeinsamen Frühstück, sie unternahmen nun auch sonntags oft Spaziergänge entlang der Themse. Es war ihre Version des geplanten Themsewegs, über den sie bei ihrer ersten Begegnung im Naturkundemuseum gesprochen hatte. Unter der Woche überlegte Ash, welches Teilstück der Themse sie als Nächstes erkunden könnten. Sie hatten im Westen von London in

Shepperton begonnen, an jenem letzten Stück des Flusses, an dem der Tidenhub noch nicht zu erkennen war, und arbeiteten sich nach und nach Richtung Osten vor, bis kurz vor die Mündung in den Kanal. Da Ash wusste, dass Evie jeden einzelnen Schritt gern im Voraus plante, suchte er zunächst die beste und günstigste Fahrtmöglichkeit – also Bus, U-Bahn oder Zug – zu ihrem nächsten Start- und Endpunkt. Er vermied alle Gebiete, die bei Flut überschwemmt werden könnten, denn er hatte gemerkt, dass Evie gerade diese Gefahr besonders beunruhigte. In einer ihrer täglichen Chai-Pausen stellte er ihr dann auf einer Landkarte den nächsten gemeinsamen Wanderweg vor. Mittlerweile hatten sie schon viele Teilstrecken des Themseufers gemeinsam durchwandert.

Für den letzten Sonntag im Februar bestand der Plan, sich am südlichen Ufer in Teddington zu treffen und nach Osten Richtung Kew Gardens zu wandern. Um 14 Uhr standen sie eine Meile hinter der Kew Bridge bei Ebbe an der Themse und beobachteten, wie der Fluss bei seinem Rückzug diverse Schätze offenbarte: Keramikscherben der römischen Eroberer, kleine Tonpfeifen aus Shakespeares Zeit, unregelmäßig geformte Porzellanscherben aus dem vergangenen Jahrhundert.

Erst kürzlich hatte Ash Evie gezeigt, wie man zwischen Schlamm und Steinen am besten nach solchen verborgenen Schätzen suchte. Er selbst hatte schon einige Übung, bückte sich nun und hob ein blau-weißes Stück Porzellan auf, das er ihr nach kurzer Inspektion reichte.

»Die Überlebenden«, meinte Evie lächelnd. Sie drehte die Scherbe auf der Handfläche hin und her, wickelte sie dann vorsichtig in ein Taschentuch und steckte sie in ihre Manteltasche. Sie hatte bereits eine kleine Sammlung in

Charlottes Wohnung angelegt, wo sie jedes einzelne Stück, das Ash ihr gab, in einer großen Keksdose verstaute.

»Eher die Überreste«, antwortete er. »Die Teile, die abgebrochen sind.«

Evie nahm die Resignation in seiner Stimme wahr und blickte auf. »Stimmt etwas nicht?«

Er brachte es nicht über sich, ihr die Wahrheit zu sagen. Stattdessen nahm er sie sanft am Ellbogen und führte sie wieder die Böschung hinauf.

Am flussseitigen Eingang zu den Kew Gardens steckten sie jeweils einen Penny in das Drehkreuz, um in den Park zu gelangen. Im Süden Englands meldete sich der Frühling immer schon zeitig und nirgends in London deutlicher als hier. Es war die Zeit im Jahr, in der die Luft plötzlich süßer duftete. Große Flecken von Schneeglöckchen, Christrosen und Osterglocken reichten bis an die Eichen und Birken rechts und links des Wegs heran. Nachdem sie das bewaldete Stück hinter sich gelassen hatten, marschierten sie auf das Herbarium mit seinen Millionen katalogisierter Pflanzenarten zu. Von hier aus konnte man wunderbar den Fluss überblicken.

Ashs Ziel dort war die naturhistorische Sammlung des Botanikers und Insektenforschers James Petiver, die auch Material aus Indien enthielt. Evie wollte im selben großen viktorianischen Gebäude die Bibliothek mit ihren Archiven aufsuchen. Sie war auf der Suche nach botanischen Zeichnungen einer Gartenkundlerin namens Jane Loudon, deren Nachname Ash bekannt vorkam. Er erinnerte sich an den Sonntag, an dem er Evie im Naturkundemuseum begegnet war, wo sie in den Archiven von Charles Loudon recherchiert hatte. Er fragte jedoch nicht weiter nach, was genau sie vorhatte. Er hatte gelernt, dass man

Evie lieber nicht zu sehr bedrängte, weil sie sonst oft gar nichts mehr sagte und sich ganz zurückzog.

Im Herbarium trennten sich also ihre Wege, und sie verabredeten, sich nach Ablauf einer Stunde zum Tee zu treffen. Um exakt 16 Uhr kehrte Ash also in die Eingangshalle zurück und fand Evie ins Gespräch mit einer erheblich älteren Frau vertieft, deren Haar ebenso weiß war wie ihr Laborkittel. Ash war dieser Frau schon bei früheren Besuchen des Herbariums begegnet, hatte jedoch nie mit ihr gesprochen.

Elsie Maud Wakefield war stellvertretende Leiterin des Herbariums. Sie hatte 1908 ihr Studium in Oxford beendet und arbeitete danach immer mal wieder in den Kew Gardens, wo es bei stets zu wenig Angestellten immer zu viel zu tun gab. Da im Ersten Weltkrieg die männlichen Angestellten fehlten, erhielt sie einige verdiente Beförderungen und wurde 1915 unter anderem Leiterin der Pilzabteilung. Ihre Pilzkenntnisse hatten Elsie Wakefield also vor dem Schicksal der Gärtnerinnen bewahrt. Die waren nach dem Ersten Weltkrieg alle entlassen worden – bis man sie mit Ausbruch des Zweiten Weltkriegs wieder brauchte.

Elsies dunkle Augen, die Ruhe und Souveränität vermittelten, so als ließe sich ihre Trägerin nicht durch inneres Zögern oder äußere Bedenken beeinträchtigen, erinnerten Ash an Evies Augen. Er stand eine Weile nur da und beobachtete die beiden Frauen. Genau so konnte er sich Evie eines Tages vorstellen: allein in einer exklusiven Institution, an einem Sonntag, an dem Liebespaare und Familien draußen umherspazierten. Nicht dass er Evie ein einsames Leben wünschte – so überaus loyal und eifrig, wie sie war, wäre sie eines Tages eine großartige Partnerin für jemanden. Und nichts von alledem wollte er verhindern oder ihr Leben in sonst irgendeiner Weise schwerer machen.

»Ash, komm mal bitte.«

Evie winkte ihn zu sich, und Miss Wakefield musterte ihn ganz offen.

»Miss Wakefield arbeitet hier schon seit vierzig Jahren«, erklärte Evie. »Wir haben über Blackwells Kräuterbuch gesprochen – in der Bibliothek des Great House hatten wir davon eine Erstausgabe. Das British Museum hat sie gekauft.«

Als sie den Namen des Konkurrenzinstituts hörte, lachte Elsie Wakefield kurz auf und schnaubte dann verächtlich.

»Miss Wakefield hat mir erzählt, Elizabeth Blackwell sei die erste Frau gewesen, die dein Linné'sches Ordnungssystem verwendet hat. Sie hat ihr Kräuterbuch geschrieben, um ihren hoch verschuldeten Mann aus dem Gefängnis zu befreien.«

Ash wunderte sich über Evies plötzlichen Überschwang – sie war so ganz anders als in ihren ersten Wochen in der Buchhandlung. Das Leben in London schien seine Wirkung zu entfalten; angesichts der Beliebigkeit im großstädtischen Zusammenleben waren die Menschen gezwungen, sich aktiv um Kontakte zu bemühen, die sich in einem Dorf auf natürliche Weise einfach ergaben. Und dass man sich anstrengen musste, machte solche Kontakte umso wertvoller. Ash fragte sich, ob er sich in London mehr um neue Bekanntschaften hätte bemühen sollen – auch wenn er dabei naturgemäß auf viel mehr Hindernisse gestoßen wäre.

»Miss Stone hat mir viel über Sie erzählt«, sagte Miss Wakefield, deren laute, autoritär klingende Stimme durch die leere Eingangshalle schallte. »Sie sind Entomologe.« Alles, was Elsie Wakefield sagte, war ein Ausruf, eine Feststellung, so als ordne sie die Welt der Menschen nach demselben Linné'schen System ein wie ihre naturwissenschaftlichen Proben. »Haben Sie die Sammlung von James Petiver gefunden?«

Ash nickte nur und wunderte sich, wie einschüchternd diese Frau auf ihn wirkte. Das Gefühl hatte er selten – was einer der Gründe war, weshalb sein neues Leben in England so schwer zu ertragen war. Er war in allem immer der Beste gewesen, aber in diesem Land verwehrte man ihm jegliche Chancen. Andauernd fühlte er sich auf seine Hautfarbe reduziert, nur wenige Menschen erkannten seine Fähigkeiten. Er hatte nicht das Gefühl, dass sich das jemals ändern würde. Als Pragmatiker beneidete er Evie für ihren Optimismus und ihre Fähigkeit, die Realität auszublenden. Sie hatte ihm ein paar Dinge anvertraut, die ihr in Cambridge passiert waren, und er war voll der Bewunderung, wie schnell sie ihre Pläne geändert und sich um eine Stelle als Verkäuferin bei Bloomsbury Books beworben hatte.

»Gut«, sagte Miss Wakefield. »Die Petiver ist unsere älteste Sammlung. Fast so alt wie ich.«

Evie lachte vergnügt, und Miss Wakefield lächelte sie kurz an, bevor sie sich wieder an Ash wandte.

»Und nun, junger Mann, führen Sie Miss Stone mal zu dem Tee aus, den Sie ihr versprochen haben.«

Ash nickte erneut und lächelte diesmal ebenfalls.

»Natürlich ist es nicht mehr der originale Teepavillon von damals«, erklärte Miss Wakefield. »Den haben die Suffragetten 1913 angezündet, woraufhin er vollständig abbrannte. Die Männer hielten es für eine ziemlich absurde Maßnahme, um das Wahlrecht einzufordern. Aber immerhin reden sie noch heute davon.«

Als die drei sich voneinander verabschiedeten, bat Evie Miss Wakefield um ihre Visitenkarte, die die ältere Frau ihr mit großem Vergnügen überreichte. Ash sah, wie Evie mit ihren schmalen tintenbefleckten Fingern über den Prägedruck fuhr, der Elsie Wakefields beeindruckenden Titel angab. Die stellvertretende Leiterin des Herbariums blieb in der Tür zwischen den weißen Säulen des Vorbaus stehen und winkte den beiden fröhlich nach, als sie durch das schmiedeeiserne Tor nach draußen traten.

Bis zum Erfrischungspavillon waren es fünf Minuten, und Ash kannte Evie mittlerweile gut genug, um zu wissen, dass sie jetzt dringend etwas essen musste. Sie setzten sich auf die französischen Bistroklappstühle, die unter einer massiven Eiche um einen langen Bauerntisch herum gruppiert waren.

Ash fiel auf, dass die kleine Gruppe von Gästen neben ihnen gleich ein wenig abrückte. Dass Evie es nicht zu bemerken schien, erleichterte und irritierte ihn gleichermaßen. Sie war ganz in die Speisekarte vertieft. Ash bedeutete der Kellnerin, ihnen eine Kanne Tee zu bringen, wobei er Evie nicht aus den Augen ließ.

Sie wirkte so jung, wie sie da mit ihrem dünnen Wollmantel und der dazu passenden Baskenmütze saß und ihren Hunger zu unterdrücken versuchte. Sie hatte noch so viel vor sich, so viele Träume. Er dachte an ihre Idee, selbst Bücher zu drucken, an die mysteriöse Recherche zu Loudon, ihre Leidenschaft für vernachlässigte Schriftstellerinnen. Seine Gefühle für sie – seine möglichen Gefühle für sie – könnten das alles kaputtmachen. Ash dachte wieder an Miss Wakefield und das Herbarium, das sie so glücklich und zufrieden leitete. Wenn er an all die Frauen dachte, die in letzter Zeit in die Buchhandlung gekommen waren – die verheirateten, die verwitweten, die geschiedenen, und alle mit eigenem Einkommen –, dann war Elsie Wakefield vielleicht diejenige Person, die einer erwachsenen Evie Stone am nächsten kam. Er wusste, dass er sich jetzt erklären musste.

»Evie.«

»M-hm?« Sie studierte weiter die lange Liste der Kuchen auf der Speisekarte.

»Miss Wakefield ...«

»War die nicht toll? Sie nimmt sich keinen einzigen Sonntag frei.«

»Was für eine Hingabe.«

Evie lachte. »Ich glaube nicht, dass das der Grund ist. Ich glaube, sie weiß, dass sie das muss. Härter arbeiten als Männer, meine ich.«

»Aber du liebst es, die ganze Zeit zu arbeiten.« Wissend zog er die Augenbrauen hoch. »Als wir uns das erste Mal trafen, hast du schließlich auch an einem Sonntag recherchiert.«

»Genau wie du.«

Er musste schmunzeln. »Ja, das stimmt. Aber ich bin hier in England ziemlich allein. Du kannst an deinen freien Tagen immer nach Chawton fahren.«

»Das werde ich auch. Wenn es an der Zeit ist.«

»Dann wirst du nicht so bald wieder nach Hause zurückkehren?«

Evie schüttelte den Kopf. »Ich liebe London. Es ist wie hundert Dörfer in einem. Man kann hier ewig wohnen, ohne jemals alles gesehen zu haben.«

»Ich habe beschlossen ...« Ash hielt inne, um sich zu

räuspern, als die Kellnerin die Teekanne zwischen ihnen abstellte. »Evie?«

»Bitte? Ach, ja. Mit Zitrone, bitte.«

»Einen möglichst breiten Schnitz, wenn es geht«, fügte Ash zur Kellnerin gewandt hinzu, deren verständnisvolles Lächeln ihn überraschte. »Was ich sagen wollte … Ich habe beschlossen, nach Hause zurückzugehen.«

»Oh … ja, natürlich, gleich nach unserem Tee …«

»Ich meine, nach Indien.«

Verwirrt blickte Evie von der Karte auf. »Ich verstehe nicht. Du willst verreisen?«

»Nein, für immer.«

»Aber du bist doch gerade erst hergekommen.«

»Vor einem Jahr.«

»Das ist nicht besonders lang.«

»Mir kommt es aber lang vor. Ich bin hergekommen, um als Wissenschaftler zu arbeiten. Nicht, um Bücher zu verkaufen.«

»Und ich habe nicht in Cambridge studiert, um Bücher zu verkaufen.« Evie knallte die Speisekarte zu.

»Das ist nicht dasselbe.«

Evie sah ihn schweigend an. Sie war sichtlich verletzt.

»Hör mal, Evie …«, sagte er seufzend. Er fürchtete, dass sie es nie verstehen würde. »Ich bereue nichts. Aber es ist offensichtlich, dass man mich hier nicht haben will. Noch bin ich nur ein Novum, aber was, wenn einmal mehr daraus wird?«

Verstört schüttelte sie den Kopf. »Ein Novum …«

»Ich meine nur, dass ich im Moment keine Bedrohung darstelle. Ich falle nicht weiter auf. Aber damit ist es nicht getan. Besser, ich gehe fort, anstatt jemand zu sein, der ich nicht bin, und doch irgendwann als Bedrohung zu gelten.«

Er seufzte erneut und fühlte sich ihrem Schweigen gegenüber hilflos. Sie schien es wirklich nicht zu verstehen.

»Es tut mir leid, wenn du die Dinge nicht so sehen kannst wie ich. Aber es ist wirklich besser, wenn ich wieder zurückgehe – besser für uns beide.«

Das Endgültige und gleichzeitig Unerklärliche hing zwischen ihnen in der Luft. Ash griff nach der Kanne und schenkte Evie Tee ein. Sie trank nicht und sah ihn auch nicht an. Er hatte sie in keiner Weise zu etwas gedrängt, und trotzdem zog sie sich zurück. Er hatte versucht, im besten Sinne für sie beide zu entscheiden, bevor die Dinge außer Kontrolle gerieten. Aber während sie stumm dasaßen, ohne jede Freude an dem, was sich als ihr letzter gemeinsamer Sonntag als Angestellte von Bloomsbury Books erweisen sollte, bekam Ash das schreckliche Gefühl, dass es dafür schon zu spät gewesen war.

KAPITEL 35

Regel Nr. 22

Die Angestellten müssen
in ihren Abteilungen stets
präsent sein, es sei denn, anderes
wurde ihnen gestattet.

Septimus Feasby, Leiter der nahe gelegenen Bibliotheksabteilung des British Museum, besuchte die Buchhandlung viermal im Jahr. Mit scharfem Blick ging er dann einen Vormittag lang Frank Allens Neuerwerbungen durch, die entweder noch in ihren Versandkisten lagen oder sich in gefährlich hohen Türmen auf dem Fußboden stapelten. Dr. Feasby war dafür berüchtigt, keinen bedeutsamen Ankauf bei einer Auktion oder einer Haushaltsauflösung zu übersehen.

Septimus Reginald Feasby hatte seinen Taufnamen von Eltern erhalten, die ihrem Kind offenkundig eine Karriere mit Verbindung zur Vergangenheit wünschten. Also hatte er am Jesus College in Cambridge Englische Literatur studiert, zusammen mit dem zukünftigen Vice-Master Christenson, dessen Ignoranz gegenüber Evies akademischen Verdiensten zu ihrer derzeitigen Anstellung als Verkäuferin bei Bloomsbury Books geführt hatte.

Wie Christenson war auch Dr. Feasby ein Einsatz als Soldat im Großen Krieg erspart geblieben, weil er das Glück gehabt hatte, auch kurz vor dessen Ende noch sechs

Monate zu jung zu sein. Dafür hatten die beiden Männer gerade rechtzeitig in Cambridge studiert, um an der neu eingerichteten Fakultät für Philosophie promovieren zu können.

Doktorvater für Feasbys Arbeit über die Gesamtheit der Englischen Dramen war Sir Arthur Quiller-Couch gewesen, »King Edward VII Professor« für Englische Literatur, Fellow des Jesus College und Daphne du Mauriers hochgeschätzter Mentor, der über den »unablässigen Konsum von Büchern« seines Schützlings geradezu beunruhigt gewesen war. Der übermäßig ehrgeizige Dr. Feasby hatte sich zum Leiter und Kurator der Bibliotheksabteilung des British Museum hochgearbeitet, gleichzeitig blieb er der Universität von Cambridge als externes Mitglied verschiedener Beiräte sowie als Mitglied des Senats verbunden. Sowohl er als auch Christenson bedauerten aus tiefem Herzen die Entscheidung ebenjenes Senats, auch jungen Frauen einen vollwertigen Abschluss zu gewähren, was zur Aufnahme der jungen Evie Stone geführt hatte, die mit ganz eigenem Scharfblick und Ehrgeiz ihr Studium absolvierte.

Der Kurator besuchte die Buchhandlung immer Punkt 9:30 Uhr. Vivien erschrak manchmal, wenn er beim Aufschließen bereits lauernd vor der Tür stand und ungeduldig auf die Armbanduhr tippte. Nachdem er einmal versehentlich im Vorraum eingeschlossen worden war, legte das nachfolgend schwer gerügte Personal ihm gegenüber eine widerwillige Unterwürfigkeit an den Tag, die weder aufrichtig noch verdient war.

Es überraschte also in höchstem Maße, als er am Morgen des letzten Februars plötzlich auftauchte, einen vollen Monat vor seinem regulären vierteljährlichen Besuch.

»Dr. Feasby«, begrüßte ihn Vivien. »Wie geht es Ihnen?«

Wie üblich, nickte Feasby nur kurz und rauschte an ihr vorbei Richtung Treppe.

»Finden Sie allein nach oben?«, rief Vivien ihm nach in dem Wissen, dass sie keine Antwort erhalten würde. Sie hatte Dr. Feasby noch nie gemocht, wünschte jetzt aber, sie hätte eine gute Entschuldigung, um ihn zu begleiten, denn sie hätte nur zu gern erlebt, wie er auf ihre jüngste Angestellte reagierte.

Evie saß auf ihrem kleinen Hocker vor dem Bücherschrank, in dem die wertvollsten antiquarischen Titel der Buchhandlung verwahrt wurden. Sie war immer noch schlecht gelaunt wegen Ashs Ankündigung am vergangenen Sonntag. Tatsächlich hatte er Mr Dutton am folgenden Morgen über seine Kündigungsabsicht informiert. In einer ungewöhnlich kurzen Mitarbeiterversammlung verkündete Mr Dutton daraufhin, Ash werde Bloomsbury Books am vierzehnten April verlassen – dem Neujahrstag in seiner Heimat Madras. Seitdem hatte Evie kaum mehr als ein paar Worte mit ihm gewechselt. Verliebtsein war ein zu neuer und unbekannter Zustand, als dass sie nun auch noch mit einem gebrochenen Herzen umgehen konnte. Die einzige Möglichkeit, damit und mit ihrem verletzten Stolz klarzukommen, bestand in ihrem Rückzug.

Außerdem war sie noch immer beunruhigt über Yardleys Warnung. Beim kleinsten Geräusch im Treppenhaus fuhr sie zusammen und erwartete jedes Mal, Stuart Wesley vor sich zu sehen, als unvermeidbaren Teil jener Welt, aus der sie so schnöde verbannt worden war. Sie hatte versucht, diese Welt hinter sich zu lassen und nie mehr zurückzublicken – wie entmutigend war nun die Erkenntnis, dass ihr nicht einmal das gelang.

Nachdem sie die Schritte auf der Treppe gehört hatte, die hinter ihr plötzlich verstummten, blickte sie über ihre Schulter und sah auf dem oberen Treppenabsatz einen Mann, der ihr irgendwie bekannt vorkam. Er lehnte sich ein Stück weit durch den Türrahmen und erinnerte sie dabei an den seltsam verdrehten, jahrhundertealten Maulbeerbaum, den Ash ihr einmal gezeigt hatte. Beim Gedanken daran musste Evie schlucken.

»Wo ist Mr Allen?«, fragte der Mann laut.

»Bei der Auflösung eines Landsitzes in Wales«, antwortete Evie ruhig. Sie fühlte sich nicht eingeschüchtert – dieser Mann wirkte zu karikaturhaft komisch, um ihr Angst einzuflößen.

»Hm.« Er ließ seinen Blick durch den Raum schweifen, dann sah er wieder zu ihr. »Und Sie sind …?«

»Evelyn Stone.«

»Ich meine, was tun Sie hier?«

»Mr Dutton hat mich am Jahresanfang eingestellt, um bei der Katalogisierung der seltenen Bücher zu helfen.«

»Und wo waren Sie vorher?«

»Am Girton College. In Cambridge.«

Der Mann gab ein seltsam knurrendes Grunzen von sich. »Ich weiß, wo das Girton College ist. Ich war am Jesus. Septimus Feasby, Doktor der Philosophie.«

Nun dämmerte Evie, wer er war. Oft genug hatte sie gehört, wie Professor Kinross mit seiner Freundschaft zu dem berühmten Kurator geprahlt hatte. Außerdem hatte sie seinen Namen auf dem Brief des British Museum gelesen, der es Professor Kinross erlaubt hatte, gewisses Archivmaterial zu sichten, das schon derart verwittert war, dass der Zugang nur in Fällen von nationaler Bedeutung gewährt wurde. Zum Glück für Professor Kinross und seine Mitarbeitenden hatte Dr. Septimus Feasby entschieden, dass die jahrelange Arbeit an einem Kommentar zu *Jahrmarkt der Eitelkeiten* in genau diese Kategorie falle.

»Dr. Feasby, natürlich.« Evie stand auf. »Was führt Sie heute hierher?«

Er beachtete sie nicht weiter und sah sich wieder um. »Allen hat offenbar die Kontrolle über diese Etage verloren. Wie zum Henker soll ich in einem solchen Durcheinander irgendetwas finden?«

»Vielleicht kann ich helfen.«

Dr. Feasby ging zum Schreibtisch und begann, in einem der großen Kataloge von Sotheby's zu blättern.

»Das bezweifle ich doch sehr«, erwiderte er schließlich.

Evie blieb neben ihrem Hocker stehen und beobachtete misstrauisch, wie er herumschnüffelte. Jetzt inspizierte er das aktuelle Register der jährlichen Verkäufe.

»Ich denke, ich kann …«

Er drehte sich zu ihr um und winkte ab. »Schsch. Machen Sie einfach mit dem weiter, was Sie da gerade so machen.«

Nun ging er zu den Regalen mit Büchern der späten georgianischen Ära und musterte die Titel.

»Ist das hier alles aus den späten 1820ern?«, rief er ihr über die Schulter zu.

»Ich fürchte, das kann ich nicht sicher sagen. Es herrscht stellenweise ein ganz schönes Durcheinander.«

»Wie gut kennen Sie diese Bücher?«

»Ziemlich gut, würde ich sagen.«

»Und ist hier immer so ein Durcheinander?«

Sie nickte.

»Wann kommt Allen zurück?«

»Am Montag.«

Fast widerwillig drehte er sich nun doch wieder zu ihr um, als wäre sie eigentlich zu unbedeutend, um sie direkt anzusprechen. »Dann müssen Sie mir doch helfen. Ich suche ein Buch aus dem Jahr 1827 mit dem Titel *Die Mumie!*«

In Evies Kopf rotierte es. Sie wunderte sich, dass er seine Suche nicht geheim hielt; offenbar sah er in ihr keinerlei Bedrohung oder Konkurrenz. Was hatten Wesley oder Kinross ihm von dem Buch erzählt? Wusste er, was es wert war und dass sie davon Kenntnis hatte? Wenn es um den Ankauf bedeutender literarischer Werke für ihre Sammlungen ging, waren Cambridge und das British Museum häufig Konkurrenten. Wesley und Kinross konnten also nicht viel preisgegeben haben, wenn Feasby so offenherzig über seine Suche sprach. Oder er hielt ihre Anwesenheit für dermaßen unbedeutend, dass es ihm gleichgültig war, was ihr zu Ohren kam. Die Angelegenheit war verwirrend. Aber es wäre gut, sein offenkundiges Desinteresse an ihrer Person zum eigenen Vorteil zu nutzen.

»Ich fürchte, ich habe dieses Buch hier oben noch nie gesehen«, sagte sie langsam – es war eher eine Auslassung als eine echte Lüge.

»Sie kennen es also?«, fragte er gezielt nach.

Sie nickte wie beiläufig und versuchte, so interesselos wie möglich zu wirken. »Wenn Sie sich für frühe Zukunftsromane interessieren …«

Er hob die Hand, um sie am Weitersprechen zu hindern. »Ich interessiere mich für das, wofür ich mich interessiere. Sie brauchen keine Mutmaßungen anzustellen. Sie sollen mir nur helfen, es zu finden.«

Nun geriet Evie innerlich in Panik.

»Ich weiß zuverlässig, dass Mr Allen das Buch bei einer Auktion ersteigert hat«, erklärte Feasby. »Das wurde mir von einem … äh, Kollegen bestätigt. Durch Sotheby's selbst. Das Buch ist hier, und Sie müssen es für mich ausfindig machen.«

Evie schluckte. »Ich fürchte, das kann ich nicht. Ich habe das Buch hier oben noch nie gesehen.«

»Dann überprüfen Sie die Verkaufsbücher auf dem Tisch da. Bis zurück zum September 1946. Wie es aussieht, verkaufen Sie ja höchstens eine Handvoll Bücher pro Woche, es sollte also nicht allzu lange dauern.«

Pflichtschuldig ging Evie zum Schreibtisch und schlug alle Verkaufsbücher der letzten vier Jahre auf, in denen die wöchentlichen Verkäufe der Abteilung verzeichnet waren. Während sie darin blätterte, studierte Dr. Feasby weitere Regale. Evie, geübt in Recherchearbeit, fuhr mit dem Zeigefinger über die Reihen und hatte ihre Aufgabe schnell erledigt, denn sie hatte die Bücher ja erst vor Kurzem überprüft und wusste, dass das Gesuchte nicht dabei war. Nach zwanzig Minuten sah sie auf und schüttelte den Kopf. Dr. Feasby stand mittlerweile direkt vor ihr und starrte sie mit vor Ungeduld verkniffenem Gesicht an.

»Dann bringen Sie mich in die anderen Abteilungen. Dem hier vorliegenden Chaos nach könnte das Buch überall im Laden herumliegen.«

»Das geht nicht, ich darf meinen Posten nicht verlassen.«

»Natürlich dürfen Sie das.«

»Nein, das geht wirklich nicht. Nummer zweiundzwanzig der Geschäftsregeln.«

Ihre Weigerung schien ihn zu schockieren. »Sie werden

mich in die anderen Abteilungen begleiten und mir bei der Suche helfen!«

Evie schüttelte den Kopf. »Ich darf dieses Stockwerk nicht verlassen – nur in den mir zugeteilten Teepausen. Aber Sie können die anderen Abteilungsleiter bei Ihrer Suche um Hilfe bitten.«

Er musterte sie eindringlich, aber sie konnte nicht erkennen, was in ihm vorging. Sie wünschte, sie könnte einschätzen, wie gefährlich er für sie und ihr Vorhaben war. Sie dachte an Wesley, Kinross und Christenson und all die Zeichen, die sie übersehen hatte, als sie in den Bibliotheken für sie schuftete. Evie wusste, sie sollte mehr darauf achten, wie andere sie wahrnahmen. Aber sie konnte es nicht, fand sich in dieser Welt voll ungeschriebener Regeln einfach nicht zurecht. Im Gegensatz zu Grace oder Vivien störte es Evie nicht im Mindesten, dass Mr Dutton alles so genau aufgeschrieben hatte.

Sie weigerte sich also ein weiteres Mal und hoffte, Dr. Feasby würde einfach aufgeben und einen anderen Weg suchen, um das zu finden, was er haben wollte. Gleichzeitig hoffte sie, dass die Dinge in Wirklichkeit nicht so bedeutsam und folgenschwer waren, wie sie ihr gerade vorkamen. Und dass sie Feasbys Bosheit, durch strikte Regeltreue und ohne direkt lügen zu müssen – in seiner Aufgebrachtheit hatte er es versäumt, sie eingehender nach dem Buch zu befragen –, entgehen könnte.

Doch es war nicht das erste Mal, dass Evelyn Stone eine Situation vollkommen falsch einschätzte.

KAPITEL 36

Regel Nr. 3

Angestellten, die sich Kunden gegenüber oder anderweitig ungebührlich benehmen, wird umgehend gekündigt.

Septimus Feasby marschierte geradewegs in Herbert Duttons Büro, in dem der Geschäftsführer ruhig an seinem Schreibtisch saß und auf Ash Ramaswamys Empfehlung hin einen Kurkuma-Tee trank. Obwohl er seit fast einem Monat wieder arbeitete, litt Mr Dutton immer noch an einer Reihe beunruhigender Symptome wie andauernden Magenschmerzen, gelegentlichen Kopfschmerzen und Herzflattern: Nur zu gern war er also Mr Ramaswamys Rat gefolgt, der über pflanzliche Heilkräfte Bescheid wusste und folglich darüber, wie diese Beschwerden zu lindern seien.

Dr. Feasby baute sich vor Mr Dutton auf und verlangte von ihm, die junge Frau aus dem zweiten Stock wegen ihres anmaßenden Verhaltens umgehend zu entlassen, sonst werde er seine Geschäfte in Zukunft woanders tätigen. Er lieferte keine weiteren Details, weil er der Meinung war, seine Aussage müsse reichen – eine Überzeugung, die er eines Tages tief bereuen sollte. Danach verließ er mit selbstzufriedenem Lächeln das Geschäft in der Erwartung, dass die junge Frau bei seiner Rückkehr nach einem kurzen Mittagessen verschwunden sei.

In seinen zweiunddreißig Jahren bei Bloomsbury Books hatte Herbert Dutton noch keine einzige Kündigung erlebt. Gemäß seinen eigenen Geschäftsregeln besaß allein er das Recht, eine Kündigung auszusprechen. Zum ersten Mal seit seiner Amtsübernahme als Geschäftsführer bereute Mr Dutton, dass er über diese Macht verfügte, aber er würde wohl keine andere Wahl haben als von ihr Gebrauch zu machen. Die Bibliothek des British Museum war der bei Weitem größte Firmenkunde von Bloomsbury Books.

Widerstrebend beorderte er Evie zu sich. Aus Respekt vor ihr als seiner Angestellten befragte er sie zunächst zu ihrer Sicht der Dinge. Danach erklärte er ihr, dass sie gemäß der Geschäftsregeln zwei und sechs die Wünsche eines Kunden stets an erste Stelle zu setzen und den Ruf der Buchhandlung als Lieferanten erstklassiger Bücher stets zu wahren habe. Zum Schluss informierte er sie darüber, dass ihr Arbeitsverhältnis bei Bloomsbury Books in ebendiesem Moment ende.

Evie stand noch unter Schock, als Grace hereinrauschte, dicht gefolgt von Vivien, die ebenfalls Wind von der Sache bekommen hatte. Alec sollte in Kürze zu frühen Drinks mit Norman Mailer aufbrechen, den er für eine Lesung zu gewinnen hoffte. Erst neulich hatte Allan Wingate die britische Ausgabe von Mailers – hervorragend rezensiertem – Kriegsroman *Die Nackten und die Toten* herausgebracht, und nach dem Debakel mit Beckett war Alec erpicht, einen jungen, aufstrebenden Autor ohne irgendwelche privaten oder gesellschaftlichen Kontroversen zu präsentieren. Master Mariner Scott saß bereits beim Lunch im Lamb am Ende der Straße, und Ashwin Ramaswamy nahm sein Mittagessen wie üblich an seinem

Schreibtisch im Keller ein und bekam von dem Geschehen im Erdgeschoss nichts mit.

Mr Dutton saß zusammengekrümmt in seinem Sessel und starrte die drei Frauen an. Er zwang sich, tief und meditativ ein- und auszuatmen, wie sein Arzt es ihm empfohlen hatte, wobei er am liebsten davongelaufen wäre.

»Das ist doch unglaublich!«, rief Vivien.

»Miss Lowry, bitte …«, flehte Mr Dutton in dem verzweifelten Versuch, die Situation unter Kontrolle zu behalten. »Ich weiß, wir sind jetzt alle sehr aufgebracht, aber ich muss Sie ersuchen, sich als Angestellte dieser Buchhandlung nicht in die Angelegenheit ihrer Kollegin einzumischen. Da Sie selbst keine leitende oder aufsichtführende Befugnis besitzen …«

»Ach, kommen Sie«, entfuhr es Vivien und schlug mit der flachen Hand auf den Tisch, woraufhin Grace ihr einen warnenden Blick zuwarf. »Jeder weiß doch, dass Septimus Feasby ein alter Griesgram ist, ohne jeden Funken Geduld oder Menschlichkeit. Es wäre höchste Zeit, dass ihm mal jemand die Stirn bietet.«

»Miss Lowry, ich bitte Sie … Wenn Sie auf diese impertinente Art fortfahren, habe ich keine andere Wahl, als auch Sie zu entlassen.«

Nun erschien Alec im Türrahmen. »Was, um alles in der Welt, ist denn hier los?«

Herbert Dutton hob in hilfloser Geste beide Hände. Vivien erklärte Alec die Situation, starrte dabei aber die ganze Zeit wütend zu Mr Dutton.

»Herbert, das Mädchen ist doch erst wenige Wochen hier«, sagte Alec in fast flehendem Tonfall und trat näher. »Da könnten wir ihr doch noch eine Chance geben.«

Vivien und Grace tauschten verblüffte Blicke.

Mr Dutton schüttelte den Kopf. »Tut mir leid, meine Entscheidung ist endgültig.«

»Aber sie ist doch überhaupt nicht …«

»Ich sagte endgültig.«

Noch nie zuvor hatten sie ein derart resolutes Gebaren ihres Geschäftsführers erlebt, und auch Alec war nie zuvor wortlos aus dessen Büro gestürmt. Grace, die jede Stimmungsveränderung augenblicklich wahrnahm – denn zu Hause wurde sie darin ausgiebig trainiert –, erkannte in diesem Moment das ganze Ausmaß der Situation. Als Mr Dutton in seinen Bürostuhl zurücksank, weder irgendwelchen Argumenten zugänglich noch den Ernst der Lage durchschauend, dachte sie an alle kürzlich geführten Gespräche zu einer bevorstehenden Geschäftsübernahme.

Sie warf Evie einen mütterlichen Blick zu und entschied, jetzt das zu tun, was die Wiederholung einer solchen Situation für alle Zukunft unmöglich machen würde.

»Mr Dutton, ich denke, Sie stimmen mir zu, dass Evie in den letzten sieben Wochen eine ansonsten untadelige und fleißige Angestellte gewesen ist.« Grace versuchte, ruhig und nüchtern zu sprechen. »Und sie ist in der Probezeit, hat also noch nicht die drei Monate gearbeitet, nach denen ihr laut Regel neunundvierzig eine Abschlagszahlung zusteht – ist das richtig?«

Mr Dutton nickte, erleichtert, dass ausnahmsweise einmal jemand anders die Geschäftsregeln zitierte.

»Sie werden ihr also keinen Lohnausgleich zahlen?«, fragte Grace noch einmal nach.

Mr Dutton nickte. Grace sah, dass Evie sie mit einer Mischung aus Panik, Angst und Ehrfurcht beobachtete.

»Dann würden wir als Kolleginnen Ihnen gern einen Vorschlag unterbreiten, nämlich dass wir Evie ein Geschenk mit auf den Weg geben, eine kleine Erinnerung an ihre Zeit in der Buchhandlung, wenn Sie so wollen.«

Mr Dutton seufzte vor Erleichterung so tief auf, dass alle es hören konnten.

»Natürlich ist uns allen bewusst, dass die Geschäftsregeln uns Angestellten den Kauf von Büchern aus dem Haus untersagen«, fuhr Grace ruhig fort.

Mr Dutton nickte, sichtlich beruhigt, dass keiner von ihnen mehr gegen Evies Entlassung protestierte.

»Und wir können uns gut vorstellen, wie schwierig das für jemanden sein muss, der Bücher so leidenschaftlich liebt wie Miss Stone.«

Ihr Chef nickte immer noch und atmete dabei tief ein und aus.

»Dürften wir also vorschlagen, dass Evie sich ein Buch aussuchen darf – nicht aus der Abteilung Seltene Bücher, natürlich, denn die Ausgaben dort sind ja sicher zu wertvoll … einfach ein Buch aus einer anderen Abteilung, ein kleines Andenken an ihre Arbeit bei uns … sozusagen als Dankeschön.«

Evie starrte Grace mit großen Augen an, und die sichtlich versöhnte Vivien entfernte sich langsam vom Schreibtisch.

»Einverstanden«, brummte Mr Dutton schließlich. »Nehmen Sie sich irgendein Buch, Evie, aus einer der anderen Abteilungen. Ich weiß, dass Sie immer sorgfältig und fleißig gearbeitet haben. Vor allem Mr Allen ist Ihnen sehr dankbar für alles, was sie während seiner langen Abwesenheiten geleistet haben. Ich möchte Sie nur bitten, Ihre Sachen dann schnell zusammenzupacken, bevor Mr Feasby zurückkehrt. Es wäre in dieser belasteten Situation eine große Hilfe – das verstehen Sie doch, oder?«

Evie biss sich auf die Unterlippe und blickte starr zu Boden aus Angst, ihre Gefühle könnten aus ihr herausplatzen.

»Na, na, Kleines«, sagte Mr Dutton, der ihr Aufgewühltsein als Trübsinn interpretierte. »Es wird schon alles gut werden. Ich schreibe Ihnen ein gutes Zeugnis, das Sie bei Ihrer nächsten Bewerbung vorlegen können. Dr. Feasby kann tatsächlich recht schwierig und starrköpfig sein. Ich bin sicher, dass Sie mit Ihren offensichtlichen Talenten und Ihrem Ehrgeiz bald eine gute und passende Stellung finden werden.«

An seinem Ton konnte Evie erkennen, dass er auf ihre Vergebung hoffte, und es fiel ihr nicht schwer, ihn nun wieder anzulächeln.

»Und wissen Sie schon, meine Liebe, welches Buch Sie als Abschiedsgeschenk gern mitnehmen würden?«

Evie sah kurz zu Grace und Vivien, dachte an Stuart Wesley und wie er in Cambridge über Konfetti und Champagnerkorken spaziert war, und sagte dann klar und deutlich:

»Ich würde mir gern ein Buch aus der Geschichtsabteilung aussuchen.«

Als Dr. Feasby nach seinem Mittagessen in die Buchhandlung zurückkehrte, ging er sofort in Mr Duttons Büro und erkundigte sich, ob das Mädchen fort sei und er angemessene Unterstützung bei seiner Suche erhalten werde.

Mr Dutton hatte wegen Evie zwar immer noch ein schlechtes Gewissen, aber die Buchhandlung war auf Dr. Feasby und seine kuratorische Arbeit angewiesen: Seit fast einhundert Jahren kaufte das British Museum Bücher von Bloomsbury Books. Als er den Kurator nun wieder vor seinem Schreibtisch stehen hatte, überwog also die Erleichterung, gepaart mit der Zuversicht, dass er diesen kleinen Buschbrand trotz gesundheitlicher Einschränkungen gut gemeistert und im Keim erstickt hatte.

»Natürlich, Dr. Feasby. Sie suchen also ein seltenes Buch?«

Da nun der nötige Respekt vor seiner Person wiederhergestellt war, schien Septimus Feasby sich aus einer gewissen Verkrümmung wieder aufzurichten.

»Ja. Franks Abteilung scheint im Chaos zu versinken, und dieses vorlaute Mädchen hat sich geweigert, mir zu helfen.«

»Es tut mir leid, wenn sie Ihnen Schwierigkeiten bereitet hat«, erwiderte Mr Dutton beschwichtigend. »Wie können wir Ihnen denn helfen?«

»Ich weiß mit absoluter Sicherheit, dass Frank bei einer Auktion vor ein paar Jahren ein gewisses Buch ersteigert hat, aber es ist dort oben nirgends zu finden.«

»Vielleicht ist es verkauft worden?«

»Seien Sie nicht albern, das habe ich natürlich überprüft. Es muss in einer anderen Abteilung gelandet sein.«

Mr Dutton stand auf, da er den Kurator nicht noch weiter verärgern wollte. »Natürlich. Ich selbst werde Sie in die Geschichtsabteilung begleiten, wo wir mit der Suche beginnen werden. Wenn es sein muss, stellen wir hier alles auf den Kopf. Ich versichere Ihnen, dass wir Ihr Buch finden werden.«

Mr Dutton geleitete Dr. Feasby in den ersten Stock. Immer wenn er durch die Buchhandlung ging, spürte er deutlich seinen Einfluss als Geschäftsführer. Sein momentan noch schwaches Herz schwoll vor Stolz, wenn alles so reibungslos lief wie im Fall der Cartier-Uhr an Miss Lowrys schmalem Handgelenk. Wenn alle einundfünfzig Regeln befolgt wurden und alles an seinem Platz war.

Trotz Franks Nachlässigkeit hatten sie bisher noch nie ein Buch verloren. Mit größter Zuversicht erreichte Herbert Dutton also den ersten Treppenabsatz. Er sah kurz auf Alecs engelsblonden Schopf hinunter und auf Vivien, die mit mürrischem Gesicht hinter der Kasse stand. Irgendwo da draußen stromerte die mit Sicherheit untröstliche Evie Stone durch die Londoner Straßen, das kleine Abschiedsgeschenk in der abgewetzten Lederhandtasche, die sie immer bei sich trug. Mr Dutton hatte ihre besonderen Fähigkeiten von Anfang an erkannt, vom ersten Moment, da er wieder zu Bewusstsein gekommen war – gerettet aufgrund jener Fähigkeiten. Er hatte sofort gespürt, dass sie blitzschnell denken konnte und mit höchster Sorgfalt und Ausdauer arbeiten würde. Nun fühlte er sich schuldig: Sie hatte sein Leben gerettet, und er dankte es ihr, indem er sie entließ, um Bloomsbury Books zu retten. Es war rein geschäftlich, dachte er bei sich, während er sein Reich begutachtete. Alles Geschäftliche musste man vergeben und vergessen, weil es einem höheren Zweck diente. Damit ein Geschäft überleben konnte, musste man als Individuum zurückstecken und nicht umgekehrt. Es war nichts Persönliches, sagte er sich noch einmal.

Dr. Feasby stand ungeduldig ein paar Stufen unterhalb von Mr Dutton, der seine kleine, aber unerschütterliche Welt betrachtete. Tatsächlich hatte er sich nie viel aus Dr. Feasby gemacht – aber der Kunde war nun einmal König, wie er es vorhin auch Evie erklärt hatte.

Mit geübt freundlichem Lächeln drehte er sich zu dem Kurator um und fragte: »Und was ist das für ein Buch, das Sie so dringend suchen?«

So plötzlich, wie Evie Stone damals im Geschäft aufgetaucht war, war sie auch wieder verschwunden.

Sie hinterließ keine Adresse, da mit weiteren Zahlungen ja nicht zu rechnen war. Bei ihrer Einstellung hatte Mr Dutton es versäumt, ihre Daten in die Akten aufzunehmen. Es war ein für ihn ungewöhnlicher Fehler, spiegelte jedoch deutlich seinen damals schlechten Gesundheitszustand wider, der sich durch die jüngste Aufregung gerade erneut verschlechterte.

Dr. Feasby hielt an seiner Drohung fest, seine Geschäfte in Zukunft anderswo zu tätigen.

Als Frank aus Wales zurückkehrte, musste er hören, dass ein seltenes Buch von unschätzbarem Wert, das unter seiner Obhut gestanden hatte, innerhalb des Geschäfts verloren gegangen war.

Und als Master Mariner Scott aus dem Pub zurückkehrte, musste er erfahren, dass ein bahnbrechendes literarisches Werk von historischer Bedeutung in seiner Abteilung gelagert hatte.

Keiner von ihnen ahnte, dass dieses von einem siebzehnjährigen Mädchen geschriebene Buch auf dem Gebiet der Schauer- und Zukunftsromane schon bald Furore machen sollte.

KAPITEL 37

Regel Nr. 8

Die Angestellten haben zu jeder Zeit
mit größter Bereitschaft, Hingabe und
Höflichkeit zu arbeiten.

Der Freitagnachmittag war für gewöhnlich die entspannteste Zeit in der Buchhandlung, vermutlich weil sich die herumstöbernden Kundinnen und Kunden bereits in Wochenendlaune befanden. Es waren vor allem kleine Studentengruppen, die nun keine Vorlesungen mehr hatten, Geschäftsmänner auf dem Nachhauseweg und Damen der Gesellschaft, die gerade vom Friseur oder von der Maniküre kamen und sich bis zu irgendeiner Abendveranstaltung die Zeit vertreiben wollten.

Nach Evies unfreiwilligem Weggang vor einigen Tagen herrschte an diesem Freitag jedoch schlechte Stimmung. Grace und Vivien verließen wie gewöhnlich um Punkt 17:30 Uhr das Geschäft, jedoch ohne ein Wort des Abschieds an ihre männlichen Kollegen. Starr wie Schutzschilde hielten sie ihre schwarzen Handtaschen vor sich, als wollten sie demonstrieren, dass man sich lieber nicht mit ihnen anlege. Zum wohl ersten Mal hatte Grace kurz vor ihrem Feierabend nicht den Kopf durch Mr Duttons Tür gesteckt, um fröhlich »Brauchen Sie noch was, bevor ich gehe, Sir?« zu rufen. Da er die Arbeitszeiten seiner Angestellten respektierte und Grace nicht aufhalten wollte, schüttelte Mr Dutton immer nur den Kopf und lächelte leicht verkniffen, wenn er daran dachte, wie viele Stunden Arbeit er selbst noch vor sich hatte. Dass Grace heute überhaupt nicht fragte, war wie ein hingeworfener Fehdehandschuh.

Ash verließ die Buchhandlung kurz nach den beiden Frauen, gefolgt von Master Mariner Scott, der wie üblich zum Abendessen den Pub ansteuerte. Alec stand allein hinter der Kasse, als Lord Baskin aus einem Taxi stieg und das Geschäft betrat.

»Das spannendste Ereignis der Woche haben Sie verpasst.« Alec schnitt eine Grimasse.

»Ja, das habe ich gehört.« Lord Baskin nickte in Richtung Büroräume. Durch die Glasscheiben waren Mr Dutton und Mr Allen zu erkennen, die sich eingehend unterhielten.

Alec klappte das Kassenbuch zu, das Vivien in ihrer neuerdings noch angespannteren Stimmung zuletzt vernachlässigt hatte. »Ich kümmere mich gerade um den Tagesabschluss.«

»Haben Sie heute noch Größeres vor?«

»Eigentlich nicht. Sie?«

»Ich bin auf dem Weg zum Syon House, wo ich das Wochenende verbringen werde. Haben Sie Lust auf ein Bier im Lamb, bevor Sie nach Hause gehen?«

Alec zögerte. Er war immer noch sauer auf Mr Dutton und hatte keine Lust, von Lord Baskin womöglich zu hören, dass er Evies Entlassung ebenfalls guthieß. Dann fiel Alec ein, dass der Earl sich immer als zuvorkommender und ausgesprochen vernünftiger Geschäftsbesitzer erwiesen hatte. Er schob das Kassenbuch unter die Theke und trat durch die Schwingtür des Kassenareals.

Das Gasthaus Lamb lag am nördlichen Ende der Lamb's Conduit Street. Es war 1729 erbaut worden und seine Fassade eine Mischung aus strengem georgianischem, verspieltem viktorianischem und sachlichem edwardianischem Stil. Im Inneren gab es noch immer die typisch viktorianischen »Snob Screens«: bewegliche Glasscheiben, die ursprünglich als Sichtschutz gedacht waren, um den bestellenden Gast gegenüber dem Barmann abzuschirmen und die Gäste je nach Gesellschaftsschicht, der sie angehörten, voneinander zu trennen. Alec musste schmunzeln bei dem Gedanken, dass ein Arztsohn wie er hundert Jahre zuvor wohl kaum mit einem Earl zusammen Bier getrunken hätte.

Besitzerin des Pubs war die erst kürzlich verwitwete Mrs Bessie Rosenberg. Sie hatte das Lokal 1944 nach dem Tod ihres Mannes Arthur übernommen, aber es ging das traurige Gerücht, dass nun auch sie gesundheitlich nicht mehr auf der Höhe sei. Als die beiden Männer das Lokal betraten, sahen sie Master Mariner Scott an einem Tisch in der Ecke sitzen und mit Mrs Rosenberg plaudern. Baskin legte Alec dezent eine Hand an den Rücken und führte ihn zu einem Tisch auf der anderen Seite des Raumes.

»Ich denke, wir brauchen ein wenig Privatsphäre.« Lord Baskin bedeutete Alec, den bequemeren Sitz auf der Bank zu nehmen.

»Sie werden sich schwertun, im Lamb Privatsphäre zu finden – für Scott ist es ein zweites Zuhause.« Alec sah sich um. »Sie sprachen vorhin von Syon House.«

Lord Baskin nickte. »Der Duke überlegt, das Haus für die Öffentlichkeit zugänglich zu machen – etwas, worüber ich seit Jahren schon mit Mutter diskutiere. Überall ist ein Wandel zu spüren. Was darf ich Ihnen bestellen?«

Alec wunderte sich über das Angebot. Wenn er und der Earl bisher ausgegangen waren, dann in elegante Hotelrestaurants oder Cocktailbars. Dennoch wirkte Lord Baskin auch hier im Lamb kein bisschen fehl am Platz. Tatsächlich wirkte der Earl niemals fehl am Platz, wie Alec nicht ohne Neid feststellte.

Lord Baskin ging zur Theke, kehrte mit zwei hellen Bier zurück und stellte eines vor Alec ab. »Das haben Sie jetzt sicher genauso nötig wie ich.«

»Werden Sie später noch mit Herbert und Frank sprechen?«

Lord Baskin nickte. »Ich wollte aber erst Ihre Version hören.«

Alec seufzte. »Mr Dutton hat diese Regeln selbst aufgestellt. Evie war gerade einmal zwei Monate bei uns – weniger sogar – und hat alle Regeln penibel eingehalten. Das muss doch irgendwie anerkannt werden. Wenigstens mit einer Abschlagszahlung bis zum Ende ihrer Probezeit.«

»Wie ich hörte, hat sie ein Buch bekommen.« Der Earl zog die Augenbrauen hoch.

»So wütend wie Dr. Feasby habe ich noch niemanden erlebt. Von der Tirade hat Dutton sich bis heute nicht erholt.«

Baskin nickte bedächtig. »Ich glaube, Herbert hatte sich ohnehin noch nicht besonders gut erholt.«

»Sie meinen gesundheitlich?«

»Nicht unbedingt. Wie ich höre, ist er auf dem Weg der Besserung, was natürlich nicht schlagartig vonstattengeht. Nein, ich meinte das Gefühl der Scham – dass ein Mann wie Herbert am Arbeitsplatz jegliche körperliche Kontrolle verloren hat. Noch dazu vor seinen Angestellten.«

Baskin schwieg einen Moment, bis er Alecs Blick einfing. »Insbesondere vor ... den Frauen.«

Bei der Betonung des letzten Wortes horchte Alec auf. »Was wollen Sie damit sagen?«

»Schließlich kam er lange vor der Empfehlung seines Arztes wieder ins Geschäft. Vielleicht ist das ein Grund, weshalb er sich gerade in vielerlei Hinsicht verletzlich fühlt.« Lord Baskin schwieg erneut. »Sagen Sie mal, Alec ... Wie fühlen Sie sich denn bei der Vorstellung, das Geschäft möglicherweise zu übernehmen?«

Alec hatte geahnt, dass so etwas kommen würde. Und seine Antwort – die ausnahmsweise einmal spontan kam und aus tiefem Herzen – überraschte ihn selbst. »Nach den letzten Vorfällen bin ich mir da weniger sicher. Die Moral der Angestellten lässt extrem zu wünschen übrig.«

»Sie können jederzeit Anpassungen vornehmen.«

»So wie Mr Dutton es gerade getan hat?«

»So meinte ich es nicht. Aber bei unseren Angestellten könnte es durchaus einmal Veränderungen geben. Wir Männer sind uns alle recht ähnlich und haften doch sehr der Vergangenheit an. Frauen sind da viel aufgeschlossener. Sagen Sie mir doch einmal ...« Baskin lehnte sich vor. »Was erhoffen Sie sich, wenn Sie das Geschäft als Eigentümer übernehmen?«

Alec zuckte die Achseln. »Ich habe das Gefühl, es ist Zeit für eine Veränderung.«

»Für das Geschäft oder für Sie?«

Diese Frage stellte Alec sich bereits seit einigen Wochen.

Jetzt dachte er erneut darüber nach, und Lord Baskin lehnte sich entspannt zurück. Er wirkte überraschend ruhig, wenn man bedachte, wie sehr sich die Situation im Geschäft zuspitzte. »Ich sehe meine Aufgabe gern darin, dass ich anderen ermögliche, ihr Bestes zu geben. Die meisten Geschäftsinhaber, so fürchte ich, denken zuallererst an Kontrolle. Aber bei aller Mühe, die Mr Dutton sich gibt, geht es dennoch nicht um Direktiven. Wir verkaufen schließlich Bücher, kein Plutonium.«

»Ich habe das Gefühl, festzustecken«, sagte Alec. »Der Krieg ist nun schon einige Jahre vorbei – ich sollte irgendwie weiterkommen.«

»Und das Geschäft zu übernehmen, ist die Lösung?«

»Nun ja, wenn man bedenkt, wo ich stehe, ist es der nächste logische Schritt. Und so, wie ich Sie verstanden habe, besitze ich auch die nötigen finanziellen Mittel.«

»Sicherlich.«

Die zwei Männer sahen zu Mrs Rosenberg hinüber, die gerade schallend über etwas lachte, das Master Mariner Scott gesagt hatte. Eine Kellnerin kam an ihren Tisch und zwinkerte Alec zu. »Dieser Mann ist ein regelrechter Charmebolzen. Seit Jahren kommt er nun schon her …«

Alec und Lord Baskin tauschten überraschte Blicke.

»Und jetzt, da die zwei endlich zueinandergefunden haben, wird die Missus krank, Gott sei ihr gnädig. Ist bei Ihnen noch alles recht?«

Alec war so verblüfft, dass er nicht wusste, wie er auf diese offenherzige Enthüllung reagieren sollte.

»Na, jetzt wissen wir endlich, was Scott all die Jahre in die Wirtschaft getrieben hat.« Lord Baskin lachte, und die Bedienung kehrte zum Tresen zurück. »Dieser Geheimniskrämer.«

»Ich möchte ja nicht überheblich klingen, aber Mrs Rosenberg ist so …«

»Anders? Vielleicht. Aber vielleicht funktioniert es gerade deshalb. Man sollte sich nie zu ähnlich sein.«

Alec ahnte, dass Lord Baskin auf etwas anspielte, und überlegte, auf wen es wohl gemünzt war. In seinem Monat als stellvertretender Geschäftsführer war ihm Lord Baskins verhaltenes, aber unleugbares Interesse an Grace Perkins aufgefallen und dass er die Buchhandlung häufiger als früher aufsuchte.

»Eine gute Ehe ist wie ein gutes Team. Man sollte einander möglichst ergänzen.« Der Earl trank einen Schluck Bier. »Es kann auch zu viel Konkurrenzdenken geben.«

»Sprechen Sie jetzt von Vivien?«

»Ich spreche jetzt von Vivien.«

Alec war nicht sicher, wie viel Lord Baskin über die Jahre mitbekommen hatte. »Ich habe mir überlegt, sie endgültig zur Abteilungsleiterin zu befördern, falls ich das Geschäft übernehme.«

»Wie großzügig.«

»Sie halten nichts davon?«

»Im Gegenteil. Aber ich denke nicht, dass es die Lösung für Ihrer beider Querelen darstellt.«

Alec seufzte. Dann hatte Lord Baskin also doch erkannt, was zwischen ihm und Vivien lief. »Wahrscheinlich nicht. Wahrscheinlich gibt es dafür keine Lösung.«

»Eine Frau wie sie werden Sie nie ganz im Zaum halten können. Davon weiß auch ich ein Lied zu singen.«

Alec war überrascht, dass Lord Baskin so offen auf seine Exfrau Anna anspielte, die schon vor langer Zeit mit ihrem zweiten Mann, einem Amerikaner, in die Staaten gegangen war. Über sein Liebesleben äußerte sich der Earl nur selten, und Alec fragte sich zum ersten Mal, ob Grace vielleicht der Grund war.

»Ich nehme an, Miss Lowry musste schon ihr ganzes Leben damit kämpfen, dass man sie im Zaum halten wollte«, überlegte Baskin laut. »Aber sie wird es nicht zulassen.«

»Inwiefern im Zaum halten?«

»Mit ihrem Aussehen kann man es weit bringen, aber nur in eine bestimmte Richtung – und mit nur einem erkennbaren Ende. Ich erlebe es jede Saison aufs Neue. Aber dann ist Lord St. Vincent gefallen, zusammen mit einer ganzen Generation tauglicher Männer, und plötzlich befinden wir uns in den fünfziger Jahren. Vivien könnte sich mittlerweile daran gewöhnt haben, allein zu sein.«

»Es fällt schwer, Mitleid mit ihr zu haben. Sie wirkt immer so wütend.«

»O ja, das ist spürbar. Aber sind Sie das nicht auch? Sind wir es in gewisser Hinsicht nicht alle?« Lord Baskin seufzte. »Herberts Entscheidung bezüglich Evie hatte einen Hintergrund. Vielleicht war es Wut. Vielleicht war es Angst. Aber was auch immer dahintersteckte – es war falsch. Und ich muss das alles jetzt irgendwie geraderücken.«

»Die arme Evie Stone«, murmelte Alec und fühlte sich ungewöhnlich ergriffen. Sowohl das Bier als auch Lord Baskins Anteilnahme ließen ihn entspannen. Auf einmal fühlte er sich all dem, was vor ihm lag, nicht mehr so verpflichtet oder darin gefangen. Er hatte das seltsame Gefühl, dass der Earl ihm einen Ausweg aufzeigte. »Mit ihr habe ich auf jeden Fall Mitleid.«

»Wir haben uns ihr gegenüber nicht richtig verhalten, das steht fest. Aber Dr. Feasbys Reaktion gibt mir dennoch zu denken.«

»Inwiefern?«

Baskin leerte sein Bier, dann lächelte er. »Insofern, als wir uns fragen dürfen, wie viel Mitleid mit Miss Stone wir am Ende tatsächlich haben werden.«

KAPITEL 38

Regel Nr. 5

Rebellisches oder aufrührerisches Verhalten der Angestellten, allein oder in Gemeinschaft, wird nicht toleriert.

Bevor er am späten Sonntagnachmittag vom Syon House wieder zum Familiensitz in Yorkshire zurückkehrte, machte Lord Baskin einen kleinen Umweg. Er hatte eingewilligt, sich mit allen drei weiblichen Angestellten der Buchhandlung in der American Bar des Savoy zu treffen.

»Wir wollen das Geschäft kaufen«, verkündete Vivien, sobald er ihnen gegenüber Platz genommen und einen Whisky bestellt hatte.

Der Earl sah erst kurz zu Grace, bevor er sich Vivien zuwandte.

»Wir?«, fragte er ein wenig überrascht. »Sie meinen, Ihr ... Ehemann? Die Familie?«

Vivien schüttelte den Kopf. »Nein. Wir drei.«

»Ich verstehe nicht.«

Vivien lachte. »Grace, warum erklärst du es ihm nicht? Ich glaube, wenn es von dir kommt, versteht er es besser.«

Grace, die zwischen Evie und Vivien saß, war von den Aufregungen der letzten Woche zu Hause und in der Arbeit noch ganz erschöpft. Letztes Wochenende war sie bei ihrer Mutter eingezogen und hatte trotz Gordons Protest die Jungen mitgenommen. Darauf hatte er zu jeder vollen Stunde angerufen, bis ihre Mutter – die mittlerweile wusste, was ihre Tochter all die Jahre hatte erdulden müssen – das Telefon einfach ausgestöpselt hatte. Die Jungen waren durch den übereilten und unschönen Aufbruch von zu Hause sehr aufgewühlt gewesen und drohten ständig damit, wegzulaufen. Grace konnte nur hoffen, dass sie es in all den Jahren geschafft hatte, eine so gute Beziehung zu ihnen aufzubauen, dass sie sich dennoch mit ihr verbunden fühlten. Mehr konnte sie nicht tun. Auf so vieles hatte sie einfach keinen Einfluss.

Auch drohende Anwaltsrechnungen lasteten auf ihrem Gemüt. Gordon hatte seine Entschlossenheit bekräftigt, das Sorgerecht für ihre zwei Rabauken zu beantragen. Wiederum konnte Grace nur hoffen, dass die neue Stille im Haus seinen inneren Aufruhr nach und nach beruhigen und er etwas von dem Frieden und der Ausgeglichenheit finden würde, die er ständig von den Menschen um sich herum eingefordert hatte. All das hatte Grace mit der Zeit immer mehr Kraft geraubt, bis sie am Ende selbst nur noch Aufruhr und Unruhe spürte.

Lord Baskin sah sie mit seinen warmen braunen Augen an und wartete geduldig auf ihre Erklärung. In seiner Nähe hatte Grace immer das wohlige Gefühl, gewürdigt und verstanden zu werden, ohne dass sie dafür etwas Besonderes tun musste. Sie dachte wieder an ihre Busfahrt, den heruntergefallenen Schlüsselbund und ihren verschütteten Kaffee – all die kleinen Momente anlässlich ihrer ersten Begegnung. Momente, die – genauso wie Alecs neckischer Gruß von der Ladentür aus, die Stellenanzeige im Schaufenster und die zu bewältigende Anschlagzahl beim Maschineschreiben – überdeckt hatten, was an jenem Tag tatsächlich geschehen war: Sie hatte sich verliebt.

Es hatte vier lange Jahre harter Arbeit bedurft, um an diesen Punkt zu gelangen, und es lag weitere Arbeit vor ihr. Doch als ihre Blicke sich trafen, spürte Grace, dass sie Kraft aus diesem Gefühl zog, verstanden zu werden. Sie erkannte darin eine andere Form von Liebe. Verstanden und gewürdigt und nicht verurteilt zu werden: Dies war die Basis wahrer Liebe. Einer Liebe, die einem half, trotz aller Widrigkeiten und Verluste im Leben voranzukommen. Solch eine Liebe ist wenigstens immer da, selbst wenn wir ihr hilflos ausgeliefert sind.

Lord Baskin lächelte Grace ermutigend zu, ganz so, als wisse er das alles – wie auch das, was sie gleich sagen würde.

»Wir möchten Ihren Anteil an der Buchhandlung kaufen – Ihre einundfünfzig Prozent – und sie selbst führen. Geleitet nur von Frauen.«

»Und das Geld haben Sie?«, fragte er überrascht.

Grace nickte, und Vivien ergriff wieder das Wort. »Es wird bald eine offizielle Ankündigung geben. Dann werden Sie genau erfahren, wie wir die Sache planen.«

Verwundert musterte der Earl die drei Frauen, die allesamt ernst und aufrecht in der American Bar des Savoy vor ihm saßen. Es war eine ungewöhnliche Wahl für einen Treffpunkt, aber das Hotel am Ufer der Themse lag weit genug von Bloomsbury und der Buchhandlung entfernt, um ihnen ausreichend Anonymität für diesen so ambitionierten Vorschlag zu gewähren.

»Dass Sie diese Lokalität gewählt haben, scheint mir sehr passend angesichts ihrer Geschichte«, sagte er. »Man bedenke all die Kriegsführer, die sich hier – oder im Grill Room – mit Churchill trafen ... wo er mit de Gaulle und Masaryk Pläne schmiedete.«

»Ich kann Ihnen versichern«, meldete sich nun auch Evie zu Wort, »dass unser Vorhaben in keiner Weise ungebührlich ist.«

»O nein, meine Liebe, natürlich nicht. Das hatte ich auch nie vermutet. Ich bin nur … überrascht … wenn ich an die benötigte Geldsumme denke.« Er sah wieder zu Grace. »Ich sollte Ihnen etwas sagen. Alec zieht sein Angebot zurück. Er war von Evies Kündigung nicht sonderlich begeistert.«

»Dann müssen wir uns also nur noch um Mr Dutton und Mr Allen Sorgen machen?«, wollte Grace wissen.

Lord Baskin nickte. »Ahnen die beiden etwas?«

»Nein, das glauben wir nicht. Jedenfalls im Moment noch nicht. Sie werden es aber sicher bald merken.«

»Vielleicht auch nicht«, meinte Vivien abfällig.

»Sie müssen ihnen dann aber ihre Hälfte ausbezahlen, das wissen Sie, oder?«, fuhr der Earl fort. »Die beiden gehen ja nicht einfach so weg.«

»Wir hoffen, mit der Zeit so viel Umsatz zu machen, dass wir genau das tun können«, sagte Grace. »Oder eine weitere Finanzierung sichern – vielleicht durch weitere Partnerinnen.«

»Wir sind erheblich unterbezahlt im Vergleich zu den männlichen Angestellten, und wir sind es gewöhnt«, ergänzte Vivien. »Wenn die Männer weg sind, sollte genug Geld zusammenkommen, um bis zum Ende des Jahres die übrigen Anteile zu kaufen und uns selbst dann ein faireres Gehalt zu geben.«

»Alle Männer? Weg?«, fragte Lord Baskin überrascht nach.

Die drei Frauen nickten.

»Mr Ramaswamy wird nächsten Monat ohnehin nach

Indien zurückkehren.« Grace warf einen kurzen Seitenblick auf Evie. »Master Mariner Scott hat seine Blütezeit auch schon eine Weile hinter sich und hätte bereits vor Jahren seine Seefahrerpension beantragen sollen.«

»Mr Dutton ist offenbar noch nicht wieder ganz auf dem Damm und sollte mit seinem schwachen Herzen eigentlich gar nicht zur Arbeit kommen«, sagte Vivien außergewöhnlich mitfühlend. »Und Mr Allen ist anscheinend ja sowieso lieber anderswo – egal, wo.«

»Und Mr McDonough?«

»Alec auch«, antwortete Vivien sofort. »Ich bin sicher, er will in seinem Leben eigentlich nichts anderes als andere herumkommandieren. Wenn alle bleiben wollen, soll uns das auch recht sein. Aber es wird viele Veränderungen geben, mit denen sie vielleicht nicht einverstanden sein werden. Neue Regeln, neue Ausrichtungen und so weiter.«

»Und ein neuer Name!«, rief Evie. »The Sunwise Turn.«

»Von Osten nach Westen«, übersetzte Lord Baskin. »Wie der Lauf der Sonne. Das ist ein keltischer Brauch, wenn ich mich recht erinnere: Wenn man etwas im Uhrzeigersinn umkreist oder sich in diese Richtung dreht, soll es Glück bringen.«

»Ganz genau«, sagte Evie, die sich nun endlich ein wenig für den Earl erwärmte.

Lord Baskin musste lachen. »Als ich Vivien das erste Mal die Geschäftsstruktur erläuterte, dachte ich mir, dass ich damit etwas in Gang bringen könnte. Aber mit einer so rasanten Entwicklung habe ich nicht gerechnet. Ich muss sagen, ich bin beeindruckt. Aber steht das denn nun fest?«

Die drei Frauen nickten bedeutsam.

»Trotzdem bleibe ich noch Ihr Vermieter. Mich werden Sie so schnell nicht los.« Dabei sah er wieder zu Grace, und diesmal registrierte auch Evie seinen Blick.

»Wir brauchen also zweitausendfünfhundert Pfund, korrekt? Und dann noch einmal fünftausend?«, fragte Evie nach, und Lord Baskin nickte. »Dann sollte am fünfzehnten März alles geklärt sein. An den Iden des März.«

»An denen die Römer immer all ihre Schulden beglichen«, erklärte Vivien triumphierend.

Der Earl musste wieder lachen.

Im Anschluss an das Gespräch saßen die drei Frauen allein in der runden Sitznische der American Bar. Umgeben von Notizblöcken, Umschlägen und losen Blättern Papier machten sie sich eifrig Notizen.

»Wie kommst du voran?«, erkundigte sich Grace bei Vivien.

Während sie ihre Briefe zum Vergleich nebeneinanderlegten, fiel Grace auf, dass Evie sich müde die Augen rieb.

»Wie geht es dir denn, Evie?«, fragte sie voll mütterlicher Fürsorge. Normalerweise hatte Evie frische rosige Wangen, so wie Grace sie von ihren Jungen kannte, aber heute wirkte das junge Mädchen blass und erschöpft.

Evie schüttelte den Kopf. »Ich muss weitermachen. Bis zum Fünfzehnten ist es nicht mehr lang, und ich habe mir die Zeit genau eingeteilt.«

»Selbstverständlich.« Grace seufzte. »Na, immerhin haben wir Lord Baskin auf unserer Seite.«

»Natürlich haben wir das«, bekräftigte Vivien. »Auch wenn du ihm nichts gesagt hast. Du hättest es tun sollen.«

»Was gesagt?«, fragte Evie erschrocken.

Grace warf Vivien einen vorwurfsvollen Blick zu, dann

wandte sie sich an Evie. »Ich wollte dich damit nicht belasten, Evie ... Ich habe meinen Mann verlassen und bin mit unseren zwei Jungen zu meiner Mutter gezogen. Fürs Erste. Aber mach dir bitte keine Sorgen – das wird die Sache mit dem Geschäft nicht beeinträchtigen.«

Evie sah sie verständnislos an. »Warum solltest du das Lord Baskin erzählen? Auch wenn er deutlich etwas für dich übrig hat.«

Grace wirkte überrascht. »Wie kommst du darauf?«

Vivien schnaubte. »Grace, bitte ... Wenn sogar Evie es gemerkt hat ...«

»Vor allem, wenn ich aus dem Fenster im zweiten Stock gesehen habe«, ergänzte Evie, und die anderen brachen in Gelächter aus. »Heißt das, du hast für ihn auch etwas übrig?«

»Also bitte, die Damen ... Lasst mich das alles in meinem eigenen Tempo erledigen. So wie Evie.« Grace seufzte. »Es steht so viel auf dem Spiel – und so viele Leute müssen noch eine Weile den Mund halten. Was, wenn am Ende alles schiefgeht?«

Evie sah ihre Freundinnen an, und aus ihrem Gesicht strahlten der Eifer und Optimismus der Jugend. »Aber was, wenn alles gut geht?«

KAPITEL 39

Regel Nr. 51

Die Angestellten haben
ihre Kündigung mit einer Frist
von zwei Wochen schriftlich
einzureichen.

Am Montag, dem sechsten März, betrat Herbert Dutton pünktlich um neun Uhr die Buchhandlung. Nachdem er die äußere Ladentür geöffnet hatte, fand er die innere Tür noch immer verschlossen. Das überraschte ihn, denn normalerweise war um diese Uhrzeit immer jemand da, um das Geschäft für den Verkaufstag vorzubereiten.

Er spähte in den leeren Verkaufsraum. Die Morgensonne stand tief und leuchtete durch die hinteren Fenster. Im orangegelben Licht sah er die Staubflusen tanzen, die er mithilfe des Putzplans, der den wechselnden Einsatz seiner weiblichen Angestellten vorsah, zu vermeiden suchte. Wiederum ein Zeichen, dass durch seine lange Abwesenheit der normalerweise hohe Standard bei Bloomsbury Books gesunken war.

Mr Dutton schloss die innere Tür auf und durchquerte die verlassene Romanabteilung. Vivien stand nicht wie üblich hinter der Kassentheke, als säße sie in einer Falle, und Alec hockte nicht wie sonst lauernd auf seiner Leiter. Als er die hinteren Büroräume erreichte, stellte er fest, dass auch Grace noch nicht an ihrem Platz saß. Kein einziger Papierstapel lag auf ihrem Schreibtisch, dessen polierte Oberfläche in der Frühlingsonne glänzte, und auch das war ganz und gar untypisch. Obwohl sie eine tüchtige Sekretärin war, gab es bei der großen Menge an Korrespondenz immer etliche noch ausstehende Schreiben.

Nun betrat Mr Dutton sein eigenes Büro und verharrte kurz am ausgefransten Rand des Teppichs, auf dem er zwei Monate zuvor zusammengebrochen war. Wieder einmal sah er sich selbst dort liegen, die arme Evie Stone so kompetent an seiner Seite. Er wünschte, er könnte endlich aufhören, an seinen Herzanfall und die immer noch anhaltenden körperlichen Folgen zu denken, doch die vielen Medikamente, die er deswegen einnehmen musste, verhinderten dies. Und jetzt war Evie weg und Dr. Feasby mitsamt der Kaufkraft des Museums ebenso. Herbert Dutton hatte sich in jeder Hinsicht geirrt, und dass er ihrer neuesten und empfindsamsten Mitarbeiterin die Unterstützung versagt hatte, ließ ihn nachhaltig an seiner Urteilsfähigkeit und seiner Eignung als Führungskraft zweifeln. Schließlich war er der Verfasser der einundfünfzig Geschäftsregeln gewesen, die Evie Stone sich einfach nur zu brechen geweigert hatte.

Dutton hängte seinen Bowlerhut und den wollgefütterten Trenchcoat an den Garderobenständer und setzte sich hinter seinen überfüllten Schreibtisch. Er bezweifelte, dass er die Korrespondenz, die sich während seiner Abwesenheit angehäuft und die Mr McDonough ihm hinterlassen hatte, in absehbarer Zeit abarbeiten konnte. Allerdings brachte er es auch nicht übers Herz, Alec für seine Nachlässigkeit zur Rechenschaft zu ziehen. Zum einen war er immer noch tief beschämt, dass Alec hinter sein und Franks Geheimnis gekommen war. Sie waren zwar niemandem eine Offenbarung schuldig gewesen, aber ihr Schweigen Alec gegenüber hatte aus Sicht des jungen Mannes mit Sicherheit das Band ihrer Freundschaft erschüttert. Herbert und Frank hatten Alec nicht genug vertraut, und das musste ihn verletzt haben, auch wenn die Bedenken der beiden Männer, ihre Beziehung könnte ihn verstören, sich letztlich bestätigt hatten. Seit seinem Überraschungsbesuch in ihrem Haus hatte Alec sich immer mehr zurückgezogen und war im Geschäft nicht mehr ganz bei der Sache. Gleichzeitig merkte Mr Dutton, dass er Alec bewusst aus dem Weg ging, und da Frank Allen seine langen Reisen zu Buchauktionen wieder aufgenommen hatte, schien sich die Freundschaft der drei Männer gänzlich aufgelöst zu haben.

Als die Ladenglocke klingelte, seufzte Mr Dutton dankbar und erleichtert auf, da sich nun offenbar doch ein normaler Tag anbahnte. Der gewohnte Ablauf der Dinge war ihm wichtig, damit seine angeschlagenen Nerven zur Ruhe fanden. Die einundfünfzig Regeln waren nicht nur als Leitfaden für die Angestellten gedacht gewesen, sondern auch als zuverlässige Konstante für ihn selbst, nachdem die Welt ihm ihre üblichen Belohnungen versagte. Außerhalb ihrer Wohnung würden er und Frank die Freuden eines gemeinsamen Lebens nicht genießen können. Doch im Geschäft und auf dem Papier war Mr Dutton derjenige, der über die Geschicke bestimmen und bei Katastrophen die Verantwortung übernehmen konnte.

Nun hörte er das Staken hoher Absätze auf dem alten Eichenholzboden, und als er aufblickte, standen Grace und Vivien im Türrahmen. Sie waren noch in Hut und Mantel und trugen jede ihre schwarze Handtasche in der linken Ellenbeuge.

»Oh, hallo … Sind Sie heute zusammen gekommen?«

Er sah genauer hin und entdeckte, dass beide einen weißen Umschlag in der Hand hielten. »Was ist das?«

Sie gingen zum Schreibtisch und legten die Briefe vor ihm ab.

»Wir kündigen«, bemerkte Grace schlicht und mit nur ein wenig zitternder Stimme.

»Aus Protest über die unrechtmäßige Entlassung von Evie Stone«, fügte Vivien kühl und unerbittlich hinzu.

Mr Dutton öffnete die Umschläge und legte die beiden Briefe nebeneinander auf seiner Schreibtischunterlage ab. Beim Lesen spürte er, wie sich auf seiner Stirn kleine Schweißperlen bildeten.

»Das verstehe ich nicht. Was wollen Sie denn machen? Wo wollen Sie hingehen?«

»Mit diesen Fragen können Sie uns auch nicht halten«, erwiderte Vivien scharf. »Hier geht es ums Prinzip. Etwas, woran die Geschäftsführung sich ebenfalls hätte halten sollen.«

»Wir sind dankbar, dass wir über viele Jahre Teil dieser Buchhandlung sein durften«, fügte Grace hinzu. »Aber auf diese Weise werden Angestellte hier nicht behandelt – oder sollten nicht behandelt werden.«

»Und Sie wollen fristlos kündigen? Sie wollen sofort gehen, heute, jetzt – entgegen Regel einundfünfzig, die eine Frist einfordert?«

»Die Regeln gelten entweder für alle, oder sie gelten für niemanden«, erwiderte Vivien bitter.

»Aber so funktioniert das nicht«, sagte er, während der Ärger in ihm hochkochte.

»Dann können Sie uns ja zusätzlich noch entlassen«, sagte Vivien. Die zwei Frauen drehten sich um, marschierten Seite an Seite durch den Korridor und den Verkaufsraum bis zur Tür und verließen das Geschäft gemeinsam, so wie sie es seit Kriegsende jeden einzelnen Arbeitstag getan hatten.

Ohne die Frauen hatten die Männer nun alle Hände voll zu tun. Alec McDonough musste sich allein um das Erdgeschoss kümmern, und Mr Dutton hatte inzwischen genug Einblick in dessen Arbeitsweise gewonnen, um schon jetzt über das mit Sicherheit bevorstehende Chaos in Panik zu geraten. Frank erklärte sich widerstrebend bereit, so viel Zeit wie möglich in der Buchhandlung zu verbringen, was dazu führen würde, dass er einige der bald anstehenden Frühjahrsauktionen versäumte. Da auch Mr Ramaswamy das Geschäft bald verlassen wollte, bekam Herbert Dutton das Gefühl, seine dreißig Jahre lang wie geschmiert laufende Buchverkaufsmaschinerie würde auf unheimliche und unaufhaltsame Weise zum Stillstand kommen. Noch schlimmer war, dass er noch nicht einmal den Schalthebel in der Hand zu haben schien.

Herbert und Frank saßen zusammen beim Abendessen und beschworen die verschiedenen Katastrophen herauf, die mit der Kündigung der Frauen unausweichlich folgen würden. Nach dem Dessert setzten sie sich, so wie jeden Abend, wenn Frank zu Hause war, ins Wohnzimmer. Herbert begann mit der gewohnten Lektüre seiner zwei Abendzeitungen, und Frank schmökerte in einigen Reisebroschüren und der *National Geographic.*

Während Herbert die Seiten der *Times* systematisch überflog und umblätterte, beklagte Frank erneut, wie zurückgezogen und geistesabwesend Alec McDonough den ganzen Tag über gewesen war.

»Vielleicht hat Miss Lowry ihn viel mehr unterstützt, als wir immer dachten«, meinte Herbert.

»Ich habe dir doch gesagt, du hättest sie nach deiner Rückkehr zur Abteilungsleiterin ernennen sollen.«

Herbert schüttelte den Kopf. »So viel Macht wäre ihr vermutlich nur zu Kopf gestiegen und hätte unsere männlichen Kunden vergrault. Außerdem wäre es für Alec schwierig gewesen.«

»Unser Goldjunge ...«, murmelte Frank mit reumütigem Lächeln. »So goldig ist er nun nicht mehr, hm?«

»Er hätte nie von unserem Privatleben erfahren dürfen. Das haben wir selbst verschuldet.«

Frank legte die *National Geographic* beiseite und musterte den Mann, mit dem er seit zwanzig Jahren zusammen war. »Nein, nichts davon ist unsere Schuld. Man zwingt uns in eine nicht tragbare Situation. Wir müssen uns verstecken, als hinge unser Leben – dieses Leben – davon ab.«

»Nun, das tut es ja auch.« Auch zu Hause war Herbert der Ruhigere von ihnen.

»Stell dir einmal vor, wie wir leben könnten, wenn es anders wäre. Dann müsste Alec sich damit auseinandersetzen – richtig auseinandersetzen ... und hoffentlich etwas lernen. Und nicht nur das hier«, Frank deutete auf sie beide, »sondern auch über sich selbst. Es ist offensichtlich, dass er in Vivien verliebt ist, aber keine Ahnung hat, wie er damit umgehen soll.«

»Hättest du das denn?«

Die Männer sahen einander an und lachten über die Ironie und die Absurdität dieser Vorstellung – ihr erster unbeschwerter Moment seit Tagen.

»Das Reisen fehlt mir.« Frank nahm das Geo-Magazin

wieder auf. »Und ich bin froh, dass Miss Perkins vorgeschlagen hat, diese Zeitschrift zu abonnieren. Die gute Frau wird mir fehlen. Und auch Mr Ramaswamy will uns verlassen. Wir hätten mehr tun können.«

Herbert musterte den Mann, den er seit zwanzig Jahren liebte – diesen eleganten, selbstsicheren, aber leicht chaotischen Mann, der so ganz anders war als er selbst. Schon lange waren sie nun Freunde, Liebende und Hausgenossen, und die ganze Zeit über hatte Herbert sich eingeredet, das sei ausreichend. In all den Wochen, die er im Bett gelegen und sich Sorgen um sein schwächer werdendes Herz gemacht hatte, war er über das Ausmaß von Franks Hingabe überrascht, aber auch tief gerührt gewesen. So intensiv von jemandem umsorgt und gebraucht zu werden, das begriff Herbert nun, war in der Liebe das größte Privileg. Dennoch wurden sie als Paar daran gehindert, diese Liebe in vollem Umfang auszukosten – auch wenn Herbert sich damit abgefunden hatte, weil erträglich, notwendig und nachvollziehbar.

Er hatte sich mit alldem abgefunden, um zu überleben, und aus genau diesem Grund hatte er auch Miss Stone entlassen. Er hatte Sicherheit und Bequemlichkeit an erste Stelle gesetzt und sich dadurch in eine isolierte, abgehobene Position manövriert, von der aus er am Ende nur hinunterstürzen konnte.

Gewiss war es das, was das Universum ihm – in Form der Kündigungen von Vivien und Grace – mitteilen wollte, während die Männer sich panisch fragten, wie das Geschäft nun reibungslos am Laufen zu halten sei. Trotz Herberts bester Absichten hatte Dr. Feasby sich vor lauter Wut, dass er sein gewünschtes Buch nicht bekommen hatte, von Bloomsbury Books abgewandt. Dass Herbert den einzigen verzweifelten Ausweg darin gesehen hatte, Evie zu feuern, zeigte, wie sehr das Geschäft auf jeden einzelnen Penny angewiesen war. Es lief schon seit Jahren so schlecht, dass er und Frank von Lord Baskin immer wieder Geschäftsanteile anstelle von Gehaltserhöhungen angenommen hatten. Im nächsten Jahr würden sie die Mehrheit halten und über den Laden bestimmen könnten.

Herbert war sich nicht mehr sicher, ob er seine Beteiligung an Bloomsbury Books tatsächlich behalten wollte, geschweige denn erhöhen. Nach dem letzten gesundheitlichen Einbruch und Franks hingebungsvoller Pflege überlegte er, ob es nicht sinnvoller wäre, jetzt schon in den Ruhestand zu gehen und Frank seine eigenen Pläne schmieden zu lassen. Er schien das Reisen mehr zu lieben als die Bücher und nie wie Herbert das Bedürfnis zu verspüren, den ganzen Tag im Laden zu verbringen. Wenn sie beide Inhaber der Buchhandlung wären, bände dies Frank nur noch mehr an.

Vielleicht war es bei ihrem Traum von der Inhaberschaft ja um etwas ganz anderes gegangen: um den Traum von Kontrolle – so wie bei den einundfünfzig Geschäftsregeln – und wahrer Partnerschaft, nachdem sie als homosexuelle Männer weder über ihr Schicksal noch über ihr gemeinsames Leben jemals hatten frei bestimmen können.

Herbert Dutton blätterte zur letzten Seite der *Times* um, auf der die täglichen Ankündigungen zu verschiedenen Auktionen, Verkäufen und anderen Veranstaltungen aufgelistet waren. Fast hätte er die Notiz von Sotheby's übersehen, doch dann fiel ihm der Name Yardley Sinclair ins Auge – ein langjähriger Kontakt, der ihr Geschäft immer sehr unterstützt hatte.

Die Zeitung fiel zu Boden.

»Herbert, mein Liebling, was ist los?« Mit großer Besorgnis sah Frank in Herberts blasses Gesicht. »Ist das ein neuer Herzanfall?«

Herbert Dutton schüttelte den Kopf, dann gab er einen seltsam erstickten Laut von sich, worauf die Farbe in sein Gesicht zurückkehrte und er hochrote Wangen bekam.

»Nein.« Er stöhnte so zittrig auf, dass es fast wie ein Lachen klang.

»Es ist Evie Stone.«

In der Anzeige stand, dass in einer Londoner Buchhandlung kürzlich eine verschollen geglaubte Erstausgabe von *Die Mumie! Ein Märchen aus dem zweiundzwanzigsten Jahrhundert* entdeckt worden war. Die neue Besitzerin habe Sotheby's beauftragt, den historisch bedeutsamen Fund am fünfzehnten März in den Geschäftsräumen an der Bond Street zu versteigern. Angesichts der Bedeutung des Buches werde Yardley Sinclair, Leiter der Abteilung für Museumsdienstleistungen, ausnahmsweise höchstselbst durch die Auktion führen.

Bei einem Mindestverkaufspreis von fünfhundert Pfund war das Ereignis bald nicht nur in London, sondern auch weltweit in aller Munde, und Reporter von *The Times* und *Daily Mail* wurden bestellt, um darüber zu berichten.

Am Tag vor Erscheinen der Anzeige erhielt ein überraschter Yardley eine Nachricht von Evie mit der Bitte, sie zum Tee im Thames Foyer des Savoy zu treffen, wo sie gerade als heimlicher Gast von Mimi Harrison wohnte.

Yardley hatte sich bereits über den Treffpunkt gewundert – weitaus mehr verblüffte es ihn, als Evie dort mit größtem Bedacht die kostbare Erstausgabe der *Mumie!* aus ihrer Handtasche zog. Ruhig, aber entschlossen erklärte sie, das außerordentlich seltene Buch sei ein offizielles Abschiedsgeschenk ihres Arbeitgebers, das sie nach ihrer unfreiwilligen und ungerechtfertigten Kündigung in der letzten Woche erhalten habe. Sie sei also rechtmäßige Eigentümerin und wolle so schnell wie möglich eine Verkaufsauktion dafür anberaumen lassen.

Yardley meinte, er wolle damit lieber noch ein wenig warten – einerseits, um den Wert des Buches angemessen einschätzen zu können, andererseits, um die Spannung zu erhöhen. So wertvoll und bedeutsam der Fund auch sei, gehöre das Buch dennoch zu einem recht kleinen Bereich der Belletristik. Die Autorin sei kaum bekannt und habe sonst nur Gartenhandbücher für Hausfrauen verfasst. Yardley hatte Sorge, dass männliche Akademiker und Kuratoren den wahren Wert des Buches nicht erkennen und die arbeitslose Evie trotz all ihrer Mühen mit nur wenigen Hundert Pfund abspeisen würden.

Evie bestand jedoch darauf, dass die Auktion sehr bald und mit einem Mindestgebot von fünfhundert Pfund erfolgen solle. Yardley schlug vor, den Betrag auf zweihundert zu senken. Da er wusste, dass Evie keine Arbeit hatte und in London ganz allein war, wollte er sichergehen, dass das Buch überhaupt einen Käufer fand. Seiner Expertenmeinung nach waren zweihundert Pfund ein vernünftiger, zu erzielender Preis und für die junge Frau fast ein halbes Jahresgehalt. Doch Evie hielt an ihrer Forderung fest und setzte sich durch.

Wenige Tage später erfuhr Yardley vom wutschnaubenden Frank Allen, dass die übrigen weiblichen Angestellten der Buchhandlung genau an dem Tag gekündigt hätten, als die Annonce in *The Times* erschienen war. Yardley war überrascht und fragte sich, welches der Ereignisse das andere wohl nach sich gezogen hatte. Er spekulierte, dass die öffentliche Ankündigung der Auktion bei der Geschäftsführung großen Ärger ausgelöst hatte, so dass die Frauen es für klüger gehalten hatten, zu gehen.

Nachdem er Evie in all ihren Wünschen entgegengekommen war, stimmte er dann auch gern ihrem letzten zu: dass die Auktion auf Anregung ihrer ehemaligen Kollegin Vivien Lowry am fünfzehnten März stattfinden solle. Yardley war die historische Bedeutung dieses Datums als den »Iden des März« sehr wohl bewusst.

Es war früher der Termin gewesen, an dem die Römer alle Schulden beglichen – und der Tag, an dem die Herrschaft des Dictator Perpetuo Julias Cäsar ihr berüchtigtes Ende nahm.

KAPITEL 40

Regel Nr. 34

Die Belegschaft hat Arbeit und
Vergnügen voneinander zu trennen.

Alec McDonough saß spätnachts noch allein im Geschäft. Sein Herz hing nicht mehr an seiner Arbeit – und das nicht nur in einer Hinsicht. Vor Kurzem hatte er Samuel Beckett auf ein Bier ins Lamb eingeladen. Er hatte gehofft, ein paar Ratschläge für seine eigene Schriftstellerei zu erhalten, so wie er über die Jahre viele andere prominente Gäste der Buchhandlung um Rat gebeten hatte.

Nachdem Beckett die Manuskriptseiten seiner jüngsten Kurzgeschichte zusammengeschoben hatte, lachte er. »Guter Mann, warum legen Sie sie nicht einfach flach und bringen das Ganze hinter sich?«

Beschämt merkte Alec, dass er heiße Wangen bekam wie ein Schuljunge.

»Hören Sie …« Beckett setzte sich aufrecht hin und legte beide Hände auf den kleinen Eichentisch zwischen ihnen. »Schreiben ist ein Blutsport. Sie müssen es mehr wollen als alles andere. Tun Sie das?«

Alec wollte nicht als stümperhafter Amateur erscheinen, aber unter Becketts durchdringendem Blick und tief gerunzelter Stirn fühlte er sich plötzlich wie einer. Er wusste, dass ein geradliniger Mann wie Beckett, der bekanntermaßen kein Blatt vor den Mund nahm, sich mit nichts anderem als der harten, kalten Wahrheit abgeben würde.

»Ich liebe alles am Schreiben außer das Schreiben selbst.«

»Nun, das ist immerhin ehrlich. Dafür haben Sie meinen Respekt.« Beckett seufzte und schob sich seine kleine runde Brille auf die Stirn.

»Was soll ich denn jetzt machen? Außer Bücher in Regale zu sortieren.«

»Ich fürchte, da bleibt Ihnen nur eines übrig.« Beckett lächelte. »Werden Sie Lektor.«

Eine Woche später saß Alec missmutig an Mr Duttons Schreibtisch, um stellvertretend für ihn die immer noch rückständigen Bestellungen für ihre Lagerbestände aufzuholen. Die Regale der Romanabteilung leerten sich bereits erkennbar, was bei herumstöbernden Kunden keinen guten Eindruck hinterließ. Alec seufzte. Anscheinend hatte Vivien noch fleißiger gearbeitet, als er gedacht hatte, und er musste sich mächtig anstrengen, um es ihr gleichzutun.

Tatsächlich bemühte er sich schon lange darum, und das nicht nur bei der Arbeit. Sie war und blieb ihm ein Rätsel, denn sie weigerte sich schlichtweg, sich so zu verhalten, wie man es üblicherweise von einer Frau erwartete – insbesondere wie Alec es erwartete. Als attraktiver und durchaus begehrenswerter Junggeselle, wie er selbst fand, hatte Alec nie recht fassen können, dass Vivien eine Romanze mit ihm lieber ganz ausschlug, als ihm ein paar ungeschickte Worte zu verzeihen. Darin benahm sie sich fast wie die Witwen Ellen Doubleday oder Sonia Blair – als könnten es zukünftige Liebhaber nicht mit dem Mann aufnehmen, den sie verloren hatte und dessen Verlust durch das gravierte Datum auf ihrer Armbanduhr stets präsent war. Die Gravur beschäftigte Alec noch immer genauso wie an jenem Morgen, als er in Viviens Bett gelegen und die Uhr entdeckt hatte: Ihn grämte die Vorstellung, dass Vivien die bloße Erinnerung an einen Mann genügen könnte – oder zumindest mehr Bedeutung hatte als er.

Evie Stone hatte recht damit gehabt, sein Verhalten auf männlichen Stolz zurückzuführen. Kein Wunder, dass er so viel Befriedigung daraus gezogen hatte, die Leitung ihrer gemeinsamen Abteilung zu übernehmen und Viviens Ambitionen als ungebührlich zu bewerten. Befeuert von seinem Ego, hatte er alles getan, um die Verhältnisse zu bewahren, die er für angemessen hielt. Was er alles dafür aufgegeben hatte, wurde ihm erst jetzt bewusst.

Am Ende hatte er einen Pyrrhussieg errungen. Das, was er eigentlich hatte gewinnen wollen – nämlich Vivien –, hatte er für immer verloren.

Ironischerweise erwiesen sich die anderen Männer in der Buchhandlung als ebenso erfolglos darin, Liebe und Arbeit zu trennen. Alec durchschaute jetzt, dass auch deren Geschäftsgebaren nur eine Fassade für emotionale Sehnsüchte war. Die Frauen hingegen hatten das Geschäftliche immer schon mehr im Blick behalten. Für Herbert und Frank war Bloomsbury Books gewissermaßen nur ein Aspekt ihrer Partnerschaft; Master Mariner Scott machte über Jahre schon der Pubbesitzerin den Hof; selbst Lord Baskin schien andere als geschäftliche Gründe für seine wiederholten Besuche zu haben.

Zudem hatte das Geschäft stets allen Veränderungen getrotzt, weshalb gerade die lähmende Routine herrschte, die Alec durch eine Anstellung in einer Buchhandlung – im Gegensatz zur Arbeit in einem Büro – hatte vermeiden wollen. Gewiss war es von Vorteil, dass Bloomsbury Books noch genauso aussah wie vor hundert Jahren, als der 9. Earl Baskin es beim Kartenspiel gewonnen hatte. Die abgetretenen Holzdielen mit den geschmiedeten Nägeln und die handgefertigten Eichenregale schufen eine Atmosphäre der Gemütlichkeit. Außerdem waren ihre Kunden bewundernswert loyal, auch wenn Alec morgens beim Öffnen der Tür oft eine Reihe ältlicher Männer vorfand, die mit untergeklemmten Regenschirmen und Zeitungen wie verblichene Kopien ihrer selbst aussahen. Sie kamen Alec vor wie eine aussterbende Spezies, in deren Sog er sich befand, mit seinen fehlgeschlagenen Versuchen als Autor, Liebhaber und Freund. Denn auch als Freund hatte er Mr Dutton und Mr Allen gegenüber versagt.

Als er kurz nach Kriegsende seine Stellung angetreten hatte, war er auf der Suche nach einem neuen Anfang gewesen. Seine männlichen Kollegen waren für ihn bald so etwas wie Brüder geworden – Herbert sogar fast wie ein Vater. Er hatte Alec großzügig und großmütig gefördert und gefordert, um sein volles Potenzial zu wecken. Seine Rolle als »Goldjunge« war ihm schon bewusst gewesen, lange bevor Frank ihm diesen Spitznamen verpasst hatte – und lange bevor Vivien ihn als »Despoten« betitelt hatte.

War er Herbert und Frank immer noch böse? Inzwischen sollte er darüber hinweg sein, dass sie ihm ihr großes Geheimnis vorenthalten hatten. Wenn es nur um die Homosexualität ging, warum konnte er den Menschen nicht einfach von der Handlung trennen? Er dachte an die verunglückte Lesung mit Beckett, bei der Daphne du Maurier offen sowohl mit ihm als auch mit Vivien geflirtet und wie unwohl er sich dabei gefühlt hatte. Vivien dagegen hatte es einfach als Kompliment hingenommen und sich gleichzeitig nur allzu gern in Becketts bewundernden Blicken gesuhlt – worüber Alec erneut brennende Eifersucht empfand.

Er musste sich wohl oder übel eingestehen, dass er prüde war. Er hatte keine Ahnung warum – er konnte diese Eigenschaft an keinem speziellen Erlebnis in seinem Leben festmachen. Irgendetwas an der grenzüberschreitenden Natur von Sex und sexueller Anziehung empfand er als abstoßend – ein Widerwillen, der nur durch den Akt selbst vertrieben wurde. Das war es, was er seit ihrer ersten verunglückten Nacht als Gemeinsamkeit zwischen sich und Vivien empfunden hatte – die stumme Übereinkunft, dass in diesem Bereich eine völlig neue Welt wartete, eine Welt, die die meisten Menschen nicht zu ergründen wagten.

Nach Viviens erfolgreichem Literaturmittag hatten sie denselben Fehler erneut begangen – und diesmal hatte er ihrer Beziehung unzweifelhaft ein Ende gesetzt.

In gewisser Hinsicht war es ein letztes Aufbäumen seiner unterdrückten Phantasie gewesen. Beim Sex mit Vivien hatte er ihr freien Lauf gelassen, und nun war seine Phantasie für immer dort gefangen, in ihrem Bett und in Duttons Büro, wo sie im Mondlicht ein grenzüberschreitendes und auf wunderbare Weise sehr reales Erlebnis geteilt hatten. Gefangen, so fürchtete er, mit der Erinnerung an Vivien, an ihr einst langes kastanienbraunes Haar und ungeschminktes Gesicht neben sich im Bett. Vor ein paar Jahren, nach einer erfolgreichen Abendveranstaltung, hatte ein berühmter Autor in notorisch angetrunkenem Zustand Alec anvertraut, er verzichte bis zur Fertigstellung eines Buches komplett auf Sex. Der Autor war überzeugt gewesen, es gebe eine Verbindung zwischen dem

Bewahren seiner sexuellen Energie und dem Freisetzen seiner Phantasie auf Papier.

Alec klappte das Auftragsbuch zu und brachte es zur Kassentheke zurück. Er hatte es satt, immer und immer wieder über dieselben Dinge nachzudenken, ohne eine Lösung zu finden. Er hatte es satt, dass er Viviens Bett offenbar nicht verlassen konnte, obwohl sie ihm kurz darauf die Tür vor der Nase zugeschlagen hatte. Und nun war sie ganz verschwunden. Nie wieder würde er mit ihr in den Schlagabtausch gehen, nie wieder mit ihr streiten können. Nie wieder würden sie in geschäftliche Konkurrenz treten.

Sie sind sicher, dass es die Arbeit ist, bei der Sie konkurrieren?, hatte Peggy Guggenheim ihn damals gefragt, als er Vivien und Samuel Beckett durchs Fenster beobachtet hatte.

Vielleicht waren er und Vivien in ganz anderer Hinsicht Konkurrenten, und nur sein angeschlagenes Ego wollte, dass es um Liebe ging. Es hatte ihn verletzt, dass Vivien ihn abgewiesen hatte, ohne ihm anscheinend auch nur eine Träne hinterherzuweinen. Er hatte auf seiner Leiter gesessen, auf seinem Hochsitz aus Stolz, während sie hinter der Kasse stand, gefangen wie er, aber ganz und gar unfreiwillig.

Alec legte das Auftragsbuch in sein Regal unter der Kassentheke. Es lagen noch einige andere Bücher und Kataloge dort, und als er sie beiseiteschob, spürte er das kühle Metall einer Spiralbindung. Er tastete weiter und zog das Notizbuch hervor, in das Vivien jeden Tag geschrieben hatte, bis sie mit Grace zusammen aus Protest das Geschäft verlassen hatte.

Im Mondlicht schien der grüne Einband fast zu leuchten. Fast alles im Geschäft war in mehr oder weniger langweiligem Kofferbraun gehalten. Aber natürlich hatte Viven das auffälligste der Notizbücher gewählt, die Grace erst nach Jahren und wiederholtem Bitten bei Mr Dutton für ihre Schreibwaren- und Geschenkeabteilung hatte durchsetzen können. Alec verübelte den Frauen nicht, dass sie nach all den zermürbenden Kämpfen die Nase voll gehabt und sich verabschiedet hatten. Außerhalb der doch recht sicheren Mauern der Buchhandlung wäre es für sie bestimmt nicht leicht. Die Wirtschaft musste sich immer noch erholen, und der wöchentliche Durchschnittslohn lag bei unter zehn Pfund. Welche Arbeit würden die Frauen ohne das Empfehlungsschreiben finden, das sie unter anderen Umständen von Herbert Dutton erhalten hätten?

Alec schlug das Notizbuch auf und begann zu lesen. Alles war ihm fremd. Nichts ergab seinem linearen, uninspirierten Denken nach einen Sinn. Es waren teils unzusammenhängende Gedanken von Vivien, einige Passagen wirkten asynchron, und sie verließ sich auf die Wirkung von aktiven Verben und Metaphern. Es steckte aber auch viel Poesie darin. Vor allem gab es seitenweise Dialoge, überaus lebendig und real, obwohl sie nicht wiedergaben, wie Menschen tatsächlich miteinander sprachen. Und dennoch spiegelten sie überzeugend wider, wie die Menschen waren.

Alec war in gleichem Maße schockiert und beeindruckt, wie wenig das Geschriebene mit der Welt zu tun hatte, in der er Vivien verortete. Ihr heimliches Schreiben kam von ganz woanders, einem kreativen außerweltlichen Universum, das sie weder scheute noch verurteilte. Sie schien der freieste Mensch zu sein, den er kannte, und das sogar in zwei Welten, wohingegen er noch nicht einmal eine ausreichend erkundet hatte.

Vor langer Zeit hatte er eine Kurzgeschichte über seine unbewältigten Gefühle für Vivien geschrieben. Als er nun ihre Geschichten las, erkannte er, dass er von Anfang an dazu verdammt gewesen war, sie zu verlieren, jedoch nicht aus den vermuteten Gründen. Es war keine Frage von Zwistigkeiten oder Charakteren, die nicht zusammenpassten. Alec hatte eine Frau wie sie schlichtweg nicht verdient. Und genau das war es, so begriff er jetzt, was er in seinem Stolz befürchtet und von sich gewiesen hatte.

Es gab nichts mehr zu beschönigen. Der Mond schien auf die Theke aus Eichenholz, auf der in den letzten hundert Jahren etliche Federkiele, Füller und Kugelschreiber ihre Spuren hinterlassen hatten. Alec stöberte in der alten Blechdose, in der sie ihre Stifte verwahrten, und wählte einen ausradierbaren roten Buntstift. Dann fing er an, das zu tun, was Vivien ihm noch übriggelassen hatte, das Einzige, das er tun konnte.

Er fing an, ihren Text zu lektorieren.

KAPITEL 41

Regel Nr. 33

Die Angestellten haben sich
vom persönlichen Besitz ihrer Kollegen
fernzuhalten.

Ein letztes Mal steckte Vivien ihren Schlüssel in die Eingangstür von Bloomsbury Books.

Bei ihrer Kündigung Anfang der Woche hatte sie vergessen, ihn abzugeben. Außerdem hatte sie vergessen, ihr aktuelles Notizbuch mitzunehmen. Jetzt, im Schutz der Nacht, kehrte sie noch einmal zurück, um beides zu erledigen, denn sie hatte keine Lust, es unter den Augen der Geschäftsführung zu tun.

Zuvor hatte sie sich allerdings noch mit Samuel Beckett getroffen. Ellen Doubleday hatte das Treffen in der Dorchester Bar vereinbart und den Ort als »Demarkationslinie« bezeichnet, was Vivien an ihre gemeinsame Vorliebe für Spitznamen erinnerte.

Über ein paar Cocktails hatte Beckett ihr das Notizbuch ausgehändigt, das Daphne du Maurier ihm gegeben hatte und das jetzt voll mit roten Strichen, Kringeln und kaum lesbaren Kritzeleien war. Vivien fragte sich, ob dieses Notizbuch eines Tages ihr kostbarster Besitz sein würde, während ihr eigener Text darin unbeachtet bliebe.

Dazu listete Beckett alle Herausforderungen auf, denen sich ein junger Dramatiker – oder eine Dramatikerin – stellen musste. Vivien lauschte voller Ehrfurcht angesichts der Tatsache, dass ein so berühmter Künstler sich Zeit für sie nahm. Aber Samuel Beckett war einmal mit Peggy Guggenheim liiert gewesen, die mit Ellen Doubleday befreundet war, die von Lady Browning geliebt wurde, deren Agent Spencer Curtis Brown mit George Orwell befreundet gewesen war, der Sonia Bromwell geheiratet hatte, die nun mit Vivien befreundet war. Genau diese Art von gesellschaftlichem Netzwerk hatte zu dem ersten – und vermutlich letzten – Literarischen Mittag bei Bloomsbury Books geführt. Dessen Erfolg hatte Viviens Freundschaft mit Sonia Blair zur Folge gehabt sowie Alecs desaströse »Revanche« in Form der Beckett-Lesung, die wiederum zu diesem Treffen geführt hatte.

Nachdem der 7. Earl St. Vincent und seine Countess sie wegen ihrer niederen Herkunft und mangelnder gesellschaftlicher Kontakte abgelehnt hatten, fragte Vivien sich nun, wie die Familie ihres verstorbenen Verlobten heute über sie denken würden. Das Beste an Viviens neuen Verbindungen war, dass sie sie nicht aus irgendwelchen strategischen Motiven heraus gesucht hatte – sie hatten Vivien gefunden. Eine Armbanduhr von Cartier, eine Begegnung in einem Hotel, eine unerfreuliche Kurzgeschichte, die von ebendiesem Leben in der Mittelschicht inspiriert worden war: Jede einzelne dieser Begebenheiten hatte ihr den Zugang zu einem Kreis begüterter Frauen eröffnet, die ebenfalls mit persönlichen Verlusten oder Enttäuschungen zu kämpfen hatten. Bei deren Bewältigung hegten jedoch alle die Hoffnung, die ein privilegiertes Dasein bereithält: neue Horizonte zu entdecken. Auch wenn ihr Reichtum sie in gewisser Weise gefangen hielt, schenkte er gleichzeitig Auswege, die Vivien, Grace und – bislang – auch Evie Stone für ihr Leben nicht in Anspruch nehmen konnten.

Vivien stieg über den Bodenkontakt hinter dem Eingang, damit die Ladenglocke nicht ansprang. Sie schloss hinter sich die Tür und schlich, geführt vom Mondlicht, an den Büchertischen vorbei. Der Blick auf die vielen Regale machte sie seltsam wehmütig. Was auch immer demnächst passieren würde – die Tage von Bloomsbury Books waren gezählt.

In Grace' Büro war anscheinend ein Licht übersehen worden. In einem seltenen und letzten Akt von Gehorsam ging Vivien hin, um es auszuschalten.

»Oh.« Sie hielt abrupt inne, als sie Alec an dem kleinen, leer geräumten Schreibtisch entdeckte. Er saß da wie ein Schuljunge, mit hochgerollten Hemdsärmeln, aufgeknöpfter Weste und blonden Haarsträhnen, die ihm ins Gesicht hingen.

»Du bist wieder da?« Schnell deckte er seine Arbeit mit den Händen ab.

»Nur um meinen Schlüssel abzugeben.« Sie blinzelte und starrte auf das ihr bekannte metallene Glänzen zwischen seinen Fingern. »Und um mein Notizbuch zu holen … Alec?«

Betreten rollte er im Schreibtischstuhl ein Stück zurück. »Vivien … Ich hatte keine Ahnung …«

Sie stürzte vor, um ihm das Buch zu entreißen, doch er legte seine Hand ruhig auf ihre.

»Vivien, können wir reden? Ganz in Ruhe … ausnahmsweise?« Er lächelte traurig. »Du bist immer so wütend.«

Vivien wich zurück. Sie war in der Tat ständig wütend. Daphne du Maurier teilte ihre Wut auf die Welt, Ellen Doubleday hingegen weigerte sich, ihr nachzugeben, und

Sonia Blair hatte sie an jenem Tag auf dem Queen Square davor gewarnt. Vivien fragte sich, ob sie und du Maurier ihre Wut vielleicht als Antrieb zum Schreiben brauchten – und welchen Preis sie dafür zahlten.

»Na schön. Rede mit mir.«

»Ich hatte keine Ahnung, dass du schreibst, jedenfalls nicht so. Warum hast du mir nichts gesagt?«

»Ich fand, dafür stehen wir uns nicht nahe genug.«

Fassungslos schüttelte er den Kopf. »Vivien, ich habe Verbindungen. Ich hätte dir helfen können.«

»Oder es in deiner nächsten Geschichte verwenden.«

»Vivien, du weißt, dass es darin eigentlich nicht um dich ging.«

»Ich bin die Letzte, die du davon überzeugen musst. Und die Einzige, die es dir jemals glauben wird.« Sie biss sich auf die Lippe, um nicht laut zu werden. »Du hättest mich warnen sollen, und das weißt du.«

»Ich hätte vieles anders machen sollen. Ich habe mich von meinem Stolz leiten lassen. Beim Schreiben – und auch hier im Laden. Und dir gegenüber.« Er hielt ihr das Notizbuch hin. »Das ist richtig gut. Ich bin ziemlich neidisch.«

Sein Lob ließ sie nicht kalt. Alecs literarischer Geschmack war zwar etwas eingleisig, aber dennoch ausgezeichnet.

»Und es tut mir leid, dass ich es ohne deine Erlaubnis gelesen habe. Ich konnte nicht an mich halten. Das konnte ich offenbar nie … was dich betrifft.« Er zögerte. »Ich hätte nie gedacht, dass du noch einmal herkommst.«

Sie hörte leisen Schmerz und auch Bedauern in seiner Stimme und spürte, wie sich ihr verschlossenes Herz ein wenig öffnete. Sie gemahnte sich, hart zu bleiben – dies war nicht die rechte Zeit, um weich zu werden. Aber wenn sie daran dachte, was ihnen alles noch bevorstand, sollte sie wohl allmählich anfangen, ihre Wut zu bändigen. Sie fragte sich, wie freundschaftlich sie mit Alec umgehen könnte. Bisher hatte er in ihren Augen die Rücksichtslosigkeit und Leichtlebigkeit des Wohlstands repräsentiert – die für England typische Überheblichkeit, mit der man einen Akzent verurteilte, der auf mangelnde Bildung oder niedrige Herkunft verwies – oder eine scheinbar unpassende Armbanduhr. Sie hatte immerhin ihr gutes Aussehen, aber Aussehen brachte einen auch nur bedingt voran. Kein Wunder, dass ein so selbstbewusster und aufrichtiger Mensch wie Ash beschlossen hatte, sich diesem Dünkel nicht länger auszusetzen.

»Was werdet ihr machen, du und Grace?«

Sie zuckte die Achseln.

»Vielleicht sollte ich dir sagen, dass ich auch gehen werde.«

Vivien sah ihn verblüfft an.

»Und ich sollte dir noch etwas sagen.« Er bedeutete ihr, sich zu setzen. »Ich hatte tatsächlich überlegt, Lord Baskin mit einem Teil meiner Erbschaft seinen Anteil am Geschäft abzukaufen. Als Dutton dann Evie rausgeworfen hat, bin ich allerdings ins Grübeln gekommen.« Er zögerte. »Du siehst nicht sonderlich überrascht aus.«

»Dir würde ich alles zutrauen.« Widerstrebend setzte sie sich vor den Schreibtisch.

»Trotzdem habe ich mich am Ende dagegen entschieden.«

»Warum?«

Alec seufzte. »Ich wollte immer nur Schriftsteller werden, aber ich tue mich schwer – und das, obwohl es nur wenige Dinge gibt, bei denen ich mich schwertue. Es ist ja nicht einfach eine Fertigkeit, die man sich antrainieren kann. Man braucht Phantasie, Eingebung, eine besondere Aufmerksamkeit. Da passiert hier oben einfach nicht genug.« Mit einem Lächeln voller Selbstironie deutete er auf seinen Kopf.

»Das hätte ich dir schon viel früher sagen können.« Daran, dass ihr frotzelnder Ton zurückkehrte, merkte sie, dass ihre Ablehnung doch ein wenig aufweichte.

»Dir fällt es überhaupt nicht schwer, hab ich recht? Es fließt geradezu aus dir heraus.«

»Wie aus einem hübschen Gefäß ...«

»Nein, so meine ich das nicht. Es ist ... unglaublich authentisch.«

Sie sah ihn fragend an.

»Ich dachte immer, deine Wut sei ein Schutzwall, damit du nichts fühlst. Aber so ist es nicht, oder? Sie besteht, weil du etwas fühlst.« Er deutete mit dem Kinn auf das Notizbuch in ihren Händen. »Irgendwo muss es ja hin.«

»Wenn das so sein sollte, ist es mir jedenfalls nicht bewusst.«

»Was nicht bedeutet, dass du deshalb weniger Talent hättest.«

»Das habe ich auch nicht gesagt«, konterte sie schlagfertig.

Sie starrten einander an und mussten beide lachen.

»Also habe ich eine Entscheidung getroffen.« Alec stützte sich auf den Ellbogen ab und legte die Fingerspitzen aneinander. »In zwei Wochen fange ich bei Faber an, drüben am Russell Square. Als Lektor.«

Er beobachtete sie aufmerksam, und sie merkte, wie viel ihm ihre Meinung, ihre Anerkennung bedeuteten.

Und dass sie beide dieses Bedürfnis nach Anerkennung unter dem Groll darüber vergruben, dass sie es überhaupt verspürten. Hatte ihnen das am Ende der Krieg angetan? Dass sie zu viel Angst davor hatten, sich von jemandes Meinung abhängig zu machen, und sich deshalb lieber dagegen wehrten und verhärteten und innerlich abstarben?

Wieder spürte Vivien, dass ihre Schutzmauer Risse bekam. Es war verstörend, dass dieser Moment sich so gar nicht nach einem Abschied anfühlte. Selbst die Vergangenheit fühlte sich anders an: nicht mehr wie ein Fehler oder wie der Anfang von etwas, sondern eher wie ein Vorspiel für etwas Unerwartetes.

»Du willst Lektor werden?« Diese Neuigkeit gefiel ihr überraschend gut. »Alec, das ist … perfekt. Natürlich!«

»Findest du? Das freut mich. Beckett hat das offenbar auch gedacht.«

»Beckett?«

»Ja. Er hat mir geradeheraus gesagt, dass ich zum Schreiben kein Talent habe.«

Vivien musste sich auf die Lippe beißen, um nicht laut loszulachen.

»Ja, ja, schon gut.« Nun musste er selbst lachen. »Und siehe da: Er kennt einen der Geschäftsführer bei Faber und hat mir einen Vorstellungstermin verschafft. Vielleicht wollte er mich aber auch nur als Konkurrenten ausschalten, was dich betrifft.«

Vivien schnitt eine Grimasse. »Keine Sorge, Alec. In der Beziehung hast du dich aufgrund deines Charakters schon selbst eliminiert.«

Sie lachten wieder beide und saßen so entspannt und kollegial zusammen, wie sie es als tatsächliche Kollegen nie geschafft hatten. Zum ersten Mal seit Jahren hatte Vivien das Gefühl, Alec vertrauen zu können, und sie hätte ihm gern von Evie und dem Buch erzählt. Allerdings war es nicht nur ihr Geheimnis.

»Tja, Alec ... Ich muss sagen, ich bin stolz auf dich. Ausnahmsweise einmal hast du nicht dein Geld genutzt, um weiterzukommen.«

»Danke, Viv.«

»Ich meine das wirklich ernst. Es braucht viel Mut, um noch einmal neu anzufangen.«

Er schüttelte den Kopf. »Ich werde klarkommen. Aber um dich mache ich mir Sorgen, und um Grace. Und die arme Evie.«

»Ach, ich werde schon etwas finden, da mach dir mal keine Gedanken.«

»Doch, das mache ich. Das werde ich wohl immer.«

Darauf blieb vorerst nichts mehr zu sagen. Vielleicht würde es Bloomsbury Books bald nicht mehr geben, aber es bestand die berechtigte Hoffnung, dass etwas Neues seinen Platz einnahm. Und was auch immer das war, konnte nur entstehen, wenn sie mit der Vergangenheit brachen. Vivien fragte sich, ob mit ausreichend Zeit und Abstand dasselbe auch für sie und Alec galt.

»Was wirst du als Nächstes tun?«, wollte er wissen.

Sie stand auf, das grüne Spiralnotizbuch in der Hand.

»Die Welt erobern«, sagte sie munter, legte die Ladenschlüssel auf den Tisch und kehrte Bloomsbury Books für immer den Rücken.

Ashwin Ramaswamy hatte eingewilligt, sich ein letztes Mal mit Evie Stone zu treffen. Nach ihrer Kündigung war sie aus Bloomsbury Books und seinem Leben verschwunden. Am darauffolgenden Montag hatten auch Vivien und

Grace das Geschäft verlassen, allerdings auf eine Art und Weise, die einen Zusammenhang vermuten ließ. In dem Moment hatte Ash zum ersten Mal geahnt, dass irgendwas im Busch war. Als er am Abend dann die *Times* durchblätterte und Sotheby's Auktionsankündigung zur *Mumie!* las, erhärtete das seinen Verdacht. Es war genau das Buch, das Evie sich als Abschiedsgeschenk gewünscht und erhalten und in ihre kleine Lederhandtasche geschoben hatte; genau das Buch, das Dr. Septimus Feasby nicht einmal eine Stunde später lautstark eingefordert hatte, und zwar so vehement, dass ein paar Kunden irritiert die Buchhandlung verließen. Danach war auch Dr. Feasby hinausgestürmt, nicht ohne zuvor jegliche Verbindung zwischen Bloomsbury Books und dem British Museum aufzukündigen.

Ash war nicht glücklich darüber, wie die Dinge zwischen ihm und Evie geendet hatten, und daher sehr erleichtert – und ein wenig nervös –, als er wenige Tage vor der Auktion in seiner Unterkunft eine Nachricht von ihr fand. In ihrer üblichen direkten, aber höflichen Art bat sie darum, sie in derselben Teestube nahe dem British Museum zu treffen, in der sie das erste Mal zusammengegessen hatten. Seither hatte es viele gemeinsame Essen und Spaziergänge gegeben, meist unter neugierigen und feindseligen Blicken anderer Leute, die eine Erklärung für etwas suchten, das sie nicht verstehen wollten. Genau wie die schottische Bedienung, die jetzt neben ihrem Tisch stand und wieder einmal ungeduldig und mit abschätzigem Gesichtsausdruck ihre Bestellung erwartete. Ash hätte ihr gern etwas dazu gesagt, aber er wusste, dass es sinnlos wäre. Außerdem würde er sowieso bald weggehen und wollte nicht, dass ihre Unhöflichkeit bei diesem letzten Treffen zwischen ihm und Evie weiter eskalierte.

»Diesen Blick werde ich bestimmt nicht vermissen«, sagte er stattdessen nur, nachdem die Kellnerin ihre Bestellung notiert und sich wortlos entfernt hatte.

Evie war immer noch sichtlich verstimmt über seinen Wunsch, nach Indien zurückzukehren. »Mich sehen die Leute manchmal auch komisch an. Aber ich weiß, das ist nicht dasselbe.«

»Du hast recht, das ist es nicht. Und dieser Unterschied ist entscheidend. Bei dir denken sie immer noch, sie könnten dich irgendwie einschätzen. Bei mir denken sie das nicht – sie wissen nicht, warum ich hier bin und was ich von ihnen will, denn irgendetwas muss ich ja wollen. Und deshalb hassen sie mich: weil sie mich nicht kennen, mich nicht einschätzen können. Ich habe es inzwischen so satt.«

»Ist das der Grund, weshalb du gehst?«

»Nein. Es macht es nur leichter.«

Evie rutschte unruhig auf ihrem Sitz, als wollte sie noch etwas sagen.

»Was ist los?«, fragte er ruhig nach.

»Es ist nur … Du scheinst gar nicht der Typ zu sein, der es gern leicht hat.«

»Ich will einfach fair behandelt werden.« Er räusperte sich. »So wie du ja auch.«

Sie nickte. »Was wäre, wenn du eine Kristallkugel hättest?«

»Was meinst du?«

»Eine Kristallkugel. Eine Freundin aus meinem Dorf, Frances … Tatsächlich war sie meine Arbeitgeberin, sie ist ein ganzes Stück älter als ich … Jedenfalls sagte sie immer, es wäre gut, so zu tun, als hätte man eine Kristallkugel, wie um in die Zukunft zu sehen, und sich vorzustellen, dass alles, was vor einem liegt, gut verläuft. Und dass alles Negative, worüber man sich jetzt Sorgen macht, nicht passiert. Jetzt in diesem Moment weißt du noch nicht, ob alles wirklich schlechter wird.«

»Du meinst, man soll Hoffnung haben.«

»Mehr als das, man soll einen Tag nach dem anderen leben, Schritt für Schritt. Bis man weiß, womit man es aufzunehmen hat. Ash …«

»Ja, Evie?«

»Ich will nicht, dass du gehst.« Sie senkte den Kopf. Sie konnte Ash dabei nicht ansehen. »Ich liebe dich.«

Damit hatte er nicht gerechnet und hätte auch nie gedacht, dass diese Worte zuerst von ihr kämen, die sie so jung war, so resolut und stolz. Natürlich wollte er sie nicht verlassen. Aber genau wie Lord Baskin hätte er die Frau, die er liebte, nie in die Situation bringen wollen, etwas sagen zu müssen, das sie nicht sagen konnte. Seine Bedürfnisse hätten nie das Maß an Galanterie überstiegen, das er ihr entgegenbrachte.

Vor allem aber würde er die Frau, die er liebte, niemals bitten, so viel für ihn aufzugeben. Das war der Hauptgrund für seinen Plan, nach Indien zurückzugehen. Jetzt fiel es ihm schwer, aber am Ende würde es das Leben für sie beide leichter machen. Ihr Kontakt wäre abgebrochen, und sie wären gezwungen, mit dem weiterzumachen, was die Briten ein »ordentliches« Leben nannten. Es war leicht, Evie zu lieben – sie war der aufrichtigste, geradlinigste und mutigste Mensch, den er je getroffen hatte. Aber ein Leben mit ihm wäre unerträglich für sie. Er hatte das abfällige Grunzen und den gezischten Kommentar des Fremden auf der Straße – damals, als er sie bei ihrem Treffen mit Stuart Wesley untergehakt hatte – nicht vergessen.

Es war der erste und einzige Körperkontakt zwischen ihnen gewesen.

»Evie …«

Sie schüttelte den Kopf. »Nicht. Bitte.«

»Evie, das kann ich nicht von dir verlangen. Das muss dir doch klar sein. Du verdienst auf dieser Welt nur das Beste.« Seine Stimme klang belegt. »Das kann ich dir nicht bieten.«

»Etwas davon kann ich mir auch selbst verschaffen.«

Endlich sah sie ihn wieder an, und in ihren Augen lag ein neues Funkeln von Entschlossenheit.

»Du weißt nicht, wie schwer es sein wird«, beharrte er. »Nichts und niemand kann dich darauf vorbereiten. Ich kann nicht bleiben … egal, was ich fühle … Ich … ich kann es einfach nicht.«

»Du liebst mich nicht.«

»Darum geht es nicht. Selbst Liebe wird nicht auffangen, wie schrecklich es sein kann … wie die Leute sich dir gegenüber verhalten … uns gegenüber.«

»Die Leute und was sie denken und tun, waren mir schon immer egal. Wenn überhaupt, sollte es mir weniger egal sein.«

»Es geht ja nicht nur um dich und mich.« Er zögerte. »Es beträfe gegebenenfalls auch … Kinder.«

Allein der Gedanke an gemeinsame Kinder trieb ihr die Tränen in die Augen. Ash suchte für sie nach seinem Taschentuch, und ihr plötzlicher Gefühlsausbruch ging auch ihm zu Herzen.

»Du bist genau wie Mr Dutton.«

»Wie meinst du das?«

Sie nickte, während ihr die Tränen herunterliefen. »Du hast deine eigenen Regeln, und jeder muss sich daran halten.« Sie nahm das Taschentuch, das er ihr jetzt entgegenhielt, und wischte sich über die Augen. »Aber was ist mit dem, was ich will? Wofür ich bereit bin zu kämpfen?«

Allmählich begriff Ash, dass er Evie durch die Entscheidung, die er für sie beide getroffen hatte, gewissermaßen entmündigt hatte. Er dachte an Grace und Vivien, die er immer heimlich bewundert hatte. Sie wurden ebenfalls von Männern an der Liebe und an dem Glück gehindert, die sie verdienten. Oft passierte Frauen – oder eigentlich allen Menschen – im Leben etwas, das sie auf einen Weg brachte, der nicht ihr eigener war und daher nie der Weg zu ihrem wahren Glück sein würde.

Als Evie, immer noch unter Tränen, aufstand und ging, wurde Ash klar, dass auch er sie auf einem Weg hielt, der nicht voll und ganz ihr eigener war. Genau das war es, was er in seinem eigenen Leben so beklagte, denn es war ebenfalls eine Form von Unterwürfigkeit, wenn man nicht so leben konnte, wie man wollte. Damit die Dinge blieben, wie sie waren, war es für Machthabende wichtig, dass Leute wie er, Evie, Grace und Vivien auf ihren zugewiesenen Plätzen blieben. Wenn er nach Indien zurückkehrte, würde es so aussehen, als habe er aufgegeben, das war Ash bewusst. Aber es fühlte sich wenigstens wie eine freie Entscheidung an – ohne die geringschätzigen Blicke von Kellnerinnen oder gezischten Beleidigungen von Passanten, die ihn immer wieder an seinen Platz verwiesen. Doch dieser Platz war nicht der, an dem er sein wollte. Vor allem aber war es nicht der Platz, auf den er Evie in irgendeiner Weise drängen wollte.

Er hatte sich Sorgen um sie gemacht, schon in jenem schrecklichen Moment im Geschäft, als er aus dem Keller hochrannte und nur noch sah, wie sie mit tränenüberströmtem Gesicht Mr Duttons Büro verließ und in den ersten Stock hastete. Niemand war ihr nachgelaufen. Er fragte sich, ob die anderen Frauen sie mit Absicht allein gelassen hatten. Kurz darauf war sie auf der »Via Dolorosa« wieder heruntergekommen, ihre abgewetzte Ledertasche über der Schulter und im Arm das kostbare Buch, das sie ganz allein gefunden hatte.

Er würde sich immer an diesen Moment erinnern, in dem eine Niederlage zu einem Sieg wurde, errungen von einer einzigartigen, entschlossenen jungen Frau.

Was auch als Nächstes geschah – diese Erinnerung würde er für immer bei sich tragen, und sie war weitaus kostbarer als jedes Buch.

KAPITEL 42

Regel Nr. 7

Der gute Ruf der Buchhandlung
darf niemals infrage gestellt werden,
weder in der Öffentlichkeit
noch im Privaten.

Die Auktion sollte jeden Moment beginnen.

Yardley Sinclair ließ den Blick durch den Auktionsraum im Untergeschoss von Sotheby's schweifen, der mit potenziellen Käufern, Schaulustigen und einigen Reportern voll besetzt war. Es war sogar so voll, dass aus den anderen Räumen noch extra Stühle hatten gebracht werden müssen. Yardley war ungewöhnlich nervös, vermutlich weil es für Evie und für ihn ein so wichtiges Ereignis war. Er suchte nach bekannten Gesichtern. Einen Moment lang meinte er, eine Frau mit herzförmigem Gesicht in der letzten Reihe wiederzuerkennen, doch die wasserstoffblonden Haare passten nicht, und die Köpfe davor nahmen ihm gleich wieder die Sicht.

Die meisten Gäste waren männliche Verantwortliche aus Museen, Bibliotheken und anderen prestigeträchtigen Institutionen. Allerdings entdeckte er mehr Frauen als sonst in diesem Raum, vor allem Frauen in einem »gewissen Alter«, wie er es gern ausdrückte. Reiche Amerikanerinnen wahrscheinlich, die im Zuge ihrer winterlichen Europareise gerade in London weilten.

Er stieg aufs Podium, um als Direktor der Abteilung für Museumsdienstleistungen die Auktion zu eröffnen. Als er ein letztes Mal durch die Reihen blickte, entdeckte er aus dem Augenwinkel Evie Stone, die gebannt zur Seite starrte. Er folgte ihrem Blick und erkannte den jungen Mann namens Stuart Wesley, der Sotheby's vor einigen Wochen wegen der Versteigerung der *Mumie!* aufgesucht hatte. Er saß in der ersten Reihe ganz links, drei Plätze von Dr. Septimus Feasby entfernt. Yardley war froh, dass nicht er auf so deutlich feindselige Weise von Evie angestarrt wurde, denn wenn Blicke töten könnten, wäre dieser Wesley mit Sicherheit vom Stuhl gekippt.

Professor Fredrik Christenson, der neue Vice-Master des Jesus College in Cambridge, und sein Kollege Professor Robert Kinross, jetzt Senior Fellow, saßen zwischen Feasby und Wesley, womit die vier Männer eine Sitzreihe für sich belegten. Christenson warf einen prüfenden Blick auf seine neue Armbanduhr, eine Rolex Tudor Oyster, die er sich selbst zu seiner Ernennung als Vice-Master geschenkt hatte. Als sich die Doppeltüren auf der rechten Seite des Raumes wenige Sekunden vor Beginn der Auktion zur vollen Stunde ein letztes Mal öffneten, merkte er sichtlich irritiert auf. Eine schwarz gekleidete schlanke Frau schlüpfte hindurch und steuerte zielstrebig den hintersten Platz in der letzten Reihe an, gefolgt von einer wohlhabend wirkenden Frau im Pelzmantel, die an der Tür stehen blieb, sowie dem nervösen Zeitungsreporter der *Daily Mail*, der vor einiger Zeit Daphne du Maurier bei ihrer Lesung auf einer nicht ganz so glamourösen Bühne provozierende Fragen gestellt hatte.

»Wir haben heute vor uns«, begann Yardley in seiner gewichtigen Auktionatorstimme, »einen höchst spektakulären, seltenen Fund: *Die Mumie! Ein Märchen aus dem zweiundzwanzigsten Jahrhundert.* Es ist eine Erstausgabe aus dem Londoner Verlagshaus Henry Colborn, anonym veröffentlicht im Jahr 1827. Die Autorin war eine junge Frau, die später als Jane Loudon bekannt wurde, Expertin für Pflanzenkunde und Gartenbau. Es handelt sich um drei schmale Bände, in Leder gebunden, mit Goldprägedruck und marmorierten Vorder- und Rückseiten, alle in außergewöhnlich gutem Zustand. Colborn hat nur zwei Auflagen drucken lassen, von denen es insgesamt auch nur drei gab, und dieses Exemplar ist das bislang einzige der ersten Auflage. Erst vor Kurzem haben namhafte Kritiker und Literaturwissenschaftler dieses Werk als einen der ersten Zukunftsromane bezeichnet – ein Genre also, das relativ neu, aber überaus faszinierend und richtungsweisend ist. *Die Mumie!* ist sowohl thematisch als auch inhaltlich hoch interessant, und Sotheby's wurde die große Ehre zuteil, Ihnen diesen literaturhistorisch wertvollen Fund heute präsentieren zu dürfen. Wir beginnen die Auktion mit einem Startgebot von zweihundert Pfund.«

Dr. Feasby hob die Hand. Als bisher langjährigster Leiter der Bibliotheksabteilung des British Museum genoss er einen ausgesprochen guten Ruf und das Privileg, nach eigenem Ermessen bieten zu können.

»Zweihundert Pfund vom Gentleman in der ersten Reihe. Höre ich zweihundertfünfzig? Zweihundertfünfzig Pfund?«

Vice-Master Christenson bot als Nächster. Abgesehen davon, dass er nun Leiter des Jesus College war, galt er in Cambridge noch immer als führender Experte für englische Literatur des 19. Jahrhunderts. Er war befugt, über den Mindestverkaufspreis von fünfhundert Pfund hinaus bis zu eintausend Pfund zu bieten – ein Betrag, der allerdings unwahrscheinlich und daher nicht zu befürchten war. Auch wenn Christenson in Konkurrenz zu Dr. Feasby und dem British Museum auftrat, arbeiteten ihre Institutionen eng zusammen und würden einander akademisch bedeutsames Material leihweise zur Verfügung stellen.

»Höre ich dreihundert, Ladys und Gentlemen? Dreihundert Pfund?« Yardley bemühte sich, jegliche Aufregung aus seiner Stimme fernzuhalten, denn es schien sich abzuzeichnen, dass Evie Stone ihren Mindestpreis tatsächlich erhalten würde.

»Vierhundert.«

Alle drehten die Köpfe in die Richtung, aus der die Frauenstimme kam. Die Frau selbst war unter einem großen, breitkrempigen Hut und mit dunkler Sonnenbrille nicht zu erkennen.

Dr. Feasby rutschte ein wenig unruhig auf seinem Sitz.

»Vierhundertfünfzig«, erklärte er, ohne Yardleys Aufforderung abzuwarten und sichtlich bemüht, schnell den Mindestverkaufspreis zu erreichen und das Prozedere damit zu beenden.

»Vierhundertfünfzig«, wiederholte Yardley. »Höre ich fünfhundert, den Mindestverkaufspreis? Beim nächsten Gebot ist der Kauf für den Bieter demnach bindend.«

»Eintausend Pfund«, verkündete eine andere weibliche Stimme, die sich nicht als britisch, aber auch nicht eindeutig als amerikanisch einordnen ließ. Wiederum sahen sich alle Gäste neugierig um. Die Frau, die das Gebot ausgesprochen hatte, kam Yardley vage bekannt vor: Sie trug kurzes gelocktes Haar und eine lange Perlenkette, an der sie unablässig herumspielte – anscheinend jedoch nicht aus Nervosität, denn sie erwiderte die Blicke der anderen selbstbewusst und mit zufriedenem Lächeln.

Yardley schluckte – er hingegen war ein wenig nervös. »Eintausend Pfund. Höre ich eintausendeinhundert?«

Dr. Feasby war der Einzige, der sich nicht zu den Mitbietenden umsah. Stattdessen hob er nur langsam und bedächtig den rechten Zeigefinger und nickte Yardley kaum merklich zu.

Vice-Master Christensons Verfügungsrahmen war überschritten. Er beugte sich kurz vor, um mit Kinross und Wesley zu sprechen, dann wandte er den Kopf zu Dr. Feasby und raunte ihm, ganz der Gentleman, ein »Viel Glück!« zu. Keiner der Männer in der ersten Reihe wirkte jedoch besorgt. In seinen Jahrzehnten als Leiter der Bibliotheksabteilung des British Museum war Septimus Reginald Feasby noch nie überboten worden.

»Eintausendfünfhundert.«

Bei diesem unvermittelten Gebot durch eine amerikanische Frauenstimme nahe dem Eingang hörte man ein kollektives erschrockenes Einatmen.

Yardley sah zu Evie, deren vorhin noch so finsteres Gesicht auf eine Weise strahlte, die er allzu gut in Erinnerung hatte. Er freute sich über ihr Glück, konnte sich aber beim besten Willen nicht erklären, was hier gerade passierte. Erstausgaben literarischer Werke erzielten selten mehr als ein paar Hundert Pfund, es sei denn, sie gehörten zum Kanon der Weltliteratur: Folioausgaben von Shakespeare, ein von Hand illustrierter original William Blake, frühe prägende Werke wie *Don Quixote*. Abgesehen von Jane Austen war Yardley keine weibliche Autorin bekannt, die bei Sotheby's für mehr als eintausend Pfund versteigert worden war.

Die Gebote gingen nun zwischen Dr. Septimus Feasby und einigen Frauen hin und her, bis zweitausend Pfund erreicht waren.

»Zweitausendfünfhundert«, hörte man dann eine weibliche Stimme mit deutlich amerikanischem Akzent. Sie gehörte der Frau mit dem wasserstoffblonden Haar in der letzten Reihe. Wiederum versuchte Yardley, sie einzuordnen, denn auch ihre Stimme kam ihm bekannt vor.

»Zweitausendfünfhundert Pfund!«, wiederholte er hocherfreut und wartete gespannt, was nun passieren würde. Gemäß den Verkäufen anderer literarischer Werke von Frauen hatte er den Wert des Buches auf höchstens eintausend Pfund geschätzt. *Die Mumie!* mochte als Vorreiter moderner Zukunftsromane einen hohen Wert besitzen, aber was bedeutete es für die wenigen anerkannten Klassiker von Frauen – *Middlemarch*, *Stolz und Vorurteil*, *Jane Eyre* oder gar *Frankenstein* –, wenn die Gebote für einen bislang unbekannten Schauerroman derart hoch lagen?

Dr. Feasby in der ersten Reihe saß starr und undurchschaubar da. Als er kurz den Kopf senkte, meinte Yardley, einen Hauch der Erbitterung in seinem adlerähnlichen Gesicht zu erkennen. Es war, als wollte er sich aus Empörung über seine Konkurrentinnen ganz in sich zurückziehen.

»Dreitausend«, rief er dann ruhig und bestimmt, woraufhin Jubel im Publikum ausbrach.

Yardley musste den Hammer einsetzen, um die Gäste zur Ruhe zu ermahnen. »Dreitausend Pfund!«, verkündete er mit freudig erregter Stimme. »Zum ersten, zum zweiten und ... verkauft für dreitausend Pfund an das British Museum!«

Die vier Gentlemen links in der ersten Reihe steckten die Köpfe zusammen. Wie schon zuvor achteten sie nicht darauf, was hinter ihnen vor sich ging. Weder sahen sie, dass vier Frauen und die junge Evelyn Stone fast gleichzeitig aufstanden und zusammen mit der Amerikanerin, die an der Tür stand, den Saal verließen, noch hörten sie das Klicken und Blitzen der vielen Fotokameras, die auf die sechs Frauen gerichtet waren.

Evie blieb allein vor Sotheby's zurück, nachdem die fünf übrigen Frauen sich eine nach der anderen von ihr verabschiedet hatten, um in wartende Taxis zu steigen.

Die Frau mit dem wasserstoffblonden Haar. Die Frau mit dem breitkrempigen Hut und der Sonnenbrille. Die Frau mit der Perlenkette. Die Frau im Pelzmantel. Die Frau in Schwarz. Sie alle würden nun an ihre Wohnorte zurückkehren: nach Cornwall, Boston, Venedig und New York.

Fröhlich und dankbar winkte Evie ihnen nach. In den letzten zwei Wochen hatte sie im Thames Foyer des Savoy viele heimliche Treffen arrangiert, denn Lord Baskins Bemerkung, dort hätten Churchill, de Gaulle und Masaryk im Krieg ihre Pläne geschmiedet, war unwissentlich ein Schuss ins Schwarze gewesen. Tatsächlich hatte Evie bei den Treffen hinter Reihen eingetopfter Palmen das Gefühl gehabt, als entwerfe sie einen strategischen Schlachtplan, und dies als eine neue Fähigkeit in sich entdeckt: Sie konnte strategisch planen und anderen Menschen Aufgaben zuweisen.

Die Taxis fuhren davon, und die Reporter und Fotografen drängten sich erneut vor dem Ausgang des weltführenden Auktionshauses, in dem wertvolle Schätze aus Vergangenheit und Gegenwart neuen Besitzern zugeführt wurden. Sie wollten den männlichen Bietenden für *Die Mumie!* auflauern, doch die verließen mit schnellen Schritten das Portal und eilten in ihre verschiedenen Richtungen davon. Als die Kamerablitze weniger wurden und die Ansammlung der schwarzen Bowler sich allmählich auflöste, erkannte Evie nicht weit entfernt einen Mann, der aussah, als hätte er dort schon eine Weile gewartet. Einen Mann, den wiederzusehen sie nicht mehr gehofft hatte. Er stand einfach da und streckte ihr seine Hände entgegen.

»Du gehst also nicht?«, fragte sie verwundert.

»Nein.« Ash nahm ihre Hände in seine und neigte sich vor, um sie vor den Augen der auseinanderstrebenden Menge zu küssen. »Nicht, nachdem ich hier endlich etwas gefunden habe, das ich nirgendwo anders finden kann.«

In genau diesem Moment wurde Evie klar, dass sie tatsächlich das Beste der Welt für sich erobert hatte.

Die Namen derjenigen, die beim Bieten gerade verloren hatten, standen später unter den nach Auktionsende hastig geschossenen Fotos in der Zeitung. Dass ihre Niederlage nach einem wohlkalkulierten Schlachtplan erfolgt war, stand allerdings nicht dabei:

Mrs Ellen Doubleday, Witwe des Verlegers Nelson Doubleday, Sr.

Miss Mary Ann »Mimi« Harrison, Schauspielerin.

Lady Browning alias Daphne du Maurier, Schriftstellerin.

Miss Marguerite »Peggy« Guggenheim, Erbin und Kunstsammlerin.

Mrs Sonia Brownell Blair, Witwe des kürzlich verstorbenen Schriftstellers George Orwell (geboren als Eric Blair).

KAPITEL 43

Regel Nr. 1

Die Buchhandlung in der
Lamb's Conduit Street Nr. 40
in Bloomsbury soll weiterhin
Bloomsbury Books & Maps heißen.

Der Ausverkauf eines Großteils der Lagerbestände von Bloomsbury Books fand zwei Wochen später statt.

Über mehrere Tage hinweg wurden die dreißigtausend Bücher eins nach dem anderen auf die Hälfte reduziert. Während dieser Zeit wachte Evie sorgsam über die Antiquariatsetage, um sicherzustellen, dass nur solche Titel in neue Hände gelangten, die von ihr und Yardley ordnungsgemäß geprüft worden waren. Der Bestand der seltenen Bücher, der den größten Wert in der Buchhandlung ausmachte, änderte sich daher nur geringfügig.

Die Geschichtsabteilung hatte die meisten Abgänge zu verzeichnen, da Master Mariner Scott den Bestand nie an die aktuellen Bedürfnisse seiner Kunden angepasst hatte. Die Abteilung Naturwissenschaft und Technik war nach einem Besuch von Miss Elsie Wakefield – stellvertretende Leiterin des Herbariums in den Botanischen Gärten von Kew – diejenige, die die zweitstärksten Verluste verzeichnete. Nachdem sie über die Jahre nicht wenige Auseinandersetzungen mit dem Leiter der Bibliotheksabteilung des British Museum hatte erdulden müssen, konnte sich Miss

Wakefield eine gewisse Schadenfreude nicht verkneifen, als sie von Dr. Feasbys Debakel bei der Auktion der *Mumie!* erfuhr. Durch ihre muntere Korrespondenz mit Evelyn Stone erhielt Miss Wakefield die Gelegenheit, schon vor dem öffentlichen Ausverkauf die Botanikabteilung der Buchhandlung zu durchstöbern. Tief beeindruckt von der Vielseitigkeit und Aktualität der Sammlung, sicherte sie sich eine ganze Reihe Titel und bot außerdem dem mittlerweile arbeitslosen Ashwin Ramaswamy eine Stellung als neuer Bibliotheksleiter in Kew Gardens an.

Nachdem sie das Flüssigkapital der Buchhandlung durch Einzahlung des Gewinns aus dem Räumungsverkauf erhöht hatten, besaßen Evie, Vivien und Grace nun Anteile im Wert von ungefähr siebentausend Pfund, was viel mehr war als die dreitausend Pfund, die sie Lord Baskin nach der Versteigerung der *Mumie!* hatten zahlen können. Der Earl blieb Eigentümer von Haus Nummer 40 am Lamb's Conduit, einschließlich Mobiliar, Kücheneinrichtung und einiger anderer Dinge. Die Einlage der drei Frauen bezog sich damit nur auf den Buchbestand, was ihr finanzielles Risiko erheblich minderte und Lord Baskin die Möglichkeit gab, weiterhin finanziell und persönlich an den Geschäften beteiligt zu bleiben, die auf seinem Grund und Boden geführt wurden.

Mr Dutton und Mr Allens Anteile waren mittlerweile deutlich mehr wert als zu dem Zeitpunkt, an dem sie das erste Mal ihren Rückzug aus dem Buchgeschäft in Erwägung gezogen hatten. Bei einem Besuch von Lord Baskin erklärten sich beide Männer bereit, von ihrer Teilhaberschaft an Bloomsbury Books zurückzutreten. Der Earl teilte ihnen mit, er habe seine eigenen Anteile an die drei ehemaligen weiblichen Angestellten der Buchhandlung verkauft, was ihnen zusammen die Mehrheit und damit die Kontrolle bescherte. Mit dem zu erwartenden Geld durch den Verkauf ihrer Anteile wollten Herbert und Frank in Dulwich ein Reisebüro eröffnen, denn mit allmählich erstarkender Wirtschaft begannen die Briten zunehmend mehr zu reisen. Herbert wollte sich auf die Logistik der Flüge, Schiffsreisen und anderen Arrangements konzentrieren, Frank würde individuelle Reisewünsche zusammenstellen und Geschäftsbeziehungen zu verschiedenen Hotels und anderen Anbietern knüpfen, um ihren Kunden gute Preise und einzigartige Reiseerlebnisse zu bieten.

Auf die Nachricht hin, dass die zukünftige Buchhandlung am Lamb's Conduit nur von Frauen geführt werden würde, ging Master Mariner Scott prompt in den Ruhestand. Anfang April heiratete er Bessie Rosenberg, die Eigentümerin des Lamb, richtete sich in einer Ecke des historischen Pubs einen Dauerplatz ein und unterhielt jeden, der sie hören wollte, mit seinen Seefahrergeschichten. Zu jedermanns Überraschung kümmerte er sich außerdem hingebungsvoll um seine kranke Frau, pflegte und umsorgte sie, als es ihr immer schlechter ging, und half auch im Lokal mit aus.

Wie die Cambridge University Press feststellen musste, enthielt der wissenschaftliche Kommentar zu *Jahrmarkt der Eitelkeiten* von Professor Kinross einige eklatante Fehler und Plagiatsstellen, die allesamt seinem ehemaligen wissenschaftlichen Mitarbeiter Stuart Wesley zuzuschreiben waren. Der dadurch ausgelöste Skandal hatte nicht nur zur Folge, dass Wesley aus dem Stamm der wissenschaftlichen Mitarbeiter des Jesus College unter Vice-Master Christenson ausgeschlossen wurde, auch Sonia

Christenson löste ihre Verlobung mit ihm. Dr. Septimus Feasby arbeitete weiter als Kurator für das British Museum, wenn auch mit noch schlechterer Laune als zuvor.

Um die Anteile von Herbert Dutton und Frank Allen an Bloomsbury Books zu erwerben, mussten die neuen Teilhaberinnen Evelyn Stone, Vivien Lowry und Grace Perkins die beiden ausbezahlen. Die erforderlichen Geldmittel erhielten sie in Form von Darlehen, zur Verfügung gestellt von jenen fünf Frauen, die sie beim geschichtsträchtigen Kauf der *Mumie!* schon so wunderbar unterstützt hatten. Diese Darlehen wurden umgehend in eine fünfundvierzigprozentige Teilhabe an der Buchhandlung umgewandelt, so dass jede der Investorinnen neun Prozent des Geschäfts besaß. Mittels der so gewonnenen Liquidität wollten die neuen Geschäftsführerinnen die Lagerbestände auffüllen und einige Veränderungen vornehmen.

Die erste große Veränderung begab sich am 14. April 1950, als für die alteingesessene Buchhandlung Bloomsbury Books an der Lamb's Conduit Street Nummer 40 im Companies House – der Registratur für Unternehmen des Vereinigten Königreichs – eine Namensänderung beantragt wurde. Der neue Geschäftsname Sunwise Turn war eine Hommage an eine der ersten Buchhandlungen in den Vereinigten Staaten, die allein von Frauen geführt wurde. Der neue Schriftzug auf Ladenschild sowie Briefpapier, Preis- und Versandetiketten wurde in kräftigem Orange gestaltet, einer laut Grace höchst effektiven »Verkaufsfarbe«.

Die Neueröffnung war für denselben Tag angesetzt worden.

Grace und Lord Baskin saßen auf der Bank vor Sunwise Turn. In der einen Hand hatten sie jeweils einen mattweißen Becher von Jonnys Kaffeewagen, mit der anderen hielten sie diskret Händchen. Beide sahen zu den Fenstern des oberen Stockwerks der Buchhandlung hinauf, wo Evie stand und ihnen fröhlich zuwinkte. Sie erwartete die Ankunft einer großen Handdruckpresse, die um die Jahrhundertwende gefertigt und erst kürzlich zu einem angemessen heruntergesetzten Preis verkauft worden war. Nachdem die durch Elsie Wakefields umfangreiche Plünderung minimierte Abteilung für Naturwissenschaft und Technik in das Antiquariat verlagert worden war, konnte im Untergeschoss die Presse betrieben werden. Evie plante, eine junge Gewerkschaftlerin einzustellen, die vernachlässigte oder wenig gewürdigte Werke verstorbener Autorinnen neu setzen und drucken sollte.

Als endlich der Lastwagen vorfuhr, verschwand Evies Gesicht vom Fenster. Eilige Schritte waren im Treppenhaus zu hören, und als sie auf die Straße stürmte, tauchten die Anlieferer gerade aus dem Inneren des Wagens auf und stöhnten unter dem Gewicht der gusseisernen Presse.

»Jetzt erzähl mir noch mal, Grace, wie das mit der *Mumie!* gelaufen ist«, bat Lord Baskin.

»Evie wusste, dass sie etwas mehr als zwei Wochen brauchen würde, um die rund sechshundert Seiten der *Mumie!* abzuschreiben. Im Anschluss daran wollte sie das Buch Sotheby's zur Versteigerung aushändigen«, erklärte Grace.

»Dann waren die Iden des März nicht nur ein symbolisches Datum.«

Grace schüttelte den Kopf.

»Und du dachtest nicht, du könntest mir irgendetwas davon anvertrauen?«

Sie drückte kurz seine Hand. »Ich hatte auch an meine zwei Geschäftspartnerinnen zu denken. Gerade du müsstest doch wissen, wie das ist.«

»Da hast du recht. Aber trotzdem: Diese ganze Arbeit, die sie da auf sich genommen hat …«

»Ungefähr dreißig bis vierzig Seiten in zehn Stunden, und das jeden Tag. Sie hat sich im Savoy verschanzt und dabei köstlich amüsiert, möchte ich wetten. Ich habe ihr ein paar Grundlagen der Stenographie beigebracht, und brillant, wie sie nun mal ist, hat sie die ganz schnell gelernt.«

»Dann ist die Ausgabe der *Mumie!*, die Septimus Feasby ersteigert hat, durch ihre Abschrift am Ende gar nicht so exklusiv, wie er dachte? Genial. Und sie hat noch andere Titel, die sie neu herausgeben möchte?«

»Ja, es gibt eine ganze Liste. Sie hat sie während der Katalogisierung der Bibliothek im Great House in Chawton zusammengestellt und später im Rahmen ihrer Recherchen in Cambridge. Und – falls sie sich das irgendwann traut – diese Kurzgeschichte von Daphne: ›Die Puppe‹. Aber nach dem großen Erfolg bei der Auktion konzentriert sie sich jetzt erst einmal auf *Die Mumie!* Für den Nachdruck hat sie bereits eintausend Vorbestellungen. Das sollte uns helfen, unsere Miete pünktlich zu zahlen, denn wie ich es in meiner neuen Rolle als Buchhalterin verstanden habe, kommt der Vermieter immer pünktlich vorbei, um sein Geld abzuholen.«

Lord Baskin nahm das als Stichwort, um Grace rasch einen Kuss auf die Wange zu drücken.

Vivien stand in der Küche und kochte zwei große Kannen Tee. Wie Evie hatte auch sie eine Liste mit Büchern, die sie seit ihrer kurzen, aber denkwürdigen Zeit als Abteilungsleiterin unbedingt in die Regale bringen wollte. Durch den Räumungsverkauf gab es viel Platz für neue Ware, und Vivien verbrachte ihre Tage mit Neubestellungen, Rechnungen, Besuchen von Vertretern großer englischer Verlagshäuser und Telefonaten mit solchen aus dem Ausland. Für ihr eigenes Schreiben blieb wenig Zeit, aber mit Unterstützung des neuen Lektors bei Faber and Faber, Alec McDonough, hatte sie dort eines ihrer Werke einreichen können und mit dessen Überarbeitung ausreichend zu tun.

Vivien stellte eine Kanne schwarzen Tee, eine Kanne frischen Chai sowie heiße Milch und Zucker auf ein Tablett und trug alles vorsichtig die Treppe hinauf in den ersten Stock. Auf dem Weg zum Vortragsraum schlug ihr das Lachen der Frauen entgegen, die sich dort bereits versammelt hatten. Umrundet von den anderen, hängte Peggy Guggenheim eine Reihe Gemälde auf, die sie in zwei riesigen Louis-Vuitton-Koffern per Taxi mitgebracht hatte.

»Ich vermisse die Zeit, als ich in London meine Galerie hatte«, sagte Guggenheim gerade, als Vivien das Tablett auf dem kleinen Tisch abstellte, der dort stand, wo sich früher Master Mariner Scotts alter abgenutzter Schreibtisch befunden hatte. Neu in der ersten Etage waren außerdem zwei bequeme Ohrensessel rechts und links des runden Tischchens, ein frisch restaurierter Kamin, der eine gemütliche Bibliotheksatmosphäre schuf, und ein Buffetschrank mit reichlich Tassen, Untertassen und Gläsern für formelle und informelle Anlässe wie den jetzigen. Daraus holte Vivien nun so viel Geschirr, dass alle Frauen sich am Tee bedienen konnten.

»Nicht nur der Tee, auch die neue Druckpresse ist endlich da«, verkündete Vivien dazu.

Sonia Brownell Blair sprang von ihrem Kissenberg auf dem ansonsten leeren Boden auf. Die meisten Bücherschränke aus Scotts Abteilung waren in den zweiten Stock gebracht worden, wo die noch verbliebenen Bände der Abteilungen für Geschichte und für Naturwissenschaften neben dem immer noch beträchtlichen Bestand an seltenen Büchern lagerten, allesamt unter kompetenter Obhut Evelyn Stones.

»Die muss ich sehen«, rief Sonia Blair, füllte einen Becher mit Chai und eilte damit die Treppe hinunter. Erst vor Kurzem hatte sie dafür gesorgt, dass einige der von Frauen verfassten Kurzgeschichten, die die nun nicht mehr bestehenden Literaturmagazine *The Criterion* und *Horizon* abgelehnt hatten, an Sunwise Turn verkauft wurden.

Vivien lächelte zufrieden angesichts Sonias Begeisterung, und Peggy Guggenheim und Lady Browning machten sich wieder daran, die Etage für zukünftige Veranstaltungen vorzubereiten. Peggy freute sich, an ihre Zeit als unbezahlte Praktikantin jener Buchhandlung erinnert zu werden, nach der das frühere Bloomsbury Books nun benannt war. Kurz nach der Auktion war Ellen Doubleday mit der ersten Frühlingsfahrt der RMS Queen Mary in die Staaten zurückgekehrt. Während ihrer Abwesenheit hatten Lady Browning und Peggy Guggenheim sich sofort angefreundet, denn sie erkannten in der jeweils anderen einen ähnlichen Sinn für Albernheiten und eine ähnliche Abneigung gegenüber Dummheit. Sie planten, Ellen im Sommer auf Long Island zu besuchen – und anschließend auch Mimi Harrison, die derzeit noch eine Woche lang für

Vivien Leigh im Aldwych einsprang und danach ebenfalls in die Staaten zurückkehren würde.

Vivien hielt einen Moment inne und sah zum Fenster hinaus auf die Straße. Grace und Lord Baskin saßen plaudernd auf der Bank vor dem Eingang, und Evie verabschiedete gerade die Lieferanten der Druckpresse, als Ash sich mit einem Blumenstrauß näherte.

Alles war so ganz anders als am zweiten Januar, als Mr Dutton in seinem Büro zusammengebrochen war und im Geschäft ein Aufruhr aus Sanitätern und hilflosen Angestellten geherrscht hatte. Die drei neuen Geschäftsführerinnen von Sunwise Turn waren dankbar und erleichtert gewesen, als Mr Dutton und Mr Allen ihnen auf die Einladung zur Neueröffnung hin zusagten. Dass auch Alec McDonough die auf dem neuen Geschäftspapier handgeschriebene Einladung angenommen hatte, erfüllte Vivien mit heimlicher Freude. Ihre Zusammenarbeit für Faber and Faber als Schriftstellerin und Lektor funktionierte überraschend gut.

Durch das offene Fenster nahm Vivien die für diese Ecke von Bloomsbury typische Duftmischung aus Tabak, Kaffee und Kirschblüten wahr. Die Geschäfte an der Straße stellten immer mehr Waren in die Sonne, und die Passanten spähten neugierig in die Fenster der Buchhandlung, deren Wiedereröffnung bevorstand.

Es war Mitte April, und das Versprechen von Frühling hing so deutlich in der Luft, dass nicht einmal Vivien es leugnen konnte.

EPILOG

Die Regeln von Sunwise Turn, Ltd.
eröffnet am 14. April 1950

Inhaberinnen:
Grace Perkins
Vivien Lowry
Evelyn Stone

Jeder, ob Angestellter oder Kunde, wird mit Würde und Respekt behandelt. Es gibt keine Ausnahme von dieser Regel.

Jeder Abteilungsleiter entwickelt gemeinsam mit jedem Angestellten einen individuellen Karriereplan. Ziel ist, dass die Angestellten gemäß ihren Wünschen und Begabungen zunehmend Verantwortung übernehmen und sich in die Geschäfte einbringen.

Alle Angestellten sind angehalten, Vorschläge für neu zu erwerbende Titel zu unterbreiten, unabhängig von ihrem persönlichen Fachgebiet.

Angestellte erhalten auf alle Waren der Buchhandlung 15 Prozent Rabatt.

Bei der Planung und Durchführung von
Veranstaltungen sowie der Auswahl von Autoren
und Referenten soll das Augenmerk auf den
Wünschen und Interessen aller Kunden liegen.

Alle Angestellten von Sunwise Turn bereiten
sich ihren Tee selbst zu.

DANKSAGUNG

Ich schrieb dieses Buch, während ich aufgrund einer weltweiten Pandemie ans Haus gefesselt war. Ich hätte das nie geschafft, wenn die folgenden lieben Freundinnen und Freunde unserer Familie nicht mit viel Hilfe und Unterstützung zur Seite gestanden hätten: Tim Liznick, Sarah Eves, Andrea Nairn, Vicky DeVries, Chris Stoate, Patti Harbmann, Jordan Morelli und Candice Scholaert. Angesichts der hervorragenden und hingebungsvollen medizinischen Versorgung in dieser schweren Zeit sind wir auch Dr. Nathan Hambley, Dr. John Yates, Dr. Ayesha Chaudhry, Dr. Eugene Downar, Dr. Marissa Joseph, Maysa Deif und Cherry Jin von Rexall Pharmacy sowie Michel Rizkallah und Mina Fanous von Morelli's Pharmacy zu größtem Dank verpflichtet.

Ohne den weisen, einfühlsamen und unermüdlichen Rat meines Agenten Mitchell Waters gäbe es weder dieses Buch noch meinen Debütroman *Teatime im Jane-Austen-Club*. Mehr, als er je ahnen wird, hat er mein Leben verändert – und gerettet.

Allen bei St. Martin's Press bin ich überaus dankbar, dass sie auf meine beiden Bücher mit derart ansteckendem Enthusiasmus reagiert und in einer Zeit nie da gewesener Probleme für das gesamte Verlagswesen unermüdlich, umsichtig und kreativ dafür geworben haben. Besonderen Dank schulde ich dabei meinem Lektor Keith Kahla und meiner Lektorin Alice Pfeifer, die genau wissen, was eine

Geschichte alles braucht und wie sie es aus mir herauslocken können; der Presseagentin Dori Weintraub, die genau weiß, wie man es dann anbietet; und Marissa Sangiacomo, die alles so meisterhaft vermarktet.

Dank an mein Team bei Brandt & Hochman, insbesondere Marianne Merola, die mit unglaublicher Flexibilität und Ruhe auf dem weltweit beeinträchtigten Markt für Lizenzvergaben aktiv war.

Wenn man das große Glück hat, dass Film und Fernsehen Interesse an einem Buch zeigen, das man geschrieben hat, ist es ein noch größeres Glück, Lucy Stille von Lucy Stille Literary an seiner Seite zu haben.

Als ehemalige Anwältin weiß ich zu schätzen, dass Ian Cooper von Cooper Media Law und Ronald Davidzon ihre Zeit und ihren juristischen Scharfsinn stets mit mir teilen.

Die folgenden wunderbaren Autorinnen war so freundlich, in der Entstehungsphase dieses Romans frühe Fassungen zu lesen, und ich danke ihnen für ihre Unterstützung, ihre Ermutigung und ihre Fachkenntnis: Laurel Ann Nattress, Molly Greeley, Rose Servitova, Barbara Heller, Martha Waters, Dr. Nguyễn Phan Quế Mai, Elle Croft und Brooke Lea Foster. Mit das Beste am Schreiben historischer Romane ist, dass ich einen Vorwand habe, um Autor:innen, Kurator:innen, Archivar:innen und Historiker:innen auf der ganzen Welt zu kontaktieren und von ihrer Expertise zu profitieren; hierzu gehörten Dr. Paula Byrne, Jane Healy, Nick Holland, Katie Childs, Dr. Gillian Dow, Kathryn Rooke, Dr. Seb Falk, Victoria Ogunsanya, Louise Ansdell und Anita Felicelli. Mein persönlicher Weg zur veröffentlichten Schriftstellerin wurde mir erheblich geebnet von drei fabelhaften kanadischen Autorinnen, die zufällig in meiner Nähe wohnen und per Fahrrad gut zu erreichen sind: Samantha Bailey, Jennifer Hillier und Hannah Mary McKinnon.

Die Inspiration fürs Schreiben kommt oft von überraschender Seite. Der neuerliche Genuss des wunderschönen Films *Zwischen den Zeilen* (basierend auf dem Buch *84 Charing Cross Road* der Autorin Helene Hanff) lieferte mir Ideen für den Anfang meiner Geschichte. Ein faszinierender Eintrag von Emily Midorikawa in ihrem Blog »Something Rhymed«, der die literarischen Freundschaften zwischen Schriftstellerinnen feiert, ergab eine Grundlage für den Mittelteil meiner Geschichte. Und ein phantastischer Artikel von Ted Bishop über die Manhattaner Buchhandlung Sunwise Turn sowie eine Neuausgabe der 1923 erstveröffentlichten Erinnerungen einer ihrer Gründerinnen, Madge Jenison, führten mich zum Ende meiner Geschichte.

Außerdem erhielt ich reichlich Inspiration durch zwei von Frauen geführten Londoner Buchhandlungen: The Second Shelf in Soho, das auf seltene und neu entdeckte Bücher von Frauen spezialisiert ist, sowie Persephone Books (ehemals an der Lamb's Conduit Street in Bloomsbury, heute in Bath), in dem vernachlässigte Werke von Schriftstellerinnen aus der Mitte des 19. Jahrhunderts neu herausgegeben werden. Als weitere Anregung dienten die Buchhandlung Heywood Hill in Mayfair und das dazugehörige Buch *The Bookshop at 10 Curzon Street: Letters between Nancy Mitford and Heywood Hill*, 1952–1973, herausgegeben von John Saumarez Smith. Mir hat gefallen, dass Heywood Hill in einem seiner Briefe die steile Treppe in seiner Buchhandlung als Via Dolorosa bezeichnete, und so habe ich die Idee einfach ganz frech in meinem Buch verarbeitet. Als ehemalige Besitzerin einer Buchhandlung lege ich Ihnen dringend ans Herz, die drei eben genannten wunderbaren Buchhandlungen einmal aufzusuchen.

Im Grunde genommen schreibe ich jedes Wort für eine Leserschaft von zwei Personen: für meinen Mann Robert und unsere Tochter Phoebe. Wenn meine Worte darüber hinaus auch andere Menschen berühren, dann ist dies das Sahnehäubchen. Diesen beiden gehört mein ganzes Herz.

Schlussendlich danke ich meinen Eltern Pat und Roger Jenner, dass sie aus mir eine Schriftstellerin gemacht haben. Ich kann mir kein Elternpaar vorstellen, das seine Kinder in allen Phasen des Lebens mehr unterstützt hat als sie; aktuell kommen mir zudem die außerordentlichen Fähigkeiten meines Vaters als Lektor zugute. Die Begeisterung meiner Eltern für meine beiden Bücher hat viel dazu beigetragen, dass sie veröffentlicht wurden, und ich freue mich sehr, diese wunderbare Reise mit ihnen teilen zu können.

Natalie Jenner
Teatime im Jane-Austen-Club
Roman
Aus dem Amerikanischen von Marie Rahn
398 Seiten. Broschur
ISBN 978-3-7466-3869-0
Auch als E-Book lieferbar

Jane Austen und die Suche nach dem Glück

1945: Der Krieg ist zu Ende, doch in dem kleinen Dorf Chawton im Süden Englands hat er Spuren hinterlassen. Hier lebte einst Jane Austen und schrieb ihre großen Romane, und die Erinnerung an sie prägt den Ort und seine Bewohner noch immer. Eine Gruppe ungleicher Menschen setzt sich dafür ein, Jane Austens Vermächtnis für die Welt zu erhalten. Sie alle haben mit dem Verlust und dem Trauma des Krieges zu kämpfen und finden Zuflucht in der Literatur. Gemeinsam gründen sie die Jane Austen Society.

Werden sie über die Liebe zum Lesen ihre Trauer überwinden und zurück ins Leben finden?

Regelmäßige Informationen erhalten Sie über unseren Newsletter.
Jetzt anmelden unter: www.aufbau-verlage.de/newsletter

atb aufbau taschenbuch

Natasha Lester
Das Geheimnis der Dior-Kleider
Roman
Aus dem Englischen von Annette Hahn
568 Seiten. Broschur
ISBN 978-3-7466-3866-9
Auch als E-Book lieferbar

Eine große Freundschaft. Eine verlorene Liebe. Eine geheime Sammlung von Dior-Kleidern.

London, 1939: Die Pilotin Skye muss als Frau in der britischen Armee ständig um Anerkennung kämpfen. Auf einer Mission trifft sie ihren Jugendfreund Nicholas wieder, und alte Gefühle werden wach. Doch in den Wirren des Krieges laufen sie Gefahr, einander für immer zu verlieren.
Cornwall, 2012: Kat findet im Haus ihrer Großmutter sechzig wertvolle Dior-Kleider unbekannter Herkunft. Fasziniert beginnt sie, die mysteriöse Geschichte ihrer Familie zu ergründen, und stößt auf ein ungeheuerliches Geheimnis.
Nach der wahren Geschichte der Widerstandskämpferin Catherine Dior, der Schwester des großen Modeschöpfers

Regelmäßige Informationen erhalten Sie über unseren Newsletter.
Jetzt anmelden unter: www.aufbau-verlage.de/newsletter

atb aufbau taschenbuch